KB142968

음악 편애

서정민갑

추천사

음악을 발견하는 가이드북

김창남
성공회대학교 신문방송학과/문화대학원 교수, 한국대중음악상 선정위원장

서정민갑 옆에는 늘 '대중음악평론가'라는 직함이 달려 있다. 평론가나 비평가 같은 용어가 주는 권위의 냄새를 의도적으로 피하고자 하는 조심스럽고 겸손한 이름이다. 하지만 나는 이 '대중음악평론가'라는 타이틀에서 오히려 그가 추구하는 '글쓰기에 대한 남다르고 치열한 자의식'을 느낀다. '의견'이란, 대상에 대해 누군가가 자유롭게 부여하는 남과 다른 의미다. 그의 글들은 다른 누구도 아닌 서정민갑 자신이 수많은 음악 속에서 찾아낸 의미들의 자유롭고 정직한 표현이다. 대부분의 음악이 그저 소수의 청중에게만 다다른 채 사라지는 시대에, 뮤지션의 창작의 고뇌가 담긴 음반들이 그저 명함처럼 소비되고 마는 시대에, 그는 꾸준히 듣고 쉼 없이 쓴다.

그의 글쓰기는 신중현, 들국화 같은 거장이나 아이유, 태연, 호란 같은 유명 음악인들, 잘 알려져 있지 않은 비주류 음악인들을 차별하지 않는다. 하지만 음악의 창의적 가치와 사회적 의미를 탐구하는 그의 시선이 많은 경우 인디 신의 다양한 음악을 향해 있는 건 자연스러운 일이다. 진지하게 음악을 듣는 소수를 제외하면 대부분 존재조차 모르고 넘어갈 음악들을 그는 무겁게 듣고 세밀하게 읽어낸다. 그의 글은 음악을 만들어낸 뮤지션의 커리어와 음반 전체의 색깔은 물론 트랙 하나 하나가 가진 디테일한 결들을 놓치지 않는다. 어쩌면 한순간의 소음처럼 사라져버렸을지 모르는 많은 음악이 그의 글을 통해 비로소 의미를 가진 텍스트가 되어 역사의 한 페이지에 기록되는 것이다. 이 책이 단순한 평론집이 아니라 새롭게 음악을 발견하고 찾아 듣는 가이드북이 될 수 있는 건 그 때문이다.

서정민갑은 그 나름의 방식으로 '지금 여기' 음악의 역사를 조금씩 구성해 가고 있다.

추천사

마음 들여다보려 애쓰는 평론

장필순
뮤지션

난 내 음악에 대한 누군가의 평에 그리 크게 마음 쓰지 않는 편입니다. 서정민갑은 음악 자체의 모습을 바라보기보다 그 음악을 만들어낸 뮤지션의 마음을 더 깊이 들여다보려고 참 애쓰는 평론가입니다.

세상의 모든 것이 그렇겠지만, 특히 음악이라는 작업은 어찌 보면 철저하게 이기적이며,(모두가 그렇진 않겠지만) 그것을 대중들과 함께 소통할 수 있게 다리 역할을 해주는 것이 음악평론이겠지요.

노래는 그 노래를 부른 사람이 자신을 표현하기도 하는 것이며, 서정민갑은 그런 면들을 서두르지 않고 들여다보아줍니다.

노래를 하는 저는 그렇게 평론에 마음 쓰지 않습니다.

하지만 나의 음악을 들여다봐주는 누군가의 글에 힘을 얻고 더 좋은 음악을 만들기 위해 기타를 손에 잡습니다.

이 책이 부디 대중에게 많이 알려져 한국대중음악의 이해를 돕고 사랑받아 충분한 우리의 음악들이 봄의 향기처럼 퍼져나가기를 바랍니다.

머리말

내 삶의 몫은 음악 글 쓰는 일

2015년부터 민중의소리에 글을 썼습니다. 그 전해에 잠깐 연재한 게 인연이 되었습니다. 다른 매체에서 매주 글을 쓰다가 연재를 끝냈을때, 민중의소리에서 선선히 연재 제안을 받아주었습니다. 그때부터 지금까지 계속 글을 쓰고 있으니 늘 고마운 마음입니다.

글을 쓰는 사람에게 고정적으로 글을 쓸 수 있는 지면이 있다는 사실만큼 힘이 되는 일이 없습니다. 원고 청탁을 받지만 대부분 일회성입니다. 이렇게 5년째 연재를 이어가는 경우는 드뭅니다. 더군다나 제 이름을 걸고 글을 쓰는 경우라면 더더욱 그렇습니다.

덕분에 <서정민갑의 수요뮤직>은 어느새 저를 대표하는 코너가 되었습니다. 이 코너를 빌어 그때그때 주목할 만한 음반 이야기를 할 수 있었습니다. 대중음악계의 이슈와 트렌드를 짚어볼 수 있었습니다. 이런저런 이야기를 자유롭게 꺼낼 수 있었습니다. 그동안 마감을 못 지켰을 때에도 한 번도 개입하지 않고 묵묵히 편집해준 고희철 전 편집장에게 깊이 감사드립니다.

음악 이야기를 하는 지면에서는 음반 이야기가 기본이라고 생각합니다. 뮤지션이 만드는 음악이 있어야 팬이 존재하고 시장이 돌아갑니다. 음악은 뮤지션의 이야기이자 의견이고 태도입니다. 평론가라면 마땅히 음반을 듣고 평해야 합니다. 어떤 이야기를 하는지, 어떻게 표현했는지, 그 표현은 성공했는지, 성공했다면 어떻게 성공했고 실패했다면 왜 실패했는지 설명해야 합니다. 음반이 서 있는 위치와 아우라에 대해서도 평가해야 합니다. 그동안 최대한 다양한 음반을 소개하려고 했지만 능력 때문에 알앤비, 소울, 힙합 음반은 전혀 소개하지 못해 아쉽습니다. 일렉트로닉 음반을 소개한 적도 드뭅니다. 그 밖에도 좋은 음반이 넘치지만 더 알리지 못한 음반은 계속 생각납니다.

하지만 음반 이야기가 전부는 아닙니다. 음악계에는 다양한 이슈가 있습니다. 그 이슈들 가운데 능력이 되는 만큼 이야기해보려고 노력했습니다. 지금 대중음악계가 어떻게 돌아가고, 그 이유는 무엇인지 짚으면서 미래를 내다보려고 시도했습니다. 업계에 몸담으면서 발견한 실체와 역동을 최대한 공유하고 싶었기 때문입니다.

하지만 제 음반 리뷰와 칼럼 모두 성공했다고 보기 어렵습니다. 일주일에 한 번씩 새로운 글을 쓰는 일은 쉽지 않았습니다. 능력이 부족한 저에게는 더더욱 그랬습니다. 제가 소개한 음반의 뮤지션들은 고마워했고, 어떤 글은 소셜 미디어에서 널리 퍼지기도 했지만 그런 일이 많지는 않았습니다. 이번에 책을 내려고 보니 글이 어찌나 난삽하고 장황하던지. 낯이 뜨거웠습니다.

그래도 그동안 일주일에 한 편씩 글을 썼고, 그 글들이 쌓였습니다. 그 글들 중에서 2018년 4월까지 쓴 리뷰 80편을 추렸습니다. 그리고 그 글들을 다시 다듬었습니다. 계속 고쳤습니다. 생각보다 시간이 많이 걸렸고, 이 역시 쉽지 않았습니다. 퇴고를 하면서 제가 얼마나 부족한 평론가인지 새삼 확인할 수 있었습니다. 다만 글을 고치면서 제가 어디까지 왔는지 확인할 수 있었고, 거기에서부터 다시 걸음을 뗄 수 있어서 다행이라고 생각합니다. 저는 이렇게 들었고, 이렇게 느꼈고, 이렇게 생각했으며, 이렇게 표현했습니다.

사람이 세상에 온 다음에는 제 몫의 역할이 있다고 생각합니다. 어느새 저는 음악 글을 쓰는 일이 제 역할이 되었습니다. 생각해보면 오래전부터 글을 쓰는 게 꿈이었으니 꿈을 이룬 건지 모르겠습니다. 어쨌든 계속 글을 쓰는 것이 중요하고, 글을 잘 쓰는 것이 중요하다고 생각합니다.

글을 잘 쓰는 것이 어떤 것인지 한마디로 말하기는 어렵습니다. 다만 깊은 시선과 정확하고 울림 있는 표현 정도로 말할 수 있을까요. 이 책에 묶은 글들은 좋은 글을 향한 제 노력입니다. 더 깊게 듣고, 더 정확하게 쓰고 싶었는데 아직 여의치 않아 분하지만, 저는 지금 할 수 있는 최선을 다했습니다. 새벽부터 글을 고치고, 하루 종일 글을 고치면서 글이 대체 무엇이기에 이렇게 나를 갈아 넣을까 생각했습니다. 이것이 제 몫의 삶이기 때문이겠지요. 훌륭하지 못하고 부족하더라도 세상에서 제 직분을 충실히 수행하고 싶은 마음뿐입니다.

고마운 이들이 참 많습니다. 날마다 들어도 다 들을 수 없는 아름다운 음악을 만드는 뮤지션들, 그리고 함께 대중음악 신을 지키는 이들, 같은 일을 하는 음악 필자들 모두에게 고맙습니다. 글을 읽고 응원해주는 이들, 때로 비판하고 조롱하는 이들도 모두 고맙습니다. 곁에서 늘 따뜻하고 따끔하게 응원해주는 가족들은 제 삶의 원동력입니다. 음악의 편에서, 음악가의 편에서 계속 쓰겠습니다. 계속 읽어주시길.

서정민갑

차례

이 책을 즐겁게 보는 법

- 스마트폰으로 QR코드를 스캔해 보세요.
- 음반 제목은 ≪ ≫, 노래 제목은 〈 〉으로 구분돼 있습니다

· 음반 제목 ≪ ≫ – 연대를 요청하는 노래들
조성일 ≪일상이 아닌 일상을 살며≫

음악을 들으면서
책을 보세요.
QR코드를 스마트폰으로
스캔하면 유튜브에서
음악을 들 수있습니다.

· 노래 제목 〈 〉 – 〈응답해줘〉
https://www.youtube.com/watch?v=7Kt-7J_UvlI

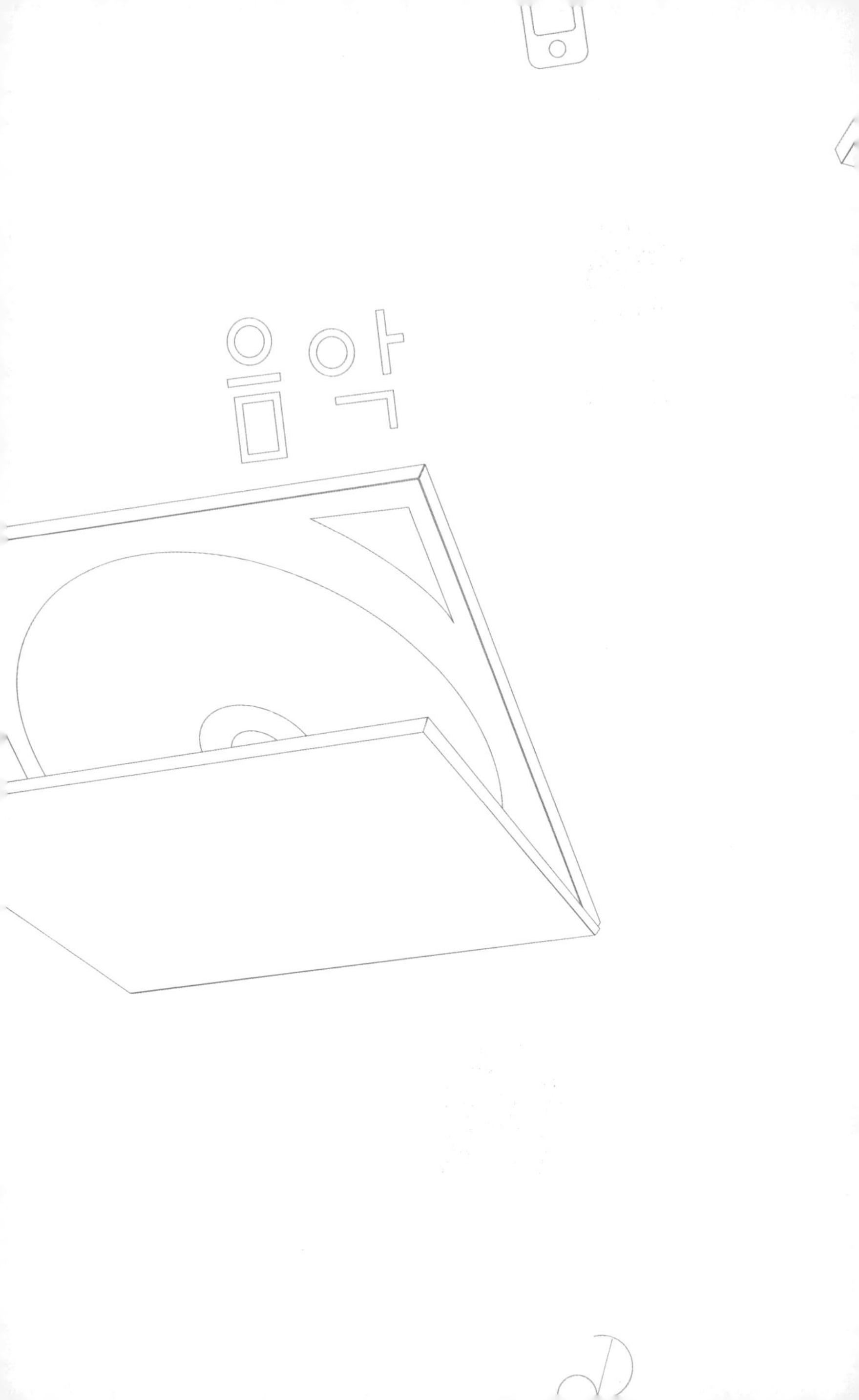
음악

리얼하고 발칙한 아방가르드

오늘을 새롭게 바라보게 하는 노랫말
어어부프로젝트 ≪탐정명 나그네의 기록≫

〈 0815 실시간 〉
https://www.youtube.com/watch?v=gE3oDfnENxM

어어부프로젝트의 음악에 무사히 도착하기 위해서는 몇 개의 웅덩이를 건너야 한다. 첫 번째 웅덩이는 백현진의 보컬이다. 노래 못하는 사내가 술에 취해 고래고래 소리 지르는 주정처럼 들리기도 하는 노래는 가수에 대한 고정관념과 한참 멀다. 그의 목소리는 미성이 아니고 숙련된 보컬도 아니다. 노래한다기보다 소리를 토해내는 보컬은 특별하지 않아 특별한 발성으로 노래와 가수에 대한 환상을 깨트려버린다. 어어부프로젝트의 음악을 소수만 좋아하는 마이너 취향 음악으로 만들어버린다.

어어부프로젝트 음악의 웅덩이

발목을 적시고 걸음을 멈추게 하는 웅덩이는 보컬만이 아니다. 노래를 구현하는 사운드도 낯설다. 어어부프로젝트의 음악에서는 노이즈에 가까운 소리들이 수시로 엇나가며 겹쳐진다. 그래서 순조롭게 노래를 따라가며 감상에 빠져들기 어렵다. 대중음악은 대개 하나의 정서를 일관되게 밀고

어어부프로젝트≪탐정명 나그네의 기록≫ ⓒ백현진

나가며 그 정서에 젖어들게 연출한다. 그런데 어어부프로젝트는 이질감과 이물감의 괴력으로 밀고 가는 경우가 잦다. 어어부프로젝트 음악의 의도적인 불편함 때문에 우리는 감정에 빠져들기보다는 노래 밖으로 튕겨 나간다. 노래 밖으로 밀려 나가 우두커니 선 채 노래 속 세계와 노래를 듣는 자신을 멍하니 바라보게 된다.

또 다른 웅덩이는 노랫말이다. 어어부프로젝트의 노랫말에는 대중음악이 담지한 낭만과 환상이 없다. 어어부프로젝트는 그로테스크한 세계나 극사실주의적인 현실, 그러나 무슨 의미가 있는지 쉽게 알 수 없는 가사를 들이민다. 그러다 보니 감상에 젖기 어렵고 재미있어하기도 어렵다. 어어부프로젝트밴드의 음악이 아방가르드하다는 평가를 받아온 이유이다.

극사실적으로 표현한 노랫말

2014년에 발표한 ≪탐정명 나그네의 기록≫도 전작과 크게 다르지 않다.

문성근의 내레이션으로 시작하는 음반은 나그네라는 이름의 탐정이 흘린 삼백오십여덟 장의 기록을 무작위로 발췌하여 순서 없이 소개한다고 한다. 그런데 노래를 부르는 이는 문성근이 아니라 어어부프로젝트이다. 음반의 서사를 구현하는 방식부터 극중극 형태의 연극 같다. 그래서 왜 나그네 A의 기록을 내레이터 문성근 B가 주워서 어어부프로젝트 C가 노래하는 형식으로 구성했는지 질문을 던지면서 들어야 한다. 재미를 위한 장치이거나, 보편적인 서사의 방식을 깨트림으로써 낯설게 하기 위한 방식이리라. 이 방식 역시 나그네의 기록에 담은 무료함, 권태로움과 비루함, 생경함까지 거리를 두고 관찰하게 하는 이 음반의 웅덩이이다.

독특하고 난해한 세계를 펼쳐놓던 전작들에 비하면 ≪탐정명 나그네의 기록≫에서 재현한 사건들은 일상적인 편이다. 하지만 일상적이어서 음악의 언어로 포획되지 않았던 사건들이 어어부프로젝트에 의해 음악으로 납치되면서 일상과 음악은 함께 특별해진다. '정종을 마셨다', '시샤모', '남편 파산을 해 이혼을 한단다', '생두부를 시켰다'(<0107 빙판과 절벽>), '금 시세표를 한참 봤다 / 모레엔 조카 돌잔치다'(<0312 도파민>)을 비롯한 다수의 노랫말은 나그네의 실제 기록이라 해도 어색하지 않을 만큼 사실적이다. 그뿐만 아니라 어어부프로젝트가 아니라면 거의 시도하지 않는 극사실적 표현이라는 점에서 비범하다. 구어체 대신 문어체를 사용한다는 점도 독특하다.

오늘을 정면으로 응시하게 하는 음악

어어부프로젝트는 이 음반에서 가난하고 혼란스러우며 자의식 강하고 피곤할 뿐 아니라 막막한 나그네의 의식과 무의식을 노출한 기록 같은 노래를 들려준다. 어어부프로젝트는 전혀 낭만적이지 않고 거의 행복하지 않은 이의 일상을 노래로 만들었다. 이 노래들 때문에 우리는 '빙판에 서 있'는 것 같고 '간신히 서' 있는 것 같은 삶을 정면으로 응시하지 않으면 안 된다. 덕분에 예술과 비예술의 경계가 따로 있지 않으며, 예술적이지 않다고 생

어어부프로젝트 ©이윤호

각했던 삶이 얼마든지 예술이 될 수 있다는 사실을 배운다.

오늘날 많은 이들의 삶은 나그네와 다르지 않다. 신자유주의라는 거대담론을 끌어올 필요도 없다. 국가와 체제, 자본은 여전히 아니 갈수록 굳건하고, 개인은 하루가 다르게 곤두박질친다. 우리는 집도 절도 돈도 권력도 없다. 믿을 사람 역시 하나 없다. 우리의 처량한 꼬락서니는 앞으로도 크게 달라지지 않을 것이다. 냉정한 현실을 나그네의 기록으로 복기하며 우리는 나그네와 다르지 않은 오늘을 살고 있음을 뼈저리게 인정한다. 신자유주의라든가, 저소득층이라는 단어로 추상화되는 현실이 아니라 음반 속 통속언어로 재현하는 오늘은 더 생생하고 더 비참하며 종종 우스꽝스럽지만 부정할 수 없다. 도망갈 수도 없다.

삶이란 그런 것이다. 삶은 대중가요처럼 근사하거나 낭만적이거나 감성적이지 않다. 그보다는 이처럼 두서없고 정처 없다. 이편이 삶의 진실에 가깝다. 게다가 '뭐가 옳고 그른지 사실 간단치가 않다'. 현실은 옳고 그름으로 명쾌하게 분리할 수 없고, 나 자신부터 모순적이다. 어어부프로젝트의 노래들이 명쾌한 결론 없이 사건과 상황만 재현하고 질문을 던지다 멈추는 이유도 그때문일 것이다. 그러므로 어어부프로젝트가 재현한 현실의 민낯 앞에서 재미없다거나 불편하다고 말해서는 아무것도 배우지 못한다. 우리가 어어부프로젝트 이상의 답을 가지지 못했다는 사실을 알고 있기에 ≪탐정명 나그네의 기록≫은 더 얼얼하게 우리를 후려친다. 노래 다음은 삶의 몫이다. 뻔한 결론으로 숨어버리지 않는 노래의 냉정함 앞에서, 좀처럼 즐길 수 없는 노래들 앞에서 우리는 오늘에 눈을 맞추고 자신의 삶에 대해, 세상에 대해 생각하기 시작하지 않으면 안 된다.

속됨과 낯섦이 충돌하는 음악극

어어부프로젝트가 나그네의 기록을 노래로 구현할 때에는 단순한 편성으로 보컬 중심의 노래를 만들었다. 그런데 어어부프로젝트는 특정 장르에 한정되지 않는 자유로움으로 노랫말의 무료함에 명확한 무드를 입히면서 그들의 음악극을 완성한다. 어어부프로젝트의 방법론은 속됨과 낯섦의 충돌이다. 묘한 분위기를 풍기며 시작하는 <0107 빙판과 절벽>은 같은 멜로디를 반복해 단순한데, 신시사이저와 클라리넷 등으로 환상적인 분위기를 만들어냄으로써 낯설어지게 한다. 어어부프로젝트는 이처럼 상반된 스타일을 반복한다. 트로트처럼 쿵짝거리는 비트를 구사하는 <0312 도파민>에서도 건조하게 뿅뿅거리는 프로그래밍 사운드와 이질적인 사운드들을 겹침으로써 통속성과 난해함을 동시에 구현하는 음악은 친숙하면서도 불편하고 낯설어 듣는 이를 끌어들이는 동시에 내몬다. 우스꽝스러워도 웃을 수만은 없는 음악이다.

<0826 사적인>을 비롯해 이 음반에 수록된 곡들은 같은 스타일의 연속이다. 거침없는 보컬과 연주로 완성하는 노랫말과 사운드의 통속성과 난해함, 조화와 부조화의 공존이야말로 어어부프로젝트의 미학을 구현하는 방식이다. 어어부프로젝트를 돋보이게 하는 핵심이다. 별다를 것 없고 고급스럽지도 않은 삶을 고스란히 음악으로 옮기는 것 같은데, 이질적인 요소들을 혼합함으로써 과장하고 어지럽고 낯설게 해 개성을 창출한다. 이 음

반을 내레이터가 이끄는 음악극 형태로 펼치고, 아방가르드한 사운드의 변형을 통해 듣게 하는 방식은 동일한 형태의 소격 효과 장치일 수 있다. 어어부프로젝트의 웅덩이는 여전하다. 그 결과 이 음반은 어떤 다큐멘터리보다 극명하게 오늘을 보여주면서도 선명한 결론을 이끌어내지 않고, 듣는 이들의 감성과 취향, 세계관에 따라 다르게 수용하고 해석할 여지를 남겨놓는다. 펄펄 살아 움직이는 현실처럼 음반이라는 텍스트까지 변화무쌍한 생명체로 만들었다.

오늘을 지목하는 다른 방식

당연히 이 음반은 음악을 구현하는 방법론에 대해서도 성찰하게 한다. 하나의 감성을 일관되게 끌고 가는 대신 그 감성까지 거리감을 두게 하는 이질적인 사운드의 조합은 극사실적인 노랫말을 특별하게 만드는 동시에 사운드가 독립적으로 존재하게 하는 이중효과를 발휘하기 때문이다. 이러한 방식은 결과적으로 손가락이 가리키는 달만이 아니라 달을 가리키는 손가락에도 주목하게 한다. 이제는 달을 가리키는 손가락이 새로워지지 않으면 달을 제대로 보기 어렵다. 이미 달에 대해 수많은 이야기들이 나왔지만 그 이야기가 좀처럼 와닿지 않는 이유는 똑같은 방식으로만 달을 가리키기 때문이다. 지금 중요한 것은 손가락, 그러니까 오늘을 지목하는 방식일지 모른다. 수많은 정보의 홍수 속에서 금세 평범해져버리는 오늘을 새롭게 바라보게 만들지 못한다면 우리는 오늘에 대해 어떠한 질문도 던질 수 없다. 하지만 오늘을 새롭게 바라보게 하는 어어부프로젝트의 아방가르드는 지극히 리얼하다. 리얼을 리얼하게 하는 아방가르드의 힘. 어어부프로젝트, 이 발칙한 리얼리스트들.

음악으로 정신을 듣다

인생이라는 꿈의 슬프고 아름다운 자장가
김두수 ≪곱사무≫

〈Leaden〉
https://www.youtube.com/watch?v=sXAzLVZvBDU

유혼幽魂, 추혼追魂, 창백蒼白, 고혼孤魂, 서천西天, 허虛, 해방解放, 해갈解渴, 정靜, 비秘, 회향回向, 누생累生, 동영東瀛. 익숙한 한자어와 생경한 한자어가 난무한다. 모두 김두수의 음반 ≪곱사무≫에서 사용한 한자어들이다. 이 단어가 전부가 아니다. 확언할 수 없지만 한국대중음악에서 이런 한자어를 사용하는 뮤지션은 김두수 말고는 없을 거다. 김두수의 음악은 다른 세계를 응시한다는 반증이다.

그는 대개의 대중음악이 담는 사랑의 기쁨과 이별의 슬픔에 무심하다. 일상의 풍경과 사건에도 시선을 돌리지 않는다. 현실의 불의와 저항에 관심이 없지 않으나 노래에 담은 경우는 드물다. 그가 주목하는 것은 삶이라는 여행의 시작과 끝이며, 그 여행을 감당하는 인간이라는 고독한 나그네이다. 그는 자신의 음반에서 늘 생의 방랑자로 조우하는 세계를 관찰하면서 존재 자체를 성찰했다. 그리고 생이 시작된 곳과 끝내 이를 곳을 물었다. 그 결과 그의 노래는 한국의 어떤 대중음악보다 철학적이고 사색적이며 관

김두수 ≪곱사무≫ ⓒ리듬온

념적인 세계를 홀로 이루었다. ≪곱사무≫ 음반은 그가 한사코 노래해온 세계가 더욱 깊어졌음을 보여주는 결과물이다.

음악으로 수행하는 성찰

단지 관념적인 한자어를 사용했기 때문이 아니다.

그는 ≪곱사무≫ 음반에서 언젠가는 끝날 수밖에 없는 인간의 숙명을 더 깊게 살피면서, 덧없고 연약한 삶의 운명 같은 슬픔을 감추지 않고 드러낸다. 사랑에 실패했거나 돈이 없기 때문에 슬픈 것이 아니다. 생의 본질을 완전히 깨닫지 못하고, 언젠가는 사라질 수밖에 없는 삶의 근원적 한계 때문에 슬픈 것이다. 우리는 언젠가 사라질 것이고, 김두수의 노래 또한 사라질 것이다. 하물며 김두수의 노래를 들었던 기억조차 완전히 사라질 것이다. 누구도 부정할 수 없는 필멸必滅의 숙명. 여기에서 인간의 모든 고뇌와 철학과 종교가 출발했다고 해도 과언이 아니다.

김두수 ⓒ리듬온

그러나 언젠가부터 예술조차 종말과 영원에 대한 질문을 삼간다. 종말과 영원에 대한 표현과 질문은 종교와 극히 일부 예술의 몫으로 한정되어 버렸다. 오늘의 예술은 그저 찰나의 생만을 바라보는 쾌락주의자들의 장난감일지 모른다. 김두수의 음악이 특별해지는 이유는 바로 이 차이 때문이다. 그는 생의 본질을 향해 걷는 구도자의 성찰과 질문을 음악으로 표현하면서 철학과 종교가 말과 논리와 신념으로 쌓은 성찰을 음악으로 대신했다. 문학, 미술, 영화, 연극으로 던지는 질문을 음악으로 수행한다.

방랑자의 음악

김두수는 ≪곱사무≫의 노랫말 내내 '시간의 길을 따라 떠가는' '방랑자'로서의 인간과 '아무도 원하지 않았'던 삶의 슬픔에 대해 노래하며 '누생'의 '강'을 바라본다. 그러면서 '시간은 소멸을 불러'올 것이며, '수없는 날이 지나고 숱한 고뇌와 방황도 잊은 듯 지워'질 것임을 예언한다.

그는 오늘의 삶을 슬프게 바라보면서 '욕망의 탈을 벗고' '해방'될 날을 꿈꾼다. 오늘은 '길 없이 천박한 세계'이지만 '우린 그리움을 끝내지 않'았기 때문이다. 오늘과 내일, 시작과 끝, 찰나와 영원, 번뇌와 초월이 모두 그의 노래에 있다.

어쿠스틱 기타와 보컬만으로 안개 자욱한 길을 하염없이 걷는 방랑자를 떠올리게 만드는 김두수는 ≪곱사무≫ 음반에 키보드, 첼로, 플루트, 바이올린, 트럼펫 등의 악기들을 더함으로써 더욱 사이키델릭하고 프로그레시브한 세계를 만들었다. 수록곡들에서 현악기와 관악기들이 개입하는 순간 김두수의 음악은 한없이 그윽하고 아련해진다.

수없이 아름다운 순간들

첫 번째 곡 <바람개비>에서 김두수 특유의 스리핑거 스타일 기타 연주와 시종일관 떨리며 흩어지는 보컬이 연약하고 고뇌에 찬 인간의 방황을 형상화한다면, 플루트, 키보드, 바이올린 연주가 더해지는 순간의 하모니는 김두수의 음악을 영원으로 이끈다. 음반에서 특히 돋보이는 트랙은 <노을>이다. 김두수 특유의 스트로크로 만드는 유랑의 느린 걸음걸이를 감싸는 첼로의 저음과 고독한 트럼펫의 엇갈림은 끝없이 되풀이되는 질문을 안고 살아갈 수밖에 없는 인간의 슬픔과 해방의지를 표현해 음악을 통한 감응과 성찰이 가능하게 돕는다. 결국 오늘의 삶을 살아야 하는 시시포스의 운명 같은 생의 불가능과 슬픔, 그 허무와 페이소스가 김두수 음악으로 피어나 감응하게 하는 동시에 그 너머를 넘보게 한다.

이처럼 첼로, 플루트, 바이올린, 트럼펫의 결합은 김두수 음악의 영적인 질감을 더욱 풍성하게 한다. 김두수의 음악이 철학이나 종교처럼 명확한 답을 주지는 않지만 ≪곱사무≫를 듣고 있으면 끝나지 않고 끝날 수 없으며 답이 없는 질문을 던지는 추상과 관념의 형이상적 세계를 들음으로써 경험하게 된다. 행여 그 질문을 외면한다 해도 음악의 아름다움에는 경탄할 수밖에 없을 만큼 ≪곱사무≫의 음악은 아름답다. 처연하고 고독할 정도로 견결한 보컬의 멜로디와 아우라에 영적인 여운을 더하는 편곡은 묵직하고 어두우면서도 따뜻하다. <시간의 노래> 간주를 채우는 아코디언 연주와 프로그레시브 포크의 질감을 뿜어내는 대곡 <Leaden>을 비롯해 이 음반에는 아름다운 순간들이 그득하다.

아무도 묻지 않고 답하지 않는 질문을 던지다

그렇다고 이렇게 형이상학적인 세계를 담은 음악만 가치 있다는 얘기를 하고 싶지는 않다. 한 대의 담배를 단념하지 못하면서 하루라도 더 살고 싶은 백정범부로 가득 찬 세상에서 이렇게 진지한 노래만 있다면 재미없어 못 산다. 그러므로 김두수의 음악만이 절대적인 가치가 있다고 말하는 것도 오만이다. 하지만 인간의 한계를 인정하고 본질에 대해 질문하지 않는 세상은 단순하고 찰나적이다. 김두수의 음악이 소중한 이유는 예술이 답하고 물어야 할 질문을 끝내 고수하기 때문이다. 그리고 그 모든 질문을 소리의 아름다움으로 고스란히 옮겨 담았기 때문이다. 김두수의 음악은 고귀하고 숭고한 가치의 아름다움을 증명했고, 김두수의 음악을 듣는 일을 하나의 정신을 듣는 일로 만들었다. 갈수록 아무도 묻지 않고 답하지 않는 질문을 던지는 우직한 태도야말로 우리를 배부른 소크라테스로 존재할 수 있게 하며, 때로는 배고픔을 감당할 용기를 갖게 한다. 또한 질문하는 이의 고뇌와 성찰에 준하는 음악의 아름다움은 음악이 소리로 완성되는 예술이며 아티스트에 의해 창조되는 세계임을 증거하기 충분하다.

사실 이 음반에 담긴 음악의 아름다움을 비평의 언어로는 좀처럼 전달할 수 없다. 귀 기울여 듣는 이들만 겨우 알 수 있을 뿐이다. 게다가 이런 음악들을 들을 수 있는 기회는 여전히 적다. 우리에게는 김두수가 있음에도 그에게 향하는 다리는 부서진 지 오래다. 이 음반이 나왔을 때 부서진 것이 그뿐이었던가. 부서진 정치, 부서진 인권, 부서진 사회, 부서진 희망. 여전히 남은 것은 이 한 장의 음반뿐이다. 인생이라는 꿈의 슬프고 아름다운 자장가. 깨고 나면 모두 강 건너에서 만날 우리.

김두수 ⓒ리듬온

즉흥연주와 멜로디로 기록한 2015년 한국

눈감지 않은 연주자
홍경섭 ≪카오스≫

〈Chaos〉
https://www.youtube.com/watch?v=sXAzLVZvBDU

갈수록 재즈를 많이 듣는다. 하지만 재즈 전문가라고는 할 수 없는 수준이다. 재즈 음반을 듣고 감상을 말할 수는 있어도 재즈 신에 대해 말하는 일은 능력 밖이다. 첫 리더작 ≪카오스≫를 내놓은 베이스&콘트라베이스 연주자 홍경섭에 대해서도 마찬가지이다. 그에 대해 아는 사실은 재즈 피아니스트 이지연의 음반 ≪Bright Green Almost White≫와 ≪This Place, Meaning, You≫에 참여한 연주자이자 프로듀서라는 사실뿐이었다.

그는 유럽에서 오랫동안 재즈를 공부하고 돌아온 모양이다. 귀국 후 홍경섭은 팝재즈밴드 위시 모닝(Wish Morning)과 허대욱 트리오 등에 참여했다. 하지만 자신의 리더작을 내놓지 않아 제대로 알 수 없었다. 그가 일렉트릭 밴드 OFUS와 함께 내놓은 첫 음반 ≪카오스≫는 비로소 조력자 아닌 홍경섭을 주목하게 한다. 말할 수 있는 것은 이 음반뿐이다. 그가 이 음반으로 한국 재즈 신에서 어떤 역할을 하게 될지 이야기하는 일은 다른 이의 몫이다.

홍경섭 ≪카오스≫ ⓒ홍경섭

≪카오스≫ 음반에 담은 곡은 총 8곡, 51분 18초의 길이이다. 3곡의 전주곡을 제외하면 5곡을 담았는데, 곡의 제목에 눈길이 머뭇거린다. <아무것도>, <카오스>, <분노>, <회피>, <더 이상…>으로 이어지는 곡 제목은 그 자체로 어떤 이야기를 연상시킨다. 그 이야기는 한 사람의 마음이 흘러간 흔적일 수도 있고, 그들의 얘기처럼 '시대정신'일 수도 있다. 가사 없이 연주만으로 채운 음악은 무궁무진한 연상과 해석이 가능하기 때문에 유일한 정답은 없다.

우리의 시선을 되돌려주는 제목들

하지만 제목으로 제시한 단어들을 보면 시대라는 단어를 피해 가기 어렵다. 홍경섭이 이 음반을 발표했을 때 한국사회는 세월호 참사 1년째였다. 곡 제목에 그 당시 계속 감당해야 했던 혼돈과 분노, 회피, 그리고 더 이상 이런 일이 반복되지 않기를 바라는 마음을 담았다고 해석해도 어색하지 않을 때였다. 물론 부러 세월호 참사를 끌어오지 않아도 된다. 현대 한국사회에서 흔히 경험하는 감정과 태도라고 해도 어색하지 않은 제목이다.

제목만으로 홍경섭의 음악이 의미 있다 말할 생각은 없다. 예술이 시대를 말하고 사회를 말할 때 중요한 기준은 얼마나 비판적이고 남다른 태도를 취하는지가 아니다. 태도가 곧장 음악이 되진 못한다. 그보다 얼마나 정직하게 오늘을 바라보는지, 그리고 자신이 바라보는 대로 진술하고 설득력 있게 표현하는지가 더 중요하다. 다만 ≪카오스≫ 음반의 곡 제목들은 곡을 해석하는 우리의 시선을 거울처럼 되돌려주는 효과가 있다. 이 음반의 중요한 미덕 가운데 하나이다.

스스로 활력을 만드는 음악

그런데 곡의 제목과 실제 연주 사이에서 무엇을 느끼고 발견하는지는 창작자와 듣는 이의 몫이다. 창작자는 음악을 제대로 완성해야 하고, 듣는 이는 공감 능력과 안목을 갖고 있을 때 진의를 파악하고 감동을 찾아낼 수 있다.

음반에서 홍경섭은 다섯 명의 연주자가 만들어내는 사운드의 힘으로 인상적인 순간을 만든다. 퓨전 재즈 스타일의 연주를 주로 담은 수록곡들에서 새로운 방법론을 발견하기는 쉽지 않다. 퓨전 재즈라는 스타일로 익숙해진 방법론은 로킹하고 펑키하며 일렉트로닉하지만 아방가르드하거나 혁신적이지는 않다. 듣는 이에 따라서는 친숙한 어법의 반복이라고 말할 수 있는 여지도 충분하다.

그럼에도 각각의 곡들은 연주자 개인의 톤을 부각시키며 연주함으로써 관성적인 연주를 벗어난다. 홍경섭은 전주곡을 제외한 거의 모든 곡에서 충분한 즉흥연주를 선보이며 밀어붙인다. 덕분에 10분 내외로 길어지는 곡들은 패기 넘치고 고집스럽게 내달리는 즉흥연주의 힘으로 생동감을 획득한다. 드럼이건, 일렉트릭 기타이건, 일렉트로닉 사운드이건, 콘트라베이스이건, 키보드이건, 테너 색소폰이건 모든 연주자들은 자신이 맡은 즉흥

홍경섭과 OFUS ⓒ김민성작가 134need 스튜디오

연주에서 좌고우면하지 않고 돌파함으로써 스스로 활력을 만든다. 그뿐만 아니라 각각의 곡들이 표현하려는 주제를 가사 없이도 느껴질 만큼 또렷하게 전달한다.

들을 때마다 욱신거리는 음악

음악에서 얼마나 정확하게 연주하는지만 주목해서는 안 된다. 물론 연주의 정확성은 중요하다. 이 음반의 연주도 프로페셔널 연주자들답게 손색이 없다. 하지만 정확한 연주를 통해 어떤 감흥, 혹은 에너지를 만들어내는지가 더 중요한데, 이들은 그 감흥과 에너지를 분명히 느끼게 한다. 좋은 음악은 기술적인 완성도를 바탕으로 표현하려는 감정이나 메시지를 듣는 이에게 최대한 정확하게 전달하는 음악이다. 듣는 이도 충만하게 만드는 음악이다. 아무리 연주가 정확하고, 녹음이 잘 되었더라도 감정이나 메시지를 전달하지 못해 듣는 이의 감정이 충만해지지 못하면 실패한 음악이다.

홍경섭과 밴드 OFUS는 즉흥연주의 에너지와 함께 매 순간 좋은 멜로디가 있는 곡의 완성도로 교감과 공감에 성공한다. 즉흥연주라는 낯선 방식을 선명한 멜로디로 돌파하고, 선명한 멜로디의 관성을 활기찬 즉흥연주로 돌파하는 이중전략은 음반이 끝나는 순간까지 음악에 귀 기울이게 한다. 몽롱하고 명쾌하며 유려하고 격정적인 소리의 집합은 이 음반을 다시 듣고 싶게 한다. 홍경섭은 이 음반에서 콘트라베이스를 연주했을 뿐만 아니라, 전곡을 작곡하고 편곡했으며 스스로 프로듀싱했다. 이 정도면 주목해야 할 재즈 연주자가 한 명 더 늘었다고 말할 이유는 충분하다.

암울한 세상에도 눈감지 않은 연주자가 외면하지 않은 2015년의 기록이다. 홍경섭은 당시의 공기를 담아 음반에 박제했고 다시 들을 때마다 그 순간으로 돌아가게 만든다. 이 음반은 고통스러웠던 날들을 기억하지 않으면 고통은 되돌아온다고 말하는, 꺼지지 않는 불덩이 같아 들을 때마다 욱신거린다.

홍경섭과 OFUS ⓒ김민성작가 134need 스튜디오

성인 사내의 유랑기

누추하지만 뜨거운 삶
김일두 ≪달과 별의 영혼≫

〈시인의 다리〉
https://www.youtube.com/watch?v=MZ2FXTFZQCw

김일두의 두 번째 정규 음반 ≪달과 별의 영혼≫을 들으며 중얼거린다. 어떤 목소리는 그 자체로 하나의 우물이라고.

김일두만은 아니다. 백현진, 이소라, 전인권, 장사익, 장필순, 한영애를 비롯해 한국대중음악에는 자신의 목소리와 음악으로 소리의 우물이 된 이들이 많다. 고개를 아무리 깊이 처박아 봐도 끝을 가늠할 수 없는 우물. 그러나 두레박을 던지면 맑은 물을 가득 채워주는 우물 같은 음악인들은 우물에 비친 보름달처럼 흔들려도 사라지지 않는 아우라를 뿜는다.

애수와 낭만의 포크 음악

발표한 음반은 많지 않아도 김일두의 목소리를 함께 거명하기는 충분하다. 아주 낮은 저음, 노래한다기보다 읊조린다고 해야 할 어눌하고 진득한 창법, 은근하게 느껴지는 사투리의 성조. 저음에서도 갈라지고 고음에서는 더 찢어지며 갈라지는 김일두의 목소리는 수많은 음악인들 중에서도 흡사

김일두 《달과 별의 영혼》 @붕가붕가레코드

하거나 비견할 상대를 찾기가 쉽지 않다. 세속적인 기준으로 말하자면 결단코 노래를 잘한다고 할 수 없지만, 한 번 들으면 잊을 수 없는 목소리.

음악 또한 가볍지 않고, 나대지 않고, 밝지 않다. 음악에 실리는 목소리조차 진중하고 쓸쓸하며 사연을 잔뜩 품고 있는 것처럼 느껴지는 탓에 김일두가 노래하면 그의 노래는 오직 그만 할 수 있는 노래로 비범해져버린다. 목소리만으로 노래를 완성해버리는 목소리랄까. 그런 목소리로 김일두는 전작에서부터 슬프고 쓸쓸하지만 심지 굳고, 단단하지만 자조 어린 웃음과 따뜻한 마음이 동시에 느껴지는 애수와 낭만의 포크 음악을 들려주었다.

길을 잃기 쉬운 김일두의 노래

그리고 두 번째 정규 음반 ≪달과 별의 영혼≫에서 김일두는 자기 안의 우물로 좀 더 침잠한다. 달과 별 아래 떠도는 성인 사내의 유랑기처럼 느껴지는 14곡의 노래에 김일두는 떠돌며 보고 느끼고 배운 이야기를 기록했다.

알아듣기 쉬운 서사 대신 은유와 상징, 축약을 자주 사용한 노랫말은 김일두 자신이 아니라면 전모를 파악하기 어렵다. 일관된 주제가 없고, 특정한 사유와 신념의 체계가 감지되지 않는 탓에 김일두의 노래 안에서는 길을 잃기 십상이다.

가령 <직격탄>에서 '작은 가게 눈이 나쁜 아가씨'에게 '잠들다 먼저 간 자식 셋이 나타나'는 것은 무슨 의미인지. '집 안 숨겨 둔 낙타를 힘껏 끌고 나'오는 것은 무엇을 말하는 것인지 좀처럼 파악하기 어렵다. 전작에 비해 훨씬 사적이고 상징적인 노랫말의 실체는 모호하다. 그가 태어나고 자란 공간이나 그가 기독교에 심취했다는 사실이 해석의 실마리가 될 수 있겠지만 이 또한 일부에 국한될 뿐이다.

김일두의 근성

그렇지만 노래에 담은 정서의 씨앗을 분명히 느낄 수 있다. 나른함과 차분함, 쓸쓸함과 처연함, 자기 연민과 분노, 자책과 당당함, 모순과 아이러니가 공존하는 노래들은 복잡한 자신의 내면을 다듬거나 감추지 않고 드러내기 때문이다. 노랫말로든 보컬의 분위기로든 감지되는 노래 속의 세계는 냉혹하면서도 간절하고, 처절하면서도 초라하다. '본드나 성냥으로 충분히 황홀해지는' 무언가 불량스러운 분위기와 '진실 없는 사랑은 타살'임을 외치는 진실에 대한 간절함이 공존하는 김일두의 음악에는 뒷골목의 음습함과 고해성사의 눈물 같은 절실함이 동시에 존재한다. 김일두의 음악을 남다르게 하는 지점이다.

예쁜 것만 담거나 세련되게 다듬기만 하려는 음악들 사이에서 김일두의 음악을 들으면 확실히 우리가 살고 있는 세상, 혹은 우리 자신, 인간이라는 존재를 가감 없이 들여다보게 된다. 아니 들여다보아야만 한다. 미와 추, 성과 속, 기쁨과 고통이 공존하는 것이 세상이며 우리 자신이다. 김일두의 음악에는 이처럼 소셜 미디어에서 드러내지 않는 누추하지만 뜨거운 삶의 음영이 있다.

김일두 ⓒ붕가붕가레코드

게다가 김일두는 노래를 통해 어떤 감정을 옮기면서 분노하고 욕하고 체념하다가도 유머를 더하거나 골똘하게 응시하는 방식으로 대결과 사유를 멈추지 않는다. 지적이지는 않지만 끈질긴 그의 근성이 느껴지는 지점이며, 그의 노래에 기대거나 위로받으며 삶을 더 깊이 껴안게 되는 이유이다.

김일두가 아니라면 부를 수 없는 노래

방법론으로 말하자면 어쿠스틱 기타 하나에 자신의 보컬 정도가 전부임에도 김일두는 이러한 분위기와 힘을 충분히 공감할 수 있게 만든다. 포크라는 장르의 힘이다. 김일두 보컬의 힘이다. 가사에 적절한 멜로디를 입혀 손색없는 노래가 되게 만들기 때문이다. 노래와 노래 사이에서 큰 차이를 발견하기는 어렵기도 하고, 이번 음반에는 <문제없어요>처럼 명쾌한 사랑 노래가 없기도 하지만 김일두는 또다시 자신이 아니라면 누구도 부를 수 없는 노래집을 내놓았다. 야성과 낭만이 있는 남자의 노래. 몸으로 사는 나그네의 노래, 바로 어른의 노래.

록과 클래식의 크로스오버로 표현한 종교와 철학

한국대중음악을 넓고 깊고 특별하게 만든 음악
포프엑스포프 ≪The Divinity And he Flames Of Furious Desires≫
〈Oil & Blood〉
https://www.youtube.com/watch?v=MZ2FXTFZQCw

포프엑스포프의 ≪The Divinity And The Flames Of Furious Desires≫ 같은 음악은 소수의 지지밖에 얻지 못할 것이다. 흔히 들을 수 있는 대중음악과 거리가 멀기 때문이다.

이들의 음악은 블루스, 록, 재즈, 팝, 포크, 힙합처럼 익히 알려진 장르가 아닌 데다 노랫말도 없다. 기승전결도 모호하다. 곡의 제목은 모두 영어이고, 음반을 플레이했을 때 흘러나오는 소리는 음악만이 아니다. 기괴하게 들리는 소음이 웅얼거리는 음악과 섞여 흘러나올 때, 그리고 간혹 곡의 길이가 10분을 훌쩍 넘길 때 다수의 청자들은 불편함과 난감함을 느낄 가능성이 높다.

그러나 나는 이 음악을 옹호하고 싶다. 단지 어렵기 때문이 아니다. 어떤 이들은 평론가들이나 특정 장르 마니아들이 특정 음악을 어렵거나 이해하는 사람이 적기 때문에, 자신들 같은 소수만 알아본다고 잘난 체하기 위해 좋아하는 척한다고 생각한다. 그건 오해다. 물론 취향마저 계급과 권력을

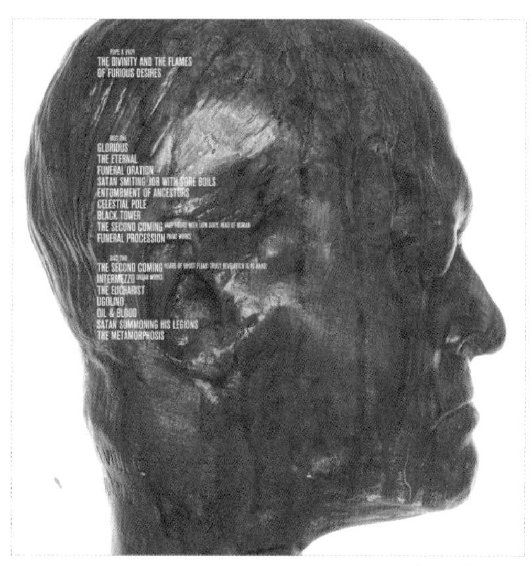

Pope X Pope ≪The Divinity And he Flames Of Furious Desires≫ⓒ포프엑스포프

증명하는 수단이 된 지는 이미 오래다. 부르디외 식으로 말하자면 포프엑스포프의 음악을 좋아한다고 말하는 것도 아비투스(Habitus)이다.

들여다보아야 할 것은 음악 그 자체

하지만 어렵거나 독특하다는 점이 예술의 완성도를 가늠하는 척도는 아니다. 이제는 남다른 작품을 좋아한다는 사실이 교양의 증거가 되지 못하는 취향의 시대다. 익숙하거나 쉽다는 점이 예술의 완성도를 낮추는 척도가 되지 않는 점과 마찬가지이다. 음악이 감정과 사상을 전달하는 수단이라는 사실을 알고 있다면, 음악의 완성도는 감정과 사상을 얼마나 잘 전달하는지 여부로 판단해야 한다. 누구나 좋아한다고 좋은 음악이거나 안 좋은 음악이 아니듯, 소수만 좋아한다고 좋은 음악이거나 안 좋은 음악이라는 법은 없다. 들여다보아야 할 것은 음악 그 자체이다. 음악이 이 세계와 부딪치며 만들어내는 울림의 반향, 그 크기와 깊이이다. 그 밖에는 모두 가짜다.

사실 포프엑스포프의 멤버들이 더 히치하이커라는 이름으로 활동하며 내놓은 음악들도 이 음반과 다르지 않았다. 더 히치하이커의 음악에서 난해하고 생경한 악곡들이 황량하고 장엄하고 비감하게 펼쳐질 때 마음에는 당혹감과 호기심이 분주하게 오고 갔다. 익숙하지 않은 음악 앞에서 이성은 바쁘게 음악의 뿌리와 논리를 더듬었다. 그리고 감성은 시시각각 반응하는 마음의 움직임에 귀를 쫑긋 세웠다. 음악이 얼마나 마음을 움직이는지, 어떻게 소리와 구조를 구성했는지 느끼는 동시에 분석했다.

중요한 것은 아무래도 전자였다. 음악이 어떤 식으로든 공명을 일으켰다면 마음공명 앞에서 정직해야 했다. 히치하이커의 음악은 속화되어버릴 수밖에 없는 세상에서 철학적이고 성스러운 태도와 반응과 질문을 음악으로 고수했다. 그래서 심오한 아우라에 젖어드는 마음을 지켜볼 수밖에 없었다.

현대 클래식을 차용한 음악

그리고 2015년 이들은 포프엑스포프라는 이름으로 새로운 음반 ≪The Divinity And The Flames Of Furious Desires≫를 내놓았다. 포프엑스포프의 음악은 여전히 대중음악의 방법론보다 현대 클래식의 방법론을 훨씬 많이 사용한 것처럼 보인다. 이들의 음악은 라이너 노트에 쓰인 대로 '리게티와 펜데레츠키에서 깊게 영향 받은' 음악일 가능성이 높다. 하지만 나는 리게티와 펜데레츠키의 음악을 들어본 적이 없어 현대 클래식의 방법론을 어떻게 차용했는지 말하기 어렵다. 다행히 이 음악들에서 대중음악의 방법론을 발견할 수 있다. 다수의 음악에서 노이즈록이나 앰비언트, 익스페리멘탈, 프로그레시브 등의 흔적을 어렵지 않게 발견한다. 그렇다. 이 음반은 록과 클래식의 크로스오버이다.

POPE X POPE ⓒ포프엑스포프

POPE X POPE ⓒ포프엑스포프

의식과 무의식, 실재와 비실재를 오고 가는 음악

하지만 ≪The Divinity And The Flames Of Furious Desires≫ 음반에서 주목해야 할 점은 장르의 방법론만이 아니다. 각각의 곡들이 제목으로 지향하는 목표와 소리로 만들어놓은 결과물의 상관관계, 음악 속 소리 조각이 건드린 마음의 반향이 중요하다.

두 장의 시디로 나눠 16곡을 담은 음반에서 포프엑스포프는 "'플루타르코스 영웅전'의 분위기를 캐치해보려고 했다" 한다. '사후세계에 대한 탐미적 관심사를 피력'하기도 하고, '장례'를 주제로 3부작을 구성한다. '성찬', '재림(The Second Coming)', '단테의 신곡', '성경의 욥기' 등을 주제로 하거나 그로부터 움튼 이미지를 소리로 표현한다. 그러나 각각의 곡들이 곡의 소재나 주제를 명쾌하게 알려주지는 않는다. 이 음악에는 가사가 없고, 소리의 집합체인 음악은 대체로 직관적이다. 그럼에도 흘러가는 소리들이 결합하면서 만드는 멜로디와 사운드가 소재와 주제를 바라보는 포프엑스포프의 태도이거나 그에 대한 이들의 해석임은 분명하다. 듣는 이들은 음악의 구조와 분위기, 음악에 대한 마음의 공명으로 느끼고 판단해야 하는데, 각각의 곡들이 지향하는 주제와 소리는 큰 오차 없이 맞아떨어진다.

가령 <Funeral Oration>부터 이어지는 3곡의 '장례 3부작'은 죽음이라는 종말 앞에서 인간이 경험하는 막막함과 무력감과 슬픔뿐 아니라 죽음 이후의 세계까지 표현한다. 죽음의 사신이 노래하는 듯한 노래 가사가 어떻게 되는지 알 수 없지만, 포프엑스포프가 상상해 음악으로 극화한 현실의 단절과 미지의 사후 세계를 동시에 경험하면서 보이지 않는 것들을 청각으로 체험하고 이성으로 사유할 수 있다. 포프엑스포프는 철학적인 주제를 표현하려고 도전했을 뿐 아니라 그 주제를 충분히 공감할 수 있는 소리의 구조와 드라마로 표현했다. 포프엑스포프를 지지하는 이유이다.

의식과 무의식, 실재와 비실재를 넘나드는 주제를 표현하기 위해서는 기존 대중음악의 방법론만으로는 턱없이 부족할 수 있다. 그래서 포프엑스포프는 현대 클래식과 다양한 록의 어법들을 함께 동원했고 유려하게 연결했다. 다만 포프엑스포프 음악의 출발이 주제인지, 방법론인지는 알 수 없다.

의외로 매혹적이고 스타일리시한 음악

그럼에도 포프엑스포프는 보이지 않는 것들을 보이게 하는 데 성공했고, 그 과정을 통해 어떤 음악은 욕망을 발산하는 데 그치지 않는다는 점을 보여주었다. 기존의 대중음악이 천박하고 속되다고 비판하려는 것이 아니다. 욕망으로 살아갈 수밖에 없는 인간의 삶에서는 욕망을 옹호하고 표현하는 음악만큼 영적인 가치를 드러내는 음악도 소중하다. 포프엑스포프는 음악의 시소가 한쪽으로만 쏠리지 않게 자신의 자리를 지켰다. 그리고 유장하고 아름다운 소리들을 길어 올리며 또 다른 감각을 깨우는 쾌감을 선사했다. 특히 낭만적이고 탐미적인 포프엑스포프의 스타일은 의외로 자주 매혹적이고 스타일리시하다. 그래서 쓴다. 포프엑스포프 덕분에 한국대중음악은 그만큼 넓어졌고 깊어졌으며 특별해졌다.

586세대의 순정

거리의 가수가 동시에 내놓은 앨범
손병휘 ≪꺾이지 않기 위하여≫, ≪추억은 힘≫

〈너의 노래〉
https://www.youtube.com/watch?v=A9bo5xnmwNQ

손병휘는 거리의 가수다. 그의 노래는 인터넷이나 방송, 공연장보다 거리에서 더 많이 울려 퍼진다. 그런데 그가 거리에서 노래하는 순간은 여느 버스킹 공연처럼 평화롭지 않다. 그의 노래가 울려 퍼지는 곳이 늘 국가와 자본 권력에게 짓밟힌 이들이 주저앉은 곳, 언제 끝날지 모르는 싸움을 계속하는 곳인 까닭이다. 그는 오늘도 변변한 음향 시설이 없고, 화려한 조명이 없으며, 빵빵한 출연료는 상상조차 할 수 없는 거리에서 노래한다. 민중가수라는 이름으로 노래하기 시작한 때가 1993년 서총련 노래단 '조국과 청춘'부터이니 어느새 20년을 넘겼다. 그동안 그는 조국과 청춘, 노래마을 등에서 활동하다 솔로로 독립해 7장의 음반을 내놓은 민중가요계의 중견가수가 되었다. 경력이 긴 데다 작품의 완성도도 높아 한국대중음악상 후보가 되기도 했다. 하지만 생활이 편해지거나 유명가수가 되지는 못했다. 시간이 흘렀어도 한국의 현실은 그다지 나아지지 않았다. 이제는 민중가수라고 부를 수 있는 이들도 많이 줄었다. 그새 그는 아는 사람보다 모르는 사람

손병휘 ≪추억은 힘≫ ⓒ손병휘

이 더 많은 민중가수로 나이 들었다. 노래하는 일은 여전히 행복한 일이지만 의무감과 당위만으로는 버티기 버거운 삶. 때로는 무기력과 패배감을 지울 수 없는 시간들을 통과하면서 그는 꿋꿋이 노래하고 새로운 음반을 내놓곤 한다. 손병휘는 자신의 음반 가운데 최근작인 6집 ≪꺾이지 않기 위하여≫와 7집 ≪추억은 힘≫을 동시에 내놓았다. 두 장의 음반을 더블 시디 형태의 6집으로 내놓을 수도 있었을 텐데, 두 음반의 콘셉트가 완전히 다르기 때문에 따로 발표했다.

동시에 내놓은 6집과 7집의 다른 콘셉트

6집 ≪꺾이지 않기 위하여≫가 세상과 시대에 대한 발언이라면, 7집 ≪추억은 힘≫은 그리움과 사랑을 주제로 한 음반이다. 이처럼 음반의 콘셉트는 다르지만, 두 음반을 관통하는 음악의 공통점은 분명하다. 포크와 포크 록에 기반을 둔 손병휘의 음악은 늘 곱고 서정적이라는 점에서 일관

된다. 그의 노래는 고전적인 민중가요처럼 장엄하고 극적인 드라마를 터트리지 않는다. 전투적인 행진곡풍의 노래로 선언하지도 않는다. 대신 여리고 섬세하면서도 힘 있는 보컬로 서정적이고 맑은 포크 음악을 들려주면서 이따금 프로그레시브 록 스타일을 가미한다. 명확하면서 폭넓은 음악 취향을 드러내는 손병휘는 6집과 7집 음반에서도 예의 미성으로 포크 록에 기반을 둔 음악을 들려준다. 특히 6집과 7집 음반에서 손병휘는 건반과 현악 연주를 부각시켜 서정적인 질감을 강조한다. 어쿠스틱한 밴드 편성의 연주를 기본으로, 건반과 현악 파트의 연주를 더해 자신의 음악을 미니멀하게 수식하거나 섬세한 맥락을 갖도록 연출했다. 보컬의 여린 미성에 조응하는 연주는 손병휘의 음악이 지향하는 정치적이고 사회적인 메시지에 순수하고 해맑은 질감을 얹었다. 그래서 음악만으로는 그의 실제 나이를 짐작하기 어렵게 하면서 그의 음악이 처음 샘솟은 마음의 옹달샘으로 인도한다.

음반의 주인공 손병휘

그렇다고 손병휘가 직접 쓴 노랫말들에서 세월과 나이가 숨겨지지는 않는다. 민중가수의 면모를 드러내는 6집 ≪꺾이지 않기 위하여≫에서 그는 '우리가 희망'이라고 선언하고, '울지 않을 거'라고 다짐하지만, 선언과 다짐 사이에서 숨죽인 좌절감과 쓸쓸함을 감추지 않는다. '세상이 나를 몰라도 그건 어쩔 수 없지'라거나 '다들 앞서가는 것 같아 초조하기도 했었지'라는 노랫말에서 겹쳐지는 모습은 노래한다는 것만으로는 만족하거나 안심할 수 없는 삶의 주름살이다. 손병휘는 이번 음반에서 '서커스의 코끼리처럼 / 수족관의 돌고래처럼 / 길들여진 지 이미 오랜 남자라는 이름의 나'라는 고백처럼 일상의 불안과 안일과 타협과 타락을 완전히 거부하지 못하는 자신의 모습을 드러낸다. 사실 손병휘는 민중가수임에도 세상의 문제와 사건을 노래 속에 직설적으로 담는 편은 아니었다. 그런데 6집에서는 세상을 바라보고 세상에서 살아가는 자신을 직시하며 어떻게 살아야 하는지 되묻는다.

손병휘 ⓒ이흥렬

손병휘 6집의 주인공은 바로 자신이다. 자신이 오래도록 끌고 온 마음의 나신裸身이다. 1980년대의 혁명가처럼 강인한 모습이 모델이 될 수 없는 시대, 너무 많은 것들이 달라져버린 시대, 누구도 완벽하게 답을 내릴 수 없는 시대에 그는 '이게 바로 나'라는 것을 인정한다. '세상이 우릴 잊어도 그건 어쩔 수 없'다며 끝까지(<Till the End>) 가겠다 다짐한다. 포기와 다짐 사이에 얼마나 많은 한숨과 번민을 묻었는지 구구절절 말하지 않는다. 진솔하고 냉정한 질문을 스스로에게 던지고 자신을 드러내면서 스스로 끌어낸 결론을 노래할 뿐이다.

그는 주목받는 386에서 어느새 나이 들고 타협하는 기성세대 586이 되어버린 세대에게 남은 부끄러움과 순정한 마음을 <서커스의 코끼리처럼> 같은 근사한 음악으로 표현했다. 그가 다다른 결론이 새롭거나 대단하지는 않다. 하지만 자신을 속이지 않고 자신으로부터 노래를 끌어내며 지켜온 가치를 계속 지키려 하는 태도는 소중하다. 견결한 삶의 기준으로 엄격하고 다정했던 민중가요의 정신을 여전히 삶으로 옮기고 노래로 이어가기 때문이다.

그리고 함께 내놓은 7집 ≪추억은 힘≫에서 손병휘는 그가 경험했음직한 사랑의 떨림과 시린 실연의 순간들을 수줍고 설레고 아픈 마음으로 고백한다. 찰랑거리고 반짝이는 포크 음악에 담은 사랑 노래는 짧지 않은 세월에도 정갈하고 세련된 느낌을 잃지 않는다. ≪추억은 힘≫ 음반에서는 편곡이 돋보이는 <미련>이 특히 인상적인 순간을 선사한다. 그리하여 팝과 포크에 익숙한 세대의 취향과 정서를 대변하기에 부족함이 없다. 그는 세상을 바라보는 시선과 사랑을 바라보는 자세가 다르지 않은 로맨티시스트이다.

두 장의 음반에서 한결같이 순정을 드러내는 그의 마음을 모두 음악으로 잘 표현하지는 못했고, 음악과 자신의 거리감이 필요한 순간도 있다. 하지만 이 노래들에 젖어들 이들이 누구일지는 분명해 보인다. 누구든 자기 세대를 대변해주는 뮤지션이 있다면 얼마나 위로가 될까. 아직도 꿈꾸는 586 세대를 위한 노래들.

손병휘 ©이흥렬

이 음악과 함께 아무것도 하고 싶지 않다

잃지 않는 음악의 향기
박윤우 트리오 ≪Earth, Life & Us≫

〈No More Rain〉
https://www.youtube.com/watch?v=qolH7R9Fnho

세상의 음악을 둘로 나눠보면 어떨까. 파스칼 키냐르는 파멸의 음악과 구원의 음악으로 나누었는데, 안정감을 주는 음악과 생경함을 주는 음악으로 나눠보면 어떨까. 물론 기준은 얼마든지 많다. 취향과 안목에 따라 똑같은 음악도 다르게 느낄 수 있다. 처음에는 생경했던 음악도 차츰 안정감을 줄 수 있다.

그렇다면 박윤우 트리오의 음악은 어느 쪽일까. 아무래도 금세 안정감을 주는 음악 아닐까. 기타리스트 박윤우와 드러머 이도헌, 베이시스트 김성수로 꾸려진 박윤우 트리오의 음악은 클래식 기타와 어쿠스틱 베이스, 드럼으로 구성되어 부담이 덜하다. 클래식 기타라는 악기 자체가 그렇거니와 이들의 음악은 데시벨을 높이거나 BPM을 빠르게 하지 않는다. 이들의 음악은 혁신적이거나 파격적이지 않고 난해하지 않다. 클래식 기타의 잔잔하고 섬세한 연주를 기본으로 베이스 기타와 드럼이 조응하는 음악은 편안하다. 명징하고 아름다운 멜로디를 앞세우는 박윤우의 연주는 음악을 깊이 듣지

박윤우 트리오 ≪Earth, Life & Us≫ ⓒ오디오가이

않았던 이들도 매료될 만큼 산뜻하게 아름답고 깔끔하게 서정적이다. 노래 없이 연주만으로 채운 음악임에도 또렷한 멜로디와 기승전결이 명확한 구성은 긍정적인 의미의 대중성을 완성한다. 전작 ≪The Songs Of My Guitar≫를 주목하게 한 이유였다.

진일보한 스토리텔링과 연주력

그런데 박윤우의 두 번째 음반 ≪Earth, Life & Us≫는 전작보다 진화했다. 테마의 아름다움에 기대곤 했던 전작에 비해 이번 음반에서는 더 유려한 서사에 더 풍부한 이야기를 담았기 때문이다. 테마를 먼저 제시한 후 솔로 연주를 이어갈 때 박윤우는 테마를 반복하기만 하지 않는다. 그는 더 능수능란하고 자연스러운 연주를 더해 곡의 서사를 확장한다. 이 같은 변화를 연주력이 늘었다는 정도로만 표현해서는 안 될 일이다. 창작곡을 써서 자신의 이야기를 하는 음악 주체다운 자신감과 솔직함이 없다면 불가능한 일이다. 자신이 하고자 하는 이야기를 풍성한 서사로 넓히고 펼쳤다가 다시 모아가는 이야기꾼의 감각과 재능이 진화한 결과이다.

그래서 이번 음반에 수록된 곡들을 들으면 여전히 아름다운 테마에 먼저 마음을 뺏긴다. 그 후 박윤우의 스토리텔링과 연주력에 한 번 더 마음을 빼앗긴다. 좋은 음악은 정서적으로 감응하게 하는 멜로디와 단단하고 개성적인 구조의 사운드가 함께 어울릴 때 가능하다. 아름다운 테마는 음악가가 표현하려는 주제를 정서적으로 납득하게 하고 동감하게 해 듣는 이를 음악 안으로 성큼 끌어들인다. 그리고 단단하고 개성적인 구조의 사운드는 소리의 건축물 안에 오래 머무르게 한다. 박윤우 트리오는 한 곡의 음악이 끌어내고 번지게 할 수 있는 감정과 사유를 최대한 확장시켜 음악이 자유로운 동시에 치밀하고 조화로운 창작물임을 일러준다. 오직 한쪽 방향으로 직진하는 것처럼 보였던 박윤우 트리오의 음악은 금세 미로처럼 수많은 길을 만들어 넋을 잃게 만들어버린다. 넋을 잃은 채 서성이는 매 순간 향기를 잃지 않는 박윤우 트리오 음악의 치밀한 시나리오.

조화로운 연주의 합일

실제로 곡을 확장하는 순간의 완성도를 만드는 힘은 박윤우에게서만 나오지 않는다. 김성수와 이도헌이 함께 만드는 절제되고 조화로운 연주의 합일은 트리오 연주의 매력을 깔끔하게 보여준다. 클래식 기타의 여린 질감과 여백의 미를 손상시키지 않는 김성수와 이도헌의 연주는 클래식 기타 솔로와 다른 울림으로 사운드의 굴곡을 만든다. 덕분에 박윤우 트리오의 연주는 더 진득하게 깊어진다.

음악 덕분에 갓 빚은 반죽처럼 부드러워지다

사실 나는 이 음반을 라이브로 먼저 들었고 그 뒤에 비로소 음반으로 들었다. 하지만 둘 사이의 차이는 거의 없었다. 연주자들이 워낙 안정된 연주력을 가지고 있기 때문이고, 녹음된 음반 또한 라이브에 준하는 밀도를 담

박윤우 트리오 ⓒ이다영

았기 때문이다. 총 12곡으로 한 시간 넘는 음반을 듣고 있으면 초여름 산들바람이 간질여주는 기분이 들곤 한다. 어떤 곡은 이국의 추억으로 끌고 갔고, 어떤 곡은 세월호의 슬픔으로 인도했으며, 어떤 곡은 선선한 그늘에 감도는 여름바람처럼 살랑거렸다. 그 순간마다 숱한 생각들이 감돌았다가 지워졌고, 아무런 생각이 없어졌다. 그래도 좋았고 저래도 좋았다. 그 순간 여유롭고 편안했던 이유는 일을 멈춘 채 음악을 듣고 있기 때문이었겠지만, 일을 하지 않고 음악을 듣고 있다고 늘 편안하지만은 않다. 이 음악과 함께 하는 순간마다 마음이 갓 빚은 반죽처럼 부드럽게 흔들렸던 이유는 전적으로 음악 덕분이었다. 나는 이 음악과 함께 이따금 멈추고 아무것도 하지 않으려 한다. 이 음악은 그렇게 들어야 할 가치가 있고, 우리의 삶도 마찬가지이다.

끝내 지켜야 할 인간다움

노래로 만드는 희망
임정득 ≪당신이 살지 않았던 세계≫

〈Bella Ciao〉
https://www.youtube.com/watch?v=xCNaTfscohY

임정득이 이 음반을 발표했던 시절은 막막했다. 2008년부터 2015년까지 이명박 정부 5년, 박근혜 정부 3년 내내 세상은 암담했다. 우리는 세상이 얼마나 망가질 수 있는지, 그 하한선이 날마다 깨지는 모습을 지켜보아야 했다. 물론 이전 정부라고 박수만 보낼 수는 없었다. 김대중, 노무현 정부 역시 공과를 따진다면 비판해야 할 일들이 수두룩했다.

그러나 두 번의 보수 정권을 통과하는 동안 어렵사리 간직해온 믿음과 희망마저 완전히 포기하기에 이르렀다. 노인, 노동자, 농민, 빈민, 서민, 여성, 중산층, 중장년, 청소년, 청년 할 것 없이 한숨과 눈물뿐이었다. 대한민국은 부자들만 살아남을 수 있는 나라가 되었다. 그들의 공화국에 기웃거릴 권리조차 빼앗긴 사람들은 느닷없이 배가 가라앉고 전염병이 퍼져도 각자 살아남아야 했다. 그런데도 대통령은 나 몰라라 유체이탈 화법만 늘어놓았다. 침몰한 대한민국호를 끌어올려야 할 야당과 진보정당은 자중지란에서 헤어나올 줄 몰랐다. 답이 안 보이는 날들이 하릴없이 흘러갔다.

임정득 ≪당신이 살지 않았던 세계≫ ⓒ레인메이커

암담했던 시절의 노래

세상이 무너질 때 음악은 무얼 하고 있었을까. 막막한 세상을 분개하고, 한탄하고, 풍자하고, 맞서 싸우는 노래가 없지 않았다. 과거 민중가요라는 이름으로 머리띠를 묶었던 노래들은 더 많은 노래들로 스며들었고, 2008년 촛불 집회 이후에는 흔해졌다.

민중가요를 끌어안았던 변혁운동 세력이 힘을 잃어버린 2015년에도 맨 앞에서 싸우는 이들 곁에는 민중가요 뮤지션들이 있었다. 다만 그들의 노랫소리는 예전보다 잦아들었다. 민중가요를 듣는 이들도 좀처럼 보이지 않았다. 꽃다지와 우리나라를 비롯한 몇몇 노래패와 박준, 백자, 손병휘, 연영석, 지민주를 비롯한 소수의 뮤지션들이 힘겹게 남았을 따름이다. 그들은 쉬 바뀌지 않는 현실에 대한 막막함과 생계에 대한 고투, 그리고 완성도 높은 음악에 대한 갈증을 껴안고 안간힘 같은 노래를 멈추지 않았다.

민중가요 노래패 좋은친구들에서 활동하다 독립해 활동 중인 임정득은 그중 하나다. 2015년 세 번째 음반 ≪당신이 살지 않았던 세계≫를 내놓은 임정득의 음반은 일 년에 채 10장도 나오지 않는 민중가요 음반이라는 사실만으로 특별하다. 그의 음반은 2015년의 한국 민중가요에 임정득의 시선을 담아 귀 기울이게 하고, 곰곰이 생각하게 하며, 곱씹어 다짐하게 한다.

혹자는 민중가요가 군가풍의 선동적인 노래 일색이라고 생각하지만 오래된 편견이다. 1970년대 말 싹튼 민중가요운동은 서정가요와 포크, 록, 재즈, 행진곡, 크로스오버 등 익숙한 장르의 방법론을 고르게 활용했다. 음악의 태도 역시 정답 같은 당위를 선언하는 데서 그치지 않았다. 그동안 민중가요에는 세상을 관찰하고 삶을 기록하며 위로하거나 웃음으로 맞서는 노래가 적지 않았다. 민중가요는 비판적이고 진보적인 세계관으로 꿈꾸고 대안을 제시하는 문화운동이자 음악 방법론이었다. 민중가요는 변혁운동과 밀접한 관계를 맺고 현실을 더 깊고 또렷하게 바라보게 해주었다. 음악을 들음으로써 다르게 보고, 다르게 생각하게 만들었고, 다르게 살아가게 했다.

민중가요의 전통과 미덕을 변주한 노래들

임정득은 이번 음반에서 민중가요의 전통과 미덕을 변주한다. 그는 '지지 말고 맞서 싸워 / 앞서서 나가니 / 산자여 따르라'(<V(널 향한 그리움)>)라고 선언한다. '두려워할 필요는 없어 / 또 다른 세상이 기다리고 있어'(<멈추지 말아줘>)라고 낙관한다. 하지만 좀처럼 변하지 않고 풀리지 않는 오늘을 외면하며 막무가내로 희망을 노래하지는 않는다.

이 음반의 노래가 묵직하게 다가오는 순간은 당차게 선언할 때가 아니라 응시하고 관찰하는 순간이다. '어두운 전철역'에서 '반대편의 한 인간'을 바라보며, 모든 이들에게 불안함과 위태로움을 밀어붙이는 세계, '당신이 살지 않았던 세계'가 도래했음을 직시하고, 한 존재라는 세계가 끝내 몰락하고 있음을 전광석화처럼 깨닫는 <당신이 살지 않았던 세계>. '또 다른 세계가 지금 무참히 깨어진다'는 <V(널 향한 그리움)>는 한 인간을 자본주의가

임정득 ⓒ신동재

점령한 세계와 총체화해 바라본다. 기존 민중가요가 제시하는 문제의식과 다른 냉정한 관점이다.

새로운 시도로 연결한 엄격함

임정득은 '내가 가진 모든 것들이 어디에서 오는지'(<가난한 사내>) 묻는다. 그리고 '날마다 안간힘을 쓰며 / 처절한 싸움을 벌인 우리는 / 꿈을 놓아버렸'(<가난한 사내>)다고 털어놓는다. 기존의 태도와 방법으로는 바꾸지 못하는 현실, 좀처럼 무너지지 않는 현실의 벽 앞에서 마주하는 좌절의 토로이다.

그러나 그 순간 임정득은 무릎 꿇고 울지 않는다. 익숙한 결론으로 도망치지 않는다. 그는 정직한 자기 고백과 집요하고 성실한 질문으로 대응하는 민중가요의 엄격함을 유지한다. 특히 임정득은 엄격함을 새로운 시도로 연결한다. 그는 록과 오페라의 어법을 결합하고, 록의 방법론을 전면화함으로써 제 안의 치열함을 온전히 전달한다.

사람들 곁으로 걸어가는 노래

그러면서 임정득은 포기할 수 없는 희망의 의지를 고백한다. '무엇을 하든 / 하지 않든 / 봄은 올 테니 / 그러니 / 멈추진 말아'(<멈추지 말아줘>)라고, '느린 걸음으로 걸어가자 / 착한 마음으로 살아가자'(<평범한 사람에게>)고 노래할 때 민중가요 특유의 당위와 낙관은 단단하다. 그의 당위와 낙관은 '평범한 모든 것 속에 숨어 있는 견고한 균형들'과 '단조로운 모든 것들이 반복해온 수많은 노력들'(<평범한 사람에게>)을 이해한 결과이기에 좀처럼 상투적이지 않다.

그는 기계적으로 당위를 강변하지 않는다. 그는 '살다 지친 사람들'(<그랬으면 좋겠다>)을 애잔한 목소리로 껴안으며 위로한다. '오랜 싸움 속에 / 나부끼는 농성장 깃발 위로'(<눈물겹지만 첫눈이다>) 크리스마스와 송년 인사를 전하고, 경쾌하게 <Bella Ciao>를 노래하며 사람들 곁으로 걸어간다. 임정득은 다정함과 따뜻함으로 노래를 피어 올려 노래가 흐르는 동안이라도 희망을 만들고, 그 노래의 온기로 버티려 애쓴다.

서정가요와 록 등의 방법론을 아우르는 임정득의 음악에는 강렬함과 섬세함이 함께 존재한다. 애잔함이 깔려 있는 임정득의 보컬은 록으로 솟구칠 때보다 정갈하고 서정적인 편곡을 동반할 때 더 큰 울림을 준다. 그럼에도 스케일을 키운 <당신이 살지 않았던 세계>에서 감행한 록 음악 시도에 대해서는 박수를 보내고 싶다. 아름다운 피아노와 현악기 연주가 인상적인 <평범한 사람에게>와 <그랬으면 좋겠다> 역시 기억하고 싶다.

막막한 오늘을 껴안는 노래

수록곡 중에는 민중가요의 관습적인 태도와 방법론을 버리지 못하거나, 의도가 최선의 결과로 이어지지 못하는 경우도 있다. 하지만 <그랬으면 좋겠다>와 <눈물겹지만 첫눈이다>의 고운 연주에 실린 순수한 마음은 끝내 지켜야 할 인간다움이 무엇인지 충분히 보여준다. 새롭지 않고 놀랍지 않아도 묵묵히 제 길을 가는 노래에 잠시 고단하고 흔들리는 마음을 다잡기

임정득 ⓒ하루와

는 부족함이 없다. 여전히 싸우는 이들 곁에는 노래가 있다. 음악을 좋아하는 이들과는 한발 떨어져 자신들만의 길을 가는 것처럼 보이기도 하는 '민중가요'는 여전히 오늘을 껴안은 팔을 풀지 않았다. 놓치지 말자. 이 소중한 '삶의 노래'를. 이제 노래의 손을 잡고 다른 이를 위해 나머지 손을 내어주자.

진면목을 보여주다

이 순간을 행복하게 하는 노래
호란 ≪괜찮은 여자≫

〈괜찮은 여자〉
https://www.youtube.com/watch?v=dAAmrFxJACI

호란의 새 음반 ≪괜찮은 여자≫를 들으며 생각했다.

호란에 대해 얼마나 알고 있는지. 호란에 대해 얼마나 정확하게 알고 있는지. 일렉트로닉 팝 그룹 클래지콰이의 일원이자 어쿠스틱 프로젝트 그룹 이바디의 일원으로 활동하는 호란. 널리 알려진 뮤지션이자 셀러브리티인 호란. 그만큼 매력적이고 스타일리시한 호란. 소셜 미디어에서 거침없고 솔직하며 당찬 호란. 그러나 한 사람의 뮤지션으로서는 아직 잘 모르겠는 호란. 사실 여기까지가 이 음반을 접하기 전까지 알고 있던 호란의 전부였다.

그런데 호란의 첫 EP ≪괜찮은 여자≫는 지금껏 알고 있는 호란에 대해 다시 생각해 달라고 요청한다. 무릇 솔로 음반은 자신의 진면목을 드러낼 수밖에 없는 홀로서기이다. 반드시 자신의 내공을 죄다 쏟아내야 한다. 호란의 첫 솔로 음반은 그간 호란이 음악인으로 쌓아온 공력이 간단치 않음을, 아직 보여주지 않은 호란이 한참 남았음을 예고한다.

호란 ≪괜찮은 여자≫ ©fluxus

매끈하고 깔끔한 팝 음악

수록곡은 6곡. 음반을 듣는 데 걸리는 시간은 20분 54초. 한 시간이면 세 번쯤 들을 수 있을 만큼 짧다. 그러나 음반에 수록된 여섯 곡 가운데 마음에 들지 않는 곡은 한 곡도 없다. 여섯 곡 모두 매끈하고 깔끔하다. 특정 장르의 문법에 충실하기보다는 팝의 보편성에 더 주의를 기울인 수록곡들은 보편적이며 인상적인 멜로디로 듣는 이들을 매혹시킨다. 팝에서 좋은 멜로디가 얼마나 중요한지 새삼 언급할 필요가 있을까. 누가 들어도 좋고, 한번만 들어도 꽂힐 수 있는 멜로디는 금세 휘발되어버리는 시간예술인 음악의 매력을 오래 지속시키는 원동력이다. 호란은 기타리스트 지쿠와 자신이 직접 쓴 곡에서 각기 다른 분위기와 스타일, 장르의 어법을 펼쳐 보인다. 계속 명확하고 순도 높은 멜로디를 제시하고, 그 멜로디를 무리 없이 반복하면서 근사한 팝 음악을 만들어낸다.

첫 곡 <괜찮은 여자>가 경쾌하고 복고적인 리듬으로 산뜻하게 새침한 분위기를 연출한다면, <연예인>은 어쿠스틱 기타의 아르페지오 연주를 일렁이면서 잔잔하고 자연스러운 흐름을 제시한다. 반면 <댄싱쓰루>는 어쿠스틱 기타 연주와 우울한 분위기의 프로그래밍 사운드를 리프처럼 교차하면서 건조한 목소리를 얹어 침잠하는 분위기를 만든다. 매력적인 리프로 섬세하고 로킹하게 조율한 <Insomnia>와 일렉트로닉하고 미니멀한 울림을 느낄 수 있는 <Favorite Nightmare>, 보컬의 질감을 중심으로 배치하되 일렉트로닉 사운드를 세련되게 결합시킨 <꽃가루>까지 음반에 수록한 모든 곡은 좋은 멜로디를 쌓고 적절한 편곡을 결합시켜 더함도 부족함도 없는 사운드를 완성했다.

끝까지 흐트러지지 않는 노래의 힘

덕분에 음반을 듣다 보면 처음부터 음악이 쏙쏙 꽂히는데 그 힘이 흐트러지지 않는다. 처음에도 매력적이지 못하고 끝까지 매력적이지 못한 음악, 초반의 매력을 끝까지 이끌고 가지 못하는 음악은 얼마나 많은가. 하지만 호란은 한순간도 멈칫거리지 않고 순조롭게 따라가면서 순간순간 깊이를 느낄 수 있는 음악을 완성했다. 개성 강한 음악, 남들과는 확연하게 다른 음악만 완성도 높은 음악이라고 생각하는 이들에게 호란의 음반은 보편적이면서 아름다울 수 있음을 보여준다. 어쩌면 우리에게 부족했던 음악은 독특하고 묵직한 아우라의 싱어송라이터 음악이 아니라 폭넓은 설득력과 기품을 함께 가진 싱어송라이터의 음악이었을지 모를 일이다. 호란이 파격적이고 개성 넘치는 음악을 만들지는 않았지만 서로 다른 스타일을 능숙하게 아우르고 있다는 점은 가장 호평할 만한 부분이다. 이후 호란이 선보일 음악을 더 기대하게 된다.

노랫말에 담은 호란의 자의식

한편 이 음반을 좀 더 매력적으로 만드는 마력은 노랫말에 담은 호란의

호란 ©fluxus

자의식에서 흘러나온다. 모든 곡의 가사를 직접 쓴 호란은 자의식 강한 여성의 모습을 그려낸 <괜찮은 여자>와 연예인에 대한 편견과 오해를 연예인 자신의 고백과 결합한 <연예인> 등에서 서로 다른 입장을 담담하게 서술하고 재현한다. <꽃가루>의 성숙하고 서정적인 고백도 아련하다. 이 노랫말들은 범상한 노랫말들 사이에서 호란을 구별짓기 충분하다.

평소 음악을 듣다가 좋은 음악을 만나면 음악을 틀어두고 아무것도 하지 않는 습관이 있는 나는 이 음반을 틀어두고 누운 채 가만히 있었다. 어떤 곡에는 설레고, 어떤 곡에는 쓸쓸해졌으며, 어떤 곡에는 따뜻해졌다. 마음이 격렬하게 요동치지는 않았지만 좋았던 순간과 지쳤던 순간이 스쳐갔고, 가사의 서사와는 별개로 소리의 울림만으로도 마음에는 바람이 불다가 햇살이 비치다가 그늘이 졌다. 결국은 혼자서 음악을 듣고 있는 이 순간이 참 행복하다는 생각이 들었다. 그 순간 편안했고 충만했다. 이것으로 충분하다는 생각이 들었다. 이런 음악이라면, 이런 뮤지션이라면.

안치환의 투병 기록

가장 솔직하고 구체적인 작품집
안치환 ≪50≫

〈병상에 누워〉
https://www.youtube.com/watch?v=JUF63_D7I1s

2015년 싱어송라이터 안치환에 대한 이야기는 그의 암 투병으로 귀결되었다. 그는 2014년 암을 앓으며 두 번의 수술을 받았다. 그 와중에 안치환은 자신의 음악인생을 정리한 앤솔러지 음반을 내놓았고, 음반 발매 기념 간담회에서 해쓱해진 모습을 드러냈다.

하지만 그의 창작욕은 전혀 줄지 않았다. 그는 언제 아팠냐는 듯 곧 열한 번째 새 음반을 내놓았다. 당시 자신의 나이와 똑같은 타이틀 ≪50≫에 11곡을 담았다.

일기장 같은 노래

≪50≫은 그간 안치환이 내놓은 어떤 음반보다 솔직하고 구체적으로 자신을 보여주는 작품집이다. 그는 <나는 암환자>와 <병상에 누워> 두 곡에서 암에 걸린 자신의 절망과 슬픔을 가감 없이 드러냈다. 아내와 함께 경험한 병원생활의 가슴 뭉클한 순간도 노래로 담았다. 그동안 현실비판적인

안치환 ≪50≫ ⓒ안웅철

메시지나 서정적인 시선을 주로 노래해온 그는 9집에서부터 아내에게 보내는 노래 <아내에게>를 만들고, 자신이 386세대임을 자랑스럽게 고백하는 노래 <그래, 나는 386이다> 등을 만들며 속내를 드러냈는데, ≪50≫ 음반에서는 혼자 써온 일기장을 한 뼘 이상 보여주는 것만 같다.

암 투병이 운명을 좌우할 만큼 큰 사건이었기 때문일 것이다. 자칫하면 더 노래할 수 없게 될지 모르는 투병생활을 견디고 돌아온 그에게 더 절실하고 간절한 이야기가 있을까. 그래서 그는 자신의 반백년 인생을 관통하고 지나간 암과의 만남을 이야기하고, 그 만남이 건네주고 간 파장을 고백하지 않을 수 없었을 것이다.

안치환 자신을 노래하다

실제로 그는 항상 삶에 기반한 노래, 스스로에게 솔직한 노래를 부르는 리얼리스트이다. 특히 나이 들어갈수록 그의 삶과 노래는 더욱 가까워졌다. 그래서 당당하고 정의로운 민중가수 안치환이나 품 넓고 따뜻한 싱어송라이터 안치환만이 아니라, 두렵고 불안하지만 끝내 지지 않으려는 의지의 인간 안치환, 자신의 삶과 미래를 기필코 낙관하려는 안치환 자신이 노래가 되었다.

'케모포트를 심고 항암을 처음 맞던 날 눈물이 났어'라는 가사나, '어느 날 눈을 떠보니 나는 병상에 당신은 조그만 소파에 누워' 같은 노랫말은 그가 투병을 통해 건져 올린 자기 기록이다. 특히 암환자인 자신 곁에 누워 있는 아내를 보며 애달프게 노래한 <병상에 누워>는 생생한 체험이 감동적인 노래로 잘 발현한 곡이다. 독창적이거나 독보적인 사운드를 만들어내기보다 호소력 있고 자연스러운 노래를 만들어내는 데 탁월한 싱어송라이터 안치환은 같은 순간을 경험했거나 하지 못한 누구라도 공감할 수밖에 없을 만큼 뭉클한 노래를 만들어냈다. <사랑이 떠나버려 나는 울고 있어>, <바람의 영혼>, <Shame On You!> 등의 곡에서도 진솔한 고백은 이어진다.

여백과 여유가 부족한 노래의 아쉬움

하지만 이 음반에 수록한 곡들이 안치환의 가장 빛나는 창작력을 재현하지는 못한다. 아무리 많은 명곡을 만들어낸 창작자라도 모든 음반에서 똑같이 명곡을 내놓기는 어렵다. 특히 이렇게 어려운 시간을 견디고 자신을 드러내며 내놓은 음반의 가치를 음악성만으로 평가하는 것은 너무 무리한 기준일 수 있다. 그럼에도 ≪50≫ 음반이 음악적으로 진일보했거나 오래 남을 노래를 만들어냈다고 보기는 어렵다. <병상에 누워> 같은 절창을 만들어내는 동시에 <길지 않으리>처럼 애잔하면서도 담담한 곡을 써낼 줄 아는 안치환이라면 분명 더 좋은 음악을 만들어낼 수 있을 것이기 때문에 기준을 낮추기 어렵다.

무엇보다 보컬과 가사의 톤이 과하다는 아쉬움을 지울 수 없다. 원래 격정적인 스타일이 안치환의 장점이자 매력이지만, 안치환의 근작에는 다소 과한 순간들이 많았다. 이번 음반에서도 자신이 경험한 외로움과 고통, 절

안치환 ©안웅철

망을 여과 없이 쏟아내면서 듣는 이가 되새길 수 있는 여백과 여유가 사라져버렸다. 좋은 음악은 창작자가 모든 것을 다 보여주고 완벽하게 전해주기보다, 한 호흡을 쉬어줌으로써 듣는 이가 들어가 머물 수 있는 틈을 만들어주는 음악이다. 하지만 노랫말이나 보컬, 사운드 등에서 틈이 없이 밀어붙이다 보니 노래 속 성찰과 울림이 듣는 이 안에서 자연스럽고 풍부하게 확장될 수 있는 여백이 사라져버렸다. 그래서 가장 담담한 곡 <길지 않으리>가 더 긴 울림을 준다는 사실은 역설적이다. 아울러 <희망을 만드는 사람>과 <무지개>, <회상> 등의 곡에서 감지할 수 있는 성인음악의 해묵은 질감도 그의 세대와 나이를 감안하면 당연할 수 있지만, 음악적 긴장이 동반하지 못함으로써 음반의 열기를 떨어뜨린다.

하지만 안치환의 노래는 멈추지 않았고, 그의 삶은 계속 이어지고 있다. 삶이 끝나지 않는다면 노래 역시 끝나지 않을 것이다. 이제 그 노래들을 기다려본다. 안치환 그의 삶이 써내려갈 새 노래를.

원더걸스의 역사는 끝나지 않았다

그녀들의 반격
원더걸스 ≪Reboot≫

〈I Feel You〉
https://www.youtube.com/watch?v=V9QXQz6uE0M

2015년 원더걸스는 잊히고 있었다. 새로운 걸그룹들이 쏟아지고, 인기 판도가 계속 바뀌는 전쟁 같은 경쟁 와중에 들려온 소식은 선예의 결혼과 소희의 계약 만료 및 이적, 선미와 예은의 솔로 음반 발매 소식뿐이었다. <Tell Me>와 <Nobody>로 폭발적인 인기를 얻은 과거가 무색할 지경이었다.

원더걸스는 2007년과 2008년 명실상부한 최고의 스타였다. 원더걸스는 2000년대 중반 걸그룹 열풍을 선도했고, 온 세상이 노래와 춤을 따라했다. 2015년에는 소녀시대가 부동의 1위를 지켰지만, 그때만 해도 원더걸스의 천하였다. 원더걸스는 2009년부터는 예상을 깨고 미국 진출을 시도해 미국 빌보드 핫 100 차트에 76위로 진입하기까지 했다. 하지만 그 후에는 하락세였음을 부인할 수 없다. 선미가 활동을 중단했고, 2011년과 2012년에 내놓은 음반들은 완성도만큼의 반응을 얻지 못했다.

이제 원더걸스는 과거의 명성을 회복하지 못하고 추억이 되어버리는 것 아닌가 하는 추측이 확신으로 바뀌고 있었다.

원더걸스 ≪Reboot≫ ⓒJYP엔터테인먼트

악기를 연주하며 돌아온 원더걸스

하지만 원더걸스는 예상을 깨는 모습으로 돌아왔다. 원더걸스는 2015년 7월 21일부터 24일까지 예은, 선미, 혜림, 유빈이 직접 베이스 기타, 일렉트릭 기타, 건반, 드럼을 연주하는 모습을 담은 티저 영상을 공개해 시선을 집중시켰다.

원더걸스가 춤과 노래를 소화하는 엔터테이너라고만 여겨왔던 이들은 멤버들이 근사하게 악기를 연주하는 모습을 보면서 신선한 충격을 받았다. 직접 곡을 쓰거나 연주하지 않고 노래와 춤만 실행하는 아이돌을 저평가하는 이들에게는 더 놀라운 복귀였다. 실제로 일부 음악팬들 사이에서 아이돌은 남이 써준 노래를 앵무새처럼 부르기만 하는 존재이고, 싱어송라이터나 밴드 음악을 하는 이들이 더 전문적이고 진정성이 있다고 여기는 고정관념이 있음을 부인할 수 없다. 원더걸스의 복귀와 새 음반에 대한 관심은 더 커졌다. 그 후 음반 트랙리스트를 공개하고, 7월 30일 멤버들이 수영복 차림으로 등장해 노래하고 연주하는 타이틀곡 뮤직비디오 티저 영상을 공개하면서 원더걸스의 복귀에 대한 관심은 부풀어 올랐다.

분위기를 반전시킨 원더걸스는 8월 3일 ≪Reboot≫ 음반을 공개했다. 12곡을 담은 음반은 원더걸스 멤버들이 직접 작사, 작곡, 편곡에 참여했다는 점에 먼저 주목해야 한다. 이전 음반에도 멤버들이 참여해 만든 곡이 있는데, 이번 음반에서는 타이틀곡 <I Feel You>를 제외한 모든 수록곡들을 전문 작곡가와 멤버들이 함께 쓰고 다듬었다. <베이비 돈 플레이>는 예은과 홍지상이 함께 작업했고, <Candle>은 혜림과 프란츠, 팔로알토가 함께 만들었다. 예전에 비해 멤버들의 비중이 큰 폭으로 늘었다.

하지만 화제를 모았던 멤버들의 연주를 실제 음반에 담지는 않았다. 음반 수록곡들 가운데 실제 연주를 하는 곡들이 많지 않았으며, 아무리 연습을 해왔다고 해도 전문 연주자들만큼 안정된 연주를 선보이기는 어렵기 때문이리라.

그렇다고 원더걸스가 연주하는 모습을 마케팅 포인트로 삼은 사실을 비난할 수는 없다. 그동안 멀어진 거리감을 좁히고 음악적으로 성장한 모습을 보여주면서 신뢰감을 주기 위해서는, 기존과 다른 이미지를 만들어야 하는 상황이었다. 아이돌 음악 전문 매체인 아이돌로지가 정리한 것처럼 '비일상적 이미지 : 일상적 이미지, 소녀적 이미지 : 성숙한 이미지'로 정리할 수 있는 걸그룹 시장에서 예전 이미지를 반복해서는 공백을 극복하기 어려웠다. 복고적이고 친근한 원더걸스의 기존 이미지는 멤버 변화와 맞물려 흔들렸고, 다른 걸그룹들이 잠식하기도 했다. 이런 상황에서 원더걸스는 직접 연주를 해내는 밴드형 걸그룹의 모습을 과감하게 선보임으로써 기존 걸그룹과 다른 좌표에 착륙했다. 국내 걸그룹들 중에서는 AOA가 잠시 시도했을 뿐, 비어 있던 블루오션을 급습한 것이다.

1980년대 스타일 일렉트로닉 팝을 선보이다

다른 이미지를 구축해 화제를 불러일으킨 원더걸스의 새 음반은 그러나 원더걸스가 갖고 있던 복고적인 이미지를 계승한다. 수록곡들 가운데 다수는 복고적인 1980년대 감각의 일렉트로닉 팝이다. 선명한 멜로디에 건반이 뿅뿅거리고 드럼이 둥둥 떠다니면서 공간감을 만들고, 경쾌한 리듬감을 강조한 음악은 원더걸스가 해왔던 음악과 조금 다르지만 복고적이라는 점에서 일치한다.

그런데 중요한 점은 이렇게 내놓은 원더걸스의 새 음반 ≪Reboot≫의 수록곡들이 대부분 근사하다는 사실이다. 심은지, 이토요, 주효, 프란츠, 홍지상 등이 멤버들과 함께 만든 곡들은 복고적인 질감을 잘 살렸을 뿐 아니라, 팝으로 손색없는 완성도를 장착했다. 타이틀곡으로 발표한 <I Feel You>보다 <Loved>나 <One Black Night>, <사랑이 떠나려 할 때> 같은 곡이 더 낫다고 할 수 있을 정도로 수록곡들의 완성도는 균일하다. 아무리 악기를 폼나게 연주하고, 인상적인 패션을 선보인다 한들 음악이 좋지 않다면 호평할 수 없는데, ≪Reboot≫에는 좋은 음악이 많다. 그 결과 원더걸스의 새 음반 ≪Reboot≫는 음반의 타이틀처럼 원더걸스의 재시동을 긍정하기 충분한 음반이 되었다.

진정성까지 획득한 원더걸스

또한 이 음반은 아이돌이나 걸그룹에 대한 고정관념을 수정하게 하는 작품 가운데 하나이다. 아이돌 그룹은 노래나 춤 등의 기술적인 측면에서는 매우 잘 훈련되어 있지만, 기계적으로 자신의 역할을 반복한다는 고정관념 말이다. 물론 이번 음반은 멤버들만의 힘으로 완성한 음반은 아니다. 하지만 원더걸스의 멤버들은 작사, 작곡, 편곡에 직접 참여해 만족할 만한 결과물을 만들어내면서 실력과 진화를 증명했다. 프로페셔널 연주자급의 연주력을 갖추지는 못했더라도 직접 베이스 기타, 일렉트릭 기타, 건반, 드럼을 연주하는 모습에서도 원더걸스의 진화는 드러난다.

물론 모든 것이 마케팅 전략일 수 있다. 지금은 대중문화 시장에서 무엇이든 기획해 포장하고 마케팅하는 시대이기 때문이다. 그러나 이 같은 시도와 노력을 마케팅 포인트로 활용하는 것과는 별개로, 공백 기간 동안 악기를 연습하고 곡을 쓴 원더걸스 멤버들의 노력이 자신 안에서 값지고 소중한 변화를 이끌어냈다는 사실에 대해서는 분명히 언급해야 한다. 노래를 연습하고 춤을 연습했던 시간이 의미 있었던 만큼, 어떤 결과를 낳을지 모르는 상태에서 악기를 연습하고 곡을 쓰는 시간은 원더걸스 멤버들이 알지 못했던 음악의 세계에 다가갈 수 있게 했을 가능성이 높다. 뮤직 비즈니스의 논리와 전략 속에서 움직이는 이들이라도 음악에 집중하고 음악에 최선을 다하는 순간은 음악의 깊이와 힘을 깨닫게 한다. 음악 앞에서 진실하고 겸손하게 하며, 음악인으로 단련시킨다. 그것이 음악의 힘이다. 이번 음반은 이처럼 음악을 통한 교감과 단련을 거친 성장의 시간이 없었다면 나올 수 없는 결과물이다. 지난해에 나온 핫펠트(예은)의 음반 ≪Me?≫ 또한 그 결과물 가운데 하나였다. 한국 음악산업은 이제 이렇게 진정성까지 불어넣을 줄 안다.

그 결과 돌아온 원더걸스는 반가움을 넘어 존중하게 되고 지켜보고 싶은 뮤지션으로 더 프로페셔널해졌다. 바라건대 처음 등장했을 때보다 더 높은 지점으로 자리 잡아가는 원더걸스가 더 강력한 우먼파워의 파격과 당당함으로 새롭고 독보적인 모델이 되는 모습을 보고 싶다. 음악산업 안에서 한없이 치열한 뮤지션의 모델, 음악의 숲을 되살리는 뮤지션의 모델. 특히 여성 음악인의 역사를 계속 쓰는 뮤지션의 모델.

원더걸스 ©JYP엔터테인먼트

참다운 노래와 시의 숙명

세월호 500일, 음반을 들으며 견디다
Various Artists ≪다시, 봄≫

권나무 〈이천십사년사월〉
https://www.youtube.com/watch?v=WYPqCMeKaOI

음반을 듣는데 저절로 눈물이 흘러내렸다. 시간이 많이 지났고, 그래서 괜찮을 줄 알았는데 아니었다. 그날을 생각하면 금세 가슴이 먹먹해지고 눈앞이 흐려진다. 세상에 나 같은 이가 한둘일까. 이제 2014년 4월 16일 이후의 삶은 예전 같을 수 없다. 사고인 줄 알았던 일이 사건이 되고, 계절이 바뀌는 동안에도 우리는 분노와 슬픔과 죄책감에서 벗어날 수 없었다. 사건을 곡해하고 비방하는 이들로 인한 모멸과 치욕, 우리 자신에 대한 무기력과 좌절감에, 언제 똑같은 일을 겪을지 모른다는 두려움과 공포까지 무수한 감정으로 부대껴야 했다.

눈물과 분노로 진실을 밝혀야 한다는 목소리가 이어졌지만, 박근혜 정부는 사건을 은폐하고 축소하기 급급했다. 체제의 지배계급은 세월호 참사마저 편가르기 논리로 전복시키며 세월호의 진실을 바다 속에 처박았다. 세월호로부터 날아온 구조신호는 단지 세월호만의 것이 아니었다. 그러나 세월호를 팽개친 체제는 세월호를 부활시키고 우리 자신을 구조할 기회를 집

≪다시, 봄≫ ⓒ전지나

요하게 뭉개버렸다. 세월호 참사 이후 500일의 시간은 그렇게 흘러갔다.

그렇지만 세월호는 많은 이들의 기억 밖에 생생하다. 가방에, 옷깃에 노란 리본을 메고 다니는 이들이 얼마나 많은지. 소셜 미디어에도 노란 리본은 얼마나 많은지. 여전히 전국 곳곳에 세월호를 이야기하는 이들이 있다. 세월호 참사 후 500일은 진실을 밝히고 책임자를 처벌하기 위한 싸움의 나날이었다. 농성을 하고, 시위를 하고, 단식을 하고, 몸싸움을 하고, 서명을 했다. 예술인들은 시를 쓰고, 노래를 하고, 공연을 했다. 견디기 위해, 잊지 않기 위해, 기억하기 위해, 세월호를 끊임없이 사유하고 되새기기 위해서였다. 말만으로가 아니라 실제로 진실과 정의를 실현해 같은 일이 반복되지 않게 하기 위해서였다. 세월호 참사는 하나의 사건이 아니라, 한국 근현대사의 연장이고 총체이며 폭발이기 때문이다.

시간과 마음을 보여주는 노래

세월호 참사 500일을 맞아 시인, 뮤지션, 예술인, 기획자들이 함께 만든 음반 ≪다시, 봄≫ 역시 간절한 노력의 결정체다. ≪다시, 봄≫은 뮤지션들의 노래를 담은 음반과 시낭송을 담은 음반 한 장씩으로 만든 더블 음반이다. 이 음반은 강승원, 강인봉, 권나무, 권오준, 김목인, 꽃별, 도마, 말로, 박혜리, 백자, 사이, 오종대, 요조, 정민아, 조동희, 차현, 최우준, 하이미스터메모리, 한동준 등의 뮤지션들과 공광규, 김사이, 도종환, 백무산, 송경동, 안상학, 안현미, 황현산 등의 문학인을 비롯한 다수의 문화예술인들이 참여한 프로젝트이다.

그중 뮤지션들이 작업한 음반 ≪세월호를 기억하는 노래≫에는 9곡의 노래를 담았다. 권나무, 김목인, 도마, 박혜리, 정민아, 조동희처럼 포크 음악을 해온 뮤지션들은 목소리를 높이거나 사운드를 폭발시키지 않고 나지막한 노래를 들려준다. 이들의 음악 스타일이 그렇기도 하고, 시간이 흐르면서 세월호를 조금 더 차분하게 바라볼 수 있게 되었기 때문이다. 이들은 세월호 사건의 원인과 문제점, 앞으로의 과제 같은 분석과 주장을 노래하지 않는다. 대신 세월호 참사 500일의 시간과 그 시간을 살아야 했던 이들의 마음을 노래한다. 그 시간은 '변한 게 없는 봄'과 '대답이 없는 봄'을 맞아야 했던 시간이었다. '고여 있던 슬픔'의 시간이었다. '봄볕과 함께 가며 다녀오마던 햇살 같은 그 모습'이 돌아오지 않는 시간이었다. '사는 게 그리 쉽지 않'다는 것을 새삼 깨닫는 시간이었다.

노래는 올바름을 이야기하는 데에서 그치지 않는다. 시간과 삶을 깊이 들여다보는 노래는 망각과 미안함과 슬픔으로 향한다. 애이불비라고 할까. 슬픔을 안으로 삭이는 노래는 그날 이후 부끄럽고 두려우며 죄책감을 지울 수 없는 보통 사람들을 응시함으로써 고통을 견디는 이들의 어깨를 감싼다.

이들의 노래는 끊임없이 자신을 세월호 쪽으로 맞추며 기억하려는 고투이기에 그 자체로 소중하다. 깨달음 하나 없을 리 없다. '언제나 지나가던 사

≪다시, 봄≫ 녹음 현장 ⓒ디지털레코드

람'이었던 누군가는 '멈춰 선 사람'이 되었다. '모두 잊겠지만 몸이 기억'하기를 열망하게 되었다. 실제로 ≪세월호를 기억하는 노래≫에 담은 진심어린 노래들 가운데 가장 큰 감정의 진폭을 끌어내는 노래는 정민아와 권나무의 노래이다. 세상의 슬픔을 외면하던 이의 변화를 차분하게 그린 정민아의 노래와, '돌아오지 않는 마음'과 '비겁했던 맘'을 묵묵히 노래하는 권나무의 목소리는 비극 속에 싹튼 슬픔과 희망의 힘으로 듣는 이를 사무치게 한다.

시와 함께 노래와 함께 지지 않는다

목소리를 낮춘 ≪세월호를 기억하는 노래≫에 비해, ≪세월호를 기억하는 시≫에 담긴 시들은 선명하게 감정을 드러내면서 구조적인 문제를 직시한다. 그렇게 함으로써 ≪다시, 봄≫ 음반은 남은 이들이 사유하고 감당하며 곱씹어야 하는 감정과 인식을 아우르며 균형을 맞춘다. 특히 뮤지션 권오준 등이 작곡한 시낭송 음악은 시와 같은 무게의 창작음악으로 섬세하게 시를 감싸 안으며 감동을 배가시킨다. 덕분에 <화인>, <어떤 인사>, <엄마

아빠 노란 리본을 달고 계세요>, <세월호 최후의 선장 박지영>, <광화문 광장에서>에서 김상현, 요조, 권예진, 한동준, 도종환의 시낭송은 오래전 전통으로만 여긴 시낭송의 힘이 얼마나 묵직한지 보여준다. 한 편의 짧은 음악극처럼 들리는 시낭송은 세월호를 담은 예술작품들 가운데 가장 인상적이고 품격 있는 순간을 선사한다.

≪다시, 봄≫ 음반의 노래와 시낭송을 듣는 이들은 분명 눈물을 쏟겠지만, 우리는 때로 아니 자주 이기적이어서 자신의 일이 아닌 일들은 금세 잊곤 한다. 노래와 시가 필요한 이유는 그 때문이다. 노래와 시가 세상을 바꾼 때가 있기도 했지만, 세상 앞에 가로막혀 메아리가 되지 못한 때가 훨씬 많다. 하지만 노래와 시가 세상을 바꿀 때만 값진 것이 아니다. 잊히고 사그라들더라도 그리하여 패배하더라도 끝내 목소리를 내고 노래하는 것이 참다운 노래와 시의 숙명이기 때문이다. 그 노래와 시들로 우리는 기억을 연장하고 절망을 견디며 희망을 포기하지 않는다. 어떤 노래와 말들은 사람들의 가슴속에 끝내 살아남아 내일을 바꾸는 밑거름이 된다. 노래는 그런 것이고, 말 또한 그런 것이다. 현실의 패배와 지난한 기다림은 순간이고, 언젠가는 진실과 정의가 승리한다. 무기력해 보이는 노래와 시로 세월호를 기억하고 노래하는 음반 ≪다시, 봄≫이 소중한 이유이다. 우리는 노래와 함께, 시와 함께 결코 지지 않는다.

경찰
POLICE
나약한 우리는 어떤 노래를 부를수 있을까
병든 마음들은 어떤 노래를 부르라 할까
방관하고 외면하던 썩은 장기들이
죽음으로 이끌 암덩어리로 드러났다
모든 책임을 회피하는 무능한 정부부터
생명이 죽어가는 순간조차 잇속을 차리는
권력과 돈의 장사질 까지
'세월호'는 대한민국의 더러운 속살을
낱낱이 보여주고 있다
이 나라의 주인은 국민이다
이제라도 스스로 이 더러운 암덩어리를 잘라내야한다
그들의 부패와 무능에 희생된 영혼들을 위로하고
살아남은 자들의 존엄을 되찾기 위해
현 정권과 대통령의 사퇴를 촉구합니다

≪다시, 봄≫ 정민아 ©정민아

영기획이 여는
한국 일렉트로닉의 미래

음반으로 조망한 한국 일렉트로닉 음악
Various Artists ≪3 Little Wacks - YOUNG, GIFTED & WACK 3rd Anniversary Compilation≫

플래시 플러드 달링스 〈Just For The Night〉
https://www.youtube.com/watch?v=1QHSoJjmToc

먼저 양해를 구해야겠다. 대중음악에 대해 글을 쓰고 있어도 모든 장르를 잘 알지는 못한다. 민중가요, 록, 재즈, 팝, 포크는 조금 알지만, 랩&힙합과 일렉트로닉은 아는 게 많지 않다. 물론 음악을 계속 듣다 보면 좋은 음악을 알아차릴 수 있는 감각이 생기기도 한다. 하지만 감각만으로 비평해서는 안 된다. 랩&힙합, 일렉트로닉 음악에 대해 말을 삼가는 이유이다. 다행히 신뢰할 수 있는 전문가들이 부지런히 뛰고 있다. 그들에게 배우면 된다.

그럼에도 ≪3 Little Wacks - YOUNG, GIFTED & WACK 3rd Anniversary Compilation≫ 음반에 대해서는 한마디만 거들고 싶다. 비전문가가 들어도 좋은 음반이기 때문이다. 음반 안팎으로 각별한 의미가 반짝이기 때문이다. 다만 전문가가 아닌 탓에 틀린 이야기를 하거나 부정확한 표현을 한다면 나의 책임이다.

≪3 Little Wacks - YOUNG, GIFTED & WACK 3rd Anniversary Compilation≫
ⓒ영기획

영기획 3주년 기념 컴필레이션 음반

음반의 보도자료를 옮겨 말하자면 이 음반은 '한국 일렉트로닉 음악 신에서 적절한 기능을 하는 영기획(YOUNG, GIFTED & WACK)의 3주년 컴필레이션' 음반이다. 영기획은 '서울의 언더그라운드 레이블'이다. '영문으로는 YOUNG, GIFTED & WACK, 한글로는 영기획이라 표기하고 부'른다. '요즘의 레이블이 대부분 그렇듯 생존을 위해 레이블 외에 미디어, 이벤트 기획, 아티스트 매니지먼트 등의 일을 겸'하는 회사이다. 레이블 명칭에서 드러냈듯 '젊고(YOUNG) 축복받았으며(GIFTED) 역겨울 만큼 끝내주는(WACK) 음악과 음악을 중심으로 한 콘텐츠를 제작'한다.

영기획은 그동안 '대체로 일렉트로닉 음악 장르의 음반을 발매하고 관련된 일을 기획했다'. 음반으로는 '칠웨이브(Chillwave), 비트 뮤직(Beat Music),

퓨쳐 R&B(Future R&B), 위치하우스(Witch House), 일렉트로 팝(Electro Pop) 등 다양한 장르의 음반을 20여 종 발매했'다. 프로젝트로는 '한국의 1세대 일렉트로닉 음악가들의 역사를 복원하는 리본(Re:Born) 프로젝트, 회기동 단편선과 무키무키만만수의 리믹스 컴피티션, 서울시립미술관에서 열린 사운드 전시 '소음인가요', 국내 유일의 일렉트로닉 음악 페어 '암페어(Amfair)' 등의 이벤트를 열거나 참여'했다.

최근 대중음악계에서는 일렉트로닉과 랩&힙합이 대세이다. 30~40년 내외의 역사를 가진 두 장르는 주류와 비주류를 아우르며 트렌드를 주도하고 영향력을 키워간다. 한마디로 가장 핫한 음악이다. 장르 특유의 속도감 때문이라고, 테크놀로지가 지배하는 현대 도시의 삶을 반영하는 디지털 사운드 때문이라고 생각한다. 클럽을 장악한 젊은 세대의 놀이문화로서 라이프스타일로 연결된다는 점, 월드와이드한 유행을 이끌고 있다는 점도 중요하다. 테크놀로지가 발전한 덕분에 혼자 음악을 만들어낼 수 있다 보니 일렉트로닉과 랩&힙합에 도전하는 이들은 더욱 늘었다.

일렉트로닉 음악에 대한 오해도 적지 않다. 특히 EDM, 일렉트로닉 댄스 음악이 일렉트로닉 음악의 전부라고 알고 있는 이들이 적지 않다. 신나는 BGM으로 EDM 음악이 각광받으면서 유행을 선도하기 때문이다. 과거 무한도전 가요제에서 박명수가 아이유에게 '까까까' 운운했던 모습은 EDM의 유행과 일렉트로닉 음악에 대한 오해를 함께 보여주는 대표적인 사례이다.

한국 일렉트로닉 음악의 다양한 면모를 담다

하지만 일렉트로닉 음악은 단지 춤추는 음악이 아니다. 신시사이저와 미디, 샘플러 등의 테크놀로지를 사용하는 일렉트로닉은 인공의 소리를 조합해 음악을 만든다. 방식은 다르지만 일렉트로닉도 여느 음악과 다를 바 없이 감정과 생각을 표현한다. 빠른 비트의 신나는 음악이 전부가 아니다. 굉음처럼 노이지한 음악도 많고, 서정적이고 아름다운 음악도 부지기

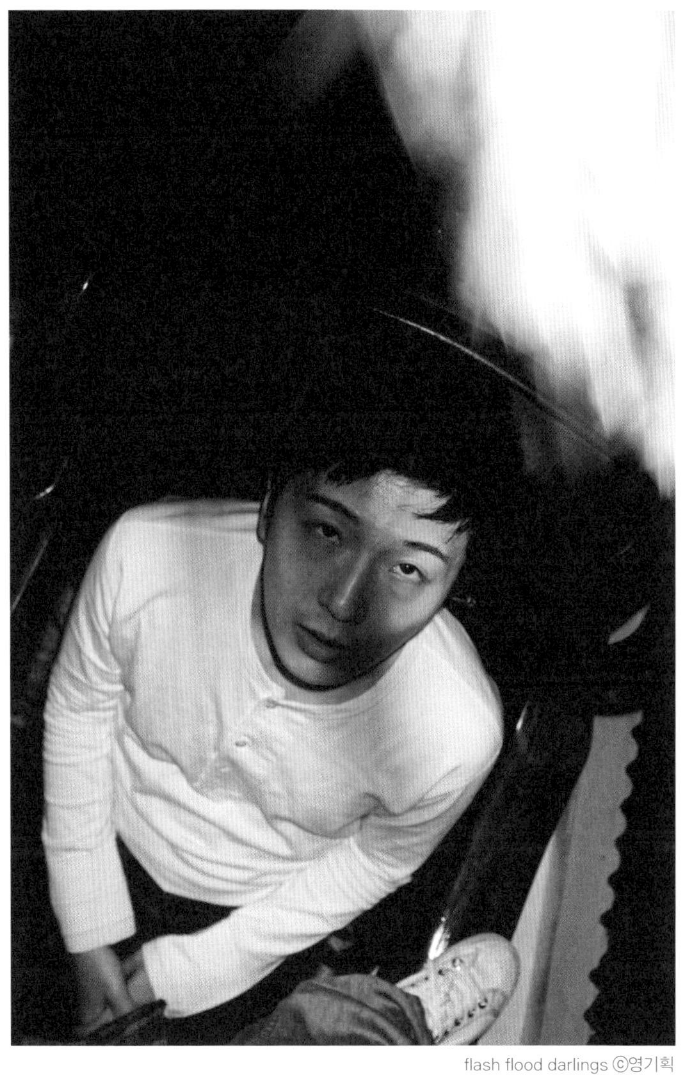

flash flood darlings ©영기획

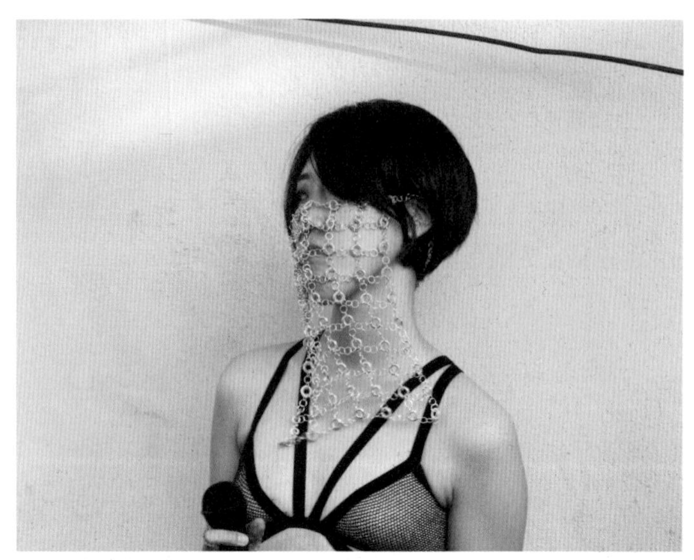

fuckushi oyo ⓒ영기획

수이다. ≪3 Little Wacks-YOUNG, GIFTED & WACK 3rd Anniversary Compilation≫ 음반이 의미가 있는 이유는 일렉트로닉 음악의 다양한 스타일을 한 장의 음반에 잘 모았기 때문이다. 그 작업을 국내 일렉트로닉 뮤지션들이 해냈기 때문이다.

일렉트로닉 음악 뮤지션들은 많지만 대부분 EDM에 치우쳐 있고, 그 밖의 일렉트로닉 음악 신이 활성화되지 않은 현실에서 영기획은 다양하고 실력 있는 일렉트로닉 뮤지션을 꾸준히 발굴하고 소개해 한국의 일렉트로닉 음악 신을 일구었다. 이 음반은 바로 영기획의 초기 3년의 노력과 한국 일렉트로닉 뮤지션들이 고군분투한 기록이다.

10곡의 일렉트로닉 음악

이 음반에는 커널스트립(Kernelstrip), 사람12사람, Room306, 플래시 플러드 달링스(Flash Flood Darlings), 골든두들(goldendoodle), 75A, 포즈 컷츠(Pause Cuts),

lobotomy ©영기획

로보토미(LOBOTOMY), 시마 킴(Sima Kim), 띠오리아(theoria)가 작업한 10곡의 음악이 있다. 전반부의 곡들은 대체로 미니멀하고 서정적이다. 커널스트립의 <고양이>는 일렉트로닉 사운드로 신비로운 느낌을 가미했다. 피아노의 아련한 질감이 일렉트로닉 사운드와 조화를 이루면서 고양이의 사랑스러움과 모호함을 동시에 연상시킨다. 사람12사람의 <Fish Wish Kiss>는 미니멀한 포크 팝 스타일의 음악을 영롱하게 물들이면서 일렉트로닉 음악에 친숙하지 않은 이들도 끌어들일 만큼 매력적인 사운드를 내뿜는다. Room306의 <Enlighten Me>는 슬로우 템포의 담백한 곡에 일렉트로닉 사운드를 더함으로써 곡의 아우라를 확장한다. 플래시 플러드 달링스는 <Just For The Night>로 항상 달콤하고 꿈결 같은 세계를 창조하는 장기를 뽐낸다. 여전히 듣는 이를 아련하게 만드는 음악이다. 밴드 플라스틱 피플을 연상시키는 모던 록 질감이 밴 골든두들의 <스크류드라이버>는 경쾌하고 현란하다.

golden doodle ⓒ영기획

후반부 수록곡들은 일렉트로닉 음악 고유의 방법론에 좀 더 치중한다. 75A의 <Taipei>는 낮게 침잠하며 뒤흔들어대는 비트와 보이스로 춤추지 않아도 좋은 감상용 일렉트로닉 음악의 현재를 옮겨놓는다. 포즈 컷츠의 <Sacrificed>는 리듬감과 새로운 사운드의 여운이 돋보인다. 로보토미의 <Mccartney VS. Bieber>와 시마 킴의 <Easy Wood>, 띠오리아의 <Impulse Drive> 또한 서로 다른 스타일로 가장 현재적이고 미래적일 수 있는 일렉트로닉 음악이다.

훌륭한 일렉트로닉 입문 음반

이처럼 낯섦과 익숙함을 교차시키면서 실험적인 사운드까지 펼쳐 보이는 음악을 통해 우리는 현재의 일렉트로닉을 어렴풋하게나마 조망할 수 있다. 그리고 그 과정에서 경험하는 정서적 감흥과 충돌은 일렉트로닉 음악의 보편성과 특수성을 동시에 이해할 수 있게 돕는다. 이 음반이 일렉트로

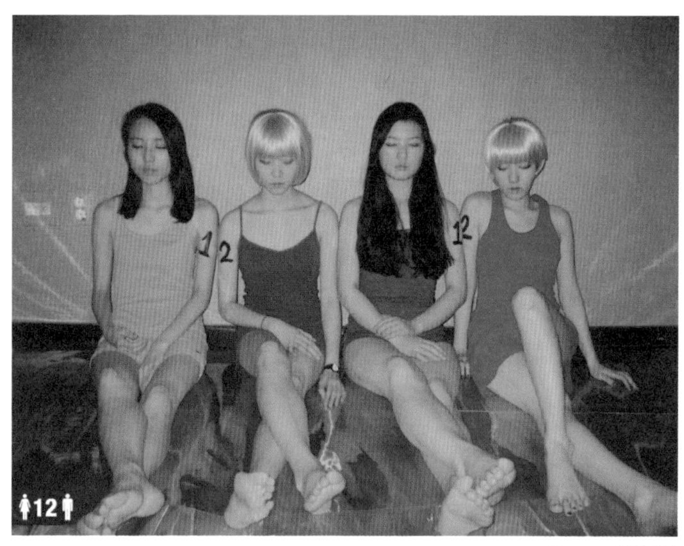

saram12saram ⓒ영기획

닉 음악의 폭넓은 자장을 꼼꼼하게 담아낸 덕분이다. 파격적인 일렉트로닉 음악을 더 담았더라도 좋았겠지만, 대부분의 수록곡이 높은 완성도로 일렉트로닉 음악의 풍부한 매력을 보여주면서 마음을 움직인다. 잘 만든 음반이고, 계속 듣게 되는 음반이다. 트렌디한 일렉트로닉 음악에 입문할 때 더할 나위 없는 음반이다.

이제 한국의 일렉트로닉 신은 이 정도 컴필레이션 음반은 만들 수 있다. 물론 이 음반에 담긴 일렉트로닉 음악이 현재 한국 일렉트로닉 음악의 전부는 아니다. 그렇지만 이 음반을 들으면 문득 ≪우리노래전시회≫ 시리즈나 ≪빵 컴필레이션≫ 같은 컴필레이션 음반들이 한국대중음악의 중요한 분기점을 예고했던 순간이 떠오른다. 아무래도 이 음반이 또 한 번의 갈림길을 만들어낼 것 같다. 어쩌면 지금 우리는 한국 일렉트로닉 음악의 거대한 시작을 목격하고 있는지 모른다. 대개 태풍의 눈은 고요하다. 눈과 귀를 활짝 열고 듣자.

김현성이 부활시킨 윤동주

시노래와 중견 뮤지션이 소중한 이유
김현성 ≪윤동주의 노래≫

〈서시〉
https://www.youtube.com/watch?v=b27hJ676zS8

음악이 마음에 들었다면 무엇 때문일까? 음악이 정말 좋기 때문. 그러니까 음악의 완성도가 높기 때문이다.

하지만 음악을 들을 때 완성도만 마음을 움직이지 않는다. 음악을 듣는 이의 세대와 젠더, 거주 지역, 직업, 가치관, 상황 같은 정체성이 함께 마음을 움직인다. 예를 들어 최근 히트하는 아이돌 그룹의 노래를 청소년들은 대체로 좋아하지만, 50대 이상의 성인들은 좋아하지 않을 가능성이 높다. 똑같은 노래인데 호불호가 갈리는 이유가 완성도의 차이 때문만은 아니다. 세대에 따라 취향이 다르기 때문이다. 음악은 하나여도 사람에 따라 다르게 들린다. 누구에게나 좋은 음악은 세상 어디에도 없다.

싱어송라이터 김현성이 내놓은 ≪윤동주의 노래≫를 들을 때, 이런 생각들이 떠올랐다. 열다섯 곡을 담은 음반은 무척 괜찮았다. 하지만 세상 모든 이들이 이 음악을 좋아하지는 않으리라. 그래서 김현성의 포크 록과 시노래가 익숙한 세대이기 때문에 마음이 움직였는지, 음악 자체의 아름다움

김현성 ≪윤동주의 노래≫ ⓒ김현성

때문에 마음이 움직였는지 궁금해졌다.

김현성과 윤동주의 이중주

포크 싱어송라이터 김현성은 <이등병의 편지>, <가을 우체국 앞에서> 등의 히트곡을 내놓은 중견 뮤지션이다. 그는 포크그룹 혜화동푸른섬과 시노래모임 나팔꽃 등에서 활동했고, 솔로 활동을 겸하면서 다수의 창작곡과 시노래를 만들었다. 김현성은 꾸준히 시노래 작업을 하면서 문학에 새 울림을 선사했는데, 특히 시 구절을 바꾸지 않고 있는 그대로 노래에 담을 때 탁월하다. 그는 이 음반에서 윤동주의 시들로 노래를 만들어 채웠다.

그런데 김현성의 나이는 서울 홍익대학교 앞에서 활동하는 인디 포크 뮤지션들과 차이가 크다. 그의 감성은 트렌드와 어긋날 가능성이 높다. 반대로 말하자면 나는 40대 중반의 옛 감성을 갖고 있기 때문에 김현성의 음악이 마음에 들었을 수 있다. 모든 음악이 늘 새롭고 트렌디해야 한다는 이야기가 아니다. 한 사람의 기호와 스타일은 쉽게 바꾸지 못한다. 뮤지션이 아무리 나이 먹더라도 새로운 사운드의 방법론을 도입하면서 늘 틀을 깨고 트렌디한 음악을 내놓으면 좋겠지만, 어려운 일이다. 자신이 꾸준히 해온 스타일로 음악을 만들어내는 쪽이 더 자연스럽다. 게다가 윤동주의 시부터 오래전 작품이다. 김현성조차 태어나기 전에 발표된 시는 한 살이라도 더 나이 많은 김현성이 곡을 붙이는 편이 조금이라도 더 적절할 수 있다.

시와 호흡을 맞춘 노래들

그 의견을 증명이라도 하듯 김현성은 고전적이고 정직한 포크 음악으로 윤동주의 시를 다시 읽는다.

민족시인으로 사랑받는 윤동주의 시는 쉽고 소박하며 순수하고 진지하다. 소년의 마음과 청년의 마음을 다 가진 윤동주의 시는 난해하지 않고 화려하지 않다. 그럼에도 계속 되새기게 한다. 고뇌하고 부끄럽게 한다.

읽는 이의 마음이 비치는 투명한 시들을 앞에 두고 김현성은 시의 속도와 호흡을 맞추었다. 윤동주의 언어와 속내를 귀로 읽게 조율했다. 원시의 어조를 음악으로 고스란히 살려내는지 여부가 시노래의 완성도를 좌우하는데, 김현성은 그 일을 곰삭은 목소리로 해냈다. 순연한 시답게 어쿠스틱 악기 편성의 포크 록으로 담은 곡들은 대개 동일한 리듬과 명확한 기승전결 구조를 쌓는다.

음반의 첫 번째 곡 <별 헤는 밤, 하나>에서 김현성은 '별 하나에 추억과 / 별 하나에 사랑과 / 별 하나에 쓸쓸함과 / 별 하나에 동경과 / 별 하나에 시와 / 별 하나에 어머니, 어머니'라는 <별 헤는 밤>의 시어를 윤동주가 노래하듯 아련하게 노래한다.

그는 '비둘기 강아지 토끼 노새 노루 프랑시스 잠 라이너 마리아 릴케' 같은 <별 헤는 밤>의 다른 구절을 동요풍으로 노래해 원시의 순수함을 재치있게 되살린다. '그러나 겨울이 지나고 나의 별에도 봄이 오면 / 무덤 위에 파란 잔디가 피어나듯이 / 내 이름자 묻힌 언덕 위에도 / 자랑처럼 풀이 무성할 게외다'라는 비감한 시 구절은 유려한 노래로 불러 자신이 윤동주 시의 어떤 무드와 주제든 제대로 살릴 줄 아는 뮤지션임을 보여준다.

원형 그대로 옮긴 노래

담백하고 정갈하게 해석한 <서시>, '그때 그 젊은 나이에 왜 그런 부끄런 고백을 했던가' 하는 윤동주의 후회를 입에 붙은 듯 자연스러운 비트로 옮겨놓은 <참회록>, 최소한의 수식으로 노 젓듯 흘러가는 <새로운 길>과 <편지>를 비롯한 여러 곡에서 김현성은 윤동주 시의 울림을 거의 원형 그대로 옮긴다.

어쿠스틱 기타와 하모니카, 피아노, 현악기를 적절하게 사용하고, 손병휘와 숭실소년합창단의 코러스를 효과적으로 결합시키며 다양한 템포를 활용한 덕분에 동일한 악기를 사용해도 노래의 사운드는 의외로 다채롭다. 파격적이거나 새로운 시도를 감행하지 않지만, 무리하지 않는 덕분에 수록곡들은 시의 소박한 아름다움을 온전히 복원한다. 새로운 시도가 적고, 후반부의 곡들이 다소 아쉬워도 윤동주의 시를 음악으로 만들어낼 때 김현성의 방식이 하나의 모델이라고 인정하게 하는 노래들이다.

김현성의 노래는 시노래가 단지 시에 멜로디를 붙이는 일이 아니라, 시의 정서와 언어의 아우라를 음악으로 부활시키는 작업임을 작품으로 웅변한다.

음악으로 재현한 한국문학

그렇다고 김현성이 만든 윤동주의 시노래가 한국어와 외국어를 뒤섞는 노랫말이 흔해진 시대에 한국어 시어를 노랫말로 사용하기 때문에 더 가치 있지는 않다. 시대가 달라지면 언어 역시 변할 수밖에 없다. 그래서 영어를 섞어 쓸망정 최근의 노래는 그 자체로 의미 있다. 무조건 비난할 일은 아니다.

김현성의 노래 역시 트렌드의 반면교사로서만 소중하지는 않다. 그의 노래는 한국 문학의 풍성한 열매들이 쌓아온 역사성을 훼손하지 않고, 고졸한 음악으로 충실하게 재현해냈기 때문에 값지다. 시노래가 왜 의미 있는지 작품으로 보여주고, 다른 어법의 음악으로 한국대중음악을 다채롭게 채워준다는 점도 언급해야 한다.

덧붙여 김현성의 음악은 1980~90년대에 활동했던 포크 뮤지션의 감성과 역량이 여전히 의미 있음을 증거하는 사례로도 가치 있다. 주목받지 않고 인기를 끌지 않아도 한국문학과 음악을 보듬어 등대처럼 밝히는 음악인이 있다. 우리는 TV에서 자주 보이거나, 라이브 클럽에서 사랑받는 뮤지션들이 전부라고 생각하지만, 음악의 바다는 더 넓고 깊다. 그래서 들을 만한 음악이 없다 아쉬워 말고 이 음반을 들으며 등대 쪽으로 고개 돌릴 일이다. 김현성과 다르지 않은 나이라면 더더욱.

김현성 ©김현성

새롭지 않아도 좋은 포스트록

오래 남는 강도와 여운
해일 ≪세계관≫

〈세계관〉
https://www.youtube.com/watch?v=IDB2tnMH9to

새로운 음악은 없다. 이렇게 말하면 새 음악이 얼마나 많이 쏟아지는지 모르냐는 지청구를 들을까. 분명 날마다 새 음악이 나온다. 하지만 대부분 기존 장르 안에 머문다. 록, 블루스, 소울, 알앤비, 일렉트로닉, 재즈, 팝, 포크, 크로스오버, 힙합 같은 기존 장르 범주에 포함시킬 수 없는 음악은 거의 없다. 해일의 ≪세계관≫ 음반이 나온 2015년, 호평을 집중시킨 블랙 메디신, 이센스, 진킴도 마찬가지이다. 이들의 음악이 메탈과 힙합, 재즈가 아니라고 말할 수 없다.

이들의 음악적 성취를 폄하하려는 이야기가 아니다. 다만 우리는 익숙한 장르 안에 머물면서 친숙한 스타일을 반복 소비할지 모른다는 이야기를 하고 싶었다. 밴드 해일의 음반 ≪세계관≫을 듣는 이들도 같은 이야기를 할 가능성이 높다. 7곡에 49분 58초인 음반을 듣기 시작하는 순간, 그러니까 첫 번째 곡 <그것은 어제 일어났다>에서 일렉트릭 기타 스트로크로 연주를 시작하고 트레몰로 연주를 이어갈 때, 록 음악에 익숙한 이들은 금세 포

해일 ≪세계관≫ ©therrneng

스트록 스타일임을 감지하리라. 다른 포스트록 밴드들을 거명하고, 해일의 음악을 비교하리라. 그렇다고 이 음반을 홀대할 이유는 없다.

해일에 대한 소개 자료를 옮겨본다.

"해일은 김석(드럼), 정희동(베이스), 미장(기타), 이기원(기타, 보컬)으로 구성된 4인조 포스트록 밴드다. 2011년 결성되어 활동을 지속하고 있으며, 2012년 10월에 열린 언더그라운드 음반마켓 제2회 레코드페허에서 첫 데모를 판매했다. 2015년 2월에 열렸던 제9회 레코드페허에서는 <세계관>과 <소실점>이 실린 싱글 ≪1017≫이 공개되었으며, 이 싱글은 래커로 뒤덮인 싱글 커버만큼이나 짙고 뿌연 사운드를 들려주면서 데뷔 앨범의 예고편 역할을 수행했다. ≪세계관≫은 밴드 결성 후 4년 만에 공개되는 첫 정규앨범이며, 단편선과 선원들의 ≪동물≫, 404의 ≪1≫, 꿈에 카메라를 가져올걸의 ≪슈슈 EP≫ 등을 작업한 머쉬룸 레코딩(Mushroom Recording)이 공동 프로듀싱과 레코딩, 믹싱을 맡았다."

아득한 소멸의 음악

해일은 포스트록 밴드이다. 음반 수록곡들은 포스트록 장르의 어법에서 어긋나지 않는다. 보컬보다 연주에 무게를 실었는데, 기타와 비트는 느리게 고조되면서 공간감을 확장한다. 감정의 파노라마는 명확한 기승전결을 그리며 비상하다가 불꽃처럼 폭발한 후 긴 여운을 남기며 사라진다. 유쾌함보다 아련함, 생성보다 소멸 쪽에 서 있는 음악은 감상적이며 감성적이다.

음악은 기본적으로 이성보다는 감성을 자극하는 말 걸기인데, 그중에서도 포스트록은 듣는 이들을 멜랑콜리하게 만들 때가 잦다. 포스트록 음악의 완성도는 듣는 이의 마음을 얼마나 격하고 몽글몽글하게 적시며 오래 뒤흔들어놓는지, 그 진폭의 강도와 여운에 달려 있다고 할 수 있다. ≪세계관≫ 음반은 포스트록 특유의 구조와 사운드로 마음을 헝클어버린다.

첫 번째 곡 <그것은 어제 일어났다>가 호쾌한 연주로 몰아붙이는 스타일이라면, 두 번째 곡 <Santa Fe>는 포스트록의 아득한 아름다움을 수수한 보컬과 드라마틱한 연주로 완성한다. 일방적으로 몰아붙이지 않고, 보컬의 노래를 가미해 순수한 질감을 더한 후 힘 있는 연주를 더해 감정을 증폭시키는 곡은 3분 20분대를 지나며 흐름을 뒤바꾼다. 템포를 늦추고, 일렉트릭 기타 아르페지오와 트레몰로를 앞세우는 순간, 그리고 연주를 곧장 폭발시키는 순간은 이미 많은 포스트록 밴드들이 사용한 어법이라는 사실이 전혀 흠이 되지 않을 만큼 뭉클하다. 별이 뜨고 파도 소리가 가득했던 밤에 물결쳤을 마음의 파고는 아련하고 격정적인 연주의 교차로 생생하게 되살아난다.

서사의 힘으로 쌓은 매력

포스트록 음악의 매력은 이처럼 하나의 곡 안에서 일렉트릭 기타를 다양하게 교차시키고 속도를 조절해가면서 음악으로 정교하게 파노라마를 그리는 서사의 힘에서 비롯한다. 어떤 음악도 구조를 갖지 않은 음악이 없는

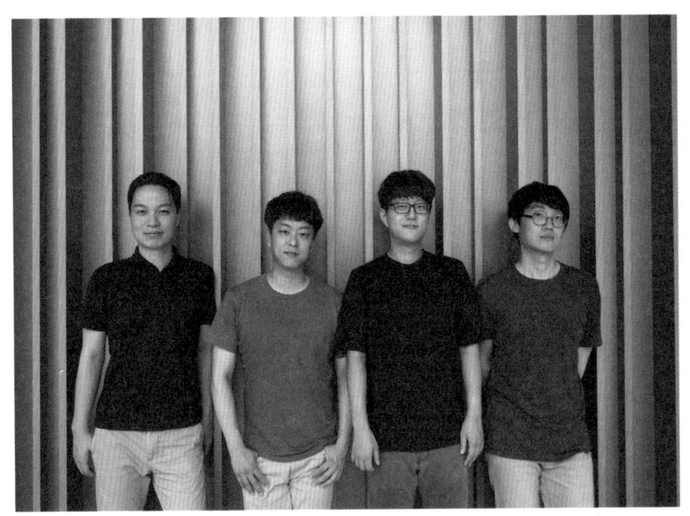

해일 ©therrneng

데, 포스트록은 특히 정교하게 음악의 성채를 쌓아가면서 드라마의 힘으로 빛나는 순간을 만들어 듣는 이를 포박한다. 그리고 성채가 완성되었을 때 그 성채를 전체적으로 조망하면서 탄성 짓게 한다. 포스트록은 장엄한 음악의 구조에 반하게 하는 동시에, 구조를 쌓아 올리는 부분과 부분의 정교함에 매료되게 한다. 해일의 음악 역시 그렇다. 그런데 해일은 아련하고 해맑은 질감으로 차이를 만든다. 소년의 풋풋함이 묻어 있는 보컬 때문이기도 하고, 암울함을 피해 흘러가는 일렉트릭 기타의 또렷한 멜로디 덕분이기도 하다. 일렉트릭 기타의 노이지한 사운드가 돋보이는 타이틀곡 <세계관> 역시 같은 스타일이다. 다시 담담하고 순정 어린 보컬이 등장하는 <어딘가 여기에>는 <Santa Fe>의 후일담처럼 아련하고 해일처럼 격렬하다. 해일은 후반부 <Hazy Dive>에서 11분의 연주로 음악적 저력을 한 번 더 발휘한다. 쓰나미 같은 음반을 마무리하는 곡은 에필로그 같은 <소실점>이다. 새롭지 않아도 좋은 음악은 이렇게 스스로 마감한다.

음악은 삶을 채울 수 있다

한국 인디 음악에서 록 음악의 비중이 높았는데, 최근에는 록 음악의 기세가 예전 같지 않다. 일렉트로닉과 힙합이 기세를 올리는 최근 추세는 록 음악 쪽에서 인상적인 음반이 잘 나오지 않기 때문만은 아니다. 빠르고 기술 친화적이며 즉자적인 시대의 속도와 정서가 록보다 일렉트로닉과 힙합에 더 가깝기 때문이다. 그럼에도 해일의 ≪세계관≫ 같은 음반을 들으면 록 음악이 구현할 수 있는 아름다움이 다르다는 사실을 인정해야 한다. 어차피 이 음악을 들을 이는 소수이고, 이 음악을 듣고 아름다움을 알아차릴 이들도 극소수이다. 그래서 아쉽다고 생각할 이들도 극히 일부일 뿐이다. 하지만 이 음반의 감동은 무엇도 대신할 수 없다. 한 번뿐인 인생, 음악이 삶을 바꿀 수는 없어도 삶을 채울 수는 있다. 여기 그리움과 공허와 쓸쓸함을 위로하기에 제격인 음악이 기다린다.

해일 ©therrneng

한국 헤비메탈의 경지

극강의 음반
메써드 ≪Abstract≫

〈Guilty In The Duty〉
https://www.youtube.com/watch?v=3zQbMPp3gCE

메써드의 음반 ≪Abstract≫를 들으며 상상해본다. 스래쉬 메탈 밴드 메써드가 정규 4집을 2015년 9월 15일에 발표하지 않고 20~25년 전에 내놓았다면 어땠을까? 그랬다면 더 많은 이들에게 알려지고 사랑받았을까? 그때 헤비메탈의 인기가 드높았으니 음반이 더 팔렸을지 모른다. 여전히 헤비메탈 밴드들이 활동하고 음반을 내지만 인기는 예전 같지 않다. 음악도 유행을 타고, 헤비니스 계열 음악이 트렌디하지 않아서 그럴 거다. 이제는 초도로 찍는 음반 500~1,000장을 다 팔기도 쉽지 않다. 그런데도 꾸준히 헤비메탈 음반을 낸다는 건 한국 헤비메탈의 뿌리가 깊다는 반증이다.

여기서 한국 헤비메탈 음악의 역사를 되짚을 시간은 없다. 헤비메탈을 외면하는 음악팬들을 비난할 시간은 더더욱 없다. 다만 대다수 언론과 음악팬들이 과거의 스타에만 주목할 뿐, 현재의 역사를 이어가는 뮤지션에게 관심 없는 경향은 늘 안타깝다. 왕년에 조금이라도 인기가 있었다면 신화, 전설, 거장 같은 단어를 마구잡이로 붙여주는 시대이다. 메써드 역시 20~25

메써드 ≪Abstract≫ ⓒ메써드

년 전에 활동했다면 더 많은 인기를 누리고, 지금은 신화나 전설 혹은 거장이라고 칭송받으면서 목과 배에 힘을 주었을지 모른다.

그러나 안타깝게도 메써드는 지금 활동하는 스래쉬 메탈 밴드이다. 현재의 헤비메탈 밴드에게는 다른 프레임을 붙인다. 생활고를 견디며 음악을 하는 고독하고 처절한 록 뮤지션의 프레임 말이다. 라면만 먹으면서 예술혼을 불태우는 이미지랄까. 하지만 메써드의 새 음반에 음악 아닌 프레임은 들이대지 말자. 지금이 헤비메탈의 시대가 아니고, 행여 이들의 생활이 안락하지 않다 해도 헤비메탈을 한다는 이유만으로 특별 대우를 받고 싶을 리 없다. 오직 끝내주는 음반을 내놓았다는 사실이 중요하다. 이제는 음악을 사운드로만 소비하지 않는다 해도 뮤지션은 음악으로 말하지 않으면 안 된다.

끝내주는 메써드의 정규 4집

그래서 다시 쓴다. 메써드의 정규 4집 ≪Abstract≫는 끝내주는 음반이다. 해석하면 '추상적인'이라는 의미의 음반 타이틀은 사실 음반과 맞지 않다. 메써드의 음악은 직관적이며 명쾌하기 때문이다. 스래쉬 메탈 혹은 헤비메탈의 미덕이 무엇인가. 속주의 비트, 귀를 울리는 저음과 고음의 폭격과 향연이 아니던가. 보컬은 날 선 목소리로 저음과 고음을 오가며 포효하고, 드럼은 둥둥거리는 백비트를 쉴 새 없이 몰아친다. 일렉트릭 기타는 현란한 플레이를 뽐내면서 장엄하고 비감한 사운드를 폭발하는 난장. 그 야단법석이 헤비메탈만의 유일무이한 매력 아니던가. 다른 장르에도 유사한 정서가 없지 않지만 스래쉬 메탈은 극강의 빠름과 둔탁함, 강렬함, 무거움을 웅장한 곡의 구조에 실어 표현한다. 헤비메탈은 사운드의 크기와 높이, 너비로 듣는 이들을 압도한다. 빠르게 연주하고 보컬이 샤우팅을 하면서 볼륨을 높인다고 완성되는 장르가 아니다.

소리, 멜로디, 구성의 훌륭한 조화

메써드는 이번 음반에 헤비메탈의 아름다움을 선연하게 새겼다. 메써드의 음반 가운데 최고작이라고 할 만한 ≪Abstract≫ 음반에서 메써드는 몰아치는 속도감뿐만 아니라, 돌연 방향을 바꾸고 속도를 자유자재 조절하는 변화무쌍한 신공을 뽐낸다. 속도의 서사를 달려 드라마틱한 매력을 보여주고, 비장한 아름다움을 더해 감동적인 울림을 만들어내는 스래쉬 메탈 미학의 계승자 메써드.

두 번째 곡 <Lost Revolution>에서 호쾌한 인트로에 이어 분출하는 폭주 사이 맹렬한 일렉트릭 기타의 연주와 변주에 더한 멜로디는 또렷하고 격렬하다. 한순간도 안일하지 않고, 쉴 새 없이 완급을 바꿔가며 화려하게 펼치는 앙상블은 매 순간 절정이다.

감성적인 설득을 잊지 않는 멜로디의 향연은 가슴 뭉클한 반향으로 이어진다. 테크닉과 주제의식의 완벽한 결합이다. 스래쉬 메탈에만 머무르지

메써드 ⓒTeran Park

않고 다른 메탈의 어법을 유려하게 결합시킨 덕분이기도 하다. 그 결과 ≪Abstract≫ 음반은 한국 헤비니스 음악들이 이뤄낸 성취를 견결하게 이어받으면서, 그 성취의 아름다움을 더 예리하게 집약한다. 잔재주를 뽐내지 않고 어떻게 곡을 완성해야 듣는 이들을 감동시키는지 아는 메써드는 음반의 거의 모든 곡에서 소리와 멜로디, 구성을 훌륭하게 조화시켰다. 이 음반은 한 곡도 귀를 느슨하게 풀어두지 않는다. 특히 또 다른 타이틀곡 <Chemical Paradise>는 현란한 연주와 흡인력 높은 테마를 효과적으로 사용함으로써 파노라마 같은 곡의 스케일 내내 번득이는 서정미를 펼친다. 음반 전체의 수록곡들이 다 여일하게 뜨겁고 아름다우니 타이틀곡만으로 멈출 수 없는 음반이다.

음악과 뮤지션에 대한 예의

먼발치에서 내려다보거나 올려다보면 압도하는 아름다움을, 가까이서 들여다보아도 홀딱 빠져들게 되는 이 경지를 무엇이라고 표현할까. 일단 막강한 헤비메탈 음반이 나타났다고 쓰자. 이 음반은 척박한 풍토에서 끊어지지 않고 이어진 가작들 사이에서 오랜만에 나온 한국 헤비메탈 명반이다. 한국 헤비메탈의 끈기와 저력을 보여주는 작품이다. 사실 저력이라는 표현은 이 정도 음반 앞에서만 써야 한다. 그리고 이 음반을 받아든 우리는 저력을 저력으로 끝나지 않게 할 의무가 있다. 그것이 좋은 음악과 뮤지션에 대한 예의다. 언제까지 뮤지션의 작가정신에만 기댈 것인가. 이렇게 훌륭한 음악을 내놓는 이들이 훗날 누릴 영광을 지금 당장 누리게 했으면.

Method ©son jin young

사람을 사람이게 하는 음악

음악에 귀 기울여야 할 이유
임인건&이원술 ≪동화≫

임인건 〈슬픈 꽃〉
https://www.youtube.com/watch?v=8YKC3HnnbGY

음악은 언어다. 모든 예술처럼 음악도 이야기를 담는 언어다. 세상에 대한 발언이든, 감정의 토로이든 음악은 이야기로 말을 건다. 표현 방법이 다를 뿐이다. 문학은 문자를, 영화는 영상을, 음악은 소리를 활용한다. 어떤 음악은 가사를 넣어 더 자세하게 표현하기도 한다. 하지만 모든 음악이 노랫말로 이야기를 드러내지는 않는다. 멜로디, 화음, 리듬, 사운드만으로 충분하기 때문이다. 느리거나 빠른 리듬, 거칠거나 매끄러운 사운드, 선명하게 흐르는 멜로디와 화음만으로도 음악의 이야기를 알아차릴 수 있다. 노랫말을 몰라도 웃고 울고 춤춘다. 소리의 힘, 음악의 힘이다.

임인건 음악의 아름다운 울림

재즈 피아니스트 임인건과 재즈 베이시스트 이원술이 함께 만든 음반 ≪동화≫의 이야기를 알아차리기도 어렵지 않다. 재즈 피아니스트로 여러 음반을 내놓은 임인건은 즉흥연주와 스윙이라는 재즈의 방법론을 방기하

임인건&이원술 ≪동화≫ ⓒ원더스탠드

지 않으면서, 자신의 방식으로 이야기하곤 했다. 그의 음악은 한마디로 서정적인데, 서정적이라는 단어는 감정을 드러내는 일반적인 방식을 말하지 않는다. 세상의 어떤 예술도 서정적이지 않은 경우는 드물기 때문이다.

임인건의 음악을 서정적이라고 하는 이유는 그의 음악이 자신의 이야기를 단정하게 담아내며, 섬세하고 아름다운 울림을 자아내기 때문이다. 인간이 경험하고 체감하는 수많은 감정들 가운데 임인건은 육체적이거나 분노에 찬 감정보다 마음 깊은 그리움과 슬픔, 쓸쓸함 같은 애수 어린 감정을 포착해 재현한다. 그 감정을 듣는 이들이 공감하고, 각자의 기억 속에서 되짚어가게 만든다. 기억의 창고에서 한 알의 성냥처럼 환하게 켜지는 임인건의 음악은 일순 묵은 기억을 밝히고 더듬어 탄성 짓게 한다.

있어야 할 자리에 있고, 흘러가야 할 곳으로 흐른다

임인건의 음악은 누가 들어도 알아들을 수 있을 만큼 명확한 구조와 서사를 가지고 있다. ≪동화≫ 음반에 수록된 곡들도 마찬가지이다. 임인건의 곡은 도입부부터 피아노 연주음 하나하나에 곧바로 노랫말을 얹어도 이상하지 않을 만큼 분명한 멜로디의 서사를 만들며 흐른다. 노래 같은 그의 멜로디는 잔잔하고 감성적이어서, 듣는 이의 굳은살 박인 마음은 어느새 부드러워지고 젖어든다. 첫 곡 <서울하늘>에서부터 마지막 곡 <슬픈 꽃>까지 ≪동화≫ 음반에 수록한 곡들은 창작자가 다르다. 리듬과 메시지도 다르다. 그렇지만 소박한 서사와 아름다운 멜로디는 동일하다. 지금껏 그랬던 임인건만이 아니라 이원술의 곡 역시 마찬가지이다. 이원술이 그동안 해왔던 작업들과 다르게 임인건 쪽으로 옮겨왔기 때문이며, 앙상블 작업이 제대로 이뤄진 결과이다.

이 음반에서 두 뮤지션은 연주력을 뽐내거나 불꽃 튀는 접전을 벌이지 않는다. 다만 있어야 할 자리에 있고, 흘러가야 할 곳으로 흐른다. 임인건의 피아노가 곡의 흐름을 주도한다면, 이원술의 콘트라베이스는 피아노의 뒤를 받치며 연주에 온기를 불어넣고 인간적인 질감을 더한다. 덕분에 피아노 솔로 연주 음악보다 훨씬 따뜻하고 안정감 있다.

지금 우리에게 필요한 것은

파격적이거나 난해하고 트렌디한 음악도 가치가 있지만, 그럴 필요가 없는 음악도 많다. 음악에서는 명확한 자기 이야기와, 이야기를 설득력 있게 전달하는 멜로디에 최적화한 사운드면 충분하다. 테마를 연주한 후 진행하는 즉흥연주는 이 음악이 재즈이며, 재즈 연주자들의 음악이라는 사실을 확인시켜준다. 하지만 그 순간조차 한결같이 소박한 덕분에 이 음반은 뉴에이지 음악이나 피아노 연주 음악처럼 들리기도 한다. 다들 좋아할 음악이다.

엄밀하게 장르를 나누고 연주의 기술적 측면을 따지는 일이 가치 없지 않지만, 이렇게 스며드는 음악 앞에서 장르 이야기는 부차적이다. 이 음반을 들으면 금세 동화되지 않을 수 없다. 비쁜 일상 속에서 좀처럼 꺼내보기

임인건 ⓒ원더스탠드

힘든 그리움과 쓸쓸함을 아련하게 호출하는 음반에는 시대가 바뀌고 세상이 달라져도 달라지지 않을 마음이 담겨 있다. 사람의 마음이다. 사람이 잊지 말아야 할 마음이다. 이 음반은 우리 안에 차분하고 아린 마음이 존재하고 있음을, 우리가 그렇게 연약하고 섬세한 존재임을 일러준다.

지금 우리에게 필요한 것은 더 빠른 기술이 아니다. 더 많은 지식과 정보가 아니다. 더 두툼한 돈이 아니다. 이 음악처럼 순정한 마음이며, 마음을 일깨워줄 음악에 귀 기울일 여유이다. 이제는 음악이 일상의 BGM이 되어버린 시대이지만, 우리가 여전히 음악에 귀 기울여야 할 이유가 여기 있다. 좋은 음악은 우리를 비로소 사람이게 한다.

김사월의 여전한 매혹

삶의 시름을 불러내는 멜로디
김사월 ≪수잔≫

〈접속〉
https://www.youtube.com/watch?v=F4TSIBAug8c

알고 있던 김사월은 잠시 잊자. 김사월X김해원의 김사월. 눅진하고 육감적인 목소리를 들려주던 김사월 말이다. 물론 세상에는 김사월을 모르는 이들이 훨씬 많다. 세상 많은 이들은 잊어버릴 김사월조차 없다. 하지만 2015년 10월 27일 첫 독집 ≪수잔≫을 낸 김사월은 분명 김사월X김해원의 김사월과 다르다. 11곡을 담은 이 음반에서 김사월은 예의 농염한 목소리를 선보이기도 하지만, 직접 쓴 곡으로 더 많은 김사월을 펼친다. 소녀 같은 목소리, 영롱한 목소리, 기쁨도 슬픔도 다 놓아버린 것 같은 목소리로 삶 본연의 시름을 불러낸다.

김사월은 포크 음악을 한다. 포크 음악에서 사용하는 장치는 단출하다. 뮤지션의 목소리와 곡의 멜로디, 가사, 소박한 악기로 만든 사운드 정도다. 물론 목소리, 멜로디, 가사, 사운드는 모든 대중음악에서 중요하다. 하지만 소박한 음악언어를 사용하는 포크 음악에서는 비중이 더 커진다. 보컬이 어떤 음색으로 어떤 분위기를 만들어 노래의 정서를 외화하는지부터 성공

김사월 ≪수잔≫ ⓒ김사월

과 실패를 좌우한다. 좋은 보컬, 개성 있는 보컬은 늪처럼 강력한 흡인력으로 음악을 장악한다. 한대수가 그랬고, 장필순이 그랬으며, 김사월이 그렇다.

목소리의 주술사 김사월

김사월의 목소리를 들은 이들은 안다. 그녀가 노래할 때 피어나는 육감적인 세계와 무심한 세계, 그리고 새싹처럼 초롱초롱하고 앙증맞아지는 세계의 다면성을. 살 만큼 산 목소리였다가, 호기심 가득하고 새침해지는 목소리의 변화무쌍을. 호흡만으로 듣는 이를 녹여버릴 것 같은데, 농염함에 담담함까지 얹는 목소리의 주술사는 드물다. ≪수잔≫에서 김사월은 제 목소리의 조명을 바꿔가며 매력을 도드라지게 연출한다. 산뜻하고 예쁘기만 한 목소리, 시도 때도 없이 고음을 올려대는 목소리가 미덕인 줄 아는 시대에 김사월은 음악의 아름다움이 수많은 섬처럼 각자의 간격으로 뚝뚝 떨어져 있다고 말한다. 삶은 반짝이는 해사함만으로 채워지지 않는다고 노래한다. 속삭이지만 달콤하지 않고, 풋풋하지만 고혹적으로 건조한 김사월의 목소리는 김사월의 공화국이다. 우리는 그 공화국 안에서 충만하다.

≪수잔≫ 음반은 '그녀 개인이 겪어온 시간을 '수잔'이라는 하나의 인물로 형상화하는 작업으로 기획'한 음반이다. 우리는 김사월이 20대의 시간을 통과하며 경험한 일들 중 일부와, 그때 흩날린 꽃잎 같은 마음을 듣는다. '벚꽃의 덧없는 색깔에 눈물 흘리며' '홀연히' '그믐달의 이화사거리'를 걷는 김사월. '사랑은 할수록 세상에 없다'는 것을 알게 되고, '그 누구도 믿을 수가 없어' 하는 김사월. 눈부시게 빛나고 생동감 넘치는 것처럼 보이지만, 쉽게 상처받고 매일 좌절하면서 내일 다시 어리둥절한 20대 초반의 김사월. 위태롭고 불안해 홀로 영혼의 코피를 틀어막는 김사월. 그리고 수잔과 다르지 않았던 모두의 청춘을 듣는다.

음악은 보컬의 음색과 노랫말의 정서만으로 완성되지 않는다. 노랫말로 드러낸 정서를 듣는 이들도 느끼게 하는 멜로디가 있어야 한다. 멜로디가 만든 분위기를 일관되게 잇고, 개성 있게 다듬은 편곡이 도와야 한다. 모든 곡을 직접 쓴 김사월은 자신이 쓴 노랫말에 어울리는 멜로디를 뽑아 가사를 음악으로 바꾸고, 보이는 정서를 들리는 정서로 치환시켰다. 독백처럼 자신을 털어놓는 노랫말은 김사월의 멜로디로 따스해진다. 김사월이 써낸 멜로디는 은근함에도 허방처럼 푹푹 빠져든다.

은근하고 비밀스러운 소리의 빛과 그림자

그리고 편곡을 맡은 김해원은 김사월의 목소리와 노랫말, 멜로디에 배어 있는 개성을 사운드로 연출한다. 편곡이 요란하지는 않다. 숨소리 가득한 보컬의 매력을 훼손하거나 침범하지 않는 편곡은 기타 중심 음악이라는 포크의 특징을 이어받는다. 그러나 매끄러운 어쿠스틱 팝이나, 결 고운 서정성이 돋보이는 전통적 포크만으로 사운드를 한정하지 않는 이들은, 현악과 플루트, 색소폰 등의 악기를 더해 수잔의 고백을 김사월의 사운드로 구축

김사월 ©김사월

한다. 그 결과 은근하고 비밀스러운 소리의 빛과 그림자 아래 머물게 되는 순간이 지천이다.

어쿠스틱 기타만으로 단출한 음반의 첫 번째 곡 <수잔>에 더한 플루트 연주와 스트링 연주의 근사한 아름다움, 아련함을 강조한 보컬 녹음의 공간감을 넓히는 <아름다워>의 일렉트릭 기타 연주, 우아함과 매끄러움으로 노래의 품격을 만들어내는 <곳바람>의 플루트와 스트링 연주는 김사월의 포크가 대중음악의 전통 안에 있지만 늘상 다닌 길 아닌 다른 길이라 소곤거린다. 스트링 연주와 기타 반주, 건반 연주가 왈츠 리듬의 생동감 안에서 어우러지는 <접속>, 보컬의 울림을 강조한 녹음에 영롱함을 더해주는 건반 연주가 인상적인 <꿈꿀 수 있다면 어디라도>, 나른한 사운드를 이어가다 김오키의 색소폰을 사이키델릭하게 결합시킨 <악취> 같은 많은 곡에서 핵심을 간결하게 짚는 김해원의 편곡은 빛을 발한다. 개인적으로는 <곳바람>, <꿈꿀 수 있다면 어디라도>, <젊은 여자>, <악취>, <머리맡>이 특히 마음에 드는데, 그만큼 김해원의 편곡은 음악의 완성도와 개성을 조련한 음반의 숨은 주인공이다. 덕분에 김사월은 듀오 때와 다른 세계로 진입한다. 물론 김사월X김해원의 또 다른 연작이라고 볼 수도 있다. 어느 쪽이든 훌륭한 앙상블이다.

여기 김사월이 있다

이제 예전과 비교할 수 없을 만큼 음악을 듣기 쉬워졌다. 그렇다고 김사월의 음악처럼 개성 있고 순도 높은 음악을 누구나 찾아 듣지는 않는다. 온라인 음원 차트 1위부터 100위까지 듣거나, TV 연예오락프로그램, 온라인 등에서 화제가 된 음악을 듣고 마는 경우가 대부분이다. 지금 화제가 되는 곡들은 물론 의미가 있다. 하지만 인기 있는 음악을 들으며 얻는 즐거움만큼 김사월 같은 음악, 숨어 있고 싶지 않으나 숨어 있는 것처럼 보이는 음악을 통해 얻을 수 있는 즐거움도 얼마든지 상큼하다. 그런데도 많은 이들이 남들과 똑같은 즐거움만 누리거나, 많은 이들이 아는 즐거움조차 알지 못하고 옛날에 듣던 음악으로 돌아가버린다. 오늘 빠져들 수 있는 새 음악들이 날마다 초롱초롱한 눈빛으로 간절하게 우리를 부르고 있는데. 찾아보지 않고, 들어보지 않고, 온전히 귀 기울여 듣는 즐거움은 계속 잃어가면서. 자신 안에 얼마나 많은 음악을 담아둘 수 있을지 가늠조차 못하면서. 여기 김사월이 있는데.

김사월 ©김사월

신파 같은 진실

요란하고 시끌벅적한 사운드
정차식 ≪집행자≫

〈춘몽〉
https://www.youtube.com/watch?v=RQ9qz9IamGw

내 마음 같은 노래가 별로 없다. 40대 중반 헤테로섹슈얼 남성에게 맞는 노래랄까.

기세등등한 자신감과 멀어진 지 오래이고, 스스로의 비루함마저 체념해버리는 세대의 노래. 세상보다 나를 바꾸는 일이 더 어렵다는 사실을 부정하지 못하고, '사랑도 지나치면 사랑이 아닌 것'을 인정해야 할 때 기댈 수 있는 노래. 문학평론가 신형철의 말처럼 '복잡하게 나쁜 사람'인 자신을 들여다보는 노래. 뜻대로 되지 않아 주저앉게 하는 세상을 외면하지 않고 속이지 않는 노래.

절대자에게 보내는 고백과 기원

그래서 정차식의 노래가 콕콕 박혔을까. 밴드 레이니선 보컬로 활동하다 2011년 솔로 활동을 시작한 정차식, 위악적이고 허세 가득한 정차식의 노래는 위악과 허세로 성인 사내다운 노래다. 그의 노래에는 체념과 회한과 애

정차식 ≪집행자≫ ⓒ매직스트로베리사운드

수와 열정과 분노가 복잡하게 엉켜 있다. 너저분한 자신을 숨기지 않고, 구차하게 변명하지 않는 노래를 들으면 흐르는 눈물을 음악 탓이라 우기기 쉽다.

그런데 2집 후 3년 만에 내놓은 정차식의 3집 ≪집행자≫는 정차식의 전작들과 닿아 있는 동시에 다르다. 성인 남성의 들끓는 내면과 고단함을 연민한다는 점은 한결같지만, 이 음반에서 정차식은 자신의 토로를 절대자에게 보내는 고백과 기원으로 마감한다. 흡사 제프 버클리(Jeff Buckley)의 <Hallelujah> 같은 정서가 느껴지는 동명의 첫 번째 곡 <할렐루야>에서부터 정차식은 절대자로 추정되는 '아버지'에게 '눈물이 나요'라고 울먹인다. '그동안 참 많이 헤맸'다고 무릎 꿇는다. '오늘만은 최대한 아름답게 만들어주'라고 애원한다.

지치고 고달프기 때문이리라. '살아보려 기를 써도 종잡을 수가 없'고, '무엇을 선택해도 / 어디든 후회되고 / 어디든 가려 해도 꿈이라 허무하'(<춘몽>)기 때문이리라. 그렇다고 그가 순순히 타협하거나 애걸복걸하지는 않는다. 그는 '누구도 내 피땀을 모욕할 순 없다 / 삐뚤어져 삐뚤어질 테야'(<삐뚤어져라>)라고 결기를 드러낸다. '너무도 아름다웠'(<연인>)던 추억을 되새기며, '반드시 시간이 증명할 거외다'(<탕아>)라고 자신감을 보인다.

정차식 백기를 들다

하지만 결국 '하루 하루 구원받자'고, '하루 하루 용서받자'(<이지라이더>)고 백기를 들고 만다. '나에게도 기적을 주소서'(<복수>)라며 절대자만 받아줄 수 있는 기도를 올리고 만다. 의지와 집념으로 돌파하기에 세상의 벽이 너무 단단하고, 자신의 힘이 미약하기 때문이다. 그는 '눈물아 흘러라 / 강을 이뤄 땅이 돼라'(<긴 밤이 되어라>)라고 다 놓아버린다. '긴 밤이 되'기를 빌며 꼬꾸라진다.

투지를 드러내고 순정을 고백해도 세상은 호락호락해지지 않는다. 자신을 전부 상품으로 만들어 내놓아야 연명할 수 있는 세상. 의문을 품거나 반기를 들면 즉시 몰락하게 해버리는 세상. 이런 세상에서 낭만과 선의, 의지와 희망을 가진 이들은 좌절과 환멸을 피하지 못한다. 그래서 정차식의 기원은 안일한 도피나 순수한 종교성의 발현이 아니다. 삶에 대한 강한 의지의 표현이다. 이 음반은 세계에 밀리고 밀려 고달픈 사내의 하소연이자 염원이다. 지금 이 세계에서 힘겹게 버티고 있는 이들의 맨 얼굴이다. 팬시한 낭만이나 고운 서정으로는 드러내지 못하는 신파 같은 진실이 이 음반에 있다.

다채롭고 탐미적인 스타일

정차식은 이처럼 격렬하고 처연한 기원을 다채롭고 탐미적인 스타일로 노래한다. 음반에 수록한 12곡을 이끄는 주체는 늘 정차식의 보컬이다. 그는 특유의 팔세토 창법을 현란하게 구사하면서, 1인 12역을 하는 배우처럼

정차식 ⓒ매직스트로베리사운드

비장하고 비감하고 허탈하며 위악적이고 연극적인 톤으로 연기한다. 전작에 비하면 뽕끼를 줄이고 드라이하게 편곡해, 수록곡들은 정서의 뿌리만 남기고 분장을 모두 지워버린 것처럼 건조하게 느껴질 때가 많다.

그렇지만 건반 연주만으로 곡을 이끌어 가거나, 우아한 현악 연주를 결합시키고, 허세가 느껴지는 리듬을 부각시키는 방식. 그리고 어쿠스틱 기타와 퍼커션으로 느슨한 사운드를 구사하다가 인상적인 건반 연주를 더하거나, 뿅뿅거리는 사운드를 가미하는 등의 편곡 방식은 여전히 정차식의 1인 음악극을 모노드라마 이상으로 화려하게 치장한다. 특히 정차식의 노래는 통속적이고 신파적이며 극적으로 강력한 리듬과 멜로디를 사용해 세상만큼 요란하고 시끌벅적하다. 이 스타일이 정차식의 개성을 완성한다.

막무가내로 질문하는 음악

완성도 높은 음반들이 그랬듯 이 음반은 음악의 태도와 메시지에 공감하지 않더라도 음악이 흐르는 동안 사로잡힐 수밖에 없는 마력이 집요하다. 정차식의 음반 ≪집행자≫는 어떤 시대, 어떤 세상을 통과하는지 보여주고 서둘러 문을 걸어 잠그지 않는다. 이 음반은 너는 어떠냐고 묻는다. 너의 세상은 어떻고, 너는 괜찮냐고 묻는다. 자신의 패를 죄다 드러낸 이가 던지는 질문을 외면하거나 피하기는 어렵다. 말끝을 흐리면서라도 답을 하는 수밖에 없다. 어떤 음악은 답을 가지고 있기 때문에 소중한 것이 아니라 막무가내로 질문을 던지기 때문에 소중하다.

이제 몇 가지 질문을 더해야 한다. 지금 우리에게 부족한 것은 이렇게 의미 있는 작품인가, 이렇게 의미 있는 작품을 알아볼 수 있는 안목과 감성을 가진 대중인가, 의미 있는 작품과 청중을 연결해주는 매체와 플랫폼인가. 땀내 나는 진실을 담은 예술작품도 상품이 될 수밖에 없는 오늘, 작품과 상품의 경계는 어디에 있는가. 작품은 무엇을 해내고, 왜 해내지 못하는가. 무엇이 부족한가. 누구의 잘못인가.

정차식 ©매직스트로베리사운드

2015년에 다시 부른 들국화 1집

신화의 재해석
Various Artists 튠업 헌정 앨범 ≪들국화 30≫

아시안체어샷 〈세계로 가는 기차〉
https://www.youtube.com/watch?v=gciPumpYG_M&list=PL3pgzqvEjhZfm4pjUhFO6aQdXSQ6vxsqF&index=4

대중음악에서 리메이크는 안 하는 게 나을 때가 많다. 리메이크하는 곡들 대부분 시대를 풍미한 곡들이다. 많은 이들이 숱하게 들으며 익숙해진 곡들이다. 곡의 완성도가 높은 데다 원곡의 아우라가 강해 조금만 손대도 아우라를 훼손한다. 명곡의 아우라는 멜로디, 가사, 사운드 같은 음악언어로만 만들어지지 않는다. 곡에 내재한 시대의 공기가 명곡의 아우라를 완성한다. 일부러 담지 않아도 저절로 따라온 시대의 공기는 비밀의 주문처럼 들을 때마다 지나간 시간을 되살린다. 그래서 노래를 들으며 노래를 들었던 시대를 그리워하고, 노래를 듣던 자신을 그리워한다. 그때 있지 못한 자신을 아쉬워한다. 노래와 함께 쌓인 노스탤지어가 명곡의 아우라를 완성하는 비법이다.

하지만 리메이크에는 노스탤지어가 없다. 노스탤지어가 쌓일 시간이 없다. 수없이 들었던 원곡에 비하면 당연히 낯설다. 그러다 보니 이상하다는 말을 듣기 일쑤다. 심하게 말해 욕이나 안 먹으면 다행이다. 요즘은 다양한

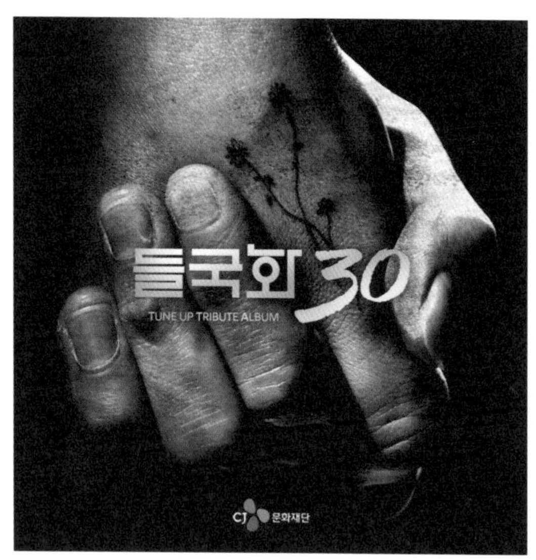

튠업 헌정 앨범 ≪들국화 30≫ ©CJ문화재단

세대의 음악소비자를 포섭하기 위해 전략적으로 리메이크한다.

그러나 최근의 리메이크는 너무 많은 리메이크 사이에서 금세 휘발되어 버린다. 뮤지션 입장에서 리메이크는 많은 이들에게 쉽게 다가갈 수 있는 방법인 동시에, 자칫하면 능력의 한계를 확인하고 황급히 퇴각해야 하는 전투이다. 오래 기억되기 어려운 일이다.

한국대중음악의 최전선, 들국화

리메이크는 이렇게 만만치 않은데 들국화의 음악이라면 오죽할까. 세대에 따라 들국화에 대한 인식은 다르더라도, 들국화가 강력한 아우라를 가진 1980년대의 상징이라는 사실만은 누구도 부정할 수 없다. 들국화는 한국대중음악의 최전선이자, 한국 언더그라운드 음악 문화를 선도한 전위였다. 들국화는 한국대중음악의 역사를 이어받은 이들이 1970년대 말부터 예비한 포크와 록 에너지의 충만한 결합이었다. 자신만만하고 드라마틱한 폭발이었다. 들국화의 1집이 평론가들과 음악관계자들이 뽑은 한국대중음악 100대 명반에서 두 번이나 가장 먼저 불린 결과는 당연했다. 들국화 이후 또 다른 들꽃들이 소극장을 중심으로 꽃다지처럼 피어났다. 1980년대 후반 언더그라운드라는 꽃산이 봉긋 솟아올랐다.

1980년대 중반에 나온 들국화의 음악은 암울했던 시기, 청년들의 자유의지를 간절하게 토해냈다. 사실 들국화의 음악에는 비판적 표현이나 정치적 수사가 담겨 있지 않았다. 하지만 들국화 음악의 원초적 에너지는 1980년대 답답하고 막막한 청춘들의 목소리를 대신해 절규했다. 젊음의 심장에 폭풍처럼 공명했고, 시대의 노래가 될 수밖에 없었다.

튠업 뮤지션들의 들국화 1집 리메이크

그러나 신화가 된 음악을 들으며 감동 받는 일과 다시 노래하는 일은 다르다. 뮤지션 입장에서 곡의 순서까지 외우는 들국화 1집을 리메이크하는 일은 강력한 거인과 맨몸의 자신이 대결하는 듯 부담스러울 수밖에 없다. 그럼에도 CJ문화재단에서는 신인 뮤지션 지원프로그램 '튠업' 5주년을 맞아 들국화 1집 음반을 리메이크하고, ≪튠업 헌정 앨범 들국화 30≫ 음반을 내놓았다. 튠업은 뛰어난 뮤지션을 다수 발굴해낸 지원프로그램인데, 인디 뮤지션들이 들국화 1집과 들국화 1집 발매 30주년이라는 역사성과 스토리를 기반으로 자신의 음악을 소개할 수 있는 기회를 만들었다. 그동안 튠업을 통해 발굴한 뮤지션들에게 더 많은 경험과 스토리를 제공하는 의미 있는 기획이다. 신인발굴프로그램이 할 수 있는 효과적인 기획인데, 음원 수익을 모두 뮤지션들에게 돌려준다는 점도 프로젝트의 고민과 깊이를 드러낸다. 대결 같은 재해석 작업으로 진면목을 보여줄 수 있는 기회를 마련하고, 현재의 들국화들을 보여주는 도큐먼트를 만들어냈다는 점은 의미 깊다.

대결의 결과는 뮤지션의 역량에 달렸다. 물론 리메이크, 특히 들국화 1집 리메이크는 이기기 어려운 싸움이다. 그럼에도 튠업 출신 뮤지션들이 개성

≪들국화 30≫제작에 참여한 뮤지션들 ⓒCJ문화재단

을 잘 드러낸다면 그것만으로도 소기의 목적을 달성했다고 할 수 있다. 리메이크 작업이 원곡의 에너지를 얼마나 잘 복원했는지, 개별 곡들의 완성도를 일일이 평가할 필요는 없다. 얼마나 자기답게 말했는지가 중요하다.

자기답게 말한 곡과 그렇지 못한 곡들

음반 속 10곡의 리메이크 곡들은 자기답게 말한 곡과 그렇지 못한 곡으로 나눌 수 있다. 다만 모두 30년 전 노래와 다른 노래들을 만들어냈다는 점은 분명하다. 묵직하고 거친 헤비메탈 사운드로 재해석한 해리빅버튼의 <행진>은 다소 건조하게 들려 아쉽지만 굵직한 매력을 강화했다. 11분 49초에 걸친 국악곡으로 재탄생한 고래야의 <그것만이 내세상>은 정악 실내악의 우아함이 있다. 사이키델릭하게 변형한 아시안체어샷의 <세계로 가는 기차>는 2015년의 들국화 같은 밴드의 진면목을 보여준다. 청명하고 해맑게 리메이크한 블루 파프리카의 노래는 원곡의 원초적 에너지와는 다르게 고운 감성이 돋보인다. 소울풀하게 편곡한 마호가니킹의 <축복합니다>는 원곡에 깃든 축원의 에너지를 화려하게 색칠했다. 코어매거진의 <사랑일

뿐이야>는 원곡의 서정성을 부각시키며, 아시안체어샷과 함께 가장 눈부신 순간을 만들었다. 빌리 어코스티는 <매일 그대와>를 더 섬세하게 재현했다. 일상의 소음과 어쿠스틱 기타 연주, 일렉트로닉 사운드를 함께 사용한 박소유의 <오후만 있던 일요일>은 원곡의 나른한 슬픔을 2015년의 음악으로 재해석해 인상적이다. 원곡의 포효를 덜어낸 로큰롤라디오의 <아침이 밝아올 때까지>와 남메아리의 <우리의 소원>은 원곡과 차이가 부족하게 느껴지지만, 이번 기회가 아니면 들을 수 없었을 결과물이다. 그래서 만약 다른 뮤지션들이 같은 곡을 리메이크한다면 어떻게 만들어질지 궁금해진다. 리메이크만의 묘미이다.

2015년의 차이를 확인하기 어려운 음반

이 음반이 들국화의 신화를 계승하며 더욱 굳건하게 현재화한다는 점도 주목해야 한다. 후배 음악인들의 리메이크 작업은 평론가들의 의미 부여와 함께 대중음악사의 신화와 역사 프레임을 설정하고 구축하는 중요한 장치이다.

다만 못내 아쉬운 부분은 이 리메이크 음반에서 현재의 공기가 잘 느껴지지는 않는다는 점이다. 참여 뮤지션들의 개성과 차이를 확인하기에는 부족함이 없으나, 1985년 들국화 1집에 담긴 시대의 공기와 다른 2015년의 공기를 체감하기에는 어려운 면이 있다. 단일한 프로듀서가 없고, 뮤지션들이 개별적으로 작업했기 때문이다. 2015년 현재의 공기는 뮤지션들의 개별 음반들에 이미 담겨 있겠지만, 10개의 수록곡들이 모두 제 갈 길을 갈 뿐 서로 만나지 않는 것처럼 보이는 미진함을 30년 전 음반과 이 음반의 차이라고만 할 수 있을까. 명반이고 뭐고 나는 내 이야기를 하겠다는 패기, 서로의 차이를 연결해 더 큰 매력으로 확장하는 프로듀싱이 아쉽다.

역설적으로 이 음반은 신화를 깨지 못한 채, 들국화의 1집이 얼마나 위대한 음반인지를 보여준 작품이 되고 말았다.

≪들국화 30≫Part1, Part2 Cover©CJ문화재단

들을수록 더 많이 들리는 음반

방준석과 백현진의 협업
방백 ≪너의 손≫

〈심정〉
https://www.youtube.com/watch?v=6AOMUKiy1NI

방준석과 백현진이 함께 만든 음반 앞에서 설레지 않기는 어렵다. 방준석, 전설이 되어버린 모던 록 밴드 유앤미블루의 한 축이었던 뮤지션. 이제는 영화음악을 만들며 <라디오 스타>, <베테랑>, <사도> 등 숱한 흥행작들의 음악을 맡은 그가 어어부프로젝트와 솔로 활동으로 용맹을 떨치는 백현진의 손을 잡았다. 혈기방장하고 사려 깊은 두 뮤지션이 어떤 소리를 펼쳐 어떤 세계를 그려놓을지 기대와 호기심으로 두근거리지 않을 방법을 모르겠다.

2015년 12월 28일, 방준석과 백현진의 음악은 두 뮤지션의 성을 따 방백이라는 이름으로 세상을 만났다. 방백, 연극에서 관객들만 들을 수 있는 대사. 이들은 자신들의 이야기를 오직 청자들에게만 은밀하게 들려주고 싶었을까. 자신이 던져놓은 이야기조차 의뭉스럽게 모른 척하고 싶었을까. 11곡을 담은 음반의 제목은 ≪너의 손≫. 모든 수록곡들의 제목은 2음절이다. 첫 번째 곡 <방향>부터 <다짐>, <어둠>, <심정>, <변신>, <한강>, <귀가>, <바

방백 ≪너의 손≫ ⓒ워크룸

람>, <아송>, <동네>, <정말>까지 제목조차 연극의 설정 같다. 실제로 백현진은 전작들에서 흡사 연극이나 퍼포먼스를 수행하는 것처럼 극적인 음악을 들려줄 때가 많았다.

방백 음악의 차이

그러나 방백의 음악은 방준석과 백현진이 했던 음악과 다르다. 음반을 들어본 이라면 백현진의 솔로 1집 ≪Time Of Reflection≫과 이 음반이 연결되어 있다고 주장할 수도 있다. ≪너의 손≫ 수록곡 대부분 백현진이 썼기 때문이다. 방준석이 함께 작곡한 <아송>을 제외한 전곡은 백현진에 부어내린 추출물이다. 그렇지만 이 음반에는 백현진의 1집이 나온 2008년 이후 8년의 시간과 방준석의 무게감이 동시에 배어나온다. 협업의 힘이라 말해야 하고, 시간을 버틴 작가의식의 힘이라 말해야 한다.

한 번도 미성으로 곱게 노래해본 적 없는 백현진의 노래는 훈련되지 않은 삶의 목소리이다. 훈련될 수 없는 삶의 목소리이다. 그는 자신의 목소리로 절규하듯 안간힘을 다해 노래한다. 안간힘의 힘으로 자신의 목소리에 도달한다. 스스로를 두려워하지 않고, 가두지 않는 목소리는 독백과 탄식으로 버티며 끈질기다. 단락과 단락 사이에서 부러 음을 끌며 끈질긴 고집을 부리고, 생소리로 고음을 향해 돌진할 때 우리가 발견하는 사실은 삶이 아름답지 않고 숨겨질 수 없음에도 무엇과도 비교하거나 대신할 수 없을 만큼 존엄하다는 사실이다.

삶의 비루함과 마주하기를 주저하지 않는 백현진의 목소리는 자신이 직접 쓴 노랫말들로 자신이 겪고 느끼고 발견한 진실을 불러 젖힌다. 이 노랫말은 자신을 포함한 인간을 응시하고 성찰한 작가정신의 결과물이다. 어떠한 당위와 습관적인 낙관을 배제하고 맨살 같은 진실을 드러내는 노랫말은 처음부터 끝까지 모든 것들을 다 말하지 않는다. 대신 하나의 상황 속에서 감지하게 한다. 좋은 작품은 상황으로 설명을 대신하는 작품이며, 더 많은 이야기를 숨겨놓는 작품이다. 스스로 깨닫게 하는 작품이다.

인내와 성숙을 말하는 노래들

사실 '가을이 다가오는 편의점 파라솔 아래서 / 나란히 앉아 거의 똑같은 방향을 / 바라보곤 있으나 / 그래서 서로를 바라보지 못하'는 <방향>에 담긴 깨트릴 수 없는 침묵, 그 관계의 무게를 어찌 말로 구구절절 설명할 수 있을까. 관계는 그리움과 슬픔만으로 설명할 수 없다. 백현진은 설명할 수 없는 감정과 설명할 수 없는 감정을 감당해야 하는 삶에 대해 말하지 않는 듯 말해버린다. 상황으로 감정을 대신하는 묵묵한 곡들은 <어둠>과 <심정>, <귀가>, <동네>로 이어지며 음반의 끝까지 흘러 하나의 태도와 정서를 명확하게 드러낸다. 바로 인내와 성숙이다.

이번 음반에서 가장 아름다운 곡 가운데 하나인 <다짐> 역시 마찬가지이다. '반복되는 허망한 이 패턴'에 질려 '헛생각 따윌' 하고 '다짐을 하'다가 '나름 할 수 있는 일을 해'보는 삶을 살아보지 않은 이가 누가 있을까. 인간은 그렇게 어리석고 한심하다. 그래서 매번 다짐을 하면서, 겨우 할 수 있는 일을 해보면서 앞으로 나아간다. 어리석은 범상함과 지루함이 인간의 실체라고 해도 과언이 아니다. 그러나 범상함과 지루함을 외면하지 않고, 인정하며 살아가는 모습이 성숙한 인간의 지표이다.

백현진은 호소력 강한 자신의 보컬에 절절한 멜로디를 얹어 속 깊은 이야기를 토로한다. 사적인 세계에 집중하는 음반의 전반부 수록곡들, <방향>의 절정 부분이나, <다짐>의 후렴, <심정>의 후렴 부분에서 노랫말에 들러붙는 멜로디와 손성제의 클라리넷 연주는 백현진의 고백과 다짐을 듣는 이 누구든 자신의 사연으로 치환하지 않을 수 없을 만큼 애절하게 만들어버린다.

방준석 편곡의 힘

이 음반의 관점과 태도에서 더 깊은 성숙함을 발견하게 되는 이유는 음반의 후반부 '너는 완벽하게 변할 수 있어'라고 응원하는 <변신>과 '정신 사나워지기 전에 확 집으로 돌아'가는 <귀가>, '이 노래가 혹시나 너에게 가서 조금은 힘이' 되기를 바라는 <바람>, '서로를 보듬고 토닥'이는 <동네>의 의연함과 다정함 때문이다. 그에 맞춰 활기를 더해가는 음악 때문이다. 편곡을 맡은 방준석은 백현진이 꺼낸 이야기를 음악으로 변환하면서 담담하고 담백한 분위기로 감싼다. 하지만 어떤 감정도 상투적으로 표현하지 않는 방준석은 현악과 관악을 효과적으로 사용해 한 상황에 깃드는 수많은 감정의 혼란과 갈등을 다양한 소리로 연출했다. 때로는 주된 감정의 파고를 밀고 나가고, 때로는 파장을 확장하면서 노랫말로 다 표현할 수 없는 무의식과 감정들을 수많은 악기가 뿜어내는 소리의 파장들로 현현하게 한다. 의연하게 상황과 감정을 다독이는 방준석의 솜씨가 없었다면 이 음반은 한결 얄팍해졌을 것이다. 이 음반의 절반은 백현진의 서사와 보컬로 구축했고, 나머지 절반은 방준석의 편곡과 빼어난 연주자들의 조력으로 채워졌다. 그 결과 이 음반은 망국의 시절을 버티는 인간의 태도와 예의의 기록에 그치지 않는다. 삶 자체를 느끼고 생각할 수 있게 하는 동시에 소리의 역동을 만끽하게 하는 음반이다. 읽고 들을수록 더 많이 들리고 더 많이 보이는 음반이다. 음악이 할 수 있는 일은 여기까지. 그다음은 듣는 당신의 몫이다.

방백 ⓒ목나정

오늘은 조성일의 노래를 듣자

연대를 요청하는 노래들
조성일 ≪일상이 아닌 일상을 살며≫

〈응답해줘〉
https://www.youtube.com/watch?v=7Kt-7J_Uvll

조성일의 음악을 민중가요라고 해도 될까. '민중가요의 종가집' 노래패 꽃다지에서 십수 년 동안 활동하다 솔로로 데뷔해 두 번째 EP를 내놓은 그의 노래가 민중가요답지 않아서 하는 말이 아니다. 그럼에도 어떤 이들은 그의 노래가 예전 민중가요와 다르다고 할 가능성이 높다. 그의 노래에는 민중가요의 클리셰 같은 군가풍 리듬이 없고, 결연하고 비장한 정서도 없기 때문이다. 그래서 그의 노래를 들으면 민중가요가 달라졌다고 할 가능성이 높다.

하지만 이런 식으로 말하는 이들은 1990년대 중후반부터 민중가요가 얼마나 달라졌는지 모르는 이들이다. 1990년대 민중가요를 주도한 서총련 노래단 조국과청춘이 록을 도입한 때가 1996년이다. 꽃다지가 얼터너티브 록의 방법론을 활용한 음반 ≪진주≫를 낸 지도 16년 이상 지났다. 그 밖의 수많은 실험과 시도가 민중가요계에서 벌어졌다. 음악뿐 아니라 노래의 태도도 달라진 지 오래다.

조성일 ≪일상이 아닌 일상을 살며≫ ⓒ빈화백

그런데도 나 역시 조성일의 노래를 민중가요라고 단언하기 주저하는 이유는 민중가요가 뮤지션의 음악과 활동만으로 구성되지 않기 때문이다. 민중가요는 진보적 이념을 담거나 세계의 부조리를 비판하고, 인간다움을 호소하는 노래만 가리키지 않는다. 민중가요는 노래에 담은 세계관을 공유하고 실천하려는 이들의 태도와 재생산 활동을 아우른다. 다시 말하면 운동권이라는 단어로 총칭하는 진보진영에서 민중가요를 함께 부르면서 노래에 담은 문제의식과 세계관을 공유해 삶으로 실천하는 행위, 운동권 집단의 문화적 상징이자 표상으로 활용할 뿐만 아니라 민중가요 동아리 등의 활동으로 민중가요를 공유하고 재생산하는 방식까지가 민중가요의 역할이고 생태계였다. 그래서 민중가요는 대중가요와 다른 하위문화와 생태계를 가진, 운동권의 하위문화라고 보는 편이 정확하다.

민중가요 안팎의 변화

그런데 이제는 민중가요를 함께 부르는 이들도 없고, 민중가요를 삶으로 실천하려는 이들도 줄었다. 한총련과 민주노총이 주도한 전선운동이 쇠퇴하고, 운동권 문화 역시 달라졌기 때문이다. 요즘엔 집회에 가도 함께 노래를 부르는 일은 드물다. 그렇다고 현실을 비판하고 새로운 내일을 꿈꾸는 노래가 없지는 않다. 김대중·노무현 정권 출범 후, 특히 2008년 촛불집회 이후 인디 신에서 활동하는 뮤지션들 중에서 자신의 음악으로 현실을 노래하는 이들은 오히려 많아졌다. 그들의 음악은 민중가요와 크게 다르지 않다.

하지만 이들의 음악은 대체로 음악으로만 남는다. 민중가요 진영에서 활동했던 이들의 음악 역시 대부분 그렇다. 여전히 싸우는 이들 곁에서 노래하는 이들이 있지만, 그들의 수와 영향력은 예전과 비교할 수 없다. 그러다 보니 민중가요 진영에서 활동했고, 여전히 같은 태도를 유지하는 뮤지션들은 자신의 음악으로 버텨야 하는 비주류 음악인과 다르지 않다. 민중가요의 조직적 활동이 뮤지션 개인의 활동으로 대체되고 축소된 것이다. 그래서 이제는 민중가요라는 말을 쓰지 않는 것이 정확할지 모른다. 조성일의 음악을 민중가요라고 부르기 주저하는 이유이다.

조성일의 삶과 고뇌를 담은 음반

조성일이 2015년 12월 30일에 발표한 두 번째 EP ≪일상이 아닌 일상을 살며≫에는 달라진 민중가요의 위상과 변화, 그리고 조성일 자신의 삶과 고뇌가 있다. 꽃다지 활동 때부터 곡을 쓰기 시작했던 그는 오랜 꽃다지 활동을 중단하고 제주도에서 새로운 삶을 시작했다. '바다', '용눈이 오름', '남쪽 섬 작은 마을' 등의 노랫말에 제주의 삶이 묻어난다. 꽃다지 활동 때부터 록에 가까웠던 조성일의 성향은 이번 음반에서 모던 록에 가까운 스타일로 발현되었다. 민중가요계에서 록을 가장 잘 이해하는 기타리스트이며, 꽃다지 활동 때부터 오래 호흡을 맞춰온 고명원이 프로듀서를 맡은 이 음반은 장르로 말하면 모던 록이다.

조성일 ⓒ정미숙

음반에 수록된 다섯 곡은 모두 조성일이 썼다. 그가 쓴 노래 속 태도는 2000년대 이후 민중가요 쪽의 뮤지션들이 내놓은 음악들이 대부분 그러하듯, 과거 민중가요의 당당한 선언이나 우렁찬 낙관과 거리가 멀다. 유쾌한 해학도 없고, 전투적인 분노도 없다. 예전 민중가요와 최근 민중가요의 가장 큰 차이이다. 쉽게 희망을 말할 수 없는 시대에는 음악도 주춤거릴 수밖에 없다. 오히려 습관적으로 분노를 드러내고 당위적으로 희망을 말하는 태도야말로 게으르고 무책임하다. 그래서 드물게 나오는 민중가요 뮤지션들의 최근 음악 속 태도는 응시나 질문에 가깝다. 싸우고 부딪쳐도 좀처럼 바뀌지 않는 현실에 대한 절망감을 회피하지 않고 지켜보는 일, 그리고 절망이 반사하는 질문을 그대로 받아 안는 일이야말로 힘겹지만 정직한 태도이다. 훗날 새로운 희망의 뿌리가 튼실하게 자라난다면 이 정직함에서 싹을 틔울 것이다.

이 음반이 소중한 이유

그리고 요즘에는 시대에 대한 절망만이 아니라 불안한 일상을 감당하며 살아야 하는 자신의 삶을 음악에 드러내는 경우가 많다. 잠수함의 토끼처럼 섬세하고 예민한 예술가의 자의식으로 일상의 절망을 드러내는 작품은 지금 우리가 얼마나 위태롭게 하루하루 살아가는지 도려내듯 확인시킨다. 조성일의 노래에서도 절망과 불안은 수시로 드러난다. '길을 잃은 그림자', '오지 않는 버스'로 보이지 않는 희망에 대한 낙담을 드러낸 <바다로 가는 버스>가 그렇고, '어떻게 살아야 할지 알 수가 없네'라고 고백한 <어떻게> 역시 그렇다. 이명박과 박근혜로 이어진 보수정권의 야만적이고 폭압적인 정치의 강력함, 이에 비해 무기력하기만 한 진보진영의 대응은 많은 이들을 낙담하게 했다. 이대로 간다면 보수반동정권의 지배는 끝나지 않을 것처럼 보였다. 우리의 삶은 더욱더 나락으로 떨어질 것만 같았다.

그래서 조성일의 음반에 담은 비명과 절규, 끈질기고 소박한 염원이 더욱 소중해진다. 그가 <바다로 가는 버스>에서 노래한 '그 푸른 바다'와 '간절하게 간절하게 다 이루어져라'라고 노래한 <다 이루어져라>의 자연스럽고도 애타는 염원은 오늘을 살아가는 대다수의 목소리이기 때문이다. 특히 이 음반의 백미라고 할 수 있는 <응답해줘>는 세월호 추모곡으로만 들리지 않는다. 지금 죽음 같은 바다 속에서 아직 살아 있으면서 응답을 요청하는 이들이 세상 곳곳에 무수한 까닭이다. 엄동설한에도 허공에 올라 싸우는 이들, 출발부터 불평등한 세상에서 자신의 꿈을 펼칠 자리를 갈구하는 청춘들, 온 인생을 다해 뼈가 닳도록 일했으나 갈 곳 없는 이들, 안간힘을 다해 버티지 않으면 내일을 살아갈 수 없는 모든 이들이 곳곳에서 응답을 기다리고 있다.

그러나 '누구도 멈추지 않는 불안한 세상에 / 대답 없는 우리'를 향하는 조난 신호를 받아야 하는 이들은 결국 우리 자신이다. 우리가 자신의 조난 신호를 보내지 못하고, 서로에게 향하는 조난 신호를 외면해서는 어떤 삶도 불가능하다. 조성일은 그렇게 소리내야 하고, 들어야 하고, 응답해야 하는 모두의 간절함을 노래에 담았다. 어떤 영웅도 대신할 수 없는 응답을 나는 연대라고 말하고 싶다. 자신의 생존을 위해 타인을 호출하고, 타인의 호출에 귀 기울이고, 서로가 서로의 우산이 되어 함께 비를 막는 일. 연대의 시작은 바로 응답이니 지금 <응답해줘>보다 뜨거운 노래는 없다.

조성일과 고명원의 협업

조성일은 특유의 허스키한 목소리와 갈수록 무르익는 창작력으로 절망과 염원을 치열하게 담아냈다. 절망은 염원을 냉정하게 벼리고, 염원은 절망에서 주저하지 않게 한다. 프로듀서 고명원은 노랫말과 멜로디의 자연스러운 호흡에 적절한 사운드의 드라마를 더함으로써 음악으로 완결했다. 새롭고 획기적인 사운드가 나오지는 않지만 억지스러운 노래가 없어 노래에 담긴 온기와 열기를 고스란히 전하기에는 부족함이 없다.

그러나 세상에는 조성일을 모르는 이가 훨씬 많고, 제주에서 활동하는 그의 노래가 매체를 통해 알려지는 일도 불가능에 가깝다. 그의 이번 음반 역시 아는 사람들만 아는 노래가 되어버릴 가능성이 크다. 그럼에도 이 노래는 추위로 꽁꽁 얼어붙은 강물 아래에서 바다로 흐르기를 멈추지 않는 물줄기처럼 자신의 길을 갈 것이다. 노래를 듣는 누군가에게 바다가 저기 있음을, 함께 흘러갈 이들이 있음을 잊지 않게 해줄 것이다. 세상은 결코 한 번에 바뀌지 않는다. 어디에선가 자신의 노래를 멈추지 않는 이들의 목소리가 일상을 흐르다 결국 만날 때 세상은 소용돌이친다. 그러니 오늘은 조성일의 노래를 듣자.

음악으로 자본의 욕망에 맞서다

싸움의 공간에서 만든 음반
Various Artists ≪테이크아웃드로잉 컴필레이션≫

김동현 〈Game, Invisible Enemy〉
https://www.youtube.com/watch?v=LArwjVTFAM0

이 음반은 삶과 투쟁의 기록이다. 삶과 투쟁의 산물이다. 이렇게 말하면 분노와 비판이 난무하는 격한 언어와 숨 가쁜 공기를 연상할까. 2016년 당시 이 음반을 만든 공간, 이 음반이 껴안은 공간은 싸우고 있었다. 바로 서울특별시 용산구 한남동의 카페 테이크아웃드로잉 이야기이다. 당시 테이크아웃드로잉은 뮤지션 싸이와 싸우며 불안한 영업을 이어가고 있었다. 새 건물주 싸이는 사과를 거부한 채 나가라며 고소를 멈추지 않았다. 테이크아웃드로잉은 강제집행의 두려움 속에서 영업을 이어갔다.

다행히 테이크아웃드로잉은 섬이 아니었다. 싸이와 원치 않는 분쟁을 시작한 후 테이크아웃드로잉에는 같은 처지가 된 상인들과 테이크아웃드로잉의 활동에 공감하며 부당한 현실을 외면하지 않으려는 예술가들이 모여들었다. 그들은 테이크아웃드로잉에서 포럼을 열고, 연극 공연을 하고, 콘서트를 하면서 테이크아웃드로잉을 지켰다. 날마다 테이크아웃드로잉에서 잠을 자며 언제 벌어질지 모르는 강제집행을 대비했다. 평소 테이크아

≪테이크아웃드로잉 컴필레이션≫ ⓒ일상의실천

웃드로잉을 아꼈던 이들, 소셜 미디어와 예술인들의 활동으로 이 싸움을 알게 된 이들이 함께했다.

카페만 지키려는 게 아니다

이들이 지키려 한 것은 테이크아웃드로잉이라는 카페 공간만이 아니다. 테이크아웃드로잉이 벌여온 예술 작업의 가치를 지키려 했고, 그 노력으로 만들어온 지역의 남다른 빛깔을 지키려 했다. 건물주에 의해 함부로 내버려질 수 없는 자영업자의 삶. 연대의 대가로 예술가의 변호인에게 고소장을 받아야 하는 예술가의 양심. 싸워도 쉽게 이기지 못하고 싸우면서 몸과 마음이 다 망가지는 시대. 그럼에도 옳지 않은 것을 옳지 않다고 말하는 당연함을 지키려 했다. 눈물 흘리는 이들의 곁에 있으려는 박애를 지키려 했다. 무슨 일이 벌어지든 외면하고 포기해버리면 마음은 편할지 모른다. 하지만 부당함과 편법이 올바름과 생존을 대신하는 시대에 외면은 내 곁의 삶을 무너뜨린다. 그리고 끝끝내 나에게 칼끝을 겨눈다.

그래서 자신의 음악을 테이크아웃드로잉에 묶어 휘날렸던 이들은 ≪테이크아웃드로잉 컴필레이션≫ 음반을 위해 새로운 노래까지 만들었다. 이 음반에는 그동안 테이크아웃드로잉의 싸움에 함께해온 예술가와 음악인 12팀의 곡이 담겼다. 신제현, 키라라, 김오키, 애리, 유기농맥주, 전다인X황경하, REMI KLEMENSIEWICZ, 텐거(Tengger), 김동현, 야마가타 트윅스터, 이권형, 레인보우99(Rainbow99)가 한 곡씩 담았다.

가장 이상적인 예술 공간의 탄생

이 음반의 가치는 사회 문제를 음악으로 표현했다는 데에만 있지 않다. 이 음반은 싸이와 싸우면서 테이크아웃드로잉에서 녹음했다. 레코딩 테크놀로지의 발전과 예술가들의 적극적인 결합 덕분이다. 그렇게 함으로써 현장의 공기를 고스란히 옮겨 담았다. 투쟁의 공간과 예술의 공간을 통일시켰다. 그동안 미군기지 반대 투쟁을 진행한 평택이나 용산참사 현장이 예술가들의 예술행동을 통해 예술과 삶과 투쟁이 공존하는 공간이 된 것처럼 테이크아웃드로잉 역시 공존의 공간으로 탈바꿈했다. 아이러니하게 국가와 자본의 부당한 횡포와 폭력 덕분에 가장 이상적인 예술 공간이 탄생했으니 감사해야 할까.

음악에 새긴 테이크아웃드로잉의 시간들

그런데 ≪테이크아웃드로잉 컴필레이션≫ 음반에 수록한 곡들은 테이크아웃드로잉의 싸움을 직접적으로 담고 있기도 하고 아니기도 하다. '테이크아웃드로잉에 적극적으로 연대하다 싸이의 변호사로부터 소송을 당한' 신제현의 <싸이트>는 '테이크아웃드로잉의 주방 식기들에서부터 강제집행을 당했던 집기, 의자, 가구들까지 테이크아웃드로잉 곳곳의 소리들을 담아 레코딩'했다. 음악적으로 말하자면 노이즈 음악에 가까운 작업이다. 신제현은 그 소리에 테이크아웃드로잉이 감당해야 했던 사건들을 건조

테이크아웃드로잉 ⓒ달여리

하게 삽입해 기억을 상기시킨다. 음악 퍼포먼스에 가까운 시도를 통해 우리는 테이크아웃드로잉에 함께 있으며 그곳의 공기를 함께 호흡하는 듯한 느낌을 받는다. 공간 구석구석과 소리에 험난한 분쟁의 시간들이 손금처럼 새겨져 있음을 깨닫는다.

테이크아웃드로잉이 감당해야 했던 투쟁의 시간은 김동현의 블루스 <Game, Invisible Enemy>에도 담겼다. 출장 작곡가를 자처하는 김동현이 '테이크아웃드로잉을 찾아 운영진의 사연을 듣고 30분 만에 만들어낸 곡'은 '우리 안에 있는 괴물이 보이지 않는 적이 되어 / 소장으로 대리인들로 예상치 못한 사건들로 / 끝없는 이 게임을 이끌고 있'는 테이크아웃드로잉의 현실을 구슬프게 기록한다. 다양한 사회적 현장에 발칙한 에너지를 더하는 뮤지션 야마가타 트윅스터는 일렉트로닉 곡 <관 따로 매라>를 더했다. '우리 함께 사는 게 왜 이리 어려워'라고 탄식하는 그는 '싸이야 넌 사과해라'라고 싸이를 직접 겨냥하기를 주저하지 않는다.

테이크아웃드로잉의 싸움을 직접적으로 담지 않은 곡들도 개성과 완성도가 떨어지지 않는다. '테이크아웃드로잉의 앰비언스를 녹음하여' 만든 키라라의 <Stay>와 텐거의 <Takeout Drawing>, 레인보우99의 <Drawing>은 연주곡으로 테이크아웃드로잉의 시간과 공간, 삶을 표현한다. 일렉트로닉과 기타 사운드로 표현한 곡들은 테이크아웃드로잉을 생물처럼 살아 있게 한다. 사계절의 낮과 밤, 새벽과 아침을 거치며 존재하고, 사람들이 오가고, 이야기가 만들어지고, 예술이 향유되는 공간이자 삶이 이어지는 공간으로 테이크아웃드로잉은 살아 있다. 이 세 곡의 음악은 테이크아웃드로잉이 투자를 위해 거래되고 필요에 따라 허물어버려도 좋을 재화가 아니라, 살아 있는 공간이라는 진실을 신비롭고 아름답게 음악화했다.

밖에서 들어도 좋다

한편 최근 한국 재즈 신에서 가장 활발하게 활동하는 연주자 김오키가 뮤직노동자들과 함께 원테이크로 녹음한 곡 <Black Farmers>는 빼어난 연주자들의 연주력을 만끽할 수 있는 레게곡이다. 이 곡은 고단한 싸움 속에서도 예술의 향기와 인간에 대한 믿음을 잃지 않겠다는 여유가 느껴지는 멋진 곡이다. 개성과 힘이 느껴지는 애리의 <소나무>, 복고적인 패기가 만만한 유기농맥주의 <톰슨가젤>은 새로운 뮤지션의 이름을 기억하게 만들 만큼 인상적이다. 전다인X황경하의 <알 수 없는 게 있어요>, Remi Klemensiewicz의 <우리 편>, 이권형의 <섬>도 테이크아웃드로잉과 직간접적으로 맞닿아 있음을 보여주는 곡으로 음악의 매력을 잃지 않는다. 그러니 삶과 투쟁의 기록이자 산물이라고 지레 부담을 느끼지 마시길. 이 음반은 테이크아웃드로잉 밖에서 들어도 좋을 음반이다.

해야 할 일, 할 수 있는 일

세상의 모든 음악이 사회 문제를 표현할 필요는 없다. 만약 세상에 사회 문제만 담은 음악만 존재한다면 그런 세상은 또 다른 의미에서 지옥일지

테이크아웃드로잉 ⓒ달여리

모른다. 음악 안에 사회 문제를 담지 않더라도 아프고 힘든 이들 곁에 있을 수 있는 방법은 충분히 많다. 우리가 해야 할 일은 아프고 힘든 이들을 외면하지 않고 자신이 할 수 있는 방법으로 그들에게 다가가는 일이다. 그들의 이야기를 듣고, 그들이 겪고 있는 고통의 원인을 찾고, 싸워야 할 때 할 수 있는 무언가를 하는 일이다. 할 수 있는 일보다 조금 더 해보려고 노력하는 일이다. ≪테이크아웃드로잉 컴필레이션≫ 음반은 지금 음악이 할 수 있는 일이 무엇인지를 보여주며, 음악의 아름다움으로 한 음악가가 대변하는 자본의 욕망에 맞선다. 어느 쪽이 이겨야 할까. 어느 편에 서야 할까.

겨울에도 따뜻한 음악

아코디언으로 피운 서정
박혜리 ≪세상의 겨울≫

〈몽콕에 내리는 밤〉
https://www.youtube.com/watch?v=mVdpT3jv-A0

또 한 장의 음반이 왔다. 박혜리의 ≪세상의 겨울≫이다. 음반 이야기를 하기 전에 사적인 이야기를 해도 괜찮을까.

박혜리 씨와 알고 지낸 지 꽤 오래되었다. 2005년에 발표한 두번째달의 첫 음반 덕분이다. 당시 두번째달은 장안의 화제였다. 기획하고 참여한 페스티벌과 공연에서 두번째달을 만나면서 두번째달 멤버였던 그녀와 인사를 나누게 되었는데, 눈인사를 나눴을 뿐 이야기를 나누지는 않았다.

2008년 촛불집회에서 자주 만난 박혜리

그랬던 혜리 씨를 2008년에는 자주 보게 되었다. 2008년 촛불집회 때문이었다. 촛불집회에 출근부를 찍듯 나가다가 우연히 혜리 씨와 마주쳤다.

당시 혜리 씨는 두번째달의 리더였던 김현보 등과 바드(Bard)라는 아이리쉬 포크 그룹을 새로 결성해 활동을 시작했다. 두번째달이 두 팀으로 나눠진 셈이었다. 김현보 씨가 진보적인 생각을 갖고 있다는 사실은 알고 있었

박혜리 ≪세상의 겨울≫ ⓒ박혜리

다. 하지만 혜리 씨와 김정환 씨를 비롯한 바드의 멤버들 역시 그럴 거라고는 생각하지 못했는데, 의외의 장소에서 마주쳐 더 반가웠다.

그 후 우리는 촛불집회에서 여러 번 함께 다녔다. 바드의 멤버들은 촛불집회 때마다 무거운 악기를 메고 나와 <아침이슬>, <일어나> 등의 곡을 연주하며 가두시위를 했다.

바드는 소강상태가 되면 시위대열 구석에서 버스킹을 했다. 촛불집회 때 악기를 가지고 나와 연주한 이들이 꽤 있었는데, 바드는 그중 가장 유명한 뮤지션이었다. 바드가 거리 한쪽에 앉아 아이리쉬 포크 음악을 연주하고 노래할 때면 촛불집회 공간은 작은 콘서트장이 되었다. 음악과 투쟁이 하나로 어울렸고, 바드의 노래는 길어지는 싸움에 지친 이들을 따뜻하게 보듬었다.

그 후로도 혜리 씨는 이런저런 이슈의 현장에 함께하곤 했다. 세상이 아플 때 그녀는 자신의 노래를 더했고, 자신이 필요한 자리에는 기꺼이 찾아갔다. 그때마다 부실한 장비와 허름한 출연료를 탓하지 않았다. 자신의 이름을 알리려 애쓰지 않았다. 그녀는 바드의 활동을 계속 이어갔고, 정원영 밴드의 일원으로도 제 몫을 했다.

아코디언으로 통합한 박혜리의 음악

그리고 2016년이 되어서야 비로소 첫 정규 음반을 내놓았다. 그동안 계속 곡을 쓰고 활동했던 시간을 감안하면 늦은 개인 음반이다. 팀 활동과 세션 등으로 인해 바빴던 데다 그녀의 삶도 예전과 달라졌기 때문이다.

그런데 10곡의 음악이 담긴 음반 ≪세상의 겨울≫은 어찌나 그녀다운지. 에스닉 퓨전 그룹으로 인기를 끌었던 두번째달에서 활동할 때부터 에스닉한 감각이 빛났던 그녀의 스타일은 아이리쉬 포크 그룹 바드로 자연스럽게 이어졌는데, 이번 음반에서도 그녀는 에스닉한 스타일과 서정적인 아름다움을 자신의 아코디언에 통합했다.

아코디언 연주자로 널리 알려진 그녀의 연주 스타일은 한국보다 유럽 쪽에 가까운 편이다. 하지만 그녀는 자신의 모델이 된 음악의 원형을 존중하면서 동시대적이고 보편적인 서정성의 깊이를 끌어낼 줄 안다. 그래서 그녀가 참여한 팀들의 음악은 에스닉하다는 점에서 이채로웠으며 동시에 금세 설득당하기 마련인 매력이 싱그러웠다. 그녀는 아코디언과 자작곡으로 개성과 아름다움을 함께 빚는 연주자이자 창작자였다.

영혼을 손잡아 주는 음악

≪세상의 겨울≫에는 이처럼 에스닉하고 서정적인 매력을 만끽할 수 있는 곡들이 곳곳에서 찰랑거린다. 수록곡들 가운데 <몽콕에 내리는 밤>, <낯선 해>, <Rise and Fall>, <Secret Waltz>는 박혜리의 연주력과 창작력이 돋보이는 연주곡이다. 첫 번째 곡이자 연주곡인 <몽콕에 내리는 밤>은 잔잔하고 편안한 톤으로 소박하게 이어지는 곡이고, <낯선 해>는 쓸쓸하고 우아한 격조가 돋보이는 실내악 분위기의 곡이다. <Rise and Fall>은 유럽의

낯선 도시를 걷는 듯한 해사한 질감의 곡이며, <Secret Waltz>는 은밀하고 고풍스러운 아코디언 연주가 빛을 발한다.

이 같은 연주곡들을 놓고 모델이 되었을 곡들을 거명하고 비교하는 일은 의미가 없다. 이 곡들에서 중요한 것은 명확한 개성이나 화려한 연주력이 아니다. 짧은 순간 듣는 이들을 의도한 감성으로 이끄는 힘을 가진 연주력과 멜로디, 구성, 서사를 가졌는지 여부이다. 이 곡들은 낯설지 않고 가볍지도 않은 음악의 목표와 지향으로 듣는 이들을 편안하게 만들고, 쓸쓸하게 한다. 우리가 마음이라고 부르는 여리고 연약한 영혼을 건드리고 다독인다. 그래서 너무 빠른 세상, 내 마음 같지 않은 사람들, 쉽게 찾을 수 없는 희망에 지친 이들이 평화와 평정을 포기하지 않을 수 있게 도와준다. 이 야만적인 세상에서 인간답게 살기 위해 필요한 것은 굳건한 정의감만이 아니다. 아플 때 아파하고, 자신을 내려놓을 때 내려놓을 줄 아는 마음이다. 박혜리의 음악은 그 마음을 지키고 간직하게 손을 잡아준다.

박혜리가 지핀 모닥불

전문 보컬이 아님에도 직접 노래 부른 가창곡들 역시 다르지 않다. '세상의 겨울'에 아파하는 마음을 담은 컨트리풍의 <세상의 겨울>에서 그녀는 '자꾸 사라져가는 집 없는 사람들 / 싸움에서 이길 수 없는 키 작은 사람들'을 응시하면서 '따뜻한 옷을 입고서 / 따뜻한 밥을 먹고서 아무렇지도 않게' 살아가는 것만 같은 '오늘의 나'를 부끄러워한다. '위태로운 날 제자리로 돌아오게 하는 나만의 고향' 같은 '내 방 창가'를 노래하는 <작은 창>에서는 '자유는 짧고 외로움은 길었'던 자신을 드러내며, 외로웠던 이들의 마음을 위로한다. 왈츠풍의 곡 <Love O'clock>에서도 그녀는 사랑으로 서로 기대며 살아가는 이들의 모습을 아련하게 담아 듣는 이를 따뜻하게 한다. 정직하고 진실한 마음이 그대로 음악이 되었다.

이 곡들에 비해 <어두워진다는 것>과 <유월장미>는 박혜리의 능력과 관심이 일면적이지 않음을 보여준다.

나희덕의 시에서 영감을 받아 만든 <어두워진다는 것>은 정교하고 풍부한 서사를 조율하며 직조해내는 송라이터의 면모를 드러낸다. 그리고 <유월장미>에서는 풋풋함과 소박함 대신 고혹적인 아름다움을 뿜는다.

이처럼 다채로운 면모는 음반 전체의 통일성을 질문하게 만들기도 하지만, 각각의 곡들이 가진 매력으로 아쉬움은 상쇄된다. 느린 새 출발임에도 고루하지 않고, 목소리를 높이지 않아도 마음이 일렁이는 음악은 세상의 겨울 한편에 지펴놓은 모닥불처럼 은근하다. 누구든 와서 쬐고 가기를. 다시 사람들 속으로, 세상 속으로 뚜벅뚜벅 걸어가기를.

박혜리 ©박혜리

음악조차 지겨워질 때

순간을 응시하는 시선
이호석 ≪이인자의 철학≫

〈유체역학〉
https://www.youtube.com/watch?v=x7XRUzyKHYw

음악조차 지겨워질 때가 있다. 음악의 속살을 헤집어 냄새 맡고 무게 달고 등급을 분류하는 일로 생계를 꾸려가는 삶이라 세상은 음악을 중심으로 돈다. 항상 먹잇감을 향해 용수철 같은 몸을 날릴 준비가 된 표범처럼 온 신경은 귀로 향한다. 하지만 때로는 아무 소리도 듣지 않고 싶다. 그저 고요함 속에 웅크리고 싶다. 그러나 고요함을 고요함답게 만드는 것 역시 음악이다. 고요함은 음악을 빌어 자신 안에 빈 여백과 울려 퍼질 탄성이 있음을 고백한다. 모든 음악은 고요함과의 협연이다.

깊고 오래 울려 퍼지는 음악은 고요함을 위해 비우고 덜어낸 음악이다. 다 말하지 않고, 다 채우지 않고 열어둔 음악 앞에서 듣는 이는 저절로 걸음을 멈춘다. 거울처럼 자신을 비춰보다가 천천히 몸을 기댄다. 저절로 눈이 감기고 아득해 혼곤해졌다가 깨어나면 더 맑아진 눈망울. 음악이 제 몸을 통과했다는 증거이다.

이호석 ≪이인자의 철학≫ ⓒ일렉트릭뮤즈

다 말하지 않는 음악

싱어송라이터 이호석의 두 번째 정규 음반 ≪이인자의 철학≫을 들으며 잠들지는 않았다. 하지만 듀오 하와이, 집시앤피쉬오케스트라 등의 팀 활동에 국한되지 않고 개인 작업을 이어가는 이호석이 4년 만에 내놓은 음반은 음악조차 지겨워질 때 손이 가는 음반이다. 10곡을 실은 이 음반에서 이호석은 많은 악기를 동원하지 않는다. 많은 이야기를 풀어놓지 않는다. 그가 사용한 악기는 어쿠스틱 기타와 일렉트릭 기타, 키보드, 베이스, 드럼 정도. 그조차 맹렬하거나 빼곡하지 않다. 느슨하고 소박한 연주를 이어갈 따름이다. 어쿠스틱하고 미니멀한 연주는 때로 밋밋하게 느껴질 정도로 담백하다. 이호석의 보컬 역시 나지막하게 속삭여 담담하고 느리다. 고음이라고는 좀처럼 들을 수 없는 보컬은 자주 허밍처럼 들린다.

노랫말에 담은 이야기에서도 이호석은 다 말하지 않고, 모든 판단을 완결 짓지 않는다. 그는 상황의 단면만 무심하게 던져놓고 나머지는 생략하는 편이다. 세상의 예술은 다 말해주는 작품과 수용자가 해석할 수 있는 여지를 남겨두는 작품으로 나뉜다. 이호석의 음악은 후자 쪽이다. 음반의 첫 곡 <비정체성>부터 그는 모든 상황과 이야기의 기승전결을 전부 제시하지 않고 일부만 드러낸다. 그러나 일부만으로도 이야기 속 주인공이 어떤 상태인지 유추할 수 있다.

이호석의 노래를 지배하는 힘

이호석의 노랫말로 드러난 주체의 상황과 인식은 그 자신이 '무엇을 원하는 건지 하고 싶은 건지 정말 모르겠'기도 하고, '지금 이렇게 홀로 서 있'기도 한다. 이렇게 저렇게 마음이 움직이고 흔들리는 것은 누구나 마찬가지. 그럼에도 이호석은 어떤 감정도 강렬하게 발산하지 않는다. 많은 대중음악이 감정을 드러내고 폭발시키는 편인데, 그는 자신의 감정을 노래로 드러내면서 끄집어내되 짧은 노랫말로 제시한 상황에서 멈춰버린다. 더 이상의 이야기와 판단을 덧붙이지 않는다. 그렇게 함으로써 그는 순간에 집중하고 순간을 응시하며 순간을 질문하고 사유한다. 빠른 판단 대신 쉽게 답을 내릴 수 없는 생각들이 느리지만 끈질기게 이호석의 노래를 지배한다. 이호석 스스로 이인자라고 겸손하게 지칭하게 하는 이유를 알 것 같다. 사실 많은 이들은 그렇게 느릿느릿 자신의 속도로 자신의 삶을 향해 나아간다. 그런데 이호석의 음악을 특별하게 만드는 것은 화법과 느린 속도만이 아니다.

어쿠스틱 팝 포크의 아름다움

그는 자신의 사유를 음악으로 육화하면서 고민과 성찰의 보이지 않는 무게를 들리는 소리의 아름다움으로 치환했다. 여리고 섬세하며 따뜻한 목소리와 자연스러운 멜로디, 그리고 효과적인 편곡이 그 역할을 해냈다. 강력하지 않은 보컬은 노랫말 속 이야기가 마음 깊은 곳에서 출발한 것처럼 사적이고 감성적인 어법을 현재로 끌어온다. 그리고 어쿠스틱 기타와 건반,

이호석 ©일렉트릭뮤즈

드럼을 주축으로 하는 악기들은 단출하고 투명한 어울림으로 어쿠스틱 팝 포크의 아름다움을 극대화한다. 새로운 악기를 사용하지 않고, 많은 악기를 동원하지 않아도 이호석의 노래는 순간순간 영롱하고 정갈하다. 극도로 최소화한 사운드라고 말할 수 없지만 보컬을 중심으로 어쿠스틱 기타가 반짝반짝 울려 퍼질 때, 그 위로 건반 연주가 따뜻하게 덮일 때 이호석 음악의 미학은 스스로 완성된다. 음반 타이틀곡인 <유체역학>이 바로 그런 곡이다. 보컬과 건반과 어쿠스틱 기타와 일렉트릭 기타, 드럼이 경쾌한 리듬감을 만들거나 축축한 공간감을 만들고, 농밀함을 더하면서 단순함을 단순하지 않게 반들 때, 우리는 이호석이 소리를 효과적으로 조율해내는 뮤지션임을 인정해야 한다.

그 결과 이 음반은 화려함과 강력함으로 압도하는 음악들 사이에서 은근한 개성에 도달한다. 음식으로 치면 담백한 된장국이나 감자 수프 같고, 친구로 치면 늘 빙그레 웃고 있는 속 깊은 친구 같다. 흔들리면서 제 중심을 잃지 않고 자신의 매력을 지킬 줄 아는 안정감은 성숙이라는 말로 귀결된다. 강물이 바다로 기대듯 마음은 깊고 따뜻한 쪽으로 녹아내린다. 그 따뜻함에 젖는 41분 41초이다.

이호석 ©일렉트릭뮤즈

이방인이 포착한 충돌

음악으로 기록한 여행/지역/마음
레인보우99 ≪Calendar≫

〈7월, 당진 송전탑〉
https://www.youtube.com/watch?v=53kDmVRvdok

여행을 떠나보면 안다. 낯선 곳에 존재하는 모든 것들이 자신에게 엄습하는 힘을. 눈에 익지 않은 공간과 지역은 이방인으로 스치는 이에게 자신의 기운을 거침없이 떠안긴다. 역사라 불러도 좋고, 삶이라 불러도 좋을 오래 쌓인 기운은 현실 감각까지 뒤흔든다. 이방인 여행자는 온몸으로 그 기운을 맞으며 어리둥절해진다. 여행은 어리둥절해지기 위해 마련한 시간과 돈을 소진하면서 낯선 지역과 끊임없이 교감하는 일이다. 그 충격에 휘청거리는 일이다.

하지만 여행 중인 이방인을 흔드는 것은 낯선 곳에 존재하는 무언가만이 아니다. 거울처럼 여행지를 더듬어 반사하는 마음은 낯선 곳에서 더 또렷해진다. 여행을 통해 들여다보게 되는 것은 다른 공간에 비춰 더 명료해진 자신의 마음 바닥이다. 다른 공간에 자신을 비춰보고, 자신이 어떤 풍경 앞에서 예민하게 반응하는지 알게 되면 자신을 1mm라도 더 알 수 있다. 여행은 타지로 떠나는 자신으로의 회귀이다. 여행은 어리둥절함이 익숙함으로

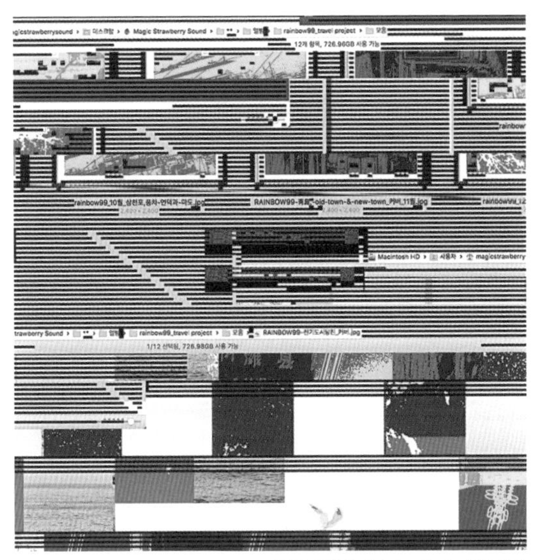

레인보우99 ≪Calendar≫ ⓒ양서로

바뀔 때 끝나고, 우리를 원래 자리로 되돌려 놓지만, 우리는 더 이상 예전의 자신이 아니다.

즉흥과 순간의 창작론

기타리스트 레인보우99가 내놓은 음반 ≪Calendar≫를 들으면 그동안 경험한 여행과 여행 자체를 복기하게 된다. 이 음반은 그가 한 달에 한 번씩 낯선 곳을 찾아간 후 음악으로 기록한 여행기이기 때문이다. 그는 2015년 한 달에 한 번씩 '매달 초에 여행을 떠나, 음악을 만들고 다듬어 그 달이 끝나기 전에 결과물을 공개하는 프로젝트'를 진행했다. 그 결과 19곡의 음악과 13개의 영상을 완성했다. 이 음반은 그중 일부의 기록처럼 보인다. 레인보우99는 담양, 동해, 제주, 남한산성, 목포, 태백, 당진, 연천, 포항, 삼천포, 청도, 전주를 다니며 만든 12곡의 음악과 프로젝트를 정리하는 곡을 담아 13곡의 여행기 음반을 만들었다.

여행을 다녀본 이라면 누구나 알고 있듯 어떤 지역도 하나의 기운만 선사하지 않는다. 봄여름가을겨울이 다르고, 새벽과 아침과 오전과 한낮과 오후와 밤이 다르다. 맑은 날과 흐린 날이 다르고, 비 오는 날과 눈 오는 날이 다르다. 누구와 여행을 갔는지에 따라서도 다르다. 그래서 특정 지역을 소재로 음악을 만든다 해도 만들 수 있는 곡은 무궁무진하다. 한 지역에 뿌리 내리고 살아도 그 지역을 음악으로 다 표현하기 어렵다. 그래서 레인보우99의 음악은 그 지역에 대해 깊이 이해하고 만들어낸 음악이라기보다 이방인의 생경함으로 순식간에 건져 올린 인상기에 가깝다. 하지만 이방인은 이방인이기 때문에 다르게 볼 수 있다. 오래 머물러 있어 익숙해진 이들의 시선 대신 아무것도 모른 채 들어가서 느끼는 이방인의 생경한 충돌이 오히려 직관적으로 더 많은 이야기를 건져 올릴 수 있다. 레인보우99의 도전이며, 즉흥과 순간의 창작론이다.

13곡의 다른 시공간

레인보우99가 시도한, 노래가 없는 일렉트릭 기타 연주와 프로그래밍한 일렉트로닉 사운드의 결합은 여행할 때 흔들리는 마음 울림을 재현하기도 적절하다. 가령 1월의 담양에서 눈보라를 마주쳤을 때의 느낌을 가사로 붙잡는다면 의미는 더 분명해지지만, 마음의 흐름은 늘 언어를 뛰어넘는다. 기표 안에 기의를 고정하지 않고 말을 생략한 비트와 멜로디, 사운드로 표현할 때 오히려 순간의 공기와 마음의 흐름을 더 풍부하게 재현할 수 있다. 무드만으로도 우리는 충분히 교감한다. 오히려 더 많은 울림이 무한대로 확장한다. 여행을 통해 자극되는 것은 의식만이 아니다.

13곡의 수록곡을 들으면 레인보우99가 찾아간 시간과 공간의 풍경들을 상상하다 그 시공간으로 빨려든다. <1월 담양, 눈보라>에서는 쉴 새 없이 몰아치는 눈보라 속에서 망연자실해지고, <2월 동해, 파도 1>에서는 인적 드물고 시린 겨울바다의 고요와 쓸쓸함에 부르르 몸 떨게 된다. <3월 제주, 70 with 류재락>에서는 가장 먼저 봄을 맞는 제주의 따스함이 보드랍다.

레인보우99 ©리에

<4월 남한산성, 꿩털>에서는 성 아래 사람의 마을에 왁자하고 지껄한 분주함으로 흥겹다. <5월 목포, 유달산>은 섬들이 내려다보이는 영롱한 풍경에 얹히는 정겨운 트로트의 리듬감으로 목포가 그리워진다. <6월 태백, 태백의 밤>에서는 적막한 풍경에 스민 치열한 삶의 긴장감이 도드라진다. <7월 당진, 송전탑>에서는 송전탑 아래의 을씨년스러움이 전자파처럼 스쳐간다. <8월 연천, 걷게 한다>는 새소리와 함께 밀려오는 해사함이 아름답고, <9월 포항, 올리브>가 흐르면 투명한 여운으로 포항을 걷는다. 어쿠스틱 기타를 사용한 <10월 삼천포, 풍차마을>은 제목처럼 고운 음악이다. 해가 저물어가는 <11월 清島, new town>은 유일한 해외 여행 기록으로 멜랑콜리하고 사이키델릭한 여운이 강력하다. <12월 전주, 한옥마을>은 발길이 잦아든 공간에 잠재한 적막함을 질박하게 부각해 인상적이다.

음악도 여행이다

기승전결 구조를 명확하게 하지 않고, 기타 연주와 다른 연주를 혼재시켜 몽롱한 분위기를 자아내는 수록곡의 스타일은 이방인의 정서적 충격과 혼란을 재현한 것처럼 느껴진다. 그리고 곡 사이를 유유히 흘러가는 비트는 그 시공간에서 흐르는 공기의 속도처럼 다가온다. 어쩌면 레인보우99의 마음이 흘러가는 속도였을 수도 있다. 레인보우99는 이 음반을 통해 그 순간 그곳에 있었던 자신의 마음을 차근차근 기록했다.

이 음반에 담긴 음악들의 완성도만큼 중요한 것은 그가 꾸준히 성실하게 작업을 했다는 사실이며, 자신에게 솔직했다는 사실이다. 그 덕분에 듣는 이들 역시 노래 속 시공간을 스쳐갔을 때의 자신을 반추해보게 된다. 반드시 그곳에 있지 않았더라도 그다지 다르지 않았을 마음에 대해 생각해보게 된다. 음악은 그렇게 모르는 지역과 남남인 우리를 연결한다. 이 또한 여행이다.

인생은 권력보다 길고, 음악은 세월만큼 아름답다

37년 만의 새 음반
정미조 ≪37년≫

〈개여울〉
https://www.youtube.com/watch?v=drKPYFTjTzE

삶은 숨겨지지 않는다. 향 싼 종이에서는 향기 나고, 생선 꿴 줄에서는 비린내 난다. 사는 동안 간직한 꿈과 땀 흘린 노력은 온몸에 새겨진다. 맑은 꿈을 꾸었던 이는 주름살에도 환한 얼굴을 갖게 되지만, 욕망에 휩쓸려 살았던 이는 탐욕이 고슴도치처럼 곤두선다. 생의 굽이굽이 시련에도 진실하게 뚜벅뚜벅 걸어온 이는 결국 영혼의 근육과 여유로운 품격을 훈장처럼 품게 된다. 깊이와 향기는 얼굴로, 몸으로, 말로 드러나 모르는 이가 없다.

정미조의 복귀

37년 만에 새 음반을 내고 돌아온 정미조의 노래를 들으며 생의 냉정한 귀결을 생각했다. 정미조가 누구인가. 1972년 KBS의 신인무대에 출연해 6주 연속 우승하면서 등장한 신인 가수. '큰 키에 서구적인 외모를 갖춘 데다 시원스러운 발성을 구사하는 대형 가수감'이었던 그녀는 1970년대 후반까지 활동하며 <개여울>, <휘파람을 부세요>를 비롯한 히트곡으로 사랑받

정미조 ≪37년≫ ©JNH뮤직

았다. 하지만 당시 박정희 정권은 그녀의 노래를 퇴폐적이라며 금지곡으로 정해버렸다. 당초 평생 음악을 할 생각이 없었던 그즈음 정미조는 가수 생활을 중단했다. 그 후 프랑스로 떠난 그녀는 13년간의 유학생활을 거쳐 파리제7대학에서 박사학위를 받았다. 한국으로 돌아와 수원대학교 조형학부 서양화과 교수로 재직하다가 2015년 정년퇴직하기까지 그녀가 한 번도 무대에 서지 않은 것은 아니었다. 하지만 새 노래로 돌아온 것은 37년 만이다. 새 음반 제목이 ≪37년≫인 이유이다.

37년이면 강산이 변해도 세 번은 더 변했을 시간, 삶의 풍파가 끝도 없었을 시간이다. 그 시간을 어찌 다 알까. 그녀의 얼굴과 노래로 짐작할 뿐이다. 다행스러운 점은 그녀가 새 음반을 내고 돌아왔다는 사실만이 아니다. 우리는 가끔 TV를 통해 708090 스타들의 모습을 확인할 수 있다. 몇몇의 새 노래를 들을 수도 있다. 이즈음 김추자와 나미도 새 음반을 내고 돌아와 반가움을 주지 않았던가. 정미조가 새 음반을 내고 돌아왔다는 사실만으로도 고마운 마음이지만, 새 음반 ≪37년≫에 담긴 노래들은 그 이상의 기쁨을 준다. 새 음반은 37년 동안 그녀가 헛살지 않았다는 것, 그녀의 삶이 어떤 식으로든 노래와 이어져 있었다는 것을 바로 그 노래로 증명한다. 이 음반은 현재의 어떤 음반과 견주어도 손색이 없어 각별하고 특별하다.

손성제의 돋보이는 프로듀싱

새 음반 ≪37≫년에는 과거의 히트곡 <개여울>과 <휘파람을 부세요>를 비롯한 13곡의 노래가 있다. 이제 이 음반부터 정미조는 히트곡을 가진 흘러간 가수가 아니다. 그녀는 현재의 뮤지션으로 손색없는 힘과 깊이를 가진 뮤지션이다. 그녀의 노래에는 중년을 넘긴 이에게 기대할 수 있는 여유와 품격이 오롯하기 때문이다.

연주자 손성제가 프로듀싱을 맡은 음반의 첫 곡 <개여울>에서 김은영의 피아노가 인트로를 튕긴 후 정미조가 '당신은 무슨 일로 그리합니까'라고 긴 호흡으로 내딛을 때, '가도 아주 가지는 않노라시던' 하며 손성제의 베이스 클라리넷이 뿜어내는 안개 같은 톤으로 천천히 걸어 나갈 때, 우리는 뜨거워지는 눈시울을 훔칠 수밖에 없다. 서러움을 견디고 견디며 삭이고 삭인 이의 애이불비 같은 정한이 뭉클하기 때문이다. 통곡하고 통곡하다 눈물마저 마른 후에도 곱씹고 곱씹어 도달한 속 깊은 서러움이 이 곡 하나에 오롯이 담겼다. 자신의 의지에 더해 권력의 압박으로 등 떠밀리듯 노래를 중단해야만 했던 이의 신산한 삶이 어찌 노래와 무관할까.

완성도 높은 음반

이 음반은 37년간의 삶을 노래로 담는다. 긴 세월 첩첩 쌓아두었을 그리움과 회한은 이주엽과 박창학이 쓴 노랫말로 온전히 영글었다. 손성제와 이지영은 아련하고 아프고 여전히 뜨거운 마음을 노래 안에 섬세하게 쏟아부었다. 그리고 음반의 주인공 정미조는 세월이 묻어나는 저음으로 곱고 담담하고 아련하게 인생의 자화상을 완성했다.

정미조 ©JNH뮤직

박윤우의 어쿠스틱 기타 연주와 현악의 앙상블이 절제한 유려함으로 어우러지는 <귀로>는 인생을 뒤돌아보는 노년의 그리움을 담담하게 담아낸 고급스러운 곡이다. 고상지의 반도네온이 돋보이는 <인생은 아름다워>는 탱고의 어법을 빌려 그리움과 생의 의지를 버무렸다. 은근한 왈츠풍의 리듬감과 도드라지지 않는 현악 연주를 조화시킨 <미워하지 않아요>, 세련된 보사노바 스타일의 리듬감을 자연스럽게 소화해내는 <7번 국도>, 고급 가요의 정형을 보여주는 <아직도 기억하고 있어요>는 우리에게 이런 가수가 있었다는 사실을 탄식처럼 인지시킨다.

마르지 않은 열정을 은근하게 드러내는 <낙타>와 <그대와 춤을>, <다시 만나요>는 현재의 어법으로 살아 있는 정미조를 보여준다. 다른 의미에서 내공을 느낄 수 있는 곡들이다. 고상지의 반도네온이 심금을 울리는 <피려거든, 그 꽃이여>는 절제한 그리움과 회한을 드러낸 곡이고, <도대체>는 전통적인 성인가요의 맥을 화사하게 잇는다. 정미조 보컬의 농염함이 돋보이는 <끝이 없는 이별>과 오랜만에 다시 듣는 <휘파람을 부세요>는 이 음반을 유례없이 완성도 높은 복귀 음반으로 마무리한다.

음악인의 고귀한 승리

이 음반의 완성도를 만든 힘은 삶을 노래로 표출한 정미조의 목소리만이 아니다. 전통적인 가요의 어법과 탱고의 어법을 함께 사용함으로써 정미조가 가장 익숙하고 잘할 수 있는 방법론에 변화를 가미하는 전략을 사용한 손성제의 프로듀싱은 정미조의 매력을 자연스럽게 드러내는 동시에 정미조를 세월을 뛰어넘은 현재의 뮤지션으로 데려왔다. 고상지, 김은영, 박윤우, 손성제, 정수욱 등의 연주 역시 이 음반의 또 다른 주인공이다.

박정희 정부가 정미조의 노래를 금지곡으로 지정하지 않았어도 그녀는 노래를 멈추었을까. 어차피 우리는 37년 내내 그녀의 현재를 담은 노래를 들을 수 없었을까.

그녀가 노래를 해야만 행복했고, 노래를 멈추어야 했던 시간은 불행했다고 말할 수는 없다. 그녀가 음악을 했더라도 좋은 음악이 나오지 않았을 가능성도 얼마든지 있다. 하지만 한국대중음악의 절정기였던 1960년대 후반부터 1970년대 초반 많은 대중음악인들이 부당한 검열과 통제, 억압으로 제대로 활동하지 못했던 역사는 그 모든 가능성이 강제로 짓밟혔다는 점에서 큰 불행이다. 그래서 정미조 새 음반의 아름다움에 젖는 시간은 권력의 무지와 폭력이 얼마나 크고 작은 손실로 이어졌는지 통감하는 시간이기도 하다. 이 음반의 성취는 그 막막한 시간 속에서 자신의 의지로 생을 견디고 헤쳐 온 한 음악인의 성숙과 자존이 이룬 고귀한 승리라는 사실을 부정할 수 없다. 인생은 권력보다 길고, 음악은 세월만큼 아름답다.

정미조 ©JNH뮤직

사이키델릭한 세계에서 보낸 초대장

당신의 부재 위에 놓인 음반
텔레플라이 ≪무릉도원≫

〈술병이 깨져 놀랐다네〉
https://www.youtube.com/watch?v=n_jocTqS3ik

음악은 초대장이다. 손 내밀면 닿을 만한 거리쯤에 지은 소리의 저택이다. 그 저택에서 띄운 초대장이다. 초대장을 받고 고개를 끄덕이면 소리의 저택으로 진입한다. 저택에는 멜로디가 있고, 비트가 있고, 화음이 있고, 앙상블이 있다. 소리로 그려놓은 무수한 세계가 있다. 그 세계에서 누군가는 사랑에 빠지고, 누군가는 이별하며, 누군가는 회의한다. 부당한 세상에 저항하고, 낙담하기도 하고, 위로받기도 한다. 음악은 세계를 보여주는 방법이다. 세계의 온기와 향기이고, 빛과 그림자이다. 좋은 음악은 경험했건 하지 못했건 존재하고 빠져들 수밖에 없는 세계의 복판으로 우리를 옮겨놓는다. 기 십여 분의 시간, 연주와 노래 그리고 노랫말로 흡인하는 음악이 좋은 음악이다.

눈에 보이거나 경험했던 세계를 재현하는 일은 쉬울지 모른다. 하지만 스스로 알 수 없고, 이따금 꿈과 실언失言으로만 감지할 수 있는 무의식을 담는 일은 허공에 집을 짓는 일처럼 모호하다. 그래서 사이키델릭한 음악을

텔레플라이 ≪무릉도원≫ ⓒ텔레플라이

만든 뮤지션들은 약물이나 조명의 도움을 얻기도 했다. 노래와 연주에 몽롱한 공간감을 불어넣고 붕붕거리고 웅웅거리는 연주를 둥둥둥 부풀렸다.

마음속 공간을 음악으로 표현하다

밴드 텔레플라이의 두 번째 음반 ≪무릉도원≫은 보이지 않는, 그러나 느낄 수 있는 '마음속의 공간'을 음악으로 표현한 음반이다. 텔레플라이는 '모두가 주인공이 되어 현실이 주는 회의감을 벗고 잠시 머무를 수 있는 시공간을 설계하려 했'다 한다. 무릉도원처럼 현실에 없는 피안의 세계를 담아내려 한 음반은 사이키델릭 사운드를 빌려올 수밖에 없다. 이미 록 음악을 충분히 들은 이들이라면 과거 록 음악 등에서 만든 사이키델릭한 세계를 기억한다. 김인후(기타&보컬), 오형석(드럼), 허정현(베이스)의 3인조 밴드 텔레플라이는 다른 음반들에 담긴 사이키델릭의 흐름을 계승하면서 자신들의 개성으로 버무렸다. 전작에서 블루스의 묵직하고 질박한 사운드를 적극적으로 끌어안으며 일렉트로닉의 댄서블한 사운드를 얹었던 텔레플라이는 이번 음반에서 블루스의 어법을 이어가거나 고전적인 어법을 활용하면서 텔레플라이의 음악을 지속했다.

음반의 첫 곡인 <술병이 깨져 놀랐다네>는 시타르처럼 몽롱한 사운드를 내는 이펙터를 활용해 월드뮤직의 질감을 내면서 명징한 일렉트릭 기타 아르페지오로 음악의 중심을 잡는다. 블루스 록의 톤을 발산하는 <날 좀 내버려둬>는 묵직하고 복고적인 사운드를 뿜다가 이윽고 유랑하듯 뿡뿡거리며 흘러가는 일렉트릭 기타 연주와 함께 지금 이곳 아닌 시공간으로 인도한다. 돛배를 타고 출렁출렁 흘러가는 듯한 리듬감과 유쾌한 속도감은 흡사 누군가의 꿈속에라도 들어와 있는 것처럼 아득하다. 펑키한 그루브가 도드라지는 <방랑자>에도 예스러운 감각은 빛난다.

텔레플라이의 사이키델리즘

그러나 텔레플라이는 과거의 사이키델릭한 소리를 재현하는 데 그치지 않는다. 텔레플라이는 오랜 연주활동을 했던 이라면 어렵지 않게 낼 수 있을 소리를 중첩시켜 예스러운 소리를 만들어내는 데서 만족하지 않는다. 끝내 듣는 이가 허물어지고 흐물흐물해지면서 녹아내리게 되는 감정의 파고를 이식해내고 만다. 길지 않은 노랫말에 얹은 멜로디와 멜로디 안팎에 겹겹이 쌓은 기타, 베이스, 드럼의 인터플레이는 빠져들 수밖에 없는 농염함을 펼쳐놓는다.

텔레플라이의 사이키델릭은 무궁무진한 변화로 이어진다. 변화의 흡인력과 자유로움이 텔레플라이의 매력이며 완성도를 높이는 주역이다. <방랑자>에서 2분 50분께 펼쳐지는 사이키델릭한 사운드에 돌연 겹쳐지는 거친 일렉트릭 기타 연주의 감칠맛이나 틱틱거리는 드러밍의 파격은 기존의 사이키델릭 음악과 텔레플라이의 음악을 어떤 식으로든 구별하게 만든다. 인트로부터 사이키델릭한 <삼라만상>이 고전적인 연주곡으로 흘러간다면, <영웅>은 과거 한국의 록 음악들이 이뤄냈던 사이키델릭의 진경을 순

텔레플라이 ⓒ텔레플라이

간 헤비하게 복원하는 괴력을 발휘하며 흥겨운 난장을 열어젖힌다. 월드뮤직의 질감을 공공연하게 발산하는 <신>의 후반부에서 템포를 늦추며 이어지는 일렉트릭 기타 연주는 어디에나 존재할 수밖에 없는 쓸쓸함과 갈망을 공감하게 한다. 호쾌하게 펼쳐지는 <태양의 노래>에서도 텔레플라이의 연주는 흔들리지 않고 밀어붙인다. 조금 더 긴 드라마를 그리는 <나의 세계로>와 좀 더 해사한 울림을 주는 히든트랙 <나비야>까지 텔레플라이 2집의 세계는 계속 흥미진진하다.

록 음악이 가장 잘할 수 있는 역할

그래서 텔레플라이의 2집을 들으면 록 음악이 할 수 있는, 어쩌면 록 음악이 가장 잘할 수 있는 역할이 있다는 사실을 새삼 인정해야 한다. 이제는 록보다 일렉트로닉이나 힙합이 더 새롭고 트렌디하며, 더 무궁무진한 음악이라고 생각해야 할 것 같은 시대이다. 그럼에도 밴드 음악, 록 음악이 왜 필요하며 의미 있는지 증명하는 음반으로 ≪무릉도원≫은 값지다. 그러나 이렇게 좋은 음악을 만들어도 어떤 이는 더 이상 듣지 못할 것이다. 무릉도원도 살아 있어야 꿈꿀 수 있을 텐데 왜 당신은 혼자 그곳으로 건너가 버렸는지. 당신의 부재 위로 음악의 초대장은 수북하게 쌓일 텐데.

정직하고 엄격한 태도로 부른 성실한 노래

순수하고 곧은 뮤지션
권나무 ≪사랑은 높은 곳에서 흐르지≫

〈사랑은 높은 곳에서 흐르지〉
https://www.youtube.com/watch?v=3K1PX989rdE

포크 싱어송라이터 권나무의 등장은 한국 포크 음악계에 축복이다. 그렇다고 에세이스트이자 소설가인 김훈에게 헌정된 '벼락같은 축복'이라는 찬사를 재활용하지는 말자. 2014년 권나무가 정규 1집 ≪그림≫으로 공식 데뷔하기 전부터 그는 노래하고 있었다. 어쿠스틱 기타에 목소리를 실어 종이비행기처럼 날려 보내는 이들 역시 많았다. 미국의 모던 포크가 한국으로 건너와 청년문화가 되고, 저항의 노래가 되고, 봄꽃처럼 흩날리는 동안 한국 포크 음악의 씨앗을 뿌린 이들은 헤아릴 수 없을 만큼 많았다. 그러나 빨라지는 세상의 속도와 디지털화하는 삶에 비해 포크 음악은 너무 느리고 고요했다. 느림과 자연스러움이 포크 음악의 매력이기에 사람들은 속도와 요란함을 좇아갔다 지치면 집으로 돌아오듯 포크 음악에 기대곤 했다. 하지만 그 수는 갈수록 줄었다.

권나무가 자신의 음악을 알리기 시작했을 때, 포크 음악은 여전히 숲으로 깊었으나 세상의 중심에서 퍽 멀었다. 그럼에도 그는 어쿠스틱 기타와

권나무 ≪사랑은 높은 곳에서 흐르지≫ ©studiojinji

자신의 목소리로 노래했다. 그의 목소리와 노래는 노래를 직접 만들어 불렀던 포크 싱어송라이터들처럼 진실했다. 너무 빨리 변하고, 이기적으로 망가지는 세상에서 권나무는 오래도록 당연하게 생각했으나 어느새 잊어버린 존재와 감정을 노래했다. 그의 목소리는 매끈하지 않았지만 자신이 말하려 하는 것을 정확하게 말할 줄 알았다. 그는 세상과 자신을 바라보는 순수하고 곧은 마음을 두려움과 애틋함 가득한 목소리로 담아낼 줄 알았다. 그의 노래가 많은 이들에게 알려지고, 연거푸 한국대중음악상을 수상한 이유였다.

자신을 속이지 않는 노래

2016년 3월 31일에 내놓은 두 번째 정규 음반 ≪사랑은 높은 곳에서 흐르지≫에서도 권나무의 매력은 흔들리지 않는다. 자작곡 10곡이 있는 음반에서 권나무는 자신의 감정과 생각을 다시 드러낸다. 세상의 모든 예술이 자신의 감정과 생각을 드러내는데, 포크 음악은 대개 싱어송라이터의 방식으로 자신의 이야기를 고백한다. 보컬과 어쿠스틱 악기를 중심으로 한 사운드를 구현함으로써 더 진실한 고백으로 들리게 만든다. 권나무는 이번에도 포크 음악의 올곧은 태도와 소리의 매력을 음악으로 잇는다. <솔직한 사람>에서는 '내 안에 있'는 '못생긴 덩어리'와 '내 앞에 있'는 '무서운 그림자'를 고백한다. <그대가 날 사랑해 준다면>에서는 '그대가 날 사랑해 주어서' 일어난 변화를 고운 목소리로 털어놓는다. 그의 고백은 감추고 싶은 부족함과 잘못을 마주하는 정직함과 밖으로 꺼내는 용기로 가능하다.

그런데 그의 노래는 자신을 고백하고 드러내는 정도에서 멈추지 않는다. 음반의 세 번째 수록곡 <물>에서 권나무는 '너무 무언가를 하려 하지 말아요 / 그냥 가만히 있는 것도 좋을 텐데 / 눈물이 고여 있는 정도도 좋아요'라는 노랫말로 사람과 세상에 지친 이들을 위로하고 달랜다. 타이틀곡 <사랑은 높은 곳에서 흐르지>에서도 마찬가지이다. 그는 '사랑은 물과 같이 높은 곳에서 흐르지'라면서 사랑에 대한 조언을 조심스럽게 두고 갈 뿐, 더 개입하지 않는다. 그럼에도 두고두고 생각나게 하는 여운이 감돈다.

권나무의 단단한 엄격함

권나무 노래의 여운은 새 음반의 노래들이 고백하고 성찰하는 곡들이기 때문이 아니다. 그보다 <화분>에서 '처음 꽃들을 기르기가 너무 어려울 때에는 난 이유를 알지 못했네'라며 '살아가는 법'을 잘 알지 못했던 자신을 견뎌내야 했던 고통을 이야기하는 태도와 무관하지 않다. <어두운 밤을 보았지>에서도 자신을 직시하며 지새워야 했던 시간을 아프게 노래하는 그는 자신에게 엄격하다. 엄격하기 때문에 안다. 한 사람이 얼마나 모순적이고 어리석은지. 타인에게 강요하는 윤리와 태도를 스스로 지키고 행하기 얼마나 어려운지. 그래서 그는 자신이 깨닫고 행할 수 있는 것 이상을 말하지 않는다. 그의 엄격함은 이만큼 단단하다. '선택의 문제'만은 아니다. '내가 누군가를 사랑할 때 사람들은 무관심했'을 만큼 나라는 존재는 기본적으로

권나무 ©권나무

혼자이다. 그리고 누구도 자신만큼 자신을 알 수 없고, 대신하지 못한다. 그럼에도 자신조차 자신을 완벽하게 통제하지 못한다. 권나무는 그 한계를 외면하거나 속이지 않는다. 그렇지만 그는 '깊은 골에 좋은 흙을 채워 넣고 아직은 들리지 않는 노래를 심'고, '나만 남은 나의 노래'를 부를 수밖에 없다는 사실도 안다. 자신을 속이지 않는 엄격함으로 무엇이 최선인지 고민한 결과이다. 지금 할 수 있는 최선을 다할 만큼 고집스럽게 성실하기 때문이다. 권나무 노래의 감동은 엄격하고 윤리적인 태도와 성실한 노력에서 나올 때가 많다.

목소리와 태도의 힘

이렇게 권나무는 마음을 드러내고, 부족함과 고통을 노래하면서 완성한 노래와 함께 깊어진다. 그 과정에서 늘 자신의 목소리와 어쿠스틱 기타, 첼로 정도의 소박한 편성을 활용한다. 원래 포크 음악은 소박한 편인데, 권나무 역시 이 정도의 편성으로도 노랫말로 표현한 감정과 생각들을 충분히 공감할 수 있게 한다. 화려하지 않더라도 진지하고 진실한 마음을 고스란히 느끼게 만드는 목소리의 힘 때문이다. 목소리의 주인이 삶에 서 있는 태도 때문이다. 노랫말의 내러티브를 음의 서사로 고스란히 전환시키는 송라이팅과 적절하게 사용한 첼로 등의 역할도 적지 않다.

수수한 편성과 담백한 연출로 탄생한 권나무의 음악은 진실하고 아름다웠던 한국 포크의 몇몇 뮤지션들을 떠올리게 한다. 김민기, 메아리, 동물원을 떠올리게 하는 그의 노래는 트렌디하기보다 복고적인 편이다. 권나무가 한국 포크 음악계에 축복인 이유는 이처럼 과거 한국 포크 음악이 쌓아온 태도와 성취의 일단을 잇기 때문이다. 자신의 목소리와 이야기로 2016년의 음악을 만들기 때문이다.

특히 음반 수록곡 가운데 <사랑은 높은 곳에서 흐르지>, <화분>, <어두운 밤을 보았지>, <너를 찾아서>로 이어지는 후반부 네 곡은 권나무가 1집과 세월호 추모 음반을 통해 보여주었던 진가를 다시 확인시키며 깊은 밤을 권나무의 목소리로 채우게 만든다. 이렇게 느린 템포와 담백한 편성의 육성으로 가슴 저미게 만들 수 있는 뮤지션은 결코 많지 않다. 이런 노래를 듣지 않는다면 대체 무슨 노래를 듣겠는가.

권나무 ©권나무

다른 세상, 다른 자신을 꿈꾸는 이들 곁에

흥건해진 주술성과 유랑성
단편선과 선원들 ≪뿔≫

〈연애〉
https://www.youtube.com/watch?v=fJ8dAWjwWIE

날이 흐리다. 곧 비 내린다 한다. 봄꽃은 피었는데 무채색이 되어버린 하늘 덕분에 세상은 뿌옇게만 보인다. 세월호 참사 2주기가 얼마 지나지 않았고, 총선이 끝난 지도 일주일밖에 안 된 2016년. 슬픔은 여전하고, 희망은 잡힐 듯 잡히지 않는 날. 단편선과 선원들의 두 번째 정규 음반 ≪뿔≫이 나왔다.

2집의 차이와 특징

≪뿔≫에는 아홉 곡의 새 노래에, 공식 유통하지 않았던 회기동 단편선 1집 수록곡 <이상한 목>을 다시 불러 더했다. 장도혁, 장수현, 최우혁, 회기동 단편선의 4인조 밴드 단편선과 선원들의 2집에서는 바이올린 연주자가 바뀌었다. 음악의 변화는 그 이상이다. 단편선과 선원들 1집은 저돌적으로 밀어붙이는 사이키델릭하고 쓸쓸한 포크 록의 자장 안에 있었다.

반면 2집은 중앙아시아나 중동쯤의 모래바람 같은 유랑성을 더해 묘연

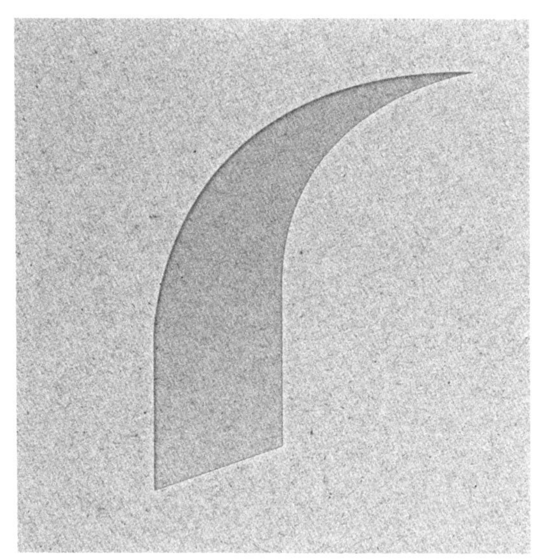

단편선과 선원들 ≪뿔≫ ⓒ단편선과 선원들

해졌다. ≪뿔≫을 듣노라면 어딘가 끝없이 유랑하는 듯하다. 어둡고 질척이는 숲속으로 빨려 들어가는 듯하다. 깨어나도 쉽게 털어내기 힘든 꿈속에서 빙빙 돌고 있는 것 같은 기분. 흥건해진 주술성과 유랑성이 단편선과 선원들 2집의 차이이자 특징이다.

음악의 주술성과 유랑성이 사이키델릭과 록 사운드 덕분이라고만 말하면 안 된다. 우물거리는 주문처럼 노래를 뱉는 회기동 단편선의 보컬 스타일, 일렉트릭 기타를 대신해 멜로디를 주도하면서 현의 고음으로 긴장을 밀고 나가다 탈주하는 바이올린 연주, 주술성을 더하는 퍼커션 연주가 실질적인 동력이다. 드라마틱하게 구성한 곡의 서사와 중독적인 멜로디는 개성과 매혹의 또 다른 배후이다.

단편선과 선원들은 대중음악이 견지하는 기승전결의 익숙함과 편안함을 애초에 던져버렸다. 이들은 각각의 파트가 사용할 수 있는 변칙적인 사운드의 개별적 방법론을 유령처럼 수시로 출몰시킨다. 마구 헤쳐 놓은 사운드 안에서 돌연 고개를 내밀고 어우러지는 소리의 전복으로 음악의 긴장감과 생동감을 극대화한다. 이쯤이면 이런 흐름이 이어지겠다는 짐작을 가볍게 내쳐버리는 음악은 자유연상법처럼 발칙하고 흥미진진하다 급기야 아름답다.

자유연상법처럼 발칙하고 불안한 음악

첫 곡 <발생>은 곡을 시작하는 순간부터 베이스 기타와 바이올린, 퍼커션의 고음과 2박의 격렬함으로 몰아붙이다 1분이 지나서야 도입부를 시작한다. 그리곤 금세 소리를 낮추며 기괴함을 강조했다가 다시 밀어붙이고 순식간에 소멸해버린다. 음반을 대표할 만한 <뿔>도 1분여의 긴 인트로 내내 불안을 강조하는 음산한 연주로 밀려든다. 보컬로 대신하는 리프는 1분이 지난 뒤 시작한다. 속도감을 더하는 드럼 연주와 바이올린 연주 위에 흐르는 보컬 앙상블은 장엄하다. 화려한 바이올린 연주에 더해 이어지는 보컬 파트는 사이키델릭하고 변칙적인 연주가 치고 빠지면서 장엄해지는 동시에 변화무쌍하다. 단편선과 선원들의 음악이 시끄럽게 어긋나는 연주의 조합이 아니라 정교하게 배치한 소리의 집합체이며 구조물이라는 사실을 알려주는 모델 같은 곡이다. 정교한 소리 구조물의 아름다움을 알려주는 증거로 <뿔>은 명쾌하다.

경쾌한 유랑 음악 스타일의 바이올린 연주로 시작하는 <모든 곳에>는 리버브를 많이 넣은 보컬과 신경질적으로 긁어대다가 유려하게 이어지는 바이올린 연주를 교차시켜 혼돈의 미학을 흥겹게 이어간다. 하늘에서 굽어보는 듯 장엄함을 더하는 노래는 3분 10초 이후 스캣 같은 후렴에서 본능처럼 충만해진다. 부질없는 국경을 넘어 인간의 발길이 이어지는 모든 길들을 순식간에 통과하는 방랑의 역동이 느껴지는 <모든 곳에>의 후렴구는 이 음반에서 가장 아름다운 순간 가운데 하나이다. 곽푸른하늘과 함께 부른 <거인> 역시 난장의 스타일을 밀고 간다. 경쾌한 연주를 통통거리는 곡은 유려한 호흡을 보여주면서 단편선과 선원들의 음악이 가진 서정성이 일

단편선과 선원들 ⓒ단편선과 선원들

면적이지 않음을 증거한다.

단편선과 선원들의 로맨틱

선공개한 싱글 <연애>를 시작하는 바이올린 연주는 2집의 변화를 가장 선명하게 보여준다. '네가 생각나 / 네가 보고 싶어 / 매일매일 그런 기분이야'라고 고백하게 되는 연애의 설렘과 혼곤함을 주술적으로 표현하는 곡의 사운드는 연애의 환상성을 보여준다는 점에서 로맨틱하다. 지금 이곳에 함께 있으면서 매 순간 둘만의 시공간으로 도피하고 유영하는 연애의 특별함을 잘 표현했다.

한편 ≪뿔≫ 음반의 유일한 연주곡인 <흙>은 다급하거나 혼곤한 곡들 사이에서 속도를 늦추고, 밴드의 음악적 깊이를 차분하게 드러내면서 음반의 가치를 더한다. 도입부부터 간절함을 토로하는 <낮>은 여러 번의 변화를 감행하며 생의 숙명과 비의를 낚아챈다. 귀로만 인지해야 하는 음악의 한계는 3분 28초의 노래와 연주에서 오히려 장점이다.

이번 음반을 관통하는 또 다른 메타포는 불안감이다. 불안감을 노랫말로 잘 드러낸 <그리고 언제쯤>에서도 단편선과 선원들의 펄펄 끓는 에너지는 훼손되지 않는다. 불안과 패배감을 표현하는 데 치중하는 단편선과 선원들은 자신들이 표현하려는 감정이 어떤 것이며, 어떻게 표현할 때 제대로 표현하는지, 어떻게 표현해야 표현 자체의 아름다움으로 감정을 대리체험하게 만드는지 안다. <그리고 언제쯤>의 후반부 연주가 어우러지는 순간이 그 증거 가운데 하나이다. 단편선과 선원들의 깊이는 <불>에서도 드러난다. 꿈과 현실, 순간과 영원을 교차하는 곡은 전통음악의 호흡과 민속음악의 흥을 연결하면서 서정성을 유지한다.

단편선과 선원들의 음악이 값진 이유

음악이 위로가 되고, 즐거움이 되고, 환상이 될 수 있다는 사실을 모르는 이는 없다. 현실이 괴롭다고 비판적인 음악만 들어야 정치적으로 올바른 태도는 아니다. 인간은 그렇게 단순한 존재가 아니다. 그럼에도 의식과 무의식, 지성과 감성을 아우르며 자신이 알고 있는 자신, 자신이 알고 있는 세상 이상을 인지하게 하는 음악은 많지 않다. 폭주에 가까운 속도로 근대화를 해치웠으나 곳곳에서 삐걱거리고 비 새는 한국에서는 음악에 귀 기울일 여유가 없다. 우리는 오늘도 어디로 가는지도 모르는 길을 미친 듯 질주하는 중이다. 지금 들리는 음악은 속도를 더 올리라는 압박이거나, 지친 이들에게 쏟아지는 달콤한 거짓 위로인 경우가 적지 않다.

지금 단편선과 선원들의 음악이 값진 이유는 이들의 음악이 빛나기보다 초라하고, 자랑스럽기보다 부끄러우며, 믿음직스럽기보다 위태위태한 세상과 삶을 드러내 응시하게 하기 때문이다. 그도 아름다움이 될 수 있다는 사실을, 그래서 삶은 아름다움과 결코 분리될 수 없다는 사실을 보여주기 때문이다. 현실을 벗어날 수 있는 에너지를 공공연하게 분출하고 폭발시키며 자극하기 때문이다. 단편선과 선원들의 음악은 드물게 정직하고 탐미적이며 전복적이다.

그렇다 해도 단편선과 선원들의 음악에는 통속적 재미나 음악 외적인 즐거움이 넘치지 않는다. 아쉽게도 음악을 찾아 듣거나 우연히 빠져든 극소수의 귀에만 머무를 가능성이 높다. 하지만 모든 사람의 외모가 다르듯 음악 역시 똑같을 필요가 없다. 그러니 다른 세상, 다른 자신을 꿈꾸는 이들의 곁에 단편선과 선원들의 음악이 놓이기를. 이 은밀하고 치열하며 슬픔 어린 음악과 함께 잠시라도 자유롭기를.

오늘의 사랑 노래로 다시 태어난 춘향가

전통과 현대의 공존
두번째달 ≪판소리 춘향가≫

〈사랑가〉
https://www.youtube.com/watch?v=aZaWg0-p-D8

좋을 때는 좋다고 쓴다. 대중음악평론가이기 이전에 한 사람의 음악팬으로 좋을 때는 좋다고 쓴다. 울림 깊은 음악을 들으면 거짓말할 수 없다. 반대 경우도 마찬가지이다. 정답이 따로 없는 비평의 길에서 붙잡을 기준은 자신의 감성과 안목과 취향뿐이다. 그 앞에서 솔직한 태도는 자존심이자 윤리이며 보루이다. 이제 그 솔직함으로 쓴다. 두번째달의 ≪판소리 춘향가≫가 좋은 음반이라고. 그 음반으로 감동받았다고. 이 음반이 왜 아름답고 가치 있는지 쓴다.

두번째달이 데뷔한 지 11년 만에 ≪판소리 춘향가≫ 음반이 나왔다. 2005년 첫 음반을 내고 등장한 두번째달은 당시 국내에서는 드물었던 에스닉한 연주음악을 선보이며 각광받았다. 2006년 한국대중음악상 시상식에서 '올해의 음반'과 '신인' 부문을 동시에 석권할 정도였다. 그 후 두번째달의 음악은 광고와 드라마 음악으로 쓰이며 더 많은 이들을 여행하게 만들었다. 하지만 팀은 곧 앨리스 인 네버랜드와 바드로 갈라졌다. 한동안 두 팀 활동이

두번째달 ≪판소리 춘향가≫ ⓒ두번째달

따로 이어진 후, 2012년과 13년에야 두번째달 이름으로 싱글이 나왔다.(따로 활동하던 바드는 현재 활동을 중단했다) 그리고 2015년 모처럼 정규 음반을 내놓은 두번째달은 2016년 4월 21일 ≪판소리 춘향가≫라는 의외의 음반을 상재했다.

≪판소리 춘향가≫ 음반은 두번째달이 이즈음 계속 작업해온 국악 프로젝트의 결과물이라는 점에서 이채롭다. 그동안 아이리쉬 음악을 비롯, 에스닉하고 서정적인 연주 음악에 집중해온 두번째달은 2015년부터 한국 전통음악과의 접점을 찾는 작업을 해왔다. 서구에서 싹튼 음악에 경도되었던 행보에 비하면 의외의 시도이다. 더욱 흥미로운 사실은 그 결과물인 ≪판소리 춘향가≫ 음반이 기존 판소리 음반이나 크로스오버 작업과 판이한 결에 다다랐다는 사실이다.

다들 알고 있듯 판소리 춘향가는 판소리 다섯마당 가운데 하나로 한국의 대표적인 옛이야기이다. 완창 판소리 춘향가를 들어본 적은 없다 해도 춘향전을 모르는 한국인은 없을 정도이다. 흥겹고, 애절하며, 농염한 대목들이 즐비한 춘향가는 여전히 많은 이들이 사랑하는 판소리이다. 임권택 감독은 판소리의 정서와 리듬감으로 영화 <춘향뎐>을 찍기도 했다. 지금은 한국 전통 음악이 대중들의 관심에서 많이 멀어진 편이지만 판소리를 현대 대중음악과 연계하려는 시도는 끊이지 않는다.

그런데 ≪판소리 춘향가≫는 두번째달의 음악적 특성과 장점을 고스란히 이어 남다르다. 두번째달은 고수의 소리북 연주와 소리꾼의 판소리로만 채워져 질박하고 원초적이었던 판소리에 화사하고 화려하며 아기자기한 음악을 입혔다. 그 옷은 두번째달의 기타와 만돌린, 베이스 기타, 건반, 아코디언, 퍼커션, 바이올린으로 누빈 옷이다. 유럽 음악과 현대 대중음악으로 물들인 옷이다. 두번째달이 만들어준 옷을 입은 춘향가는 예스러운 과거의 대중음악에서 현대 한국의 대중음악으로 재탄생했다. 두번째달은 리듬과 멜로디, 악기 등에서 다른 장르의 방법론을 사용해 현대 대중들에게 익숙한 장르의 언어로 춘향가를 재현함으로써 춘향가를 오늘날의 대중음악으로 성큼 앞당겨 놓았다.

세련되고 매끄러운 춘향가

소리꾼 김준수, 고영열과 함께한 작업에서 두번째달은 어떤 대목은 아이리쉬 음악 스타일을 가미하고, 어떤 대목은 단정한 팝 스타일로 다듬었다. 또 어떤 대목은 과감하게 블루스로 편곡해 춘향가 각 대목들의 차이를 부각하고, 버라이어티하게 연출했다.

그러나 ≪판소리 춘향가≫가 돋보이는 이유는 대중음악 장르의 어법을 다양하게 섞었기 때문이 아니다. 두번째달은 기존 춘향가의 장단과 어법을 훼손하지 않고, 각 대목들이 담지한 정서의 핵심을 부각하는 데 집중했다. 두번째달은 고유한 리듬감에 근접한 방식으로 자신들의 어법을 가미함으로써 춘향가 본연의 미학을 존중하고 더욱 멋스럽게 우려내 전통과 현대가 공존하는 작품을 만들어냈다.

두번째달 ©2018여우락 국립극장

춘향가의 대표적인 사랑가 가운데 한 곡인 <만첩청산>은 잔잔한 피아노 연주에 실어 노래함으로써 순수하고 애틋한 마음을 꽃피웠다. 정갈한 슬로 템포의 팝 음악처럼 다듬어진 <만첩청산>은 오래전 청춘의 사랑을 오늘날 청춘의 사랑 노래처럼 느껴지게 한다. '이리 오너라 업고 놀자'로 잘 알려진 <사랑가> 역시 클래식 기타가 일렁이는 잔잔한 리듬감으로 시작해, 아코디언과 바이올린을 비롯한 악기들을 하나씩 더하며 비밀스럽고 로맨틱한 분위기를 한층 부각시켰다. 더함도 부족함도 없는 완벽한 편곡에 왈츠풍의 리듬감이 더해진 <사랑가>는 앙증맞은 오늘의 사랑 노래이다.

푸짐하고 흐드러진 춘향가 한 상

두번째달의 히트곡 가운데 하나인 <얼음연못>을 가미한 <이별가>는 질박한 슬픔 대신 세련되고 우아한 슬픔의 노래로 재탄생했다. <신연맞어>는 경쾌한 리듬감으로 촐랑거리다가 흥겨움을 더해 펍에서 울려 퍼져도 이상하지 않을 노래가 되었다. 드럼 연주가 이끄는 <군로사령>의 리듬 변주도 성공적이다. 블루스로 끈적하게 바꾼 <돈타령>, 톤을 낮추고 클래식 기타 연주와 서늘한 하모니카 연주에 깊이 담아낸 <쑥대머리>는 판소리가 부담스러웠던 이들과 국적을 넘어선 모든 음악팬들에게 호소력을 얻을 수 있을 만큼 담백하고 아름답다.

전통적인 미감에 충실한 편인 <좌우도로>나 두번째달 스타일의 유랑음악으로 버무린 <농부가>, 바이올린 연주와 퍼커션이 어울린 춤곡 같은 <어사상봉>, 더욱 탐미적으로 밀어붙인 <귀곡성>, 유려하고 드라마틱한 <어사출두>까지 모든 수록곡들은 그야말로 푸짐하게 흐드러지는 동시에 세련되고 매끄럽다.

또 다른 춘향가를 즐기다

이처럼 판소리 춘향가 원래의 토속성과 극적 재미를 훼손하지 않고 두번째달의 스타일과 현대적인 어법을 가미함으로써 두번째달의 ≪판소리 춘향가≫는 두번째달만의 판소리 춘향가가 되었다. 원재료의 무게에 짓눌리지 않고 원재료의 지향과 뜻과 멋을 근사하게 되살린 ≪판소리 춘향가≫는 재창조라는 단어의 의미를 정확하게 구현했다. 이렇게 함으로써 우리는 또 다른 춘향가를 갖게 되었고 즐기게 되었다. 춘향가가 새로워졌고 한국음악도 새로워졌다. 지금 우리에게 필요한 것은 이처럼 중심을 지키고 개성을 더하는 작업이다. 그럼에도 다시 보편적일 수 있는 작업이다. 자, 이제 또 누가 다른 춘향가를 선보일 것인가.

두번째달 ©SH파운데이션

이제 당신이 감동할 순서

맑고 깊은 노래
황푸하 ≪칼라가 없는 새벽≫

〈해돋이〉
https://www.youtube.com/watch?v=AxGsY7gEvaM

보컬 이야기부터 해야겠다. 황푸하의 ≪칼라가 없는 새벽≫을 들었을 때 자꾸 기시감을 느꼈다. 분명 처음 듣는 목소리인데 자주 들은 느낌. 계속 듣다 보니 몇몇 뮤지션들의 이름이 떠올랐다. 9와 숫자들의 9 송재경, 김활성, 에피톤 프로젝트, 이영훈, 검정치마 조휴일이 겹쳐졌다. 싱어송라이터 짙은을 이야기하는 지인도 있었다. 모든 노래마다 다른 뮤지션들이 떠오르지는 않았다. 몇몇 곡의 일부분에서만 다른 뮤지션들의 호흡이 느껴졌다. 음반 발매 기념 쇼케이스에 갔을 때도 같은 느낌을 받았다. 단점이라는 이야기는 전혀 아니다. 황푸하의 목소리는 그만큼 감각적이고 호소력 있다. 연상되는 보컬들의 감성적인 질감과 안정감을 적절하게 버무린 목소리라 해도 좋을 만큼 섬세하고 숙련된 보컬이다.

보컬은 조금 앞으로, 연주는 뒤에서 가만히

보컬만 안정된 음악이 아니다. 황푸하는 첫 음반에서 어쿠스틱 기타와

황푸하 ≪칼라가 없는 새벽≫ ⓒ권기영

베이스 기타, 드럼, 피아노, 일렉트릭 기타, 바이올린, 트럼펫을 아껴가며 배치한다. 모든 곡에서 모든 악기를 총동원하지 않는다. 첫 곡에서는 어쿠스틱 기타와 일렉트릭 기타만 사용하고, 세 번째 곡에서는 어쿠스틱 기타와 피아노, 첼로만 사용하는 식이다. 더 많은 악기로 더 풍부한 사운드를 만들어내고 싶기 마련인데, 최소한의 악기로 사운드를 절제한다. 그 결과 사용한 악기들이 충분한 울림의 공간을 확보한 포크 음악으로 여유로워진다.

음반의 수록곡들은 대개 보컬을 아주 조금 더 앞으로 배치하고, 악기들은 그 뒤를 가만히 따라가듯 연출했다. 그렇게 해 저음과 고음이 모두 매력적인 황푸하의 보컬은 더 호소력 있는 울림을 남긴다. 단지 그림자로 머무르지 않는 연주는 투명하고 세련된 사운드로 최대한의 멋스러움에 도달한다. 타이틀곡 <칼라가 없는 새벽>이나, 어쿠스틱 기타와 피아노만으로 연주한 <멀미>를 들어 보면 안다. 탄식하는 보컬이 어지러운 첼로 연주와 교차하고, 어쿠스틱 기타의 아르페지오 연주로 만든 리듬감을 이어받는 피아노 연주가 쓸쓸함을 배가시킬 때 곡의 완성도는 훨씬 단단해진다.

레인보우99와 함께 만든 개성

그러나 황푸하는 포크나 어쿠스틱 팝 사운드의 단정함에 만족하지 않는다. 그는 음반의 일렉트릭 기타 연주자로 레인보우99 류승현을 참여시켰다. 레인보우99는 특유의 영롱하고 공간감 넘치는 자유분방한 연주로 곡의 여운을 확장함으로써 황푸하 음악의 개성을 만들어내는 데 탁월하게 기여한다. 첫 곡 <첫 마음>에서 노래 뒤에 깔리는 레인보우99의 일렉트릭 기타 연주가 있을 때와 없을 때를 상상해보라. 그 차이는 장르를 확장하는 것 이상이다. 곡의 질감이 더 아련해지고, 현실과 환상을 아우르며 추억을 더듬게 하는데 일렉트릭 기타의 몫은 지대하다. 이번 음반에서 가장 인상적인 트랙 가운데 하나인 <해돋이>를 비롯, <사랑의 실패자> 등에서 일렉트릭 기타의 존재감은 또렷하다.

선한 구도자가 빚은 기도와 위로

그렇다고 황푸하의 음악이 잔잔하고 영롱하기만 하지는 않다. <쿰바야>는 경쾌한 어쿠스틱 기타 리듬에서 출발해 하나씩 악기를 결합하면서 소리만으로 공간을 확장해 탁 트인 느낌을 만든다. 포크 록 어법으로 펼쳐지는 <정글>은 바이올린을 더해 더 큰 파장을 창출하고, <해돋이>는 해돋이의 장엄과 웅장을 따뜻하게 재현하다가 월드뮤직의 여운까지 이른다. 그만큼 다채로운 편곡을 활용해 만들어낸 차별적인 사운드는 곡의 서사를 풍성하게 할 뿐 아니라 황푸하의 이름까지 더 또렷하게 한다.

이처럼 능숙한 음악의 연출자인 황푸하는 '생명과 죽음'을 표현하려 했다 한다. 실제로 <쿰바야>는 평화를 갈구하는 노래이고, <칼라가 없는 새벽>은 금세 사라지는 아침 이슬을 통해 연약한 생명에 대한 연민을 노래한다. 날마다 많은 이들이 죽음으로 밀려가는 세상을 고발하는 노래 <정글>과 태양의 생명력을 기쁘게 맞는 노래 <해논이>가 대표적이다. 다른 곡들

황푸하 ⓒ황예지

에서 황푸하는 피로와 외로움을 고백하기도 하고, 흘러간 옛사랑을 추억하기도 한다. 인간적인 감정을 드러내는 황푸하는 미숙함과 힘겨움이 모두의 것이며, 그래서 외면하지 말아야 하고, 서로 존중하고 위로받아야 한다고 속삭인다. 그 덕분에 그의 음악을 들으면 위로가 되고, 세상 어딘가 희망이 남아 있음을 인정하게 돼 미더워진다. 외롭고 고통스럽지만 세상에는 아직 믿을 수 있는 무언가가 있고, 지켜야 할 무언가가 있음을 드러내는 황푸하의 음악은 선한 구도자가 빚은 기도이자 위로처럼 맑고 깊다. 우리는 오래전부터 이 깊은 울림을 만들고 전해준 뮤지션들을 기억해왔다. 황푸하의 1집은 황푸하를 그들의 곁으로 데려간다.

근사한 싱어송라이터의 등장

무엇보다 자신의 노래로 만든 이야기를 음악으로 일치시키며 자연스러운 멜로디를 뽑아내고, 깔끔한 사운드로 노래의 집을 지은 솜씨가 훌륭하다. 노랫말 한 줄 한 줄 노래할 때마다 말은 음과 리듬과 사운드 안에서 적확하게 찰랑거린다. 그래서 그 자체로 자연스러운 대화가 된다. 잘 만든 음악, 좋은 음악은 늘 그랬다. 그러니 근사한 싱어송라이터가 등장했다는 말로 글을 마무리해도 전혀 어색하지 않다. 이제 당신이 확인할 때다. 아니, 당신이 감동할 순서다.

황푸하 ⓒ황예지

잠비나이에게서만 들을 수 있는 음악

잠식과 충돌로 만든 앨범
잠비나이 ≪A Hermitage 隱棲 : 은서≫

〈For Everything That You Lost(그대가 잃어버린 그 모든 것을 위하여)〉
https://www.youtube.com/watch?v=VY1oZ1oVw8Q

모든 음악 장르는 섞이며 새 생명을 얻었다. 어딘가 탯줄을 대지 않은 장르는 애당초 없다. 어떤 음악으로부터 이와 뼈만큼의 견고함을 얻었다면, 다른 음악으로부터는 볼과 허벅지만큼의 부드러움을 얻으며 음악은 살과 뼈대를 세웠다. 그러다 보니 우리는 새로운 음악을 만나면 썰어 나누고 헤치며 뿌리를 되짚곤 한다. 하지만 이미 섞여 한 몸이 된 음악들은 서로를 집어삼키며 다른 생명을 얻은 지 오래다. 흔적조차 흔적으로만 남아 있지 않은 음악은 경계를 가늠하기 어렵다. 그럼에도 달라진 음악의 흔적들 앞에서 우리는 한 장르의 특성이 얼마나 살아 있는지, 그리고 다른 장르와 만나 얼마나 새롭고 매혹적인 음악으로 재탄생했는지 따져보기 마련이다.

퓨전 국악 역시 마찬가지이다. 고유한 장단과 구조에 의거한 한국 전통음악을 현대 서구에서 발원한 대중음악이나 다른 장르에 결합하면서 꿈꾸는 모습은 결단코 한쪽의 멸절이 아니다. 한국 전통음악의 우아하고 느린 호흡이나 국악기가 담지한 개성 넘치는 소리를 마구잡이로 내친다면 자존

잠비나이 ≪A Hermitage 隱棲 : 은서≫ ⓒThe Tell-Tale Heart

심이 허락하지 않는다. 다른 장르 역시 같은 대우를 하면서 퓨전 운운한다면 퓨전에 대한 모독이다. 대략 40여 년 동안 퓨전 국악이라는 이름으로 진행한 시도의 유난한 폐허 사이에서 돋보였던 음악들은 한국 전통음악이 쌓아올린 성채를 허물고, 장단과 구조와 소리 안에 다른 장르의 방법론과 사운드, 철학을 밀어넣으며 서로를 받아들여 새로운 생명의 탄생으로 끌어낸 음악들이다.

한국 전통음악과 록, 헤비메탈의 대화와 조화

최근 한국 전통음악계 안팎에서, 특히 해외무대에서 이름을 널리 떨치는 잠비나이 역시 마찬가지이다. 해금, 거문고, 피리, 태평소, 기타, 드럼 등으로 잠비나이가 연주하는 음악은 한국 전통음악과 록, 그 모두이며 그 모두가 아니다. 해외에서 유독 잠비나이가 인정을 받는 이유는 생경한 동아시아의 악기로 록과 헤비메탈의 질감을 뽑아내기 때문만이 아니다.

잠비나이의 멤버들이 국악기와 밴드 악기, 그리고 프로그래밍으로 만들어내는 사운드는 한국 전통음악과 록, 헤비메탈의 대화이며 조화이고, 서로에 대한 잠식이자 충돌이다. 정악이나 민속악에서 흘러나올 것 같은 전통악기의 유려한 흐름에 일렉트릭 기타와 드럼이 가세하면 바로 포스트록이 되고, 헤비메탈이 되는 것이 아니라는 이야기이다. 그랬다면 잠비나이의 음악은 다시 얄팍한 실패들 가운데 하나로 끝나고 말았을 것이다.

잠비나이가 도달한 다른 사운드

그러나 이 고집 센 이들은 한국 전통음악이 내재해온 유장한 장단과 선율을 고스란히 밀고 나가며 그 안팎에 록에 기반한 사운드를 합치시킴으로써 전통음악이나 록과는 다른 사운드에 이르렀다. 고개를 느리게 까딱거리게 하는 정중동의 운치를 간직한 채 격하고 뜨거운 파열과 리듬을 더함으로써 잠비나이의 음악은 그 안에 모두가 공존하는, 오직 잠비나이에게서만 맛볼 수 있는 음악이 되었다.

2016년 6월 17일 발표한 잠비나이의 두 번째 정규 음반 ≪A Hermitage 隱棲 : 은서≫는 이 같은 잠비나이의 특징과 개성, 고유한 미학을 더 자유롭게 펼친 작품이다. 8곡을 실은 이 음반에서 어떤 이들은 록과 헤비메탈을 먼저 읽고 다 알아차린 것처럼 자신만만해 하겠지만, 잠비나이의 음악은 그리 단순하지 않다. 첫 곡 <Wardrobe (벽장)>에서부터 음악 안의 동서양은 서로에게 굴복하지 않는다. 더 크게 들리는 소리는 드럼과 일렉트릭 기타, 프로그래밍에 보컬의 스크리밍일지 몰라도 거문고와 피리, 해금은 물러서지 않고 제 길을 가며 팽팽하게 맞선다. 단호하고 명쾌한 곡의 서사는 혼돈의 어울림에 질서를 부여하고 직관적인 쾌감을 안긴다. 밀도 높고 강력한 사운드는 그간 잠비나이가 쌓아올린 음악 에너지의 자연스러운 귀결이다.

두 번째 곡 <Echo Of Creation>에서도 몰아치는 에너지는 돌연 전통적인 귀기의 호흡을 끌어와 곡의 후반부를 전복하며 더욱 팽팽하게 마무리한다. 한국의 사이키델릭이라고 할 만한 사운드이다. 서로 다른 옷감을 꿰맨 것

잠비나이 ©강상우

같은데 흔적을 찾을 수 없는 경지, 이를 일컬어 천의무봉이라고 했던가.

음악은 아직 새로워질 수 있다

하지만 잠비나이는 한 장르의 틀에 기대지 않는다. 피리가 이끄는 <For Everything That You Lost(그대가 잃어버린 그 모든 것들을 위하여)>는 포스트록의 서사 안에서 해금과 거문고가 뿜어내는 슬픔이 음악의 출처를 분명히 한다. 이 전통악기들이 만들어내는 생경함과 소리의 차이는 한국음악, 그리고 민속음악의 색채를 유지하면서 한국 전통음악이 어디까지 갈 수 있는지, 어느 음악까지 만나고 껴안을 수 있는지 보여준다. 그 확장성과 가능성을 가장 잘 보여주는 곡은 랩퍼 이그니토와 함께한 곡 <Abyss(무저갱)>이다. 거문고가 리듬을 주도하고, 해금이 정념을 불어넣는 가운데 음울하게 더해지는 이그니토의 랩은 곡이 지향하는 정서와 사운드 안에서 정교하게 일치한다. 단지 잠비나이가 힙합을 시도했기 때문에 훌륭한 것이 아니다. 힙합의 방법론을 소화하면서 자신들의 음악으로 연결해냈다는 사실. 잠비나이의 두 번째 음반을 전작과 다르게 평가해야 할 이유이다.

화석처럼 남을 성취

잠비나이는 더 넓어졌으며 더 풍성해졌고 동시에 더 강력해졌다. 정악의 집중력과 발랄함을 끌어와 잠비나이의 혼돈으로 확장해내며 즉흥연주의 자유로움을 뿜어내는 <Deus Benedicat Tibi (부디 평안한 여행이 되시길)>도 잠비나이의 진화를 확인할 수 있는 곡이다. 또렷하면서도 어지럽고, 세밀하면서도 격한 충돌의 분출은 정념을 표출하는데 타의 추종을 불허하는 잠비나이의 장기가 잘 발현되는 순간이다. 느리게 침묵하듯 슬픔을 이어나가다 흩뿌리는 <The Mountain (억겁의 인내)>도 팽팽하지 않은 순간이 없다. 다시 녹음한 <나부락>은 더 화려해졌고, 세월호 추모곡으로 헌정한 <They Keep Silence (그들은 말이 없다)>는 강요된 침묵과 잠재된 분노를 터트리며 막막한 현실을 뒤흔든다.

잠비나이의 새 음반은 이처럼 강렬한 동시에 내밀한 곡들을 한 음반 안에 모아 음악이 허물지 못할 장벽이 없고, 아직도 새로워질 수 있는 소리가 남았다고 선언한다. 이 자신만만하고 패기 넘치는 이들이 제목의 표상과 사운드의 실재를 교차시키며 확인하게 하는 것은 자신들의 전진이며, 음악 자체의 무한한 가능성이다. 이 또한 상품으로 소비될 수밖에 없는 세상이라 해도 세상에는 아직 길들여지지 않은 음악이 있고, 길들여지기를 거부하는 음악인들이 있다. 예술은 예술가의 자유 의지에서 비롯되며, 누구도 막을 수 없다는 것을 보여주는 이들에게 충분한 존엄과 감사를 표해도 좋을 시대이다. 언젠가 멸종된다 해도 화석처럼 남을 성취.

잠비나이 ©강상우

그림 묶의 퓨전 창작 국악 음반

그이도 함께 들을 노래
그림 ≪Acoustic Island≫

〈오름의 시간〉
https://www.youtube.com/watch?v=VY1oZ1oVw8Q

퓨전 국악의 역사는 40년쯤 되었다. 전통을 지킨다는 명분으로 전통을 박제하는 권위에 반발하고, 한국적이며 동시대적인 음악을 모색하기 위해 국악의 틀을 부순 이들이 있었다. 과감한 도전이 40여 년에 이르는 동안 김영동, 김덕수, 김수철, 푸리, 공명, 박재천, 잠비나이, 숨을 비롯한 많은 뮤지션들이 퓨전 국악의 역사를 함께 썼다.

퓨전 국악 40여 년의 명암

최근에는 퓨전 국악을 가야금으로 비틀즈(The Beatles)를 연주하는 음악이라고, 퓨전 국악은 빈약하다고 폄하하는 이도 있다. 그러나 퓨전 국악은 가볍고 빈약한 음악이 아니다. 한국 전통음악의 멋과 맥을 계승하면서 현대화하고, 지금 이곳의 삶을 담으려는 노력은 국악이라는 이름 아래 안주하는 이들의 게으름과 무사안일을 흔들었다. 불문율을 깨는 노력들로 한국 전통음악의 개방성과 미학은 조금이나마 확장하고 새로워졌다. 한국 전통

그림 ≪Acoustic Island≫ ⓒ그림

음악은 과거의 유산으로 뒷방에만 남지 않게 되었다. 퓨전 국악 덕분에 국악 문외한들이 한국 전통음악으로 건너가는 징검다리를 찾기도 했다.

그럼에도 퓨전 국악이 40여 년의 긴 역사에 걸맞은 결과물을 보여주고 있다고 호평만 하기는 어렵다. 최근 거문고 팩토리, 숨, 잠비나이를 비롯한 퓨전 창작 국악/크로스오버 팀들이 해외에서 각광받고 있지만, 국내에서 활동하는 팀들의 수에 비하면 극소수에 불과하다. 퓨전 국악을 지원하고 북돋기 위해 진행하는 여러 공모사업을 살펴보아도 퓨전 국악에 대한 이해가 일천하다는 사실을 쉽게 확인할 수 있다. 국악과 다른 장르의 어법을 섞어 제3의 장르를 창출한다는데, 국악에 대한 이해가 깊지 않은 팀들이 어설프게 다른 장르의 음악을 섞다 보니 이도저도 아닌 음악이 되는 경우가 허다하다. 느린 가락을 쓰면 우아하거나 슬퍼지고, 빠른 가락을 쓰면 흥이 나는 줄로만 아는 이들의 음악은 대동소이할 뿐만 아니라 난삽하다. 다른 음악을 모르는 음악, 새로운 시도를 펼치지 않는 음악에서는 긴장감을 느낄 수 없다. 완성도도 떨어진다. 국악이라는 이름으로 존중하고 지원하며 특별 대우를 해주다 보니 자신들만의 울타리에 안주한 탓일까. 한국 전통음악이라는 역사성과 특별함만으로가 아니라 대중음악 시장의 한 축을 담당하는 주체로 자립하기에는 턱없이 부족하다.

서정적이고 결 고운 퓨전 창작 국악

이러한 상황에서도 퓨전 창작 국악에 대한, 한국 전통음악에 대한 기대를 완전히 버릴 수 없다. 제 몫을 다하려는 음악인들 때문이다. 네 번째 음반 ≪Acoustic Island≫를 발표한 창작 국악 그룹 그림(The林)도 그렇다. 4집 발표 시 창단 15주년을 맞은 그림은 그동안 3장의 정규 음반을 발표하고 다양한 공연을 펼치면서, 서정적이고 결 고운 창작 음악을 들려주었다. 해금과 타악, 가야금에 건반과 일렉트릭 기타, 베이스 기타를 결합한 그림은 정갈하고 아름다운 한국 전통음악과 어쿠스틱 음악의 앙상블을 만들어왔다. 한국 전통음악계의 힐링 음악처럼 느껴졌던 그림의 음악은 다양한 변화를 가미하며 자신의 음악을 정체시키지 않으려 애썼다. 7년 만에 내놓은 네 번째 음반 ≪Asoustic Island≫는 그림의 노력과 고민을 눌러 담은 결과물이다.

팀의 리더인 타악 연주자 겸 싱어송라이터 신창렬의 곡들로 채워진 이번 음반에는 몇 가지 변화가 있다. 먼저 지난 음반들에 비해 가창곡의 비중이 늘었다. 가창곡들은 신창렬이 직접 소화했다. 정가를 부르는 하윤주가 함께 참여하는 곡들도 있지만, 신창렬이 직접 부른 곡들이 더 많다. 김주리가 연주하는 해금의 비중도 높아졌다. 더 의미 있는 변화는 정갈한 어쿠스틱 사운드에 극적이고 강렬한 음악의 서사와 스타일을 가미했다는 점이다.

강렬해진 음악

음반의 첫 곡 <오름의 시간>에서부터 환상적으로 울려 퍼지는 보컬의 여운에 엉키는 연주는 미니멀하지만 사이키델릭하고 강렬하다. 해금이 넘실넘실 연주하며 흘러가는 <바람은 봉봉>은 그림의 서정적인 스타일을 계

그림 ©김훈

승하고 있음에도 음반 전체적으로는 오히려 드뮤 스타일에 가깝다. 해금과 어쿠스틱 기타가 내적 갈등을 외화하는 <자화상>은 그림 음악의 변화와 성취를 또렷하게 증거하는 곡이다. 신창렬은 라틴 음악풍의 기타 연주와 해금 연주를 교차시키고, 보컬 이펙터를 사용해 음악을 사이키델릭하게 밀고 나갔다가 어쿠스틱하게 연결한다. 과거에 비해 강렬해진 음악은 <어부백수>에서 베이스 기타의 리듬감에 능청스러운 흥겨움을 얹으며 여유로워진다. 연주곡 <독도대왕>은 해금과 디제리두 등의 악기를 결합시켜 독도의 고요와 격동을 함축한다.

숲에서 바다로 향했다고 해도 좋을 만큼 이번 음반에는 바다를 담은 곡들이 많다. 우리에게는 아직 아픈 바다. <오름의 시간>이 사진가 고 김영갑의 사진에서 영감을 얻었다면, <바다와 나비>는 시인 김기림의 시를 노래한 곡이다. 이번 음반에서 <오름의 시간>과 함께 가장 돋보이는 곡인 <바다와 나비>는 하윤주의 낭창낭창한 노래에 신창렬의 담담한 노래를 얹어 고아한 곡으로 완성했다. 예스러운 연주를 버리지 않으면서 노래의 보편성을 담지하고, 그림의 연주로 물속을 유영하는 듯한 질감을 끌어낸 곡은 절제와 균형이 조화롭다. 품격 있고 중심이 깊은 곡은 퓨전 국악이 놓치지 말아야 할 정체성을 지키면서 나아갈 방향을 묵묵히 제시한다. 흥청거리는 리듬감이 인상적인 <봄날>은 전통가요의 흥취를 담뿍 뽑아낸다. 마지막 곡 <바다숲>은 속도감 있는 연주에 변화를 가하며 유려한 피리소리를 중심으로 마무리한다.

안주하지 않은 그림

그림의 새 음반은 그림이 지향해온 서정성을 유지하면서 다른 어법을 가미해 성장과 변화의 의지를 함께 드러냈다. 그림이 창단 15년을 맞는 동안 결코 안주하지 않았음을, 퓨전 국악/창작 국악의 한편에 그림이 있음을 보여주는 음반이다. 이런 음악들이 차곡차곡 쌓인다면 퓨전/창작 국악에 대한 인식도 바뀔 것이며 언젠가는 끓어넘칠 것이다. 파격적이고 새로운 길을 열지 않았다 해도 자신의 길을 이어나가며 도전을 멈추지 않고 수긍할 수 있는 아름다움을 쌓아올리는 음악에는 늘 귀가 열린다. 이렇게 애써 만든 음악을 들으면 열심히 살아야겠다는 생각이 든다. 세상은 보이지 않는 이들의 성실함으로 무너지지 않는다. 먼 곳에서 함께 듣고 있을 그이도 분명 박수를 보내고 있으리라.

그림 ©김훈

지금 젊음의 노래로 날카로운 포크 음악

그녀가 말하는 법
이랑 ≪신의 놀이≫

〈신의 놀이〉
https://www.youtube.com/watch?v=t6gDp9lsBgw

싱어송라이터 이랑이 1집 이후 4년 만에 ≪신의 놀이≫를 내놓았다. 2012년에 내놓은 1집 ≪욘욘슨≫은 독특한 작품이었다. 그 차이는 대개의 싱어송라이터들이 내놓는 음악의 세련된 매끄러움 대신 아마추어에 가까운 것처럼 느껴지는 보컬과 연주, 가사의 스타일에서 비롯했다. 그러나 일견 아마추어처럼 느껴졌다는 감상이 완성도가 낮다는 의미는 아니다. 이랑은 1집에서도 자신이 말하려는 것이 무엇인지 분명히 알고 있었다. 이랑은 자신의 발화를 어떻게 해내야 하는지 모르지 않았다.

그래서 이랑의 남다른 스타일은 미숙함이 아니라 선택의 결과였다고 보는 편이 더 정확하다. 때로는 스타일이 내용을 좌우한다. 아니, 말하는 방법은 말하는 내용과 분리할 수 없다. 말하는 방법에 의해 말하는 내용은 완성되고, 말하는 주체 역시 또렷해진다. 차이는 그렇게 분명해진다.

이랑 ≪신의 놀이≫ ©kumagai Naoko

이랑의 음악은 다르다

이랑의 2집 ≪신의 놀이≫가 전작의 스타일을 반복하지는 않는다. 전작에 비하면 ≪신의 놀이≫에 수록한 곡들은 대부분 훨씬 매끈하고 세련되게 다듬어졌다.

그럼에도 자신이 하고 싶은 이야기를 최소한의 리듬만으로 읊조리거나 낭송하는 것처럼 들리는 타이틀곡 <신의 놀이>는 노래와 노래 아닌 것의 경계를 되묻게 한다. 운문과 산문의 차이 같은 노래와 말의 차이랄까.

노래는 어떻게 노래가 될까. 노랫말에 멜로디가 붙거나 리듬이 더해지면 노래가 될까. 중요한 것은 노랫말일까, 아니면 멜로디와 리듬일까. 노래가 되지 않을 것 같은 말들이 숨 가쁘게 이어지는 동안 틱틱거리며 내려치는 어쿠스틱 기타와 첼로 연주, 클라리넷 연주에 드럼 연주까지 천천히 더하는 <신의 놀이>는 무덤덤하게 이어지는 이야기의 건조함과 다급함을 어느새 우아하고 서정적인 노래로 숙성시킨다. 그렇게 함으로써 <신의 놀이

이>는 음악이 어떻게 말로 시작해 달라지는지 보여줄 뿐 아니라, 이랑의 음악이 어떻게 다른지 확연하게 보여준다. 음반의 첫 곡, 그러니까 초장부터.

이랑의 노래가 모두 이런 식인 것은 아니다. 음반의 두 번째 곡 <가족을 찾아서>에서도 이랑의 보컬은 노래한다기보다 노래로 말하는 편에 가깝다. 하지만 드럼과 어쿠스틱 기타로 조심스럽게 열리는 노래는 연약해 보이면서도 진솔한 자기 고백으로 나아간다. '키우는 고양이를 세게' 때리고, '오늘 엄마의 전화를 받지 않은' 이야기를 노래할 때 이랑의 노래는 이랑의 목소리에 의해 겹으로 겹쳐진다. 이랑의 내면을 드러내 보이는 방식일 텐데, 이랑의 내면이 일면적이지 않으며 이랑 안에 또 다른 이랑이 있음을 드러내는 방식으로 효과적이다. 노래를 통해 드러내려는 것은 노랫말의 상황만이 아니다. 노랫말을 쓰고 노래하는 자신의 본질이다. 이 노래의 말미에서 이랑의 그림을 두고 이야기를 나누는 멘트를 넣은 것도 같은 이유 때문으로 보인다.

자신의 본질을 드러내는 노래

처음 두 곡이 조금 다른 방식으로 이랑을 드러낸다면, 세 번째 곡 <이야기 속으로>는 보편적인 포크송에 가깝다. 여린 목소리에 경쾌하게 이어지는 리듬감은 이랑이 보편적인 이야기 방식으로도 얼마든지 노래를 만들어낼 수 있는 창작자라는 증명이다.

그런데 가사가 담지하는 세계는 노래의 분위기와 달리 쓸쓸하고 외롭다. '늦은 밤 나무 위에 올라 큰소리로 울'고, '누군가 듣고 찾아와 주기를 바랐는데 아무도 나를 찾으러 나오는 사람이 없'는 이의 내면은 얼마나 눈물투성이겠는가. 하지만 이 곡은 눈물자국마저 슬쩍 감추고 아닌 척 시치미떼는 듯한 모습이라 듣는 이를 더 안쓰럽게 만든다. 이 곡이 이랑의 내면을 드러내는 곡만이 아니라 해도 보편적인 서사로 누구든 공감할 수 있을 만큼 완성되어 있다. 그리고 <슬프게 화가 난다> 역시 쉽게 드러낼 수 없는 복잡한 마음을 완성도 높게 드러낸다. 이랑은 몽환적인 분위기를 끌어냄으로써 고백과 상황을 아름다움 속에서 감지할 수 있게 도와준다.

음악의 자기 중심성과 노랫말 중심성

이 두 곡의 노래가 이랑 음악의 서정적인 측면을 부각한다면, 다섯 번째 곡 <웃어, 유머에>는 '하하하 히히히 호호호 헤헤헤' 하는 노랫말을 반복하고 첼로와 드럼으로 공간감을 만들어내는 방식이 매우 개성적이고 능숙하다.

해외 얼터너티브 록 밴드들의 스타일이 느껴지는 편곡은 이랑의 음악을 어쿠스틱 악기 편성과 개인적인 고백으로만 규정해서는 안 된다고 말한다. 또한 노래라는 것이 어떻게든 가능하다는 것을 보여주는 곡들의 연장선상에 있는 곡이기도 하다.

그에 비하면 <도쿄의 친구>는 특별한 방법론을 동원하지 않지만, 여전히 다른 노래들이 사용하지 않았던 일상의 언어로 자신의 이야기를 던진다. 뭐랄까, 하고 싶은 이야기가 먼저 있고, 그것이 노래가 되든 안 되든 노래로 만들어보려는 것 같은 방식이라고나 할까. 그래서 하고 싶은 이야기를 계속 반복하면서 자신의 입에 붙이고, 입에 붙이는 사이 저절로 따라붙는 리듬과 멜로디로 노래를 만드는 것이 이랑의 노래 만드는 방식이라는 것을 알려주는 것 같은 노래가 <도쿄의 친구>와 <평범한 사람>이다.

이 같은 이랑 음악의 자기중심성과 노랫말 중심성은 음반의 또 다른 백미인 <세상 모든 사람들이 나를 미워하기 시작했다>로 다시 돌아온다. 동일한 리듬과 멜로디 안에 노랫말을 욱여넣은 것 같은 노래는 아아, 하는 이음새와 첼로만의 반주로 문어체의 노랫말을 꿋꿋하게 짊어지고 간다. 이것이 이랑이 말하는 방법인 것이다.

찔려봐야 안다

<나는 왜 알아요>에서도 이랑은 드럼을 중심으로 한 미니멀한 편성에 목소리를 겹치는 방식으로 이야기를 이어간다. 이 곡에서 이랑이 말하는

것은 타이틀곡에서 언급한 신과 자신의 존재와 대화에 대한 이야기이다.

마지막 곡 <좋은 소식, 나쁜 소식>에서 이랑은 가볍게 흥얼대는 보컬 톤으로 신의 이야기를 재현한다. 이렇게 이랑은 자신의 이야기를 드러내고, 세계와 운명의 본질을 툭툭 건드린다.

시종일관 유니크한 스타일을 잃지 않는 이랑의 방법론은 의외로 섬세한 설득력과 개성으로 이번에도 이랑이 아니면 할 수 없는 음악을 만들었다. 이랑 덕분에 들을 수 있는 음악이고, 이랑 덕분에 어떤 경계가 허물어졌다.

그 과정은 유쾌하고, 마음은 움직여 이랑의 이야기는 결국 듣는 이의 이야기가 된다. 적잖은 이들이 이랑의 노래를 들으며 눈물 흘리는 이유다. 지금 젊음의 노래로 날카로운 포크 음악. 들어보면 안다. 찔려봐야 안다. 그 쾌감을 기꺼이 만끽하시길.

이랑 ©kumagai Naoko

〈바위처럼〉의 주인공, 다시 노래하다

안석희이자 유인혁의 새 노래들
유인혁 ≪안석희 유인혁의 첫번째 노래들 - 봄소식≫

유인혁 ≪봄소식≫ 쇼케이스 영상
https://www.youtube.com/watch?v=xVMfZdvr70s

안석희라는 뮤지션을 아시는가? 모를 수도 있을 것이네. 그렇다면 유인혁이라는 뮤지션은 아시는가? 혹시 민중가요를 좋아했다면 그 이름을 기억할지 모르겠네. 유인혁, 그는 1990년대를 풍미했던 민중가요 <바위처럼>을 쓴 창작자이니 말일세. 1990년대 중후반에 대학을 다녔다면 학생운동을 했건 안 했건 오며 가며 <바위처럼> 한 번 듣지 않았을 이 없을 것이네. 그만큼 <바위처럼>은 1990년대 대학가를 풍미한 곡이었네.

그때 서태지와 아이들만 있었던 게 아니라네. 발랄하고 경쾌한 리듬, 낙관적인 세계관은 20대 청춘들의 정서와 딱 맞아떨어졌네. 게다가 <바위처럼>은 노래에 맞춘 율동까지 있어 당시 운동권 학생들은 시도 때도 없이 따라 춤추곤 했네. 오죽하면 그만 좀 하자고, 금지곡으로 정하자는 이야기를 주고받을 정도였네. 인기 드라마 「응답하라 1994」에서도 <바위처럼>에 맞춰 춤을 추는 장면이 나왔다면 말 다한 것 아니겠는가.

<바위처럼>을 쓴 유인혁의 본명이 안석희라네. 유인혁의 대표곡은 <바

유인혁 ≪안석희 유인혁의 첫번째 노래들 - 봄소식≫ ⓒ김수진

위처럼>이지만 그가 쓴 곡이 그뿐은 아니라네. 연세대학교 민중가요 노래패 울림터에서 민중가요 활동을 시작한 유인혁은 대학을 졸업하고 노래패 예울림에서 활동하며 <사람이 태어나>를 히트시켰네. 민중가요를 잘 안다면 이 노래쯤은 기억할 것이네.

유인혁의 노래는 본격적으로 이어졌네. 유인혁은 예울림이 노동자노래단과 합쳐 결성한 노래패 꽃다지에서 활동했네. <노래여 우리의 삶이여>, <내일이 오면>, <넝쿨을 위하여>, <노래만큼 좋은 세상>, <강철의 노래>, <진주>, <이런 마음으로>, <더.해>, <하나씩>, <돌아가>를 써내며 꽃다지의 역사를 함께했네. '민중가요의 종가집' 꽃다지의 역사에서 그가 얼마나 큰 역할을 했는지는 그가 만든 노래 제목을 열거하는 것만으로 충분할 것이라 믿네.

유인혁이 꽃다지 노래들만 써낸 게 아니라네. 서총련 노래단 조국과 청춘의 5집 ≪청년시대≫에 수록한 곡들도 대부분 그의 작품이었네. 조국과 청춘이 갑자기 록을 한다고 논란이 되었던 그 음반을 기억하시는가. 그 음반의 <장산곶매>, <우산>, <청년시대> 같은 노래들이 다 그의 작품이었던 걸세. 그는 이 노래들을 가명으로 발표했네. 당시에는 논란이 되었지만, 사실 록을 한다는 게 나쁜 일도 아닌 데다 <우산> 같은 곡은 지금 들어도 여전히 감동적일 정도로 아름다운 곡이지 않은가. 한 번도 주목받지 못했지만 그는 민중가요의 역사를 함께 써온 빼어난 창작자였네.

꽃다지 그 후

그 후로도 그의 음악은 계속 이어졌다네. 오래 몸담았던 노래패 꽃다지를 떠난 그는 싱어송라이터 고명원, 정윤경과 함께 밴드를 만들었네. 이름하여 유정고밴드였네. 세 사람의 성을 따서 만든 밴드는 더 이상 청춘이 아니고, 더 이상 신념만으로 살아갈 수 없는 나이가 되어버린 이들의 속내를 진솔하게 담았네. 1990년대 후반은 민중가요가 세상을 뒤흔들지 않는 시대였네. 운동권도 예전 같지 않은 시대였네. 그런 시대에 그는 자신을 속이지 않는 노래를 썼고, 그 노래는 여전히 감동적이었네. 하지만 유정고밴드의 노래는 주목받지 못했네. 민중가요는 역시 당당하게 희망을 노래하는 것이 좋다고 생각해서인지, 아니면 민중가요를 듣는 이들이 줄어들어서인지 잘 모르겠네만 아무튼 유정고 밴드의 좋은 노래는 아는 사람들만 아는 노래가 되고 말았네. 유정고 밴드의 음악도 거기서 멈춰버렸다네.

유인혁은 다른 곳에서 활동을 이어갔네. 노리단이라는 사회적 기업이었네. 재활용악기를 만들고 연주하는 그의 모습은 과거의 이력과 잘 연결되지 않았지만, 그래도 그는 명민한 감성과 지성으로 활동을 이어갔다네. 물론 그 활동은 아는 사람들만 아는 것이었고, 민중가요나 대중음악을 좋아하는 이들에게도 논외의 것이었네.

처음으로 혼자 노래하다

그런데 왜 이렇게 유인혁의 이력을 이야기하는지 궁금하지 않은가. 그가 정말 오랜만에 새 음악을 내놓았기 때문이라네. 그는 얼마 전 자신만의 이름으로 조그만 공연을 열고 자신이 쓴 곡들을 혼자 불렀다네. 그동안 울림터, 예울림, 꽃다지, 유정고밴드, 노리단으로 이어온 음악인생에서 처음 있는 일이었네. 그리곤 자신의 페이스북을 통해 쓴 곡을 주위 사람들과 나눴다네. ≪안석희 유인혁의 첫번째 노래들 - 봄소식≫이라고 이름 붙인 음반이었네. 이 음반에는 8곡의 노래를 담았네. 꽃다지 시절 발표한 <넝쿨을 위하여>를 제외하면 모두 신곡이었네. 유인혁은 자신이 쓴 곡을 기타 치며 불렀네. 예전에도 독창을 한 적이 없었던 것은 아니지만, 이렇게 혼자 자기 노래를 한 건 처음이었네.

그 노래들이 어땠을지 궁금하신가. 그 노래는 안석희의 노래였고, 유인혁의 노래였네. 그가 만든 노래만 들었던 이들은 모를 수도 있겠지만, 사실 유인혁은 무척이나 섬세하고 여린 사람이라네. 민중가요는 흔히 목소리가 크고 격렬하다고들 생각하지만, 알고 보면 꼭 그런 것은 아니지 않은가. 그 역시 격렬하고 뜨겁기보다는 여리고 감성적이며 섬세한 사람이었네. 다만 그는 노래가 있어야 할 곳을 찾아 노래했을 뿐이었네. 하지만 삶이 노래만큼 명료하던가. 삶은 늘 우리를 원하지 않는 곳으로 끌고 가 망연자실하게 하곤 하지 않던가. 그의 삶 역시 다르지 않았네.

그가 이번에 부른 노래에는 운동보다 크고 막무가내인 삶이 할퀴어버린 상처가 고스란히 묻어 있었네. '여린 두 손으로', '흐르는 물을', '막으려 했'지만, '세상은 날 두고 흘러 가버렸'던 이야기. '잊을 수 없는 시간을 지나온 이야기'가 고스란히 담겨 있었네. 목숨을 이어가는 누군들 힘들지 않을까만은 자신만을 위해 살지 않은 이가 감당해야 했던 날들 역시 만만치 않은 것 아니었겠는가. 세상은 똑바로 앞으로만 흐르지 않고 거꾸로 흘러가기도 하지 않던가. 믿었던 사람들이 등을 돌리고, 사랑했던 사람이 느닷없이 세상을 떠나지 않던가. 하지만 그는 삶을 비관하거나 아픔을 전시하지 않았네. 그는 노래 속에서 담담하게 사랑하고, 안아주고, 살아가겠다고 말했네.

여전히 참 좋은 노래

하지만 그 다짐은 쉽게 나온 이야기가 아니었네. 그의 여린 목소리에 배인 외로움과 슬픔과 절망과 아픔을 겨우겨우 달래고 하는 이야기였네. 그는 자신의 삶을 온 힘 다해 살았고, 비로소 자신의 진심이 된 이야기만 노래한 것이었네. '푸른 바다 헤치던 시절'을 지나 '통조림'이 되어버린 자신을 끝내 포기하지 않고, '눈 맞'고, '굵게 패인 눈물자국'을 외면하지 않은 이가 비로소 부를 수 있는 노래였다네.

사실 그가 노래를 잘하는 보컬은 아니라네. 그의 목소리는 여리고 가냘퍼서 잘 들리지 않는 쪽에 더 가까웠다네. 하지만 이번 음반에서 그의 목소리는 신산한 삶을 거치면서 버릴 것은 버리고 포기할 것은 포기하는 법을 배운 목소리, 제 삶을 묵묵히 살아가는 이의 정직한 슬픔이 있는 목소리, 노래 사이사이 눈물자국이 배어 있는 목소리였네. 물론 끝내 포기하지 않은 사랑이 불붙인 분노도 여전했네. 그럼에도 좀 살아봤다고 으스대지 않고, 좀 싸워봤다고 달관하지 않은 목소리로 노래했네. 유인혁이자 안석희인 그는 '작은 싹'과 '연한 초록'의 아름다움을 노래했네. 슬픔을 안아주고 토닥여주겠다고 노래했네.

정식으로 레코딩한 음반이 아니고 혼자 기타만 치면서 노래한 방식이라 아쉬운 게 없었다면 거짓말이겠지. 하지만 이 노래들은 안석희이자 유인혁이 처음으로 혼자 노래한 노래였고, 녹슬지 않은 그의 감각이 드러난 노래여서 참 좋았다네. 진실한 노랫말이 있고, 노랫말의 진실함을 음악으로 고스란히 옮겨준 멜로디가 있는 노래여서 좋았다네. 삶을 허투루 살지 않고 더 깊어지고 더 순해지며 더 따뜻해진 노래여서 뭉클했다네. 생각해보면 참 다행이지 않은가. 그 옛날 좋았던 노래를 만들어준 이가 여전히 좋은 노래를 만들고 불러주는 것이. 그리고 우리가 그 노래를 들을 수 있다는 것이.

유인혁 ©김수진

한국 크로스오버 음악의 새로운 영토

즉흥적이고 주술적인 음악
블랙 스트링 ≪Mask Dance≫

〈Mask Dance〉
https://www.youtube.com/watch?v=kawOPq0jgOA

크로스오버 음악은 경계를 가로지르고 뛰어넘는 음악이다. 애초 없었을 경계다. 다 함께 어울렸을 음악에 친 장르의 울타리가 음악의 진화라 해도, 울타리가 거추장스럽게 느껴진 탓이다. 그래서 넘어서고 싶은 마음이다. 애초의 난장으로 회귀하고 싶어서는 아니다. 자유롭고 싶어서만도 아니다. 하나의 악기가 한 가지 감정만 표현하지 않고, 하나의 장르 또한 마음 한 점만 담지 않기 때문이다. 더 많은 악기와 다른 장르로 같은 마음을 노래할 수 있으니, 찬란한 소리의 향연을 만끽하고 싶은 까닭이다. 박자의 느림과 빠름, 소리의 고저, 멜로디의 희로애락을 모든 악기와 장르로 아울러, 소리의 파장과 앙상블을 극대화하고 싶은 마음이다. 장르의 방법론 안에 웅크리기보다 다른 소리의 철학과 방법론과 몸 섞고 싶은 욕망이다. 그렇게 함으로써 예상하지 못한 파동을 즐기고, 우연이 열어놓은 돌발과 자유를 호흡하고 싶은 의지이다.

그래서 크로스오버 음악에서는 어떤 음악이 어울렸는지가 중요하다. 그

블랙 스트링 ≪Mask Dance≫©2016 ACT Music + Vision + GmbH + Co. KG

음악이 어떤 이야기를 표현하려 했는지 새겨 들어야 한다. 어울림의 과정에서 어떤 충돌이 일어났으며, 그 충돌은 얼마나 서로를 지키며 다른 세계로 나아갔는지 훑어봐야 한다. 어울린 음악이 부딪치기만 해서는 안 될 일이다. 한쪽으로 쏠려가도 곤란하다. 서로 존중하고 도우며 밀고 끌어 팽팽하게 나부껴야 한다.

그러려면 당연히 상대의 음악을 알아야 한다. 서로의 방법론을 알아야 하고, 같은 곳을 바라보아야 한다. 그렇지 못할 때는 음악 안에 권력관계가 형성되면서 한편의 포로가 되어버린다. 지금껏 크로스오버다운 이름값을 한 음악과 하지 못한 음악의 차이는 여기에 있다.

한국 전통음악에서 출발한 블랙 스트링

그렇다면 혼성4인조 크로스오버 그룹 블랙 스트링(Black String)의 음악은 어느 쪽일까. 거문고 연주자 허윤정, 기타리스트 오정수, 대금/양금/단소를 연주하는 이아람, 장구와 구음을 연주하는 황민왕이 구성한 블랙 스트링은 2016년 10월 첫 번째 정규 음반 ≪Mask Dance≫를 내놓았다. 한국 전통음악계에서 실력을 인정받은 연주자 셋과 재즈 기타리스트가 한 둥지를 튼 것이다.

한국 전통음악 연주자가 더 많은 블랙 스트링은 한국 전통음악의 언어와 특질을 고수한다. 음반에 수록한 7곡은 누가 들어도 한국음악이다. 악기와 장단, 구조와 서사는 모두 전통음악에서 출발한다. 그러나 블랙 스트링은 전통음악의 방법론과 사운드를 재현하는 데 치중하지 않는다. 이들은 전통음악이 표현했거나 표현하려는 감정과 방법론의 핵심을 지키며 일렉트릭 기타와 일렉트로닉 사운드를 결합시켜 자신들의 소리와 방법론을 확대한다. 거문고와 장구, 대금, 양금으로 채워졌을 편성에 일렉트릭 기타를 결합한 <Seven Beats>는 거문고와 대금이 만드는 고적하고 주술적인 사운드의 진폭을 일렉트로닉 사운드의 결합으로 배가시킨다. 서로 다른 소리들이지만 같은 방향을 바라보며, 그 가운데 이질적인 소리들이 빈 틈을 메꾸며 나아간다. 거문고와 장구가 장단을 주도한다면, 일렉트릭 기타는 가장 날카로운 소리로 선두에 서서 근음의 묵직함을 뾰족하게 벼린다. 그리고 거문고와 양금과 일렉트릭 기타는 현악기의 금속성으로 뭉치면서 곡의 주술적이고 사이키델릭한 면모를 부각한다. 농현 같은 흔들림을 강조하는 대금 연주 역시 곡의 아득함에 일조한다. 이 같은 어울림의 서사는 정교하게 예정되어 있다기보다 즉흥적이고 충동적으로 느껴진다. 전통음악의 즉흥성을 거세하지 않은 것이다.

즉흥성이 돋보이는 음악

음반 내내 즉흥성을 버리지 않는 블랙 스트링의 음악은 음반의 제목인 ≪Mask Dance≫처럼 얼굴을 가리고 추는 가면무의 모호함과 주술성이 앞장선다. 한국 전통음악의 특징 가운데 즉흥적이고 주술적인 측면에 집중한 전략이다. 두 번째 곡 <Growth Ring> 역시 흔히 들을 수 있는 대금 독주에 일

블랙 스트링 ©Seung Yull Nah

렉트로닉 사운드의 노이즈와 비트를 동시에 담고, 기타 연주를 더함으로써 고졸하고 정갈한 연주의 서정성과 신비로움을 증폭시켰다. 이 음반에서 가장 인상적인 트랙인 <Mask Dance>는 일렉트릭 기타와 거문고가 거칠게 연주하는 인트로를 지나, 황민왕의 구음과 일렉트릭 기타 연주를 연결하면서 예의 주술성을 한껏 끌어올린다. <Flowing, Floating> 역시 현악기들의 연주로 적막감을 강조한다. 산조 연주를 변주하는 것처럼 느껴지는 곡의 파격은 리듬 파트 등에 다른 악기를 결합함으로써 대개 장구와 함께하는 산조를 블랙 스트링의 즉흥연주처럼 변화시켰다. 그렇게 함으로써 전통 산조가 변화할 수 있는 가능성을 보여주면서 산조 특유의 품격을 훼손하지 않았다. <Song From Heaven> 역시 일렉트릭 기타에 맞춰 전통적인 창법의 노래를 부름으로써 가야금 병창이나 거문고 병창과 다른 사운드의 가능성을 탐지한다. <Dang, Dang, Dang>이나 <Strangeness Moon>에서 블랙 스트링은 더욱 자유롭다.

엄격함과 과감함을 아우르는 자기 확신

이 음반 속 전통음악의 정서는 굳건하고 연주는 안정되어 있다. 그러나 블랙 스트링은 수구주의자들처럼 고전의 기계적 재현에 집착하지 않는다. 대신 질박하고 주술적인 민속음악의 지향이 다른 악기들과의 만남으로도 얼마든지 유지되고 확장할 수 있다는 것을 보여준다. 시간이 쌓아온 미덕을 함부로 버린 후 투항하지 않고, 전통음악의 지향과 방법론이 지속가능하다는 것을 증명한 음악이다. 블랙 스트링은 한국 전통음악의 엄숙함과 질박함을 가볍게 여기지 않으면서 현대 대중음악의 사운드와 방법론을 혼용함으로써, 전통음악의 지향을 2016년의 시점에서 꽃피웠다.

만약 블랙 스트링이 파격을 시도했다면 더 새로운 사운드를 만끽할 수 있었을 것이다. 물론 그렇지 않더라도 이 음반은 충분히 주목할 만하다. 전통은 함부로 내칠 것이 아니고, 멋대로 바꿀 것이 아니며, 무턱대고 낡았다고 여길 것이 아니라는 사실을 보여준 블랙 스트링 음반의 가장 큰 미덕은 엄격함과 과감함을 아우르는 자기 확신이다. 자신이 출발한 곳을 잊지 않되 자유로운 이들의 발걸음은 훨훨 날아갔고, 그들이 발 딛는 곳은 새로운 영토가 되었다. 다 음악의 땅이다.

블랙 스트링 ©Seung Yull Nah

오랜만에 만나는 찰진 록 음악

록 음악이 아니면 불가능한 쾌감
ABTB ≪Attraction Between Two Bodies≫

〈시대정신〉
https://www.youtube.com/watch?v=f09y5FfQLU0

'이렇게 찰진 록 음악은 오랜만'이라고 쓰면 활동 중인 밴드들에게 실례가 될까? 대세는 힙합이나 일렉트로니카라고, 이제 록 음악은 옛날 음악이라고들 하지만 그 많던 록밴드들은 여전히 사라지지 않았다. 어찌 평생 하던 음악, 평생 좋아하던 음악을 헌신짝처럼 버리고 금세 새로운 음악을 할 수 있겠는가. 음악을 듣는 이들 역시 마찬가지이다. 취향은 쉽게 바뀌지 않는다. 다만 열광할 수 있는 음악이 자주 나오지 않을 뿐이다. 그래서 옛 음악을 반복해서 들을 뿐이다. 소나기처럼 음악의 단비가 내리기를 기다리는 중일 뿐이다.

소나기 같은 음악

2016년 10월 17일 데뷔 정규 음반 ≪Attraction Between Two Bodies≫를 낸 밴드 ABTB의 음악은 한때라도 록 음악을 좋아했던 세상 모든 록 마니아들에게 소나기 같은 음악이다. ABTB는 '당신이 1980년대 헤비메틀과 하드록을

ABTB ≪Attraction Between Two Bodies≫ ©김기조

즐겨 듣고, 1990년대 그런지 밴드들에게 호의적이며, 2000년대 개러지 리바이벌에 열광했다면 ABTB의 음악을 꼭 들어야 한다'고 자신을 소개했다. 음반을 들어보면 어떤 말도 입에 발린 멘트가 아니라는 것을 인정해야만 한다.

기타리스트 곽민혁, 황린, 베이시스트 장혁조, 보컬 박근홍, 드러머 강대희로 구성한 5인조 밴드 ABTB는 첫 음반의 12곡으로 자신들이 듣고 좋아했던 록 음악에 경배를 올리며 록 음악사를 복기하게 만든다. 록의 역사 중심의 로큰롤과 하드록, 얼터너티브 록의 방법론과 정서를 생생하게 재현한 까닭이다. 일렉트릭 기타는 날이 바짝 서 있고, 리듬은 출렁인다. 보컬은 야수 같고 사운드는 몰아친다. 그러나 모든 소리는 거칠기만 한 것이 아니다. 거칠고 맹렬하면서도 리드미컬하고, 몰아치면서도 변화무쌍한 음악은 록 음악이 아니면 만끽할 수 없는 쾌감을 선사하며 록 음악의 존재 이유를 증명한다.

록 음악의 존재 이유

음반의 첫 곡 <Artificial>에서부터 ABTB는 몰아치다가 풀고 다시 몰아치는 파노라마 같은 서사의 굴곡으로 거친 호흡을 담대하게 펼치는 재능을 뽐낸다. 록 음악의 고유한 거친 소리를 주도하는 동력은 곽민혁과 황린이 함께 연주하는 일렉트릭 기타와 보컬 박근홍의 목소리이다. 보컬 박근홍은 적의와 체념에 가득 차 있는 듯한 목소리로 두 대의 일렉트릭 기타가 뿜어내는 연주에 묻히지 않고 제 길을 간다. 그는 야수처럼 으르렁거리는 결기로 일렉트릭 기타와 대결하듯 목소리를 내지른다. 그가 내지르는 소리는 거친 소리의 질감으로만 존재하지 않는다. 그는 거대한 세계의 일부분으로 살아갈 수밖에 없는 수많은 미약한 존재들이 늘 경험하는 좌절과 분노를 대변한다. 그는 변화의 가능성과 희망을 노래하지 않는다. 대신 이길 수 없고 뒤집을 수 없기 때문에 겨우 살아가는 이들의 절망을 토해낸다. 하지만 절망의 거친 에너지는 순순히 굴복하지 않겠다는, 희망을 향한 끈질긴 갈망의 표현임을 짐작하기는 어렵지 않다. ABTB의 음악은 그래서 거칠고 간절하며 매혹적인 절망의 록 음악이라고 부를 만하다.

그리고 곽민혁과 황린의 트윈기타는 텁텁하고 투박한 톤으로 ABTB 음악의 무게감과 역사성을 주도한다. 두 기타리스트는 일렉트릭 기타가 광란을 인도할 때 만끽할 수 있는 환희까지 아낌없이 끌어낸다. ABTB의 또 다른 매력은 <시대정신> 같은 곡에서 탁월하게 표현한 속도감이다. 곽민혁과 황린은 쌍두마차처럼 주고받는 호흡의 연주로 현란하고 드라마틱하게 속도감을 끌어올린다. 달리면서 한껏 멋부리는 연주는 록 음악이 축적해온 미학이 매우 정교하며 탐미적임을 보여준다.

세상에는 좋은 음악과 덜 좋은 음악이 있다

또한 ABTB는 <Zeppelin>을 비롯한 곡들에서는 여러 번 변화를 감행하며 거칠게 질주하는 사운드만이 전부가 아님을 내비친다. ABTB는 긴 호흡으로 곡을 구성할 줄 아는 소리 연출가이며, 긴 호흡의 순간순간을 빈틈없이

ABTB ⓒABTB

채울 줄 아는 창작자이자 연주자들의 밴드이다. 그 순간순간을 채우는 것은 록 음악이 록 음악으로 독립하고 하위 장르로 갈라지며 축적한 록 언어의 다양한 매력과 아름다움이다.

<할렐루야>에서 처음부터 밴드의 사운드가 벼락같이 몰아치면서 전투적인 호기를 잃지 않을 때, <Matador>가 펄펄 뛰는 리듬감으로 밀어붙이다가 호흡을 고를 때, <별 헤는 밤>에서 서정적인 풍모를 간절하게 보여줄 때, <Love of my life>에서 근사한 멜로디를 선보일 때, 우리는 ABTB가 얼마나 많은 에너지를 축적한 밴드인지 단번에 가늠한다. 이럴 때는 이래서 좋고, 저럴 때는 저래서 좋은 록 밴드 사운드의 홍수에 잠기다 보면 세상에는 낡은 음악과 새로운 음악이 있는 것이 아니라, 좋은 음악과 덜 좋은 음악이 있다는 결론에 이른다. 사라지는 장르도 없다. 다만 우리가 잊고 있을 뿐이다.

자아의 안팎을 비추는 사이키델릭 포크

무키무키만만수의 만수가 돌아오다
이민휘 ≪빌린 입≫

〈빌린 입〉
https://www.youtube.com/watch?v=ZQXbf8BUUXw

이민휘, 그러니까 무키무키만만수의 만수가 첫 번째 솔로 음반을 낸다는 이야기를 들었을 때, 나는 어떤 음악을 예상했던가. 기존 대중음악의 스타일과 무척 달라 생경했지만 통쾌했던 <안드로메다> 같은 곡을 다시 듣게 될 거라고 짐작했을까. 아니면 영화 「한여름의 환타지아」에서 선보였던 결 고운 포크를 떠올렸을까. 무키무키만만수의 요란한 노래들이 먼저 스치던 순간, 왜 무키무키만만수 음반의 <2008년 석관동>이나 <식물원> 같은 아름다운 곡을 기억하지 못했을까.

애시드 포크와 포크 록 사운드

이쯤 이야기하면 이민휘의 첫 음반 ≪빌린 입≫이 어떤 스타일인지 예상할 수 있으려나. 그렇다. 이민휘의 첫 솔로 음반은 무키무키만만수의 전매특허 같은 내지름과는 멀다. 안으로 침잠하는 음악은 비트조차 절제한다. 이민휘는 첫 음반에 8곡의 노래를 담았는데, 애시드 포크와 포크 록에 가깝

이민휘 ≪빌린 입≫ ⓒ이민휘

다. 어쿠스틱 기타와 베이스 기타, 드럼을 기본으로 하는 편성은 평범할 것 같지만, 이민휘는 다른 악기를 가미해 나른하고 사이키델릭한 사운드의 세계를 두드린다.

첫 번째 곡 <돌팔매>에서는 직접 연주한 신시사이저가 무드를 주도하고, 두 번째 곡 <빌린 입>에서는 알토 플룻이 축축하게 읊조리는 이민휘의 보컬에 우수 어린 신비로움을 불어넣는다. 세 번째 곡 <거울>에서는 실로폰과 멜로디카가 그 역할을 담당한다.

음반 전체를 유기적으로 연결한 음반

악기를 많이 사용하지 않고 보컬과 멜로디 악기 몇 개만 듬성듬성 사용하면서 보컬 뒤에 떨어뜨려 놓는 방식으로 분위기를 장악하고 공간감을 만드는 노래들은 비현실의 공간을 창조하는 것 같다. 무엇보다 8곡의 제목과 노랫말 때문이다. <돌팔매>-<빌린 입>-<거울>-<부은 발>-<꿈>

-<깨진 거울>-<받아쓰기>-<침묵의 빛>으로 이어지는 노래들은 이 음반을 개별 곡들을 수록한 결과물이 아니라, 음반 전체를 유기적으로 연결한 연작 드라마처럼 보게 한다.

어디선가 누군가에게 <돌팔매>질을 당했거나 견딜 수 없는 욕망으로 <돌팔매>질을 한 자아는 <빌린 입>에서 '말할 수 없는 것 / 말하는 사람들로부터 고개 돌리'며, 동시에 '들을 수 없는 것 / 듣는 사람들로부터는 고개 돌'린다. 결국 '그대 입과 귀는 그대 것이 아니었다'고 폭로한 자아는 단절을 선언한다. 향하는 곳은 매일 자신을 비추는 <거울>이다. '네 발로', '거울로 들어'가는 자아는 자신 안에 파묻힌다. 자아는 그곳에서 '이 산을 오르고 또 오르'는 고단한 세계, 그리하여 <부은 발>일 수밖에 없는 세계를 만난다. 그 세계는 현실의 반영인 동시에 거울 속에서 마주하는 무의식의 세계처럼 보인다. 끝나지 않고 계속되는 세계는 '우리가 기다려온 무언가'를 찾을 수 없고, '거짓말'을 해야 하는 세계이다. 그래서 그 세계는 <꿈>이거나, 차라리 <꿈>이기를 바라는 세계일 수 있다. 이 모호하고 끝없는 세계는 신스와 트럼펫이 주도하는 사운드에 이민휘의 흐릿한 보컬을 문지름으로써 음악이 된다.

말하고 재현하려는 노력

이민휘가 쓴 노랫말이 '말할 수 없는 것'을 말하려는 의지의 소산이라면, 악기와 보컬의 앙상블은 '말할 수 없는 것'과 '들을 수 없는 것'이 존재하는 '거울' 속 세계를 음악으로 재현하려는 노력이다. 다섯 번째 곡 <꿈>에서 보컬 이펙터를 활용한 효과 역시 마찬가지이다.

그러나 '무엇을', '사실 알고 있었'던 자아는 '거울을 깨트'리고 '나에게 말하기로' 결심한다. 수록곡 가운데 드럼을 비교적 적극적으로 사용하는 곡은 자신 안에 있던 자아가 밖으로 나오면서 만들어지는 활기를 담담하게 드러낸다. <받아쓰기>에서 '혀를 도둑맞았'다고 고백할 수 있었던 이유는 이제 말을 하기로 마음먹은 덕분이다. 스트링 파트를 적극적으로 활용하는

이민휘 ≪빌린 입≫ ⓒ이민휘

<받아쓰기>는 스트링 파트를 통해 예의 몽롱함을 우아하게 바꿔준다. 흥미로운 우화처럼 쓴 <받아쓰기>는 자신이 자신으로 말하고 살아가는 주체화의 과정을 이야기하는 듯하다.

신체의 의미화

이 음반에서 흥미로운 지점은 이처럼 이민휘가 입, 귀, 발, 혀와 같은 신체에 중요한 의미를 불어넣는다는 점이다. 신체는 자신이 존재할 수 있는 근거이며, 자신이 드러나는 통로이다. 현실의 자신을 구성하는 신체가 자신의 의지대로 있지 않을 때에도 신체는 자신을 회복하는 최후의 수단이다. 이민휘는 신체와 거울을 통해 자신을 말하면서, 말할 수 없는 것과 들을 수 없는 것이 노래가 되게 한다. 그 힘은 <침묵의 빛>에서 나온 것일지 모른다. 첼로와 피아노의 아름다운 이중주를 들려주는 마지막 곡 <침묵의 빛>은 음반 전체에 펼쳐놓은 현실과 무의식을 침묵 속에서 아우르며, 침착하고 냉정하게 자신을 직시하는 자아를 떠올리게 한다.

이민휘는 하고 싶은 이야기를 자신이 표현하는 사운드의 조심스러운 질감으로 충분히 전달한다. 몽환적이고 신비로우며 나른한 음악의 질감은 정신분석학을 통해 자아의 안팎을 탐구하는 것 같은 역할을 수행한다. 곡의 창작자이자 음반의 연출자인 이민휘는 자연스러운 흐름과 명징한 멜로디, 효과적인 악기 사용, 적절한 보컬의 톤으로 노랫말과 음악을 적확하게 연결했다. 동시에 음악으로 존재하기 위해 필요한 아름다움까지 놓치지 않는 음악이다. 분명 무키무키만만수의 만수가 아니라 이민휘를 주목하게 하는 음반이다. 음악은 이렇게 말할 수 없는 것을 말하고, 들을 수 없는 것을 듣게 한다. 우리는 언제나 우리가 알지 못하는 곳에 있고, 음악은 그곳에서 거울처럼 우리를 비춰준다. 지금 그 거울에 무엇이 보이는지.

이민휘 음반 표지 ⓒ이민휘

음악의 정신적 가치, 정신의 음악적 가치

20년 만의 유작
조동진 ≪나무가 되어≫

〈천사〉
https://www.youtube.com/watch?v=KSGQbX2fkZ0

음악은 언어이다. 감정을 표현하는 언어이고, 생각을 표출하는 언어이다. 음악은 찰나의 희로애락과 자신, 타자, 사회에 대한 생각까지 표현할 수 있다. 음악은 리듬과 멜로디, 화음과 사운드, 노랫말로 마음의 온도와 생각의 무늬를 대신한다. 그리고 사유의 고투를 압축적으로 대리함으로써 하나의 정신으로 나아간다.

모든 음악이 정신으로 나아가지는 않는다. 그럴 필요가 없다. 찰나의 감정을 토로하고 폭발시키는 음악은 그 자체로 소중하다. 그 가치를 정신의 깊이에 견줄 필요는 없다. 그럼에도 자신 안팎을 되새기고 사유함으로써 감정을 생각으로 확장하고, 생각을 정신으로 뿌리내리는 일은 인간이 직립하는 비결이다. 오래 아끼고 기억하는 음악들 가운데 적지 않은 음악들은 사유를 대신하고 정신에 이르렀다. 자아와 타자, 사회를 인식하고 통찰하게 했다.

조동진 ≪나무가 되어≫ ⓒ조동진

하나의 정신이 된 조동진

싱어송라이터 조동진의 음악이 그중 하나임을 언급하는 일은 새삼스럽다. 1970년대 중반 음악활동을 시작한 조동진은 밴드에서 활동하다 포크 뮤지션의 길을 걸었고, 지금껏 5장의 음반을 내놓았다. 첫 음반이 1979년에 나왔으니 40여 년 동안 내놓은 음반은 많지 않다. 그러나 그의 음악은 하나의 정신이 되었다. 그는 포크의 서정성을 기반으로 자신과 타자와 세계를 담았다. 그의 목소리는 여리고 담담했으며, 음악 역시 마찬가지였다. 좀처럼 들뜨지 않는 음악은 감정을 폭발시키기보다 삭이고 지켜보는 편이었다. 자신 안에 갇힌 것처럼 보이는 음악이었으나, 그 밀도와 온도는 밖을 응시하고 발언하는 음악과 다르지 않았다. 주목하는 대상과 표현 방식이 달랐을 뿐이다. 시선의 치열함, 내적 고통을 되새겨 음악으로 만드는 창작자의 고독, 음악다운 표현의 완벽함을 향한 집념은 한결같았다.

세상에 그와 같은 음악인이 그 하나만은 아니었다. 그럼에도 그로 인해 개인 혹은 자아라는 세계는 더 곱고 섬세하며 유장한 서정으로 표현될 수 있었다. 그로 인해 인간의 내면은 결코 손상시킬 수 없는 불가침의 가치로 지켜졌다. 그의 음악에 가슴 찔려버린 음악인들은 같은 아름다움을 표현하고자 애쓰며, 그가 꽃피운 정신에 이르는 꿈을 품었다.

그러나 그는 오래 침묵을 지켰다. 2000년대 중반 몇 번의 공연을 선보였지만, 정규 음반은 1996년의 4집에서 멈춰 있었다. 2015년 컴필레이션 음반 ≪강의 노래≫가 주목받았던 이유 중 하나는 거의 20년 만에 그의 새 노래가 담겨 있었던 때문이었다. 그리고도 1년을 더 기다려서야 여섯 번째 음반이 나왔다. 음반의 제목은 ≪나무가 되어≫. 이 음반에는 먼저 발표한 <강의 노래>를 포함, 10곡의 노래를 담았다.

조동진의 성찰

음반을 들어보면 그의 목소리는 여전히 담담하고 은근하다. 그럼에도 <향기> 같은 곡에서는 숨길 수 없는 세월이 느껴지기도 한다. 20년 만에 내놓은 새 음반에서 조동진은 그동안 자신을 드러내지 않은 채 살았던 시간에 대해 말한다. 누구에게나 똑같은 시간을 산 조동진은 그러나 자신을 스쳐간 시간에 대해 구구절절 이야기하지 않는다. 아무렇지 않게 '흘려 보냈네'라고 말하는 말투는 담담하다.

하지만 '표정 없는 기다란 하루 / 길이 없는 숲의 날들 / 시간 아닌 시간 속을 지나는 바람'이라는 노랫말은 그 시간이 견디고 싸운 시간이었음을 보여준다. 평정을 잃지 않고 말하는 노래의 톤은 관조라고 말할 수 있지만, 관조를 위한 인내와 성찰은 치열하다. 나무가 되었다 고백하지만 빛나는 열매를 주렁주렁 매달거나 우람해졌음을 자랑하지 않는 노래 <나무가 되어>를 들어보면 안다. 그는 여전히 수줍고 소탈한 목소리로 '이전처럼 움직일 수가 없'고, '예전처럼 노래할 수도 없'으며, '이제 따라갈 수 없'다고 말한다. '예전처럼 외로움조차 없'다고 노래한다. 이러한 자신을 한탄하지 않고 부끄러워하지 않는다. 묵묵히 드러내고 지켜볼 뿐이다. 그는 자신을

조동진 ©김중만

드러내고 지켜보는 일에 대해, 그 일을 하는 '나무' 같은 힘에 대해, 그 힘을 가진 사람의 정신에 대해 생각하게 만든다.

무턱대고 다 괜찮다고 말하는 것 아니다. 다 초월한 듯 괜찮다는 것도 아니다. 자신의 현재를 정직하게 인식하고 부정하지 않으며 있는 그대로 드러낼 뿐, 일희일비하지 않는 정신은 관조 이상이다. 자신을 향한 성찰은 <섬 안의 섬>, <1970>, <하얀 벽>을 비롯한 곡에서 계속 이어진다. <천사>, <이 날이 가기 전에>, <그날은 별들이>에서는 애틋한 마음을 드러내기도 한다. 그는 자신이 살아왔던 시간에 대한 그리움과 현재의 번뇌, 고통, 허무를 흔들리지 않고 드러낼 만큼 성숙한 정신을 음악으로 표현했다. 인간의 연약함과 애틋함을 감상적으로 극대화하는 대신 보듬고 성찰하는 뮤지션은 인간의 한계마저 값진 아름다움으로 승화한다.

조동익이 만든 변화

이 표현을 감당한 음악은 전작들과 다르다. 프로그레시브한 포크 록 사운드로 정갈하고 밀도 높은 음악을 만들어냈던 조동진은 이번에는 조동익과 편곡을 하고 조동익에게 사운드 디자인을 맡겨 변화를 감행했다. 조동익은 2년에 걸친 녹음 작업을 하면서 오보에, 클라리넷, 리코더, 첼로, 바이올린, 플루트, 플루겔혼 같은 악기를 사용해 음악의 서정적인 결을 부각시켰다. 그뿐 아니라 조동익은 프로그래밍한 사운드를 거의 모든 노래에 연출해 넣고, 다른 모든 소리들과 조율하는 과정을 거쳐 복잡한 소리의 지도를 완성했다. 그렇게 함으로써 조동익은 조동진의 노래, 아니 조동진 음악의 사운드 스케이프를 정교하게 재구성했다. 소리 역시 음악의 일부이며 소리에 의해 음악이 달라질 수 있음을 증명한 덕분에 순연하고 정갈한 조동진의 음악 미학은 본질을 생생하게 유지하면서 20년의 공백을 뛰어넘는 오늘의 음악언어로 새롭게 비상했다. 1970년대에서 출발한 신화가 신화로 박제된 것이 아니라 오늘과 계속 만나고 있으며, 조동진의 음악이 심오하고 정교하며 세밀하고 편안하면서도 도발적인 에너지와 표현의 종합이라

ⓒ조동진

는 것을 보여준 것이다.

거장의 이유

그리하여 이 음반은 조동진이 내놓은 작품으로만 빛나지 않는다. 조동진이 프로그레시브한 사운드에 경도된 밴드맨이었다는 사실을 재확인시켜주는 것이 중요한 것도 아니다. 이 음반은 오랜 공백에도 조동진이 현재진행형으로 우리 곁에 함께 있는 뮤지션이라는 것을 보여준 마지막 작품집이다. 오랜만에 음반을 발표하면서도 얼마든지 다른 음악을 해낼 수 있는 열망과 능력을 갖춘 뮤지션이라는 사실이야말로 거장의 이유일 것이다. 조동진이 바라본 자신과 우리. 그를 통해 다시 보고 느끼고 되짚어 보게 되는 수많은 것들. 내 안에, 우리 안에 이미 있었으나 잊고 잃고 버린 것들. 바로 음악의 정신적 가치. 정신의 음악적 가치.

나는 나지만 우리는 함께

의지와 능력과 성찰
9와 숫자들 ≪수렴과 발산≫

〈평정심〉
https://www.youtube.com/watch?v=uTb8HCLV8hM

2016년 11월 26일 모던 록 밴드 9와 숫자들의 세 번째 정규 음반 ≪수렴과 발산≫이 나왔다. 두 번째 정규 음반 ≪보물섬≫이 2014년 11월 25일에 나왔으니 거의 2년을 맞춘 셈이다. 2009년 이후 세 장의 음반을 발표한 9와 숫자들은 포크 록과 모던 록에 발 딛고 신스팝을 비롯한 여러 스타일을 효과적으로 차용했다. 9와 숫자들은 섬세하고 감성적인 고백과 인식으로 사람과 세계의 일단을 기록해왔다. 서정적인 멜로디와 조화로운 편곡이라는 사운드의 매력에 국한되지 않은 음악은, 노랫말을 통해 당대를 살아가는 젊음의 순도 높은 기록으로 전화했다. 음악은 형식의 아름다움이 없이 존재할 수 없는데, 9와 숫자들은 형식의 아름다움에 머무르지 않는 내용을 채움으로써 형식이 온전히 빛날 수 있게 조율했다.

이분법을 넘는 차이

9와 숫자들의 음악 속 주체는 소극적이다. 타인을 배려하고 조심하는 편

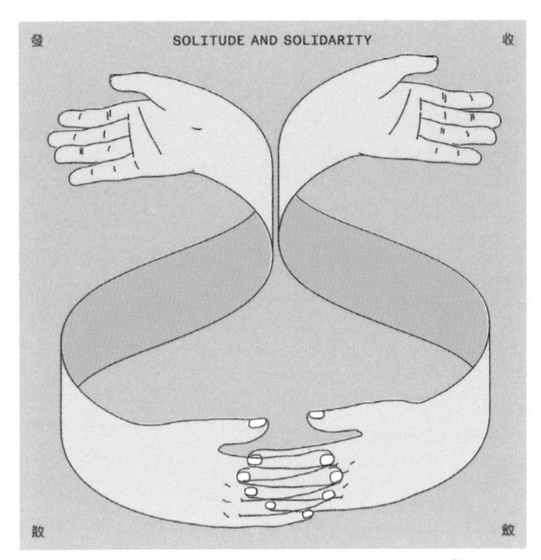

9와 숫자들 ≪수렴과 발산≫ ⓒ오름엔터

이며, 머뭇거린다. 하지만 자신이 찾고 지키려는 마음과 가치를 쉽사리 단념하지 않는다. 갈등하고 고민하는 이유 역시 자신의 진실한 마음이 상대에게 받아들여지지 않거나, 실현하기 힘든 세상 때문이다. 그 과정에서 설레고 고민하고 아쉬워하는 마음을 담은 9와 숫자들의 노랫말은 당위와 쾌락의 이분법을 넘는 차이를 만들었다. 한국대중음악에 고뇌하는 개인의 가치와 의미를 불어넣었다. 많은 모던 록 밴드 가운데 9와 숫자들이 돋보이는 이유이다.

그래서 ≪수렴과 발산≫에서도 노랫말에 먼저 눈길이 간다. 11곡의 이번 음반에서 9와 숫자들의 시선은 여전히 치열하다. 9와 숫자들이 현실을 비판하고 저항하는 음악인은 아닌 것처럼 보이지만, 이들의 현실인식은 광장에서 촛불을 드는 이들과 거의 다르지 않다.

음반의 첫 번째 곡 <안개 도시>를 보자. '여기는 대체로 흐린 / 바람이 멎지 않는 도시'이다. 9와 숫자들은 이 도시에서 '한 번이라도 더 웃어보려' 하고, '좀 더 머물기로' 한다. '끝까지 노래할게'라고 약속한다. 삶의 의지, 타인에 대한 공감과 배려, 함께 살려는 연대의식을 드러내는 노랫말이다.

9와 숫자들은 '관심 없는 표정과 냉소에 맞서 / 먼 훗날 안개가 걷힌 뒤에 / 누구도 우리를 부정할 수 없게' 노래하겠다고 말한다. 희망을 버리지 않겠다는 다짐이다. 희망이 저절로 실현되지 않으니 노래로 제 몫을 다하겠다는 약속이다. 달라진 세상에서는 더 이상 함부로 여겨지지 않는 존재이게 하겠다는 각오의 노랫말은 2016년 겨울 촛불 든 이들 곁에서 한 자루의 촛불을 더한다.

사적이며 사회적인 노랫말

사려 깊은 노랫말은 타인과의 관계에서도 자신을 놓지 않으며 상대를 배려한다. '언니, 언니는 언니의 노래를 불러 / 나는 나만의 노래를 부를게'로 시작하는 <언니>가 바로 그렇다. 나이, 재산, 지역, 젠더 등의 차이가 차별이 되는 한국사회에서 <언니>는 곡의 다른 함의에도 불구하고, 여성의 말투로 평등과 존중을 이야기하는 노래처럼 들린다. 9와 숫자들은 세 번째 곡 <엘리스의 섬>에서도 '파도가 오갈 때마다 우리의 땅은 조금씩 좁아'지지만 '무슨 일이 있더라도 그대 곁을 / 끝까지 내가 지킬 거라고' 다짐한다. 이 노랫말은 자본과 욕망, 패배감과 모멸감의 시대에 신의와 사랑을 잃지 않겠다는, 사적이며 사회적인 의미로 커진다.

개인주의적 공동체 의식을 대변하는 노래

9와 숫자들의 노랫말은 개인의 고백과 다짐을 말하는 것처럼 보이지만 사회적으로 확장할 수 있는 여지를 내포해 사적인 것과 사회적인 것을 연결한다. 사람의 사회에서는 누구도 사회로부터 자유로울 수 없다. 욕망은 사회적으로 학습된 것이며, 행복은 사회적으로 용인되거나 실현가능해야 누릴 수 있는 것이어서 조용히 행복을 만끽하는 일도 쉽지 않다. 사적인 행복을 누리기 위해서라도 사회를 응시해야 한다. 시대와 공동체의 맥락 안

9와숫자들 ⓒ9와숫자들 트위터

에서 삶을 설계하지 않을 도리가 없다.

그런데 9와 숫자들은 거대담론에 짓눌린 주체 대신 자신의 가치와 신념, 행복과 욕망을 소중히 하는 개인을 보여주며 일상과 개인의 가치를 옹호한다. 그리고 이 주체를 통해 공동체의 역할을 질문하고 고민하는 방식을 취한다. 개인과 사회를 연결하는 9와 숫자들의 철학이며 방식이다. 개인을 행복하게 하지 못하거나 지켜주지 못하는 사회는 무의미한 것이며 재설계하지 않으면 안 된다는 함의가 묻어 있다. 눈감고 살지 않은 젊음의 개인주의적 윤리와 공동체 의식을 대변하는 목소리이다. 우리를 광장으로 불러낸 질문, 윤리가 인권으로 확장하면서 마주하는 질문들과 9와 숫자들의 음악은 이렇게 만난다. 노골적이고 선명하게 현실을 비판하는 노래만 현실을 이야기하지 않는다. 우리가 꿈꾸고 지켜야 할 것이 대한민국이라는 국가나 체제만이 아님을 말하는 9와 숫자들의 노래는 지금 광장에서 울려 퍼지는 노래들만큼 진지하고 간절하다.

9와 숫자들은 '향기와 색을 잃을 바에는 / 다시 필 날을 꿈꾸며 시들게요' 라고 의연하고 성숙한 마음을 보여준다. '진심으로 사랑했던 경우엔 / 어질

러진 방을 / 며칠씩 그대로 두고 살아'라면서 인간적인 모습을 드러내기도 한다. <평정심>을 찾아 헤매다가 '오늘도 못 봤'다고 하소연하기도 한다. 하지만 '그 모든 시간이 / 기나긴 하나의 이별에 불과했다는 걸 / 새로운 만남도 / 사실은 이별'임을 깨닫는 이의 내면은 어느새 아물 것이다.

자존과 연대를 위한 음악

이렇게 통찰력 있는 9와 숫자들의 음악은 예전처럼 모던 록과 포크, 포크록을 아우른 내밀한 편곡과 연주로 채워진다. 밴드의 리더이자 보컬인 9, 송재경은 담담하고 자연스럽게 말하듯 노래하면서 곡마다 효과적인 연주를 결합했다. 안개가 깔리는 듯한 무드에 로킹한 연주를 쏟아 강한 의지를 드러내는 <안개도시>, 복고적인 사운드를 정감 있고 아련하게 연결해낸 <언니>, 건반 연주를 주축으로 현악 연주를 더함으로써 서정적인 면모를 잃지 않는 아름다운 곡 <엘리스의 섬>이 있다. 슬로우 템포에 고백적인 보컬의 내밀함과 공간감을 부각시킨 <전래동화>도 있다. 선명하고 인상적인 멜로디로 번지는 <드라이 플라워>, 단정한 기타팝에 브라스 연주를 더해 개성을 만든 <검은 돌>이 이어진다. 편안하고 매끈한 알앤비 스타일의 팝 <싱가포르>와 <사랑했던 경우엔>, 복고적인 사운드가 돋보이는 <다른 수업>이 따라온다. 화려한 코러스를 삽입해서 변화를 준 <평정심>, 9와 숫자들 특유의 산뜻한 리듬감을 발산하다가 긴 건반 연주로 마무리하는 <이별 중독>까지 3집 음반에 의외의 선택은 없다.

하지만 선명한 이야기와 자연스러운 멜로디에 다양한 스타일과 편곡을 가미한 곡들이 그득하다. 9와 숫자들의 의지와 능력과 성찰이 조화롭게 만난 음반이다. 자신들의 시선과 언어로 기록하고 발언한 음반이다. 솔직하고 지적이며 윤리적이어서 소중하고 의미 있는 음반이 우리 곁에서 불빛을 들어올린다. 나는 나지만 우리는 함께라고. 모두에게 소중한 자존과 연대를 위하여.

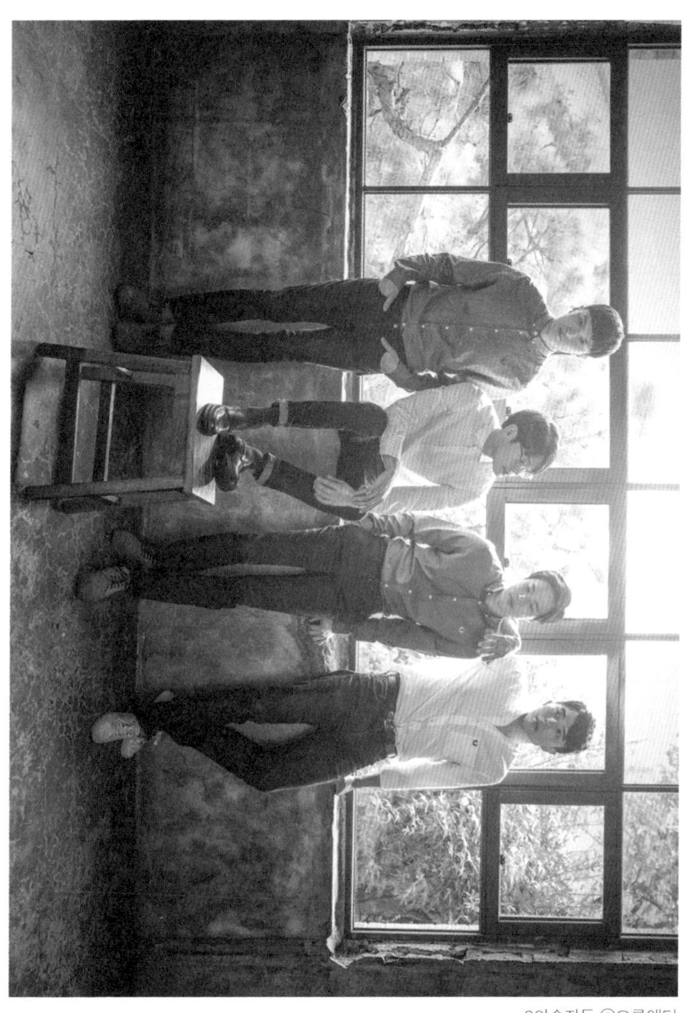

9와숫자들 ⓒ오름엔터

오늘의 삶이 되는 노래

한 장의 음반에 담은 고민
우리나라 ≪그대를 위한 노래≫

〈우리〉
https://www.youtube.com/watch?v=5wilhZjl3D4

2016년 노래패 우리나라는 ≪그대를 위한 노래≫ 음반을 내놓았다. 2015년 EP ≪난쟁이들의 노래≫를 낸 지 1년 만의 신작이다. 민중가요 진영에서 한 해에 출시하는 새 음반이 10장도 되지 않는 상황이라 이처럼 자주 음반을 발표하는 경우는 희귀하다. 뮤지션이 음반을 내는 일이 뭐가 특별하냐고 묻지 마시라. 요즘에는 민중가요 음반을 내도 팔리지 않는다. 공연을 해도 관객들이 별로 없다. 조직적으로 민중가요를 수용/재생산하던 대학의 운동권은 거의 사라졌다. 노동운동권에서 몇몇 뮤지션만 명맥을 잇는다. 옛 민중가요를 사랑했던 이들의 관심은 지금 민중가요로 이어지지 않았다. 생활이 민중가요와 멀어진 탓이고, 관심도 줄어든 때문이다.

그렇다고 뮤지션이 음반을 내지 않고, 공연을 하지 않으면 어찌하겠는가. 일도 줄고, 수입도 줄고, 반응도 줄었지만 그래도 음악을 하겠다고 시작한 일이었다.

특히 우리나라는 자기만 좋자고 음악을 한 것이 아니었다. 음악으로 위

우리나라 ≪그대를 위한 노래≫ ⓒ우리나라

로하고 북돋으며 함께 더 나은 세상을 꿈꾸려고 시작했다. 그러니 어렵다고 멈출 수는 없는 일이다.

노래패 우리나라의 역사

사실 노래패 우리나라는 오래전부터 쉽지 않았다. 우리나라는 2000년에 결성했는데, 이미 노래패 활동의 퇴조기였다. 노래패에서 활동하던 뮤지션들이 솔로로 데뷔했고, 기존 노래패들은 하나둘 활동을 중단했다. 늦깎이로 활동을 시작한 우리나라는 반미와 통일, 민족자주의 가치를 분명히 한 노래들을 계속 발표하면서 학생운동과 통일운동 진영에서 각광받았다. 우리나라의 노래는 대상이 명확했고, 쉬웠으며, 잘 들렸다.

무엇보다 2000년대 초반은 통일운동과 반미운동이 대중화되는 시기였다. 운동의 성장과 맞물려 광장이 열리고 투쟁이 확대되자 우리나라는 어떤 민중가요 뮤지션보다 바쁘게 움직였다. 솔로로 활동하는 뮤지션보다 합창은 더 강력한 힘을 뿜었고, 명쾌하고 뜨거운 노래는 심장에 금세 꽂혔다.

하지만 투쟁이 늘 불붙는 것은 아니었다. 반동의 시기가 찾아오고, 조직운동이 쇠퇴하면서 우리나라를 찾는 목소리는 잦아들었다. 2008년 이후 우리나라가 한동안 음반을 내지 못한 이유였다. 그렇지만 우리나라는 활동을 멈추지 않고 버텼다. 멤버들이 개인 활동을 병행하면서 노래패 활동에만 승부를 걸지 않았다. 덕분에 백자와 이광석을 비롯한 멤버들의 진면목을 두루 확인할 수 있게 되었다.

2016년 우리나라가 16년째 활동을 이어가고 있음에도 민중가요 노래패를 이야기하면 노래를 찾는 사람들이나 꽃다지를 더 많이 이야기한다. 알려진 곡들이 다르고, 활동했던 시기와 사회 분위기가 다르기 때문일 것이다. 실제로 우리나라의 멤버들은 1990년대 초반부터 후반까지 대학생활을 했던 이들이다. 전대협에서 한총련으로 학생운동이 교체되던 시기였다. 학생운동이 절정기에서 쇠퇴기로 넘어가는 시기였으며, 학생운동을 했다는 것이 자랑이나 권력이 되지 못하는 시기였다. 우리나라가 본격적으로 활동한 2000년대에는 사회운동의 기반이 운동권에게서 다수의 대중으로 바뀌었다. 그러다 보니 우리나라는 알려지기도 했고, 많은 사랑을 받기도 했지만 민중가요 노래패의 상징성을 획득하지는 못했다. 단단한 자기 기반을 쌓는 데도 실패했다. 이제 민중가요는 인디 신의 한 장르보다 축소된 것처럼 보인다.

세상은 녹록지 않다

그럼에도 우리나라는 민중가요 노래패가 이야기해야 할 메시지와 말하는 방법을 계속 고민한다. ≪그대를 위한 노래≫는 그 증거물이다. 일곱 곡의 노래를 담은 음반에서 우리나라는 여전히 <함께>하는 아름다움을 말하고, 승리를 염원한다. 민중가요의 전통적 테마와 인식론을 반복한다고 말할 수도 있다.

그러나 우리나라 역시 세상이 녹록하지 않다는 것을 안다. 자본주의 국

우리나라 ©김경락

가의 이데올로기와 통치기구는 대중을 늘 조각내 흩어놓고, 체제의 욕망을 개개인의 자발적 욕망으로 내면화한다. 그래서 우리나라는 '함께 분노했고 거리에서 노래했'을 때, 그러니까 저항하고 있던 순간에 '우린 아름다웠고 / 생각보다 우리가 강한 것을 알았고 / 서로의 눈 속에서 빛나는 보석을 보았'음을 떠올린다. 저항함으로써 힘과 아름다움을 깨달을 수 있다고 노래하는 우리나라는 지고 싶지 않고, 물러서지 않고 싶은 것이다. '패배는 두렵지 않다'고 노래하고, '우리는 끝내 이길 테니까'라고 노래하는 이유이다. 승리를 확신하기 어려운 순간의 신념이야말로 진정한 신념이고 힘겨운 신념이다. 분위기가 좋을 때 승리를 말하기는 얼마나 쉬운가. '우린 패배하고 있다'고 현실을 인정하는 이의 낙관이야말로 간절한 낙관이다.

'물러서지 않으리라'고 다짐하는 우리나라의 노래는 민중가요의 전통적인 태도와 결기를 고스란히 잇는 것처럼 보인다. '싸우고 또 싸워서 지킨 위대한 민족의 역사'를 노래하거나 '천년만년 영원하여라 백두산이여'라고 말할 때는 과거의 인식과 상징에서 멈춰 있는 것처럼 보이기도 한다. 물론 누군가는 신념을 지키고 있다고 하겠지만.

우리나라 음악의 고투

그런데 이 같은 발화를 감당하는 음악 방법론은 훨씬 자연스럽고 능숙하다. <손>은 보사노바의 리듬감을 차용하고, 어쿠스틱한 연주에 독창과 합창을 연결함으로써 혼성합창팀인 우리나라의 매력을 극대화했다. 아코디언과 건반 연주로 소박하게 시작하는 <우리>도 담백한 편곡으로 노래에 담은 고민을 드러낸다. 어쿠스틱 합창곡의 매력은 타이틀곡 <그대를 위한 노래>에서 반복된다. 여기에 이광석의 질박한 보컬이 돋보이는 곡 <패배하자>는 어쿠스틱 기타와 아코디언을 중심으로 편곡함으로써 과한 정서의 밀도를 덜어내고 음악의 균형을 지켰다. 우리나라의 음악적 고투가 돋보이는 순간이다.

일렉트릭 기타가 주도하는 록 넘버인 <생명의 노래>는 새롭지 않지만 고전적인 스타일로 우리나라의 음악적 고민을 고백한다. 우리나라가 많이 들려주었던 민중가요 스타일에 근접한 <역사를 잊은 민족에게 미래는 없다>는 가야금을 넣은 편곡으로 변화를 주었고, <백두산에 올라> 역시 일렉트로닉 기타와 신시사이저 연주를 결합해 경쾌한 속도감을 강조했다.

이렇게 함으로써 우리나라는 과거의 인식에서 머물러 있는 지점과, 자신의 방식을 더 치열하게 밀고 나가는 지점, 음악적 방법론에 대한 고민과 시도를 진화시킨 지점까지 한 장의 음반에 모두 담았다. 변화는 과거와 현재가 미래 앞에 함께 서면서 만들어진다. 때로는 주춤하고, 때로는 실패하며, 때로는 부서져 다시 태어난다. 내용과 방법이 전면적으로 달라지고 모든 부분에서 완벽해진 변화만 훌륭한 건 아니다. 지금 할 수 있는 이야기, 오늘 고민하는 이야기, 당장 필요한 이야기를 던지면서 음악의 밀도를 높여 더 강한 설득력을 만들어낼 수 있다면 사유의 표현이자 사운드의 완성체로 우리 시대의 노래가 될 자격이 충분하다. 오랫동안 뿌리내리며 삶을 지켜온

우리나라 ⓒ김경락

노래, 다시 오늘의 삶이 되는 노래, 끈질기게 내일을 향해 나아가는 노래. 바로 우리나라의 ≪그대를 위한 노래≫의 노래들이다.

서성이는 마음 곁에 첫눈 같은 음악

이부영이 부른 미셸 르그랑
이부영 ≪Songs Of Michel Legrand≫

〈Windmills Of Your Mind〉
https://www.youtube.com/watch?v=5u7yOlKMg6g

재즈 보컬리스트 이부영이 또 한 장의 음반을 발표했다. 네덜란드에서 유학을 마치고 돌아온 이부영은 2010년 데뷔 음반을 내놓았다. 그동안 상재한 음반은 4장. 그중 2015년 작 ≪Little Star≫는 2016년 한국대중음악상 재즈 음반 부문을 수상했다. 팬이 많지 않은 한국 재즈 신에서 이부영은 널리 알려진 편은 아니어도 섬세함과 선 굵은 중량감을 겸비한 재즈 보컬리스트로 인정받았다. 정갈하면서도 선명한 이부영의 스타일은 고전적인 음악의 매력에 맞닿아 있었다. 최소한의 악기 편성으로 자연스러운 울림을 만들어내고 그 위에 목소리를 얹음으로써 악기와 목소리의 울림이 서로 스며들며 조화를 이루게 하는 이부영의 방식, 일부러 쉽고 친근해지려 애쓰지 않고 묵직하게 밀고 나가는 이부영의 어법은 단연 돋보였다.

미셸 르그랑을 음미하다

음반 ≪Songs Of Michel Legrand≫ 역시 자연스러운 소리의 어울림이라는

이부영 ≪Songs Of Michel Legrand≫ ⓒ이부영

점에서 한결같다. 이부영은 이번 음반에서 미셸 르그랑의 음악으로 눈길을 돌렸다. 미셸 르그랑, 1932년에 태어난 프랑스의 작곡가 겸 피아니스트. 영화음악과 재즈연주자로 활동을 시작했다가 영화 「쉘브르의 우산」, 「화려한 패배자」, 「삼총사」 등을 통해 세계적인 명성을 얻으며 수차례 아카데미상과 그래미상을 휩쓴 영화음악가 말이다.

이부영은 미셸 르그랑이 작곡한 8곡의 노래를 다시 불렀다. 편성은 트리오 편성. 기타 박윤우와 클라리넷&소프라노/바리톤 색소폰 여현우의 단출한 구성이다. 이부영은 이 단출한 편성으로 제 보컬의 농염하고 풍성한 결과 자유로운 호흡을 보여준다. 빼어난 멜로디로 감성을 자극하는 미셸 르그랑의 서정적인 원곡을 이부영은 좀 더 차분하게 주저앉힌다. 최소한으로 사용하는 악기 연주와 보컬의 트리오 연주 속에서 최대한의 여백을 확보함으로써 금방이라도 눈물이 흐를 것 같은 원곡의 애수와 슬픔을 관찰하게 만든다. 미셸 르그랑이 만들어둔 노래 속 감정에 격하게 빠져들기보다 지켜봄으로써 음미하게 하는 태도는 우아하다.

우아하고 성숙한 리메이크

이번 음반에서 기타와 클라리넷과 색소폰과 보컬 가운데 어떤 것도 들뜨지 않고 토로하지 않는다. 무드를 제시하고 한발 떨어져 지켜보는 듯한 차분함이 음악을 주도한다. 음악 속에 배어 있는 따뜻하고 때로 매끈한 공간감이 음악 속 거리감을 만들어내는데, 박윤우와 여현우는 자신들의 변주로 이부영의 음악을 신축한다. 이들의 앙상블로 음악은 일관되게 은근하다. 클라리넷과 색소폰이 안개처럼 젖어들고 기타가 농익은 리듬감을 만들어내면서 보컬이 노니는 순간은 편안하고 다정하다. 원곡의 감정을 통과해 자신의 감정에 도달한 것처럼 보이는 노래들은 미셸 르그랑에 대한 성공적인 리메이크이다.

이러한 세 뮤지션의 태도는 노래 속의 추억과 그리움을 더 애틋하게 만들면서도 그 역시 반추하게 한다. 못 견디게 그리웠던 이름, 사무치게 보고팠던 얼굴도 시간이 지나고 나면 희미해진다. 남은 것은 그때 그 시간, 그 사람이 있어 마음에 햇살 비치고 바람 불었으며 때로 비 내렸다는 사실이다. 그 햇살과 바람과 비로 인해 마음은 살아 있었고, 심장은 두근거렸다. 그렇게 생각하면 어느 하나 그립지 않고 소중하지 않고 고맙지 않은 것 없다. 이부영과 박윤우와 여현우는 충분히 그리워하고 되새긴 마음으로 미셸 르그랑 음악의 멜로적 서사를 변주함으로써 고전 영화 음악의 애수를 고상하게 되살렸다.

그래서 이 음반을 듣고 있으면 누군가 못내 그리워지고 생각난다. 누군가와 함께했던 시간의 공기가 뿌옇게 젖은 음악의 톤처럼 되살아난다. 그 시절의 자신 역시 파릇파릇해진다. 아무리 생생해진다고 한들 어느새 많은 것들이 잊히고 지워진 기억의 빈 틈은 시간의 간극을 사무치게 만든다.

이부영 ⓒ이부영

우리가 마음이고 마음이 우리이다

음악은 그렇게 재현할 수 없는 세계를 재현한다. 사진 한 장 남지 않은 과거의 스냅사진 같은 기억. 기억을 떠다니던 마음. 잊었다 생각했으나 묻혀 있었을 뿐인, 기억보다 질긴 마음을 건드리고 복원한다. 우리의 마음이 어떤 것인지, 마음이 얼마나 많은 기억과 감정으로 채워진 연약하고 섬세하며 복잡한 데다 강력한 실체인지 알게 한다. 편안하고 아릿하며 사무쳤다가 무심해지는 마음의 흐름을 음악은 단 몇 분 만에 연출해낸다. 객관적이지도 않고 정확하지도 않으나 객관적일 필요도 없고 정확할 필요도 없는 마음. 음악은 그 마음을 들여다보고 드러내게 만든다. 우리가 마음이고 마음이 우리라는 사실을 인정하게 만든다. 이부영의 음악처럼 자주 흐려 틉틉한 겨울, 이부영이 부르는 미셸 르그랑의 노래를 들으며 들여다보자. 마음이 지금 어디 있는지. 마음이 어디에서 서성이고 있는지. 여기 서성이는 마음 곁에 첫눈 같은 음악이 내린다.

다시 좋은 음악을 내놓다

기대를 충족시킨 밴드의 저력
3호선 버터플라이 ≪Divided By Zero≫

〈나를 깨우네〉
https://www.youtube.com/watch?v=RuxlFXwavC0

먼저 묻고 싶다. 충분히 좋은 곡을 가진 뮤지션이나, 대표작으로 충분한 음반을 가진 뮤지션에게 어떤 기대를 하게 되는지. 내심 더 훌륭한 작품을 기대해보지만 대표작을 능가하기는 쉽지 않다. 그래서 이제 예전보다 못한 작품들만 나올 수 있다고 기대를 접는 일이 흔하다. 음악을 하면서 우리 곁에 있어 주기만 해도 좋다고 생각하는 경우가 적지 않다.

3호선 버터플라이의 경우는 어떨까. 2001년에 데뷔 음반을 발표했으니 2017년 현재 16년차 밴드. 델리 스파이스, 언니네 이발관, 크라잉넛, 허클베리 핀 등과 함께 한국 인디 신을 지켜온 밴드. 2013년 한국대중음악상 올해의 음반을 수상하기 전부터 음악성을 널리 인정받아온 3호선 버터플라이에게는 기대만큼 믿음이 단단하다. 하지만 어떤 뮤지션의 음악에 대해서도 확신할 수 없는 현실에서 밴드의 프론트맨 성기완이 빠져나간다는 소식이 들려왔을 때, 더더욱 밴드의 미래를 알 수 없다는 생각을 피할 수 없었다.

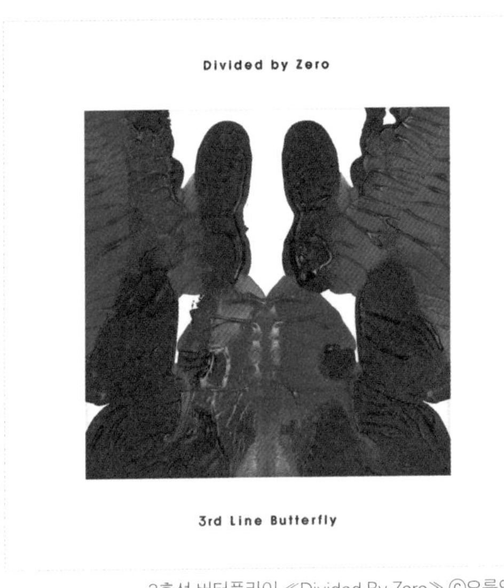

3호선 버터플라이 ≪Divided By Zero≫ ⓒ오름엔터

예상을 추월하는 음반

그러나 3호선 버터플라이의 다섯 번째 정규 음반 ≪Divided By Zero≫는 모든 걱정과 안타까운 전례를 날렵하게 추월한다. 그럴 줄 알았다거나, 역시 이름값을 한다는 식상한 반응을 쓰지는 말자. 한 장의 음반을 잘 만드는 일은 타이틀곡 한 곡을 잘 쓰는 일만으로는 불가능하다. 아무리 싱글의 시대가 되었다 해도 싱글의 결집체 이상이어야 할 음반은 음반다운 완성도를 갖추어야 한다. 음반의 완성도는 음반 안에서 수록곡들이 고른 완성도로 통일되어 있을 때 가능하다.

음반이 통일되어 있다는 것은 뮤지션이 보여주려는 정서와 태도를 소리와 구조로 일관되게 구현했다는 의미이다. 수록곡들은 개인적 감정이거나 고뇌이거나 현실에 대한 발언이거나 상관없다. 무엇이든 노랫말과 멜로디, 리듬, 화음, 음악의 톤과 사운드 등으로 공감할 수 있도록 표현해야 한다. 논리적으로 올바른 상황을 제시하지 않아도 된다. 음악이라는 소리의 총체로 마음을 움직이는 것이 가장 중요하다.

그러려면 먼저 공감할 수 있는 멜로디와 노랫말이 콘크리트처럼 단단하게 떠받쳐야 한다. 아무리 화려한 효과와 기술을 덧붙인다 해도 노래 자체가 앙상하면 감동은 없다. 노래만으로는 부족하다. 개성 있는 화법이 사운드로 더해져야 한다. 완성도와 개성을 동시에 갖춘 곡들이 음반에 포진해야 한다. 좋은 곡들이 일관된 풍경을 그릴 때 음반은 좋은 음반으로 상승한다.

3호선 버터플라이의 신보 ≪Divided By Zero≫는 좋은 음반의 조건에 부합한다. 음반에 수록한 12곡은 노래 자체로 고른 완성도를 품었다. A-A'-B-A로 이어지는 구조 안에서 3호선 버터플라이의 곡들은 자연스럽고 빼어난 멜로디로 발화한다. 재현하는 감정이나 고백이 어떤 것이든 동일하다. 특히 3호선 버터플라이의 경우는 특유의 모호함에도 수록곡들은 충분히 마음을 움직이는 멜로디와 비트로 구조화되어 있다. 그래서 어떠한 사운드가 곡에 다른 색을 입히든 완성도를 고수한다.

노이즈와 일렉트로닉 사운드의 결합

그런데 기본적인 완성도만으로 3호선 버터플라이의 음반을 다 설명할 수 없다. 3호선 버터플라이는 노이즈 사운드를 적절하게 배합함으로써 장르화한 밴드이기 때문이다. 노이즈와 일렉트로닉 사운드를 적극적으로 혼용해온 3호선 버터플라이는 이번 음반에서도 현란한 사운드 배합을 이어간다. 노이즈와 일렉트로닉 사운드를 결합하지 않은 곡은 없다.

음반의 첫 곡이자 먼저 공개했던 싱글 <나를 깨우네>부터 3호선 버터플라이의 스타일이 선명하게 드러난다. 곡 전체를 인공적인 사운드로 점철시키지 않고, 곡의 구조 안에서 시시각각 다채로운 사운드를 진입시키고 빠지거나 은근한 무드를 조성함으로써 연출하는 방식이다. 11분 11초에 이르는 대곡 <나를 깨우네>는 3호선 버터플라이의 사운드 연출력을 담대하게 보여준다. 곡의 실체와 메타포를 총체적인 사운드와 구성으로 확장함으로써 음악적 완성도와 개성에 이르는 솜씨는 3호선 버터플라이의 탁월한 능력을 현시한다. 같은 재료로 어떤 변화를 보여주는지가 개별 뮤지션의 개성과 지향을 드러낸다고 할 때, 3호선 버터플라이는 얼터너티브하고 노이지한 사운드를 각 수록곡에 맞춤하게 결합시킴으로써 자신들의 표현력과 연출력이 멤버 변화와 관계없이 탄탄하다고 말한다.

3호선 버터플라이의 폭 넓은 음악

완성도를 갖추고 사운드를 효과적으로 결합시켜 만든 곡들은 다채로운 장르와 결합해 3호선 버터플라이의 음악 영역이 얼마나 넓은지 보여준다. <나를 깨우네>가 성공적인 익스페리멘탈에 가깝다면, <Put Your Needle on the Groove>, <Sense Trance Dance>, <Ex-Life>는 댄서블하다. 댄서블한 리듬을 감싸는 사운드는 시간을 거슬러 올라가는 뉴웨이브의 충만한 농염함이어서 3호선 버터플라이에 대한 고정관념을 깨트린다. <선물>에서는 최철욱의 트롬본과 성낙원의 색소폰을 노이지하게 활용해 자신들의 스타일을 이어가다가 편안하게 마무리함으로써 팝 감각을 보여준다. <선물>에서 한 번 다리를 건넌 3호선 버터플라이는 <호모 루덴스>에서는 돌연 펑크의 거친 발산을 순식간에 마무리하면서 자유로운 감각을 내비친다. 다시 뉴웨이브와 연결한 <신호등>에 이어 <Zero>에서 얼터너티브 밴드의 전통적인 스타일로 회귀한 3호선 버터플라이는 <내 곁에 있어줘>와 <안녕 안녕>에서는 영롱한 무드와 함께 보편적인 곡에서도 큰 호소력을 가진 밴드임을 번번이 확인시킨다.

이렇게 거침없는 음악 영역을 드러내는 3호선 버터플라이는 <봄바람>에서는 상큼한 편곡으로 싱그러운 봄에 이른다. 성낙원의 플루트 연주와 김남윤의 사운드 메이킹은 고전적이면서도 신선한 곡의 활력을 주도해 자칫 평범해질 곡에 개성을 불어넣었다. 자연스러운 흐름으로 공감하게 하는 <감정불구>까지 3호선 버터플라이의 개성과 매력을 드러내지 않는 곡은 한 곡도 없다.

좋은 음악을 놓치지 말기

그래서 이 음반을 듣는 일은 만족스럽다. 그리고 수록곡 순간순간 쌓인 감각과 음악 노동의 성취를 기억하게 한다. 파고 들어갈수록 새롭게 발견하는 매력이 있는 음반은 고참 밴드, 관록의 밴드의 저력에 대해 생각해 달라고 요청한다. 기본을 지키는 가치에 대해 생각해 달라고 주문한다. 더 성장하고 더 깊어진 음악은 삶이 영원히 진행형이며 순간순간 최선을 다해야 한다고, 노력한 누군가는 자신의 과거를 뛰어넘는다는 사실을 일러주는 것만 같다. 더 이상 록의 시대가 아니라는 현실도 이 음반의 성취를 흔들지는 못한다. 유행이나 트렌드 따위는 무시하자. 그저 좋은 음악을 놓치지 말기를.

3호선 버터플라이 ©오름엔터

촛불의 음악 대변인

새로운 시대의 노래
스카웨이커스 ≪The Great Dictator≫

〈Beyond the Storm〉
https://www.youtube.com/watch?v=_wzMFSqNa-0

팡파르가 울린다. 들려오는 전직 대통령들의 선서와 연설. 그런데 뭔가 이상하다. '군인과 경찰은 대통령부터 지켜야 합니다', '국민 행복 포기해야 합니다', '우리 다 함께 고통을 분담합시다', '창조경제는 아무 의미가 없을 것입니다', '책임은 국민이 지고 나라의 운명은 대통령이 결정하는 것입니다', '방향을 잃은 자본주의에 힘차게 달려갑시다'.

전직 대통령의 연설들을 편집해 재구성한 1번 트랙 <The Great Dictator>는 이승만, 박정희, 전두환, 노태우, 김영삼, 김대중, 노무현, 박근혜 대통령의 목소리를 빌어 시민과 민중의 대통령인 적 없었던 이들의 실체를 폭로한다. 첫 번째 곡은 스카웨이커스의 정규 2집 ≪The Great Dictator≫가 권력의 심장을 향해 날리는 천둥벼락임을 예고한다.

가장 정치적이고 뜨거운 디스코그래피

그렇다. 스카웨이커스는 ≪The Great Dictator≫를 자신들의 가장 정치적

스카웨이커스 ≪The Great Dictator≫ ⓒ루츠레코드(rooTs record)

이고 뜨거운 음반으로 뽑아냈다. 스카웨이커스의 출발을 아는 이라면 예상 가능한 음반이다. 설령 스카웨이커스의 출발을 몰랐다 해도, 이런저런 집회에서 한 번이라도 스카웨이커스의 공연을 보았다면 충분히 수긍할 만한 음반이다. 스카웨이커스는 밴드 결성 이후부터 지금까지 자신들의 노래가 필요한 사회 현장에는 항상 주저 않고 달려왔다. 박근혜&최순실 게이트로 타오른 촛불집회에서도 스카웨이커스의 이름은 흔하게 목격되었다.

그런데 스카웨이커스가 무대에 올라가면 분위기가 미묘하게 달라지곤 했다. 다른 스카 레게 밴드들이 자주 집회 무대에 오르곤 했던 탓에 스카 레게 밴드의 집회 공연이 더 이상 어색한 일은 아니다. 하지만 스카웨이커스가 무대에 오르면 긴장감으로 공기가 팽팽해지곤 했다. 스카웨이커스는 전투적이었다. 리듬으로 흥겨워지게 하는 스카 레게 밴드들과 다르게 스카웨이커스의 공연에는 신나 냄새와 피 냄새가 배어나오는 것 같았다. 스카웨이커스의 공연을 보면 당장 권력의 심장부로 돌진해야 할 것만 같은 기분이 들곤 했다.

2집 ≪The Great Dictator≫는 스카웨이커스의 전투성을 라이브 음반처럼 생생하게 포획했다. 장르로 치자면 스카펑크라고 할 수도 있고, 스카코어라도 할 수도 있을 정도이다. 그렇지만 중요한 것은 특정 장르의 방법론만이 아니다. 스카웨이커스는 끝나지 않은 광장의 한복판에서 끓어오른 촛불의 열정을 정점에서 퍼담은 듯 노래한다. 민주주의를 우습게 아는 이들을 가만두지 않겠다고, 도저히 이런 나라에서는 살 수 없고 살고 싶지 않다고, 영하의 추위 속에서도 다섯 달째 촛불을 드는 이들의 열망을 모아 음악으로 대변한다. 그렇다. 스카웨이커스는 촛불의 음악 대변인이다.

청년세대의 음악 전복

물론 촛불 광장의 분위기가 이 음반처럼 폭발적이지만은 않다. 촛불집회는 대체로 평화롭고 자연스럽게 진행되었다. 하지만 촛불이 성숙하고 차분하게 표현할 뿐, 그 안에 분노가 없을 리 없다. 스카웨이커스는 촛불을 밝히기 훨씬 전부터 쌓이고 쌓인 분노와 갈증을 대변하듯 처음부터 끝까지 맹렬하다. 스카의 경쾌한 리듬감을 바탕으로 하지만 일렉트릭 기타와 색소폰, 트럼펫, 트롬본, 건반 등이 이끄는 멜로디 파트는 리듬보다 격렬한 사운드를 계속 토해내며 하드코어에 가까운 열기와 속도감을 만들어낸다. 여기에 정세일의 보컬 역시 거친 떼창의 형태로 노래하면서 비상식과 불의를 짓밟아버린다.

이 음반에서 흥미로운 지점은 바로 이 부분이다. 민중가요의 오랜 전통을 모르지 않은 밴드임에도 기존의 민중가요와는 다른 음악어법을 선택한 스카웨이커스는 분명 청년세대의 음악인이다. 그런데 현재의 청년세대는 전복의 경험이 없고, 미래를 낙관하기도 어려운 경우가 대부분이다. 그럼에도 이 음반에서는 어떠한 절망과 의심도 발견하기 어렵다. 대통령들의 목소리를 재치 있게 편집해놓은 첫 곡 <The Great Dictator> 이후 이어지는 <Wakers, Wake Us>에서부터 스카웨이커스는 당당하고 낙관적이다. 쉽게 낙

스카웨이커스 ⓒ루츠레코드(rooTs record)

관하기 어려운 현실의 무게 앞에서 스카웨이커스는 고민하거나 주저하지 않고 스스럼없이 부딪친다. 연주곡 <Wakers, Wake Us>는 시종일관 활기차고, 관악 파트는 진군나팔처럼 거침없어 신명난다. 파죽지세의 기개는 <우리가 왔다>에서도 쭉쭉 이어진다. 레게 리듬을 차용한 <보이지 않는 손>에서는 '우린 날 때부터 각인되지 / 등급으로 매겨지는 자유 // 성공해야 꾸릴 수 있다지 / 가족 같은 근사한 행복은 보류'라며 통제하고 억압하는 권력을 신랄하게 비판한다. 여기서도 스카웨이커스는 보컬 이펙터와 관악 파트 연주를 활용하면서 분노의 에너지를 폭발시킨다. 음악의 열기와 전투성은 끝까지 식지 않는다.

새로운 시대의 투쟁가

기존 민중가요가 익숙한 어법을 반복함으로써 문제제기의 간절함을 온전히 살리지 못했고, 비판적인 메시지를 담은 대중음악은 대개 차분한 어조로 위로하거나 사유하는 데 반해, 스카웨이커스는 레게와 스카의 원초적 에너지와 리듬감을 펑크와 하드코어에 버무려, 뜨거운 분노를 뜨겁게 느낄 수 있게 달궜다. 그렇게 함으로써 스카웨이커스는 광장의 촛불이 눌러온 분노와 열망을 가장 생생하게 재현했을 뿐만 아니라, 음악언어와 방법론이 얼마나 중요한지 웅변했다. 오래도록 거리에서 불려진 노래들이 새로운 세대의 분노와 열망을 대변하지 못해 답답할 때, 스카웨이커스는 스스로 자신들의 세대를 대변하는 노래를 만들어냄으로써 새로운 시대의 행진곡, 새로운 시대의 투쟁가를 내리꽂았다.

스카웨이커스의 노래는 똑같이 팔뚝을 흔들며 부르지 않아도 되는 노래다. 형식이 본질을 가리지 않는 노래이고, 형식만으로도 매료될 수 있는 노래이다. 새로운 세대를 설득할 수 있는 노래이고, 똑같은 분노를 표출하면서도 더 많은 이들을 뒤흔들 수 있는 노래이다. 앉아서 듣기만 하는 노래가 아니라 함께 춤추면서 싸울 수 있는 노래다.

급진적이고 근본적인 메시지

사운드만 뜨겁지는 않다. 메시지도 급진적이고 근본적이다. 대통령과 여당, 자본만 공략하는 데 그치지 않는다. '저들이 부추긴 쓸개 빠진 욕망'의 자본주의 작동원리를 비판하고(<Mass Man>), '原電Mafia'를 공격한다. '정부의 하수인'과 '곤봉을 든 놈들'과 '권력의 앞잡이 펜을 든 놈들'과 '황금에 눈이 먼 법을 쥔 놈들', '민중의 고혈로 돈을 쥔 개놈들'을 모조리 쓸어버리려 한다.

하지만 역시 중요한 것은 어떤 대상을 문제화하는지가 아니라 어떻게 말하는지이다. 민중가요에서 익숙했던 비판의 목소리임에도 스카웨이커스의 노래에 실을 때 더 생동감 넘치고 격렬하게 느껴지는 이유는 전적으로 음악의 완성도 때문이다. 스카웨이커스는 민중가요 혹은 진보적인 메시지를 담은 노래들이 담지했던 비판정신을 고수하면서 전투적인 정신과 펄펄 끓는 에너지를 생동감 넘치는 음악으로 연결시켰다. 듣는 이들의 가슴에 불을 질렀고, 언젠가 올 해방의 그날을 상상할 수 있도록 주문 걸었다. 실의와 절망, 패배와 굴종의 시간이 길었던 지난날 누구도 해내지 못했던 일을

스카웨이커스 ©루츠레코드(rooTs record)

스카웨이커스가 해냈다. 어떤 음악은 시대를 기록하지만, 어떤 음악은 시대를 기록하면서 미래를 향해 성큼성큼 나아간다. 우리에게는 이런 노래가 필요했고, 이런 노래를 기다렸다. 새로운 시대의 노래가 스카웨이커스로부터 터져 나왔다.

태연의 매력과 SM의 힘

2017년 웰메이드 팝 음반
태연 ≪My Voice≫

〈Fine〉
https://www.youtube.com/watch?v=NHXUM-6a3dU

2017년 4월 가장 자주 들었던 음반은 태연의 ≪My Voice≫이다. 소녀시대 메인보컬 태연의 첫 정규 음반 ≪My Voice≫는 그해 2월 28일 발매했다. 태연은 2007년 소녀시대로 데뷔한 이후 꾸준히 솔로 작업을 계속했다. 태연의 솔로 활동은 드라마 OST로 시작했다. 소녀시대 멤버들 가운데 가장 뛰어난 보컬로 공인된 태연은 2007년 드라마 「아들 찾아 삼만리」, 2008년 드라마 「쾌도 홍길동」, 「베토벤 바이러스」 등에 참여한 후 2010년 뮤지컬 「태양의 노래」의 주인공으로 영역을 넓혔다. 2008년에는 윤상의 음반 ≪Song Book≫에 참여할 만큼 태연의 가창력은 널리 인정받았다. 계속 드라마와 영화 OST에 참여한 태연은 2012년 소녀시대의 유닛 태티서로 다시 주목받았다.

하지만 태연의 이름으로 솔로 음반이 나오기까지는 시간이 더 필요했다. 2015년이 되어서야 태연의 첫 번째 EP ≪I≫가 출반되었다. 태연의 ≪I≫는 태연의 보컬 능력을 재확인시키는 데 그치지 않고, 팝싱어로 완성되어 있

태연 ≪My Voice≫ ©SM엔터테인먼트

음을 내비쳤다. 2016년에 출반한 두 번째 EP ≪Why≫도 마찬가지였다. 팝의 영역 안에서 변주를 가미한 두 음반에서 태연은 예의 깔끔한 보컬 실력을 보여주었다. 그리고 보컬만큼 세련된 멜로디와 신선한 사운드를 결합하면서 동시대 팝의 기준이 되었다.

동시대 팝의 기준

두 장의 EP를 내놓은 뒤에야 발표한 첫 번째 정규 음반 ≪My Voice≫에서도 음악의 완성도는 한결같다. 13곡을 수록한 이 음반에서 태연은 기타 팝을 기본으로 여러 장르의 매력을 적절하게 인용하면서 보컬의 매력을 증폭한다. 타이틀곡 <Fine>은 어쿠스틱 기타 연주 이후 비상하듯 펼쳐지는 태연의 보컬이 호소력 있는 멜로디를 딛고 이별 후의 상실감으로 마음을 비빈다. 하우스 장르의 두 번째 곡 <Cover Up>은 좋은 멜로디와 함께 경쾌한 리듬감을 확장하는 청량함이 매력적이다. 간주 이후 현악기를 사용해 변주하는 순간은 곡의 리듬감을 배가하는 연출로 효과적이다. 기타 팝 사운드가 돋보이는 <날개>도 태연의 청량한 보컬이 지닌 매력을 유감없이 발휘한다.

하지만 태연은 트레이드 마크 같은 청량함에만 기대지 않는다. 네 번째 곡 <I Got Love>에서는 고혹적인 분위기를 뿜고, 다섯 번째 곡 <I'm OK>에서는 홀로 극을 주도하는 듯 인상적인 플레이를 보여준다. 밴드 넬의 김종완이 쓴 <Time Lapse>에서는 모던 록의 섬세함을 훌륭하게 전달한다. 고급스러운 편곡이 돋보이는 <When I Was Young>과 <Lonely Night>에서 태연의 보컬은 끈끈하다. 이번 음반에서 태연은 보컬의 투명한 매혹을 극대화시킬 뿐 아니라 더 풍성하게 발산한다.

SM의 제작 시스템

이는 보컬을 수행하는 태연의 역량 덕분이기도 하지만, 태연의 보컬을 극대화할 수 있는 곡을 만들어내는 SM엔터테인먼트의 제작 시스템 덕분이라는 사실을 부정할 수 없다. 한 곡을 한 사람의 창작자만 만들지 않고, 창작자들의 협업으로 만들어내는 SM엔터테인먼트의 제작 시스템은 여러 창작자가 함께 작업을 했음에도 한 사람의 창작자가 작업한 것처럼 완벽하게 통제했다. 그뿐만 아니라 감정의 선과 흐름을 살리고, 특정 보컬리스트의 캐릭터를 대변함으로써 태연 자신의 곡이라 해도 좋을 만큼 밀도 높은 곡을 완성했다. 송캠프를 비롯한 SM엔터테인먼트의 제작 시스템으로 만든 히트곡이 숱하게 많은데, 태연의 음반들 역시 같은 방식으로 만들어졌을 것이다. 그런데 SM엔터테인먼트는 개인의 송라이팅과 집단 송라이팅의 차이를 발견할 수 없을 뿐 아니라, 후자가 더 우위에 있다고 해도 부정할 수 없을 정도의 결과물을 만들어냄으로써 SM엔터테인먼트와 케이팝 제작 시스템을 뽐냈다.

웰메이드 팝 음반

이처럼 매력적인 결과물 앞에서 송라이터 한 사람이 작업하지 않고, 여

태연 ©SM엔터테인먼트

러 명의 창작자가 함께 공동작업한 것은 공장제 생산품에 가까운 것이라는 비판은 무의미하다. 또한 태연은 보컬로서 노래를 불렀을 뿐, 자신이 가사를 쓰거나 곡을 쓰지 않았기 때문에 태연의 역할은 적다는 주장 역시 무의미하다. 다수의 팝 음반에서 중요한 것은 곡의 창작자가 누구인지, 보컬리스트가 어디까지 해냈는지만이 아니다. 우리가 사랑했던 많은 팝음악들이 보컬리스트와 창작자가 함께 작업한 결과물이다. 그리고 다른 창작자들이 써준 곡을 불렀다 해도 그 곡들을 자신의 음악으로 전화시킬 수 있는 능력을 모든 보컬리스트 음반에서 볼 수는 없다.

태연의 첫 정규 음반은 팝에 요구하는 보편성과 익숙하지만 상투적이지 않은 아름다움이라는 과제를 탁월하게 해치웠다. 그뿐만 아니라 정점의 트렌디함과 세련됨까지 표현해냄으로써 태연 자신과 SM엔터테인먼트의 제작 시스템에 딴지 걸기 어렵게 만든다. 팝에 있어 가장 중요한 요소는 좋은 멜로디와 선명한 서사인데, 태연의 음반은 좋은 멜로디로 사랑과 이별 이야기를 표현하는 데 그치지 않는다. 장르가 갖춰야 할 요건과 음악을 완성하기 위해 필요한 요소를 완벽하게 조율하고 연출한 곡들은 웰메이드 팝이라는 가치를 쟁취했다. 멜로디와 비트라는 곡의 뼈대 사이를 채우는 사운드의 조합과 연출은 전곡에서 극도로 정밀하면서도 자연스럽다. 게다가 이 음반의 주인공은 태연이라는 사실을 한시도 놓치지 않음으로써 음반을 다 듣고 났을 때 태연을 가장 또렷하게 기억하게 만든다.

우리가 음악에 바라는 것이 무엇일까. 대리만족, 공감, 놀이, 사유, 인식 그 중 하나 아닐까. 한 장의 음반과 한 사람의 음악인이 이 모든 것을 다 제공할 필요는 없다고 할 때, 이 음반의 미덕은 명확하다. 2017년의 팝 음반으로 세계 곳곳에서 내내 듣게 될 음반이 봄과 함께 도착했다.

태연 ©SM엔터테인먼트

진솔한 청춘의 탐미적 기록

성장기 옆에 둘 음반
도재명 ≪토성의 영향 아래≫

〈시월의 현상〉
https://www.youtube.com/watch?v=wkfpQI3jTkE

청춘에 대해 생각한다. 몸은 다 컸어도 완전한 어른이 되었다고 여겨지지 않는 나이. 대략 10대 후반부터 20대 중반 정도까지의 젊고 어리지 않은 나이. 그래서 금기였던 일들도 얼마든지 할 수 있지만 아직 제자리를 잡지는 못한 나이. 세상에서 자리 잡기 위해 배우고 연습하고 준비해야 하는 나이. 배워야 할 것이 세상만이 아니어서 자신에 대해, 타인에 대해 배우고 익혀야 하는 나이. 아는 것보다 모르는 것이 훨씬 많아 서툴고 좌충우돌하는 나이. 헤메임이 유일하게 용인되는 나이. 헤메임의 막막함과 좌절이 특권과 자유로 치환되는 나이. 그러나 자유롭기보다는 고통스러운 나이. 매일 피 흘리면서도 버텨야 하고, 천진난만하게 웃어야 하는 나이. 영원히 계속될 줄 알지만 순식간에 끝나버리는 나이. 그래서 오래 그리워해도 갈수록 희미해지는 나이. 그 나이의 시간을 생각하고 그 시간의 자신을 생각한다. 도재명 때문이다. 도재명의 음반 ≪토성의 영향 아래≫ 때문이다.

도재명 ≪토성의 영향 아래≫ ⓒ오름엔터

청춘과 그 이후의 노래

모던 록 밴드 로로스에서 활동하던 도재명은 로로스가 2015년 7월 활동을 중단한 후, 2015년 가을부터 자신의 싱글을 발표하기 시작했다. 2017년 3월 14일 발표한 음반 ≪토성의 영향 아래≫는 도재명의 싱글이 다다른 기착지이다. 솔로 도재명의 데뷔작이다. 수전 손택의 에세이 『우울한 열정』에 수록된 「토성의 영향 아래」에서 영감을 받은 것으로 알려진 이번 음반은 도재명 개인의 기록임과 동시에 청춘을 통과하는 영혼의 기록으로 읽힌다. 사실 이 음반에서 청춘을 구체적으로 언급하는 노래는 <토성의 영향 아래>뿐이다. 그럼에도 이 음반에서 청춘을 읽는 이유는 음반 속 노랫말과 음악의 서사가 일관되게 청춘과 그 이후를 기록하는 것처럼 느껴지기 때문이다.

'우리에겐 폐란 것이 있었'던 '시절', '너의 푸른 호흡, 그 리듬에 맞추어 우리는 춤을 추었'던 날들이 청춘이 아니라면 언제일까. '거기 누구 있나요 /

내 목소리가 들리나요'라고 묻는 간절한 질문이 청춘의 목소리가 아니라면 무엇일까. 하지만 청춘은 끝내 지나간다. 푸른 봄이 떨군 눈물도 언젠가는 '모든 게 꿈이었나 싶'을 만큼 까마득해진다. 우리는 기억이 희미해시고, 늘 곁에 있을 줄 알았던 존재들이 하나둘 사라져갈 때에야 비로소 한숨 쉬며 청춘을 납득하고 그리워하다 가까스로 용서한다.

남은 것은 희미한 기억과 그리움

도재명의 음반은 청춘의 시간에 대한 내밀한 개인 기록이다. 청춘의 시간에서 마주치고 엇갈렸던 존재들과 그들이 건네주고 간 빛과 그림자에 대한 반추이다. 그때 자신의 마음은 어떤 빛깔로 출렁이며 어떻게 흘러갔는지, 마음이 어떤 갈증으로 목말랐고, 누가 물 부어 채워주었는지, 그때 곁에 있던 이들과 어떻게 만나고 헤어졌는지 도재명은 돌이켜 쓰고 생각한다. '길었던 우리의 대화'도, '우리가 거닐던 그 길'도 이제는 사라지고 없다. 남은 것은 오직 감긴 기억과 너덜너덜한 그리움뿐이다. 당연히 '오래전 두고 온 이름들'을 '불러'보고, '오래전 두고 온 이름들'을 '다시금 아로새겨' 보면서 '먹먹해'질 수밖에 없다.

그러나 그는 '뒤척이며 내쉬던 한숨'과 '나지막이 되뇌던 독백'을 외면하지 않는다. 감추지 않는다. '불안한 이 세상에서 / 우리가 있을 곳은 / 누군가의 마음속뿐'임을 깨닫고, '미처 끌어안지 못했던 희망 안고서 / 이 길을 걷는다'고 노래하는 이유는 청춘의 고뇌와 시행착오가 헛된 시간만은 아니기 때문일 것이다. 도재명은 소중했을 누군가에게 <자장가>를 부르고, 지나온 시간과 사람들에게 '안녕히 가세요'라고 인사를 띄우면서 이 음반을 후기처럼 정리한다.

청춘 혹은 인간의 성장기

도재명은 청춘의 시간과 그 후의 마음을 노랫말에 담는 데 그치지 않는다. 포스트록 밴드 로로스에서 건반과 노래를 담당했던 이력답게 도재명은

도재명 ⓒ오름엔터

포스트록과 드림팝을 비롯한 여러 장르의 음악으로 노래한다. 이자람과 함께한 타이틀곡 <토성의 영향 아래>는 가사를 천천히 낭송하는 방식과 포스트록의 어법을 교차시키는 방식을 사용한다. 또 다른 포스트록 음악인 <Diaspora>는 애잔한 정서와 장엄한 서사를 연결하면서 고국을 떠난 것처럼 서러울 수밖에 없는 생의 방외자方外者들을 위로한다. 이 곡은 포스트록의 어법에 클래시컬한 탱고의 스타일을 더함으로써 쓸쓸함을 배가한다. 속삭임 같은 고백을 이어나가는 <미완의 곡>은 도재명의 고백을 성스러운 질감의 편곡으로 감싸면서 오래된 그리움을 담담하게 추억하고 안녕을 비는 성숙함으로 연결한다.

이 음반이 빛나는 순간은 이처럼 진솔한 고백과 성숙한 시선을 탐미적인 음악언어로 감싸 표현하면서 음악적 설득력을 확보하는 찰나이다. 오래전 청춘을 지나친 이의 회한과 그리움을 정차식의 농익은 보컬로 표현해낸 다음 포스트록의 화려한 폭발로 마무리하는 <오늘의 일기>나, 미욱하고 어리석었으나 천천히 성숙해가는 한 인간의 성장을 드라마틱하게 고백하는 <여로에서> 모두 노랫말과 음악은 제 역할을 다할 뿐 아니라 감동적으로 결합한다.

고독을 담담한 건반 연주로 담아낸 연주곡 <Solitude>, 이인무의 우아함을 현악으로 표현해낸 연주곡 <Pas de deux>에 이르기까지 도재명의 탐미적인 스타일은 많은 악기를 동원한 다양한 어법으로 만개한다. 화려하고 우아한 어법의 한편에는 <10월의 현상>과 <죄와 벌>, <안녕히 가세요>처럼 담백한 곡이 있다. '잔인한 계절'을 벗어나고 싶어 하는 마음을 담은 <Un triste>처럼 포스트록의 어법을 섬세하게 잇고 조율해낸 곡도 있다.

함께 들으며 울고 웃고 싶다

음반의 빼어난 완성도는 노랫말과 제목으로 드러낸 서사를 간절하고 애틋하게 내리친다. 그래서 이 음반을 『데미안』이나 『젊은 날의 초상』, 『상실의 시대』 같은 청춘 성장기 곁에서 만지작거리게 한다. 봄꽃이 폭죽처럼 터지는 날 그리운 이들과 가만히 앉아 이 음반을 들으며 함께 이야기를 나누고 싶다. 당신의 청춘은 어땠는지, 우리의 청춘은 어땠는지. 그리고 그 후의 시간은 우리를 어디쯤으로 데려다 놓았는지 이야기하며 울고 웃고 싶다. 부르고 싶은 이름, 듣고 싶은 이야기가 너무 많다.

도재명 ©youtube

너풀너풀 가벼운 거인의 음악

예상 밖의 음반
로다운30 ≪B≫

〈더 뜨겁게〉
https://www.youtube.com/watch?v=nhErvNp0FfA

괄목상대刮目相對라는 사자성어가 있다. 소설 삼국지에서 나온 말이다. 오나라 왕 손권이 총애하는 부하 여몽의 무식을 지적하자 여몽은 열심히 공부한다. 훗날 달라진 여몽의 모습에 놀란 노숙에게 여몽이 말한다. 선비가 헤어진 지 삼일이면 눈을 비비고 다시 보아야 한다고.

음악에서도 마찬가지이다. 예전에 주목할 작품을 내놓지 못했다 해도 얼마든지 좋아질 수 있다. 반대 경우도 흔하다. 훌륭한 작품을 내놓았다 해서 늘 좋은 작품을 내놓는 법은 없다. 오히려 명성에 못 미치는 작품으로 아쉬움을 주는 경우가 얼마든지 많다.

그리고 특정 장르와 스타일로 주목받았다고 늘 똑같은 장르와 스타일만 구사할 리 없다. 그런데도 우리는 한 뮤지션이 특정 장르와 스타일로 빼어난 작품을 남기면 다음 작품도 비슷할 거라고 지레짐작해버린다. 괄목상대하지 않는 셈이다.

2017년 3월 15일 출반한 로다운30의 정규 3집 ≪B≫를 들으며 괄목상대

로다운30 ≪B≫ ⓒ붕가붕가레코드

이야기가 떠올랐다. 로다운30 이라고 하면 다들 기타리스트 윤병주와 베이시스트 김락건을 생각한다. 그들의 전작을 기억하며 당연히 블루스와 하드 록을 교배한 음악을 내놓을 거라 단언한다. 예스럽고 묵직하고 찐득찐득한 음악. 담배 연기 자욱한 지하의 클럽에서 독한 술을 마시며 들어야 할 것 같은 음악. 이제는 좋아하는 이들이 많이 줄어든 아재들의 록 음악 말이다.

날렵하게 감량한 음악

그러나 로다운30의 3집 ≪B≫는 우리가 알고 예상하는 음악에서 살짝 비켜선다. 그렇다고 록 음악이 아니라는 얘기는 아니다. 3집의 수록곡들은 여전히 고전적인 록 음악에 정박했다. 하지만 2집에서 힙합과 팝을 넘나들었던 로다운30은 이번 음반에서도 록 음악 안팎을 설렁설렁 기웃거린다. 로다운30은 원리주의자처럼 록 음악의 전통성과 정통성에 충직할 생각은 없어 보인다. 로다운30은 고전적이고 묵직한 드러밍과 도드라지는 베이스 기타의 리듬감, 투박해보이는 듯한 보컬과 일렉트릭 기타의 톤을 일견 유사하게 유지하면서도 훨씬 가볍고 날렵하게 감량했다.

이를 위해 악기의 톤을 투명하게 비워 여백을 부여했다. 드럼과 베이스 기타와 일렉트릭 기타는 각자의 연주가 만들어내는 울림을 침범하거나 압도하지 않는다. 거리를 둔 채 배려하듯 연주함으로써 언플러그드에 가까운 질감을 만들어냈다. 리듬 역시 펑키해졌다. 음반 전반에 흐르는 가볍고 펑키한 리듬감은 로다운30의 음악을 훨씬 경쾌하게 한다. 윤병주의 보컬 또한 잽을 날리듯 툭툭 치고 빠지면서 홀가분하다. 그 결과 헤비한 록 음악의 수호자처럼 보였던 로다운30의 음악은 돌연 몸무게를 줄이고 나타난 이처럼 눈과 귀를 비비게 만든다.

수록곡들의 다양한 재미

변화는 이것만이 아니다. 세 멤버의 연주력과 아우라로 채워졌던 직선적인 음악은 세션 뮤지션들의 다채로운 연주로 아기자기해졌다. <일교차>에서 선보이는 전상민의 키보드 연주에 이어 곡의 후반부에서 건반과 일렉트릭 기타가 잼 연주처럼 흐르는 순간은 로다운30에게 기대하는 사운드를 충분히 충족시켜준다. <일교차>에서는 "더 차갑게"를 외치다가 <더뜨겁게>에서는 "더 뜨겁게"를 부르짖는 윤병주의 보컬도 재미있다.

하지만 간주의 일렉트릭 기타 솔로와 후주 부분에서 선보이는 김오키의 농염한 색소폰 연주야말로 이 음반이 지향하는 잔재미와 여유로운 유머감각을 극명하게 보여준다. <가파른길> 역시 로다운30의 역사와 힘을 재확인하는데 연주를 들려주면서 변주를 펼침으로써 이번 음반이 감행한 변화를 효과적으로 전시한다. 가볍게 치고 빠지는 호흡은 <그땐왜>에서도 동일하다. 헤비한 블루스 사운드를 전면화하면서 날렵한 리듬감을 놓치지 않고 여백의 여유로움까지 횡단하는 <검은피> 역시 허허실실의 아름다움을 맛보게 하는 좋은 곡이다.

음반을 대표할 〈네크로노미콘〉

지직거리는 사운드에 강렬한 일렉트릭 기타로 돌진하는 <네크로노미콘>은 오래된 로다운30의 팬들을 가장 만족시킬 곡이다. 이 곡에서도 로다운30은 속도를 늦추고 유려한 멜로디를 부각하면서 다시 괄목상대할 순간을 안긴다. 전체적인 흐름과 구성에 이어진 변화가 생동감 넘치고, 각 부분의 아름다움이 조화롭게 어우러져 하나의 곡으로 훌륭하게 통일된 <네크로노미콘>은 이번 음반을 대표하는 곡으로 손꼽을 만하다. 로다운30의 펑키함을 이어가는 <바늘>은 깔끔한 구성에 재치 있는 일렉트릭 기타 연주를 더함으로써 윤병주의 싱싱한 감각을 과시한다. 박정희 전 대통령의 목소리를 인용하는 곡 <저빛속에>에서도 김오키의 색소폰 연주는 곡에 충분한 긴장과 잔재미를 불어넣는다. 아울러 <저빛속에>의 노랫말을 써낸 윤병주의 단단한 시선은 음악에 더 많은 서사와 무게를 부여한다. 마지막 곡 <그대가 없었다면>은 좋은 멜로디와 윤병주의 편안한 보컬을 잘 배합한 곡이다.

어떤 로다운30의 음악보다 뛰어난 음반

음반 ≪B≫는 로다운30이 추구해온 록의 전통적 무게감과 강렬함을 효과적으로 변형해 담백하고 자연스러운 사운드 안에서 흘러가게 함으로써 편안하다. 이 편안함은 느슨함이나 게으름과는 다르다. 곳곳에 좋은 멜로디가 흘러다니는 데다 아기자기하고 인상적인 사운드 연출을 부드럽게 배치함으로써 부담스럽지 않게 했다는 점, 섬세함조차 예민하게 인식하지 못할 만큼 원숙하게 빚어냈다는 점에서 이 음반의 성취는 로다운30의 어떤 음반보다 뛰어나다.

'더 차갑'고 '더 뜨'거우면서도 따뜻하게 느껴지는 음악. 하는 것 같으면서 하지 않고, 하지 않은 것 같으면서 다 해내는 솜씨. 허투루 만든 소리와 움직임은 거의 찾을 수 없고, 곱씹어 볼수록 모든 것들이 있어야 할 자리에서 정확하게 있는데, 하나도 부족하지 않거나 넘치지 않을 때 대가라고 했던

가. 하드록이나 블루스가 예전 음악이라거나, 이제 더 이상 록의 시대가 아니라는 말은 이 음반 앞에서는 잠시나마 헛되다. 과거와 현재를 조화롭게 연결하고 순간에도 역사가 깃들게 했으나 낡지 않고 고집스럽지 않기는 어렵다. 다양한 장르로 확장해 재미있으면서도 끝내 자기 자신으로 돌아와 평화롭기도 쉽지 않다. 너풀너풀 가벼운 거인의 음악이 빙그레 웃는다.

로다운30 ⓒ붕가붕가레코드

세월호 참사 3년의 대중음악

미학적으로 기록한 세월호
파울로시티 ≪Yellow≫

〈Diver〉
https://www.youtube.com/watch?v=CDs07SBMbRQ

2014년 세월호 참사 직후, 페이스북 페이지를 만들었다. '세월호를 기억하는 음악인들의 기록'(https://www.facebook.com/SewolMusic/) 이다. 세월호 참사 직후부터 음악인들이 추모곡을 발표했기 때문이다.

처음에는 공식 음원으로 발매하지 않고 유튜브 등에 동영상을 올리는 방식으로 발표했는데, 자칫하면 소중한 음악들이 잊히고 사라질 것 같았다. 그래서 페이스북 페이지를 만들어 링크하기 시작했다. 세월호 참사를 주제로 한 창작곡들을 가능한 링크했다.

세월호 참사와 음악

사실 사건이 일어나자마자 음악을 만드는 일은 드물다. 1980년 5·18 민중항쟁이나 1987년 6월 항쟁도 이렇게 빨리 노래하지 않았다. 다른 큰 사건들도 마찬가지였다. 그만큼 충격이 컸기 때문이다. 슬픔과 분노를 토해내지 않으면 견딜 수 없었기 때문이다. 테크놀로지가 발전하면서 음악을 만들고

파울로시티 ≪Yellow≫ ⓒ현진식

공유하기 쉬워졌기 때문이기도 했다. 그러다 보니 참사 2주기까지 100여 곡 이상의 추모곡이 쌓였다. 추모곡을 만든 이들은 지명도, 장르, 활동 지역 모두 달랐다. 세월호 참사가 수많은 이들에게 엄청난 파장을 안긴 결과였다. 세월호 참사로 무너져버린 우리 자신을 추모하고 위로하려는 안간힘이었다.

세월호 참사는 거대한 벽

세월호 참사는 여객선 사고였다. 하지만 그날 침몰한 것은 세월호와 승객들만이 아니었다. 대한민국이 침몰했다. 사회의 시스템이라는 공공 기능과 신뢰가 함께 침몰했다. 아니, 이미 침몰해 있었기 때문에 일어난 사고였다. 이미 침몰하지 않았다면 일어나지 않았을 참사였다. 막을 수 있었던 인재였다.

참사는 2014년 4월 16일 하루로 끝나지 않았다. 배를 뭍으로 인양한 뒤에도 참사는 계속되었다. 박근혜 정부는 무능하고 뻔뻔하며 악랄했다. 국가는 제 할 일을 하지 않았고, 검찰과 언론과 정치는 외면하거나 방조했다. 일부만 외롭게 싸웠다. 그 정점에 박근혜 대통령이 있었다. 참사에 대한 공감은 둘째치고 제 역할조차 다하지 않은 대통령은 세월호 참사의 진상 규명을 막고 세월호 참사를 정치 공방으로 변모시킨 수괴였다. 진실에 대한 열망은 편가르기로 짓밟혔고, 무엇 하나 속 시원히 밝혀지지 못했다. 누구 하나 제대로 처벌받지 않았다. 적폐가 쌓여 벌어진 세월호 참사는 우리 사회의 적폐를 송두리째 보여주었고, 다시 거대한 벽이 되어 우리를 지켜보고 있다.

그렇다고 세월호 참사를 담은 노래들이 세월호 참사의 사회정치적 의미를 분석하지는 않았다. 노래로 논리적인 분석을 표현하기는 어려웠다. 음악언어의 차이이기도 했다. 세월호가 뭍으로 인양되지 않고, 실종자가 완전히 돌아오지 않은 상황, 세월호 참사의 최종 책임자가 국정을 대표하는 상황에서는 할 수 있는 말이 많지 않았다. 세월호 참사의 충격과 슬픔을 눈물 흘리지 않고 말하기에는 2017년까지 3년이라는 시간은 아직 짧기도 했다. 사회적 사건을 예술로 표현하는 훈련도 부족했다. 그러다 보니 세월호 참사를 담은 노래들은 추모와 위로, 미안함이라는 태도에서 좀처럼 벗어나지 못했다. 좋은 의미에도 불구하고 음악적으로 높은 설득력을 지닌 곡들이 많지 않았는데, 현실의 고통과 답답함이 너무 가깝고 컸기 때문이기도 했다.

좀 더 완성도 높은 세월호 노래들

그런데 2017년 세월호 참사가 3년째 되면서부터는 좀 더 완성도 높은 곡들이 등장했다. 3년 만에 공식 발표한 솔가와 이란의 곡 <잊지 않을게 0416>은 어쿠스틱 기타와 하모니카 연주의 포크 사운드로 기억하겠다는 마음을 단정하게 노래한다. 침잠하는 모던 포크 뮤지션 니들앤젬은 4월 17일 싱글 <34N125E>를 발표했는데, 34N125E는 북위 34도, 동경 125도. 바로 세월호가 침몰한 좌표였다. 니들앤젬은 그 좌표에서 돌아오지 못한 이들의 절망과 귀환을 몽롱하고 서정적으로 표현했다. 이 곡은 세월호 참사의 충격에 함몰되지 않고 자신들의 어법으로 소화해낸 뒤에야 만들 수 있는 곡이라는 점에서 특기할 만하다. 좋은 작품은 정서의 파동을 고스란히 옮긴다고 만들어지지 않는다. 일렁이는 감정을 밖으로 끄집어내고 말려 감정만큼의 서사와 파장을 농축할 때 비로소 좋은 작품이 완성된다.

그런 점에서 포스트록 밴드 파울로시티가 2017년 4월 17일 발표한 음반 ≪Yellow≫에 주목할 필요가 있다. 2015년 첫 음반을 발표한 파울로시티는 이번 음반에 총 다섯 곡의 노래를 실었는데, 모두 세월호 사건과 연결되는 곡이다. 첫 번째 곡 <1>은 '문자메시지 옆에 떠 있는 숫자'이다. '절대 없어지지 않을' 세월호 참사 희생자의 문자메시지에 붙은 숫자를 빌어 지워지지 않을 아픔을 쓸어담았다.

세월호를 미학적으로 기록하다

그리고 싱어송라이터 조동희와 함께 부른 <꽃바다>는 세월호 참사의 희생자들에 대한 그리움을 아득하고 담담하게 노래한다. 그리운 이들이 돌아올 수 없는 이들이 되어버렸다는 사실을 인정하고, 그리움과 절망과 슬픔을 미학적으로 사유하지 않으면 만들 수 없는 곡이다. 비통함과 원통함이 넘치고 넘쳐 애틋해지기까지의 시간을 파울로시티는 포스트록의 영롱하고 서정적인 사운드로 표현했다. 긴 고통과 망연자실한 그리움을 감동적으로 재현했다. 미학적 성취를 동반해 이룬 감동이다.

'꿈속에서라도 너를 만난다면 내 의식이 들어가 있는 자각몽 속에서 만나고 싶다는 마음을 담은 <Lucid Dream>'에서도 파울로시티의 포스트록 사운드는 의식과 무의식을 넘나들며 세월호 희생자 유가족들의 간절함을 복구한다. 애타는 간절함과 안타까움을 포스트록의 언어로 복원해 음악언어의 가치를 보여주고, 더 내밀하게 공감할 수 있도록 만들었다.

'촛불이 되어 세상을 밝혔던 날들의 기억'을 담은 곡 <Flame Butterfly>는 더 로킹한 사운드로 촛불의 열망과 촛불로 바뀐 역사의 격동을 기록한다. 그리고 마지막 곡 <Diver>는 '그 영혼들이 마지막으로 집에 가는 길을 배웅한 잠수사들'의 움직임과, 처절하고 고통스러웠음에도 희생자들의 귀환을 위해 애쓴 그들의 목소리를 보일 듯 그려낸다. 세월호 3년의 기록을 압축하고, 진심 어린 추모에 다다른 곡이다. '집에 가자'라고 노래하는 목소리는 잠수사들의 목소리만이 아니다. 유가족들의 목소리이자, 미수습자 가족들의 목소리이다. 함께 눈물 흘린 시민들의 목소리이기도 하다. 파울로시티는 이렇게 자신들의 음악으로 세월호 참사를 생생하게 기록함으로써 세월호 참사를 담은 음악의 총체성을 담보했다. 참사의 역사를 핍진하게 보존했으며, 음악으로 역사를 담는 일의 방식과 가치, 그 차이와 아름다움이 지닌 의미를 증명하는 데에도 비교적 성공했다.

음악에게 남은 숙제

그러나 2017년까지 세월호 참사의 진상은 뭍으로 완전히 올라오지 않았다. 참사의 책임자들 역시 죗값을 치루지 않았다. 사회정치적 평가와 진실규명, 법적 처벌이 여전히 남은 오늘, 예술의 역할은 단지 거리와 정치 사이쯤에만 있지 않을 것이다. 그래서 우리에게는 더 많은 세월호 음악들이 필요하다. 국가와 재난, 인간과 역사, 책임과 연대, 절망과 죄책감, 그리고 희망에 대해, 그 밖의 무수한 이야기에 대해 노래할 필요가 있다. 계속 듣고 느끼고 생각하고 기억할 의무가 있다. 말로 다 할 수 없는 이야기가 너무 많다. 법과 제도로 해결할 수 없는 이야기 역시 무수하다. 음악에게 남은 숙제, 아니 우리 모두에게 남은 과제.

파울로시티 ©현진식

청춘이 청춘에게 보낸 편지 12통

좋은 곡들로 움켜쥔 음반
혁오 ≪23≫

〈Tomboy〉
https://www.youtube.com/watch?v=pC6tPEaAiYU

청춘이 어땠는지 온전히 기억나지 않는다. 대학에 다니고, 군복무를 마치고, 사회에 첫발을 내딛었던 순간들은 필연적으로 어설프고 서툴렀을 것이다. 어설프고 서투르다는 것을 알고도 어설프고 서툴렀을 것이며, 어설프고 서투르다는 사실을 알지 못할 만큼 어설프고 서툴렀을 것이다. 몰라서 답답하고 몰라서 서글프며 몰라서 용감하고 몰라서 행복했을 것이다. 몰라서 순수하고 몰라서 열정적이었을지 모르지만 나르시시즘 같은 이야기는 죄다 빼자. 계속 배워야 한다는 사실을 알면서도 무엇을 더 배워야 하는지조차 알지 못했던 때. 자신에 대해 알아야 함에도 자신조차 알지 못하고, 자기 하나를 어찌하지 못해 허둥댔던 날들을 모두 기억해내기는 부끄럽다. 이제는 쓰라렸던 순간, 외로웠던 순간, 마냥 즐거웠던 순간마저 아물어버린 생채기처럼 희미하다.

어떤 노래는 그 순간을 기록하고 위로하면서 청춘의 노래가 된다. 산울림의 <청춘>이라거나, 들국화의 <그것만이 내 세상>, 이장혁의 <스무살>

혁오 ≪23≫ ⓒ노상호 & DOOROODOOROO ARTIST COMPANY

같은 노래만이 아니다. '젊은 날엔 젊음을 모르고 사랑했던 사람은 보이지 않았네'라고 노래한 이상은의 <언젠가는>처럼 모든 세대는 초라하고 부끄럽고 안타까워서 돌아가고 싶지 않은 청춘을 위무하는 노래의 힘으로 그 시간을 겨우 통과한다.

하물며 '아프니까 청춘이다'라는 가당치 않은 위로를 들어야 했던 지금의 청춘은 오죽할까. 어떤 부모를 만나느냐에 따라 삶이 완전히 바뀌어버리는 세상에서는 청춘의 패기조차 부질없다. 낙관보다 좌절, 도전보다 타협이 더 익숙해진 시대의 청춘을 위해 노래는 무엇을 할 수 있을까. 해마다 자신의 나이를 타이틀로 한 음반을 만들겠다 했던 혁오의 음반 ≪23≫은 아직 청춘을 통과 중인 남성 뮤지션의 자기 고백이라는 점에서 의미심장하다.

혁오가 노래하는 청춘

사실 대부분의 예술작품은 창작자의 자기 고백이다. 고백의 진실성이 예술성의 척도가 되기도 하고, 진정성의 농도를 가늠하는 기준이 되기도 한다. 그런데 혁오의 음반은 뮤지션이 고백하고 기록할 수 있는 수많은 서사 가운데 바로 자신의 청춘을 기록한, 혹은 그렇게 보이는 결과물이라는 점 때문에 청춘송가의 맥락에서 해석하고 감상할 필요가 있다.

음반에 수록한 곡은 12곡. 혁오는 직접 쓴 노래들에서 일관되게 청춘이 마주치는 격동과 그 잔해를 노래한다. 첫 곡부터 <Burning Youth>, 불타는 청춘이다. 다른 곡들에서도 혁오는 청춘 한복판의 설레고, 떨리고, 두렵고, 막막한 순간들을 기록한다. <Tokyo Inn>에서는 '그냥 숨을래'라고 자신 없는 마음을 드러낸다. 동시에 '난 원래 숨어서 몰래 싸웠다'는 고백으로 두려움과 자존심을 덧붙인다. <가죽자켓>에서 '흉진 노력은 물거품이 되어버렸'고, '도망치다 담을 넘어가니 / 날 선 절벽이 끝도 없이 나를 안아주네' 라거나 '하필 걸터앉은 곳은 가시덤불이야'라고 얘기할 때는 절망과 위로의 요청이 날아온다. 이번 음반의 수록곡 가운데 가장 아름다운 노랫말을 써낸 <Tomboy>에서는 '젊은 우리, 나이테는 잘 보이지 않고 / 찬란한 빛에 눈이 멀어 꺼져가는데'라면서 청춘의 절망을 시적으로 압축한다.

음반 수록곡들이 청춘을 어떻게 담는지 일일이 기록할 필요가 없을 정도로 혁오는 청춘을 스치는 상념들을 깡그리 아우른다. 감상과 치기 어린 절망과 들뜬 마음까지 숨기지 않는 혁오의 청춘 서사는 두껍고 진해 쉬 허물어지지 않는다. 청춘의 서사가 방황만으로 점철되지는 않았다. '상어가 다시 달려오면 / 절대 우리 손을 놓을 일은 없어야' 한다고 용기를 다짐하는 마지막 곡에서 혁오는 의연해진 모습으로 오늘을 감당하겠다는 의지를 보여주기도 한다.

가장 록적인 혁오의 음반

하지만 이 음반은 청춘 서사를 명징하게 기록한다는 점만 이야기하고 끝

혁오 ⓒFrank Lebon. Courtesy of Camera Club & DOOROODOOROO ARTIST COMPANY

내도 좋을 음반이 아니다. 혁오는 펑키하고 가볍게 끈적이면서 매끄러운 음악을 넘나들었던 자신의 디스코그래피에서 가장 록적이며 야심만만하고 완성도 높은 곡들로 이번 음반을 채웠다. 록과 포스트펑크의 자장 안에서 록의 생동감을 활기차게 드러내고, 선명하고 아름다운 멜로디로 곡을 이끌면서, 과감한 변화로 음악적 서사를 구현해내는 혁오의 감각은 음반 전체를 좋은 곡들로 옮겨줬다. 로큰롤의 경쾌함이 금세 휘발되는 청춘의 열정을 재현하기에 매우 적절하다는 사실을 <Burning Youth>, <가죽자켓>, <2002WorldCup> 등의 곡으로 보여주었다.

그런데 혁오는 장르의 방법론만으로 노래하는 장르 뮤지션이 아니다. <Tokyo Inn>, <Tomboy>, <Jesus Lived in a motel room>, <Wanli万里>, <Die Alone>, <지정석>, <Paul> 등의 곡을 끌고 가는 동력은 무엇보다 좋은 멜로디이다. 혁오의 가성으로 제시하는 방식이건, 노래의 후렴으로 제시하는 방식이건 이 곡들의 멜로디는 단숨에 사로잡힐 만큼 강력하다. 가령 타이틀곡 <Tomboy>는 속도를 늦춘 슬로우 템포의 곡임에도 테마 멜로디의 힘으로 아찔하고 울컥하게 사로잡는다.

국경을 넘는 보편성

혁오는 선명하고 아름다운 멜로디들을 A-A'-B-A 형식의 대중음악의 구조 안에서 평이하게 반복하지 않는다. <Tokyo Inn>의 경우 곡의 주 리듬과 리프로 테마를 제시한 후, 밴드의 숨을 죽이고 혁오의 보컬을 부각시켜 노래하다가, 한 소절을 다 노래한 후에야 비트를 숨 가쁘게 조이며 간절함을 강조한다. 그러고 나서 후렴구 같은 테마를 떼창으로 재현해 곡의 감성적인 측면을 부각시킨 후, 같은 구조를 반복하며 속도감을 이어간다.

<Tomboy>에서도 혁오는 곡의 말미에서 한번의 변화를 시도해 음악의 아름다움을 극대화하려는 의지를 표시한다. <Jesus Lived in a motel room>을 비롯한 수록곡들은 곡 안에서 구현할 수 있는 드라마를 최대한 극적으로 연출해내려는 열망으로 연주와 비트를 조율함으로써 음악이 선사할 수 있는 매력을 정점까지 끌어올린다. 이 곡들이 국경을 넘는 보편성과 트렌드에 닿아 있음은 물론이다.

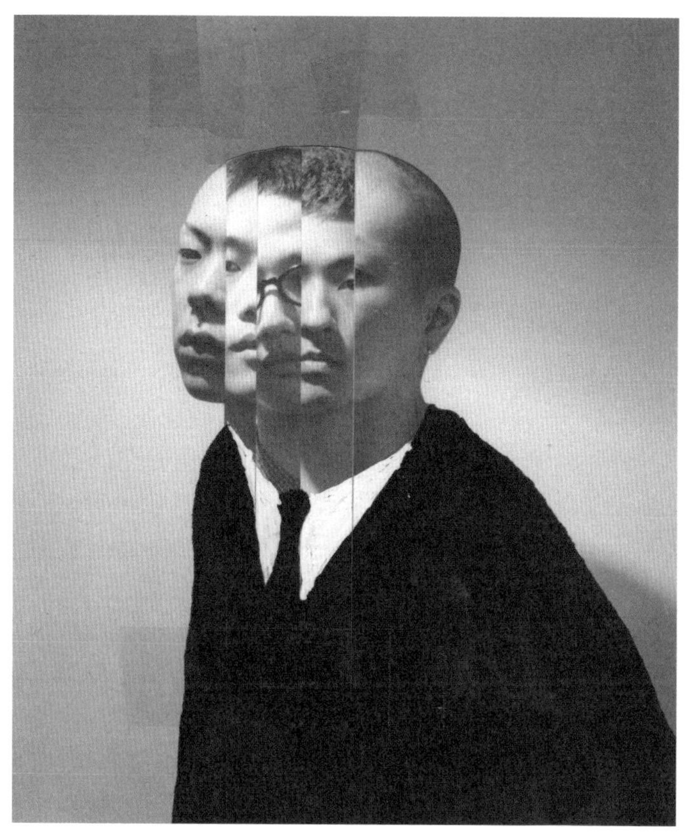

혁오 ©Frank Lebon. Courtesy of Camera Club & DOOROODOOROO ARTIST COMPANY

음악이 정치보다 경제보다 위대하고 아름다운 순간

<Wanli万里>, <Die Alone>뿐만 아닌 다수의 수록곡들은 혁오가 뮤지션 혁오 한 사람으로 이루어지지 않고, 밴드의 사운드로 한 몸 되어 능수능란하다고 휘감는다. 매력적인 멜로디로 충만하게 하면서 감각을 흔드는 혁오는 장르의 방법론과 사운드 연출 효과를 탁월하게 결합시킴으로써 자신의 청춘 고백을 세련되고 완성도 높은 음악으로 귀결시켰다. 특히 <Jesus Lived in a

motel room>에서부터 <지정석>까지 이어지는 음반의 중후반부 4곡은 듣는 이를 도무지 빠져나갈 수 없는 감정의 파고로 이끌어 내동댕이쳐버린다. 속수무책으로 만들어버리는 곡들 앞에서 심장은 아득해지지 않을 수 없다. 전복적인 청춘 담론을 제시하지는 못했다 해도 모두 공감할 수 있고 공들여 만든 구조로 꽉꽉 채운 음반이다. 다른 청춘들도 자신의 꿈으로 스스로 끌고 갈 수 있다고, 지금의 시간은 누구도 다르지 않으니 함께 이야기 하고 위로하며 견디고 버텨보자 한다. 청춘이 청춘에게 보낸 찡한 편지 12통. 음악이 정치보다 경제보다 위대하고 아름다운 순간.

52분 53초의 즐거움

뉴욕에서 돌아온 재즈 베이시스트
이준삼 ≪A Door≫

〈Love Trauma〉
https://www.youtube.com/watch?v=3Uod709NaJM

음악 쪽에서 일을 하다 보니 음악을 자주 듣고 많이 듣는다. 날마다 음악은 쏟아진다. 장르도 스타일도 다양하다. 록, 랩, 아이돌 팝, 알앤비, 일렉트로닉, 재즈, 포크 등 거의 모든 장르의 음악들이 여전히 만들어진다. 국내에서만 만들까. 나라 밖에도 무수히 많다. 그러다 보니 영미권 음악까지 챙겨 듣기는 힘겨울 정도이다. 생각해보라. 그중 좋은 음악이 얼마나 많겠는가. 록은 록대로, 랩은 랩대로, 재즈는 재즈대로 좋다. 그래서 들을 음악이 없다는 이야기가 잘 이해되지 않을 때가 많다. 들을 음악이 없을 리 없다. 좋은 음악을 찾아 듣는 방법을 알지 못하거나, 자신의 취향에 맞는 음악을 찾지 못했기 때문 아닐는지.

사실 한국에서는 다양한 음악 취향을 갖기 어렵다. 가장 쉽게 음악을 접하는 통로인 TV와 라디오에서 들을 수 있는 음악은 아이돌 팝이나 팝인 경우가 많다. 게다가 요즘 음악 프로그램에서는 어떻게 하면 더 드라마틱하게 음악을 보여줄 수 있을지 경쟁한다. 음악을 재미있게 접할 수 있게 되었

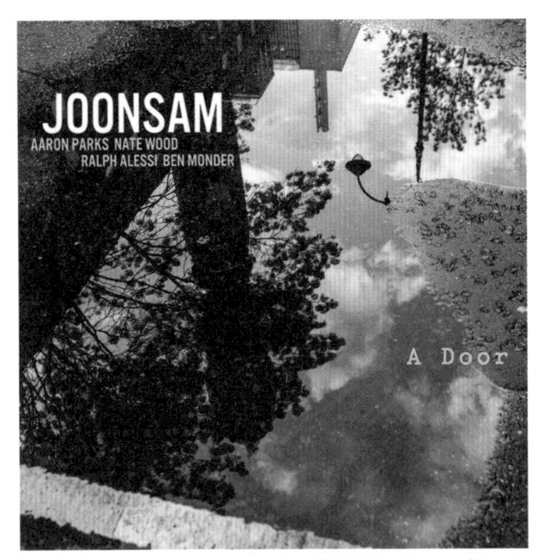

이준삼 ≪A Door≫ ©이준삼

다고 할 수 있지만, 양념이 과한 요리에 길들여진 귀는 다른 입맛을 잊어버렸다.

여전히 재즈는 비주류

그리고 IMF 구제금융 사태 이후 한국사회는 편안하게 음악을 들을 수 없는 사회가 되었다. 불안한 삶은 음악에 귀 기울일 여유를 앗아갔다. 예전에 들었던 노래를 리메이크할 때 기성세대가 유독 열광하는 이유가 여기에 있다. 스마트폰과 인터넷으로 쉽게 음악을 들을 수 있게 되었다지만, 인터넷에 대안언론이 있다고 앞다퉈 대안언론을 찾아가던가. 사람들은 떠먹여 방법을 보여주지 않으면 스스로 주체가 되지 않는다. 그리고 새로운 음악을 듣는다고 곧바로 좋아지지 않는다. 팝이라면 모를까. 다른 장르는 친해지는 과정이 필요하고, 계기가 필요하다. 취향이 굳어져버린 세대의 감각을 바꾸기는 태극기부대 생각만큼 바꾸기 어렵다. 그러다 보니 재즈 같은 장르는 여전히 비주류이다. 물론 세계 어디에도 재즈가 주류 음악인 나라는 없다. 연주의 비중이 높고, 즉흥연주가 필수인 재즈는 문턱이 높은 음악이다. 문턱을 넘어야만 친해질 수 있는 재즈는 소수 마니아의 음악으로 생존한다 해도 과언이 아니다. 대형 재즈페스티벌이 여럿 열려도 상황은 호전되지 않았다. 좋은 재즈 음반이 나와도 찾아 듣는 이가 드물고, 재즈 음반을 호평해도 반응은 거의 없다. 그 결과 재즈는 가장 비상업적인 음악이 되어버렸다. 한국의 대학 실용음악과에서 많이 가르치는 음악이고, 유학까지 다녀오는 재즈 뮤지션들이 많아도, 재즈는 흥행과 거리가 멀다. 그렇다고 재즈가 클래식처럼 전통만 고집하거나 난해하기 이를 데 없는 음악이라고 생각할 필요는 없다.

재즈의 문을 열어주는 음반

이럴 때, 뉴욕에서 10여 년간 활동하다 2017년 첫 음반을 낸 재즈 베이시스트 이준삼의 ≪A Door≫는 제목처럼 재즈의 문을 열어주는 음반으로 맞춤한다. 미국의 재즈 전문 레이블 Origin에서 발표한 음반은 스윙이나 즉흥연주, 인터플레이, 프레이징을 알지 못해도 빠져들 수 있는 음반이다. 함께 연주한 연주자들의 면면부터 압도적이다. 재즈팬이라면 Aaron Parks(피아노), Ben Monder(기타), Nate Wood(드럼), Ralph Alessi(트럼펫)의 이름을 듣는 것만으로도 짜릿한 기대에 휩싸일 법하다.

하지만 이 음반의 매력은 대부분 이준삼 자신이 쓴 곡 자체에서 우러난다. 음반에 수록한 11곡 가운데 민요 <도라지>를 변주한 <Doraji The Flower>를 제외한 10곡 모두 이준삼이 썼다. 이준삼의 곡은 곡의 템포나 구조와 무관하게 친절한 아름다움이 듣는 이를 맞이한다.

음반의 첫 곡 <Whirlwind>는 베이스 연주로 시작하면서 영롱한 피아노 연주를 시냇물처럼 흘려보내고, 빠른 리듬 위에서 테마를 트럼펫으로 연주해 곡의 주제를 간명하게 드러낸다. 그 후 이어지는 피아노 즉흥연주는 피아노를 중심으로 곡의 소박한 면모를 부각한다. 피아노 즉흥연주를 트럼펫이 이어받을 때에도 연주는 자연스럽게 절제되어 부드럽다. 곡의 말미에서 테마를 반복할 때도 마찬가지다. 과하거나 넘치지 않는 밀도와 균형감각을 지키면서 곡의 멜로디와 협연으로 쌓는 순한 서정성은 이준삼의 음악을 부담없이 들을 수 있게 다가온다.

아름다움의 이상적인 귀결

그렇다고 이준삼의 음악이 쉽게만 들리고, 테크닉의 욕심이 없는 음악이라고 생각하면 오산이다. 두 번째 곡 <Zadrak>은 강렬한 일렉트릭 기타로 포문을 연다. 피아노와 일렉트릭 기타가 주고받으며 끌고 가는 음악은 선 굵게 들리는 음악의 이면에 피아노와 베이스 연주로 섬세함을 채워넣었다. 끝까지 선명하게 대비되는 곡의 구성과 사운드의 차이는 이준삼 음악의 서정성이 분출과 절제의 교차로 채워질 뿐만 아니라, 각각의 영역에서 매우 풍부한 언어를 지니고 있다는 사실을 증언한다. 느린 템포와 하모니카 연주로 편안함을 강조한 <Boa Noite>나 신예원의 축축한 보컬이 빛나는 <Love Trauma>, 다정한 풍경이 그려지는 <Ice Skate>, <Airport Music>은 이준삼 음악의 소탈한 매력에 빠져들도록 쓸어 담는다. 재즈를 모르고, 재즈를 좋아하지 않는다 해도 공감할 수 있는 음악의 보편성을 구현해낸 곡들은 완벽하다. 탐미적이면서 군더더기 없고, 과잉이 없으며 구구절절하지 않는 음악은 스스로 절제하고 단호하지 않으면 나올 수 없는 아름다움의 이상적인 귀결이다.

좋은 음악은 꼭 즐겨야 한다

멋 부린 즉흥곡 스타일의 <23451>과 <23452>, 자연스러운 경쾌함을 지켜가는 <2 Tunes and Off-Hour Waiting Area>, 민요 <도라지>를 한충은의 대금과 협연한 <Doraji The Flower>, 음반에서 가장 화려한 구성을 지닌 <Where water comes together with other water>까지 이준삼 음악의 특징은 균일하다. 세상에 좋은 음악은 많지만 이준삼의 음악을 놓치면 52분 53초동안의 충만한 즐거움은 끝내 알지 못하고 말 것이다. 자신을 위해 이 정도 시간은 써야 하고, 이렇게 좋은 음악은 꼭 즐겨야 한다. 인생은 그래야 값지다.

이준삼 ⓒ이준삼

언니네 이발관의 마침표

23년 역사를 마무리하는 최종작
언니네 이발관 ≪홀로 있는 사람들≫

언니네 이발관 6집 앨범 작업 스케치
https://www.youtube.com/watch?v=ZbXlarmvyUs

글쎄, 언니네 이발관의 6집에 대해 어떻게 이야기하면 좋을까. 9년 만의 음반이자 밴드의 공식적인 마지막 음반에 대해, 언니네 이발관의 23년 역사를 마무리하는 최종작에 대해 무어라 이야기하면 좋을까. 아무래도 이런 글은 언니네 이발관이 언제 어떻게 결성했고, 그들의 전작들이 어떤 성취와 역할을 해냈는지 일일이 되짚으며 구구절절 의미를 부여해야 제격이다. 하지만 이미 정설이 된 이야기를 다시 언급할 필요는 없다. 진작 나왔어야 할 음반이었다는 이야기, 음반을 만드는 과정마다 훨씬 많은 시간이 걸렸다는 이야기도 반복하지 말자. 녹음과 마스터링 방식이나 최종 음원을 결정하기까지 들였던 수고에 대해서는 보도된 기사를 찾아보는 편이 빠르다.

≪홀로 있는 사람들≫의 사운드와 노랫말의 총체만큼 흥미로운 지점은 음반에 대한 반응이다. 언니네 이발관의 긴 활동과 그간 쌓인 신뢰 때문이겠지만, 지난 5집의 꼬리를 문 열광은 이채롭다. 이 열광은 음반 단위로 음악을 향유하지 않는 시대, 음악과 뮤지션을 등치하지 않는 시대, 록 음악이

언니네 이발관 ≪홀로 있는 사람들≫ ⓒSisters barbershop

변두리로 밀려나가는 시대에 대한 저항처럼 여겨지는 측면이 있다. 그래서 이 음반은 아티스트 언니네 이발관이 고뇌하고 자의식을 드러내며 완벽을 추구하는 고집스러운 작업으로 창조한, 진정한 예술작품이라는 인식으로 풀무질하며 향유되는 것처럼 느껴진다. 물론 느낌은 느낌일 뿐, 착각이거나 오해일 수 있다.

언니네 이발관의 음악이 좋지 않다는 얘기를 하려는 생각은 전혀 없다. 다만 뮤지션이 오랜 기간 공들여 작업을 했다는 사실이나 내밀한 자기 이야기를 담았다는 사실과 완성도가 직결되지 않는다는 점. 때로는 대충 만든 것처럼 보이는 작품이 더 문제적이고 예술성 있는 작품이 될 수도 있다는 점을 말하고 싶을 뿐이다.

어떤 이들은 언니네 이발관의 음악을 통해 작가주의 음악에 대한 존경심을 드러내고, 뮤지션은 아티스트라는 사실을 새삼 확인하고 싶은 모양이다. 언니네 이발관이나 소속사가 그 부분을 부각시키려 한 것은 아니지만,

지금 한국 대중음악에서 쉽게 찾을 수 없다고 생각하는 결핍감 때문에 일부 평단과 팬들은 언니네 이발관을 신화의 제단으로 옮기려는지 모른다.

언니네 이발관에 대한 열광

잘 기억나지는 않지만 언니네 이발관의 모든 음반이 이렇게 특별한 과정을 통해 만들어지고 번번이 열광적 찬사의 대상이 되지는 않았던 것 같다. 그렇다고 언니네 이발관의 다른 음반들을 쉽게 만들었을 리 만무하다. 분명 힘겨운 고투를 통해 겨우 만들었을 음반에 비해 더 많은 시간과 공이 들어갔다는 6집의 소리와 메시지는 어떻게 다른지 살펴볼 필요가 있다.

9곡의 노래를 담은 음반 ≪홀로 있는 사람들≫에 대해 밴드의 리더 이석원은 "정서적인 면에서는, 저희는 이번 앨범을 23년간 세상에 연재되어온 언니네 이발관이란 제목의 어떤 연재물로 보았는데 '나'라는 입장에서 사랑과 삶, 관계 등 일관된 테마에 천착해온 화자가 마지막 곡 혼자 추는 춤을 통해 처음으로 세상에 발 딛고 나아가는 모습을 끝으로 긴 연재를 끝내는 모양새를 취했"다고 밝혔다.

긴 연재물의 끝

먼저 공개했던 첫 번째 곡이자 타이틀곡인 <너의 몸을 흔들어 너의 마음을 흔들어>는 자신에 대한 무력감과 자괴감을 특유의 리듬감과 선명한 멜로디로 외화한다. 3분 45초의 곡은 갑자기 뚝 끊어지듯 끝나면서 무력감과 자괴감을 강조한다. 이번 음반에서 가장 좋은 곡 가운데 하나인 <창밖엔 태양이 빛나고>는 긴 길이로 여러 번 변화를 연출하면서 과거와 현재를 중첩시킨다. 남은 것은 '잊지 못할 날들 같은 건 없다'는 자탄과 '추억이란 너무 덧없다'는 절망이다. 화려한 곡 구조 위에서 슬픔과 절망의 서사를 음악드라마처럼 가시화하는 곡은 이별과 단절, 그리고 자기 부정과 후회의 시간을 아릿하게 떨어뜨린다. 온전한 성숙의 시간이라고 말할 수 없으나 함부로 폄하할 수도 없을 자기애는 음악을 통해 강한 설득력과 공감대를 획득

언니네 이발관 ⓒSisters barbershop

한다. 이번 음반에서 언니네 이발관이 해낸 성취이다.

마음이 기울고 기대어지는 음악

이에 반해 아이유와 함께 부른 <누구나 아는 비밀>은 가벼운 팝처럼 들린다. 네 번째 곡 <마음이란> 역시 가볍게 만든 곡처럼 느껴진다. 하지만 건반과 트럼펫을 비롯한 여러 악기들을 곳곳에 무심하게 심어 기교를 극대화했다. 가볍게 들리는 곡의 사운드와 대조적으로 도저히 알 수 없는 마음의 변화, 아니 마음 그 자체를 노래한 곡의 메시지는 만만치 않다. 옳고 그름을 따지거나 시대와 역사 같은 거대 담론을 노래하기보다 섬세하고 연약하며 옳지도 않고 틀리지도 않는 인간에 대해, 그 마음의 풍경에 대해 노래해온 언니네 이발관의 음악에는 마음이 기울고 기대어진다. 우리 역시 자신을 다 알지 못하며, 온전히 이해할 수 없기 때문이다. 그래서 다들 미워하거나 증오할 수 없는 어정쩡한 마음으로 자신을 산다. 예술은 그 난감한 동거를 외면하지 않는다. 정처 없는 마음의 주체를 백안시하지 않는다. 마음을 들여다보고 자신도 모르게 그려낸 풍경들을 쓰윽 펼치며 이것도 내 마음이라고, 너도 다르지 않다고 귀띔한다. 예술가는 그렇게 자신의 마음과 시대를 더 깊이 들여다 본 사람이다. 바닥까지 드러낸 사람이다.

자기 연민과 센티멘털리즘

이번 음반의 완성도를 이끄는 또 다른 곡 <애도>는 기타팝처럼 시작하는 곡 안에 '날씨가 좋구나 너를 잊으러 가야지 / 너를 잊으러 가는 이 길이 아직 슬퍼'라는 노랫말로 아물지 않는 상처와 자기 연민을 담았다. 사실 상처를 완전히 잊고, 스스로 객관화할 수 있는 사람은 없다. 우리는 모두 이기적이라 자기 상처가 가장 아프고 깊다. 그 사실을 예리하게 드러내는 곡은 자기 연민과 센티멘털리즘이야말로 언니네 이발관의 핵심이라는 사실을 잘 보여준다.

인상적인 멜로디에 서서히 악기를 더해가며 완성하는 곡의 구조는 자기애의 정서를 음악으로 완성하면서 듣는 이들도 노래에 자신을 투사하게 만든다. 영롱한 기타 연주가 돋보이는 <나쁜 꿈>에서도 무력감과 자기 연민은 반복된다. 특유의 리듬감과 영롱한 멜로디를 합친 사운드는 차라리 현실이 아니기를 바라는 아득한 절망감을 효과적으로 표현한다.

반면 <영원히 그립지 않을 시간>은 낙관과 비관이 교차하는 심리를 소박한 연주로 흘리며 변화를 만든다. 자기 확신과 당위 대신 노력하는 의지를 보여주는 곡의 흐름이 <홀로 있는 사람들>에서는 '그 모든 게 내 잘못은 아니라고' 자신에 대한 이해를 구한다. '그 모든 게 네 잘못은 아니라고' 마음을 열게 되는 과정은 자연스럽다. 어차피 우리는 모두 <홀로 있는 사람들>이지만, '어디서나 언제까지나 함께 노래해'라고 노래하는 이유는 이 음반이 언니네 이발관의 마지막 음반이기 때문만은 아닐 것이다. 소박한 일렉트로닉 팝 스타일로 변화를 준 곡은 '나는 세상이 바라던 사람은 아냐. 그렇지만 이 세상도 나에겐 바라던 곳은 아니었지'라는 노랫말로 자신 하나 감당하기도 힘겨운 이들에게 공감과 위로를 안겨준다.

타인에 대한 연민으로 뻗어나가는 노래

섬세한 개인주의자들에게 전하는 송가의 주인공이었던 언니네 이발관은 마지막 곡 <혼자 추는 춤>에서 '춤을 추면서', '작은 희망들이 있는 곳 / 내가 사랑할 수 있는 곳 / 내가 살아가고 싶은 곳 / 누구도 포기 않는 곳'에 대한 '꿈을 꾸'는 마음을 드러낸다. 의지로서의 낙관을 고백한다. 이 마음은 세상에 비해 무력하지만 포기할 수 없는 마음, 서로 스며들어 채워지고 싶은 마음이다. 지지난 겨울 우리가 함께 켠 촛불의 온기에 닿는 마음이다. 결국 자신에 대한 연민에서 타인에 대한 연민으로 뻗어나가는 곡은 언니네 이발관의 마지막 음반을 음반 전체로 들어야 하는 장편 드라마로 마무리한다.

세상 혹은 세상 속의 개인은 각자의 마음과 위치에 따라 다르고 다르다. 언니네 이발관은 자신의 눈에 비친 자신과 타인, 그리고 세상까지 음악언어로 담아 관찰자이자 기록자, 대변자 역할에 충실했다. 그뿐 아니라 갈등하고 꿈꾸며 변화하는 인물을 형상화해 더 풍부하고 능동적인 의지의 인간상을 창조하는 깊이로 음악의 인간학을 완성했다. 언니네 이발관은 예전의 언니네 이발관이 아닌 모습을 남겨두고 쏟아지는 박수가 무색하지 않게 마침표를 찍었다.

이제 우리는 이 음반을 듣고 또 듣다가 언니네 이발관을 잊기도 할 것이다. 그럼에도 시간은 멈추지 않을 것이다. 그사이 언니네 이발관에게도 다시 이야기가 쌓일 것이니 언젠가 그 이야기를 들을 수 있었으면 좋겠다. 언니네 이발관만 할 수 있을 노래를 들으며 삶이 채워지고 저물 수 있기를.

오늘과 만나 더 풍성해진 신중현

신중현 음악의 보물창고를 확인하는 튠업 헌정 앨범
Various Artists ≪신중현 The Origin≫

〈미인〉
https://www.youtube.com/watch?v=Moeux7r2izg

전설이 많은 시대이다. 신화가 많은 시대이다. 이제 신화나 전설이라는 호칭은 TV 연예오락프로그램에서 더 이상 활동하지 않는 대중예술인들을 소개할 때 항상 붙이는 진부한 수사가 되어버렸다. TV 연예오락프로그램들에서 젊은 시청자들만 바라보며 트렌디한 스타만 등장시킬 수는 없기 때문이다. 장년층과 노년층 시청자들을 감안하다 보니 「불후의 명곡」이나 「복면가왕」처럼 옛 대중음악인들이 출연하는 프로그램도 만들기 마련이다. 그때 옛 대중음악인들에게 붙이는 호칭은 늘 신화와 전설이다. 한두 히트곡만 가진 이들도 대단한 스타였던 양 호들갑을 떠는 이유는 시청자들의 향수를 자극하고, 그 시대를 살아보지 못한 젊은 시청자들에게 방송의 정당성을 마련하기 위해서이다. 그러다 보니 전설과 신화는 옛날 사람이라는 관용구로 전락해버렸다.

사실 한국대중음악이 예술 영역에서 평가받기 전에는 전설과 신화라는 의미부여가 드물었다. 1990년대 중후반 강헌, 김창남, 신현준, 이영미, 임진

≪신중현 The Origin≫ ©CJ문화재단

모 등 당시 소장 대중음악평론가들이 대중음악을 예술과 사회적 실천의 영역으로 끌어와, 한국대중음악의 계보학을 써나가기 시작한 후에야 원조와 장인의 위계가 설정되었다. 그에 걸맞은 비평적 수사가 부여되었다. 그 과정에서 신중현은 한국 록의 대부라는 평가를 공식화했다. 1997년 그에게 바쳐진 두 장의 걸작 헌정 음반은 재평가의 절정이었다.

한국 록의 대부 신중현

그가 주도한 밴드 애드훠가 한국 최초의 록 밴드였으며, 그 후 그가 만든 밴드들이 한국 록 음악의 태동과 성장을 이끌었다는 사실을 부정하기는 불가능하다. 그러나 그만이 초기 한국 록의 전부는 아니었다. 그가 만든 음악 또한 록 음악만이 아니었다. 그는 펄 시스터즈, 김추자, 김정미 등을 빌어 소울 음악을 한국화한 주역이며, 당대를 주름잡은 히트곡 제조기였다. 전권을 휘두른 프로듀서였다. 그는 당시 세계를 강타한 사이키델릭 사운드를 탁월하게 한국화한 일렉트릭 기타 연주자이기도 했다. 그의 음악 작업은 2000년대까지 꾸준히 이어졌다.

아무도 그가 전설이자 신화였음을 부정하지 않는다. 그렇지만 그의 음악 작업들이 모두 엄밀하고 정당한 재평가를 받았다고 보기는 어렵다. 그의 음악들 가운데 록 음악만 주목받고, 밴드 시절의 히트곡들은 연주자 신중현의 탁월함을 가리는 측면이 있다. 신중현은 우리가 알고 있는 몇 곡의 히트곡만으로 말할 수 있는 뮤지션이 아니다. 그는 미군 클럽과 그룹사운드와 검열의 시대를 통과하며 스스로 역사가 되어버린 뮤지션이다. 더 구체적인 기록과 평가와 재해석으로 계속 살아 있어야 할 불멸의 창작자이다. 지금 필요한 것은 호들갑스러운 전설과 신화 만들기와 추앙이 아니다. 2017년 6월 14일 수요일 최종 공개한 ≪튠업 헌정 앨범 신중현 The Origin≫은 바로 신중현 다시 읽기, 신중현 다시 쓰기 작업의 신중한 결과물이라는 점에서 주목해야 할 음반이다.

신중현 음악의 높은 완성도와 질박한 사이키델릭성

CJ문화재단이 제작하고, 정원영이 총괄 디렉터를 맡았으며, 이이언이 프로듀서로 참여한 이 음반은 11곡의 신중현 음악을 리메이크했다. CJ문화재단의 신인발굴 프로그램 튠업을 통과한 뮤지션들을 중심으로 꾸려진 뮤지션들은 신중현의 대표곡 <미인>, <아름다운 강산>을 비롯한 곡들을 두루 리메이크했다. ABTB, 아시안 체어샷, 블루파프리카, 이정아&남메아리, 포헤르츠, 박소유&김진규, 후추스&아홉번째, 전국비둘기연합, 블루터틀랜드 등이 참여한 이 음반을 통해 먼저 드러나는 빙하는 신중현 음악의 높은 완성도와 질박한 사이키델릭성, 그리고 한국적 체취와 시대의 공기이다.

기실 리메이크 작업은 리메이크의 원료인 원곡이 빼어나지 않으면 시도하지 않는다. 원곡이 빼어나고 원곡에 익숙하기 때문에 섣불리 시도했다가는 자신의 패를 다 보여주고도 질 수밖에 없는 게임이기도 하다. 그럼에도 이 음반에 참여한 튠업 뮤지션들은 신중현의 원곡이 품은 록 에너지와 음

좌) 신중현 총괄 디렉터 정원영, 우) 신중현 프로듀서 이이언 ©CJ문화재단

악적 핵심을 충실하게 재현하거나 자기화했다.

신중현의 무게에 짓눌리지 않는 음반

<생각해>를 맡은 밴드 ABTB는 끈적끈적한 리듬감을 부각시킨 로킹한 연주로 신중현이 일군 한국 록이 오늘도 튼실하다는 것을 보여주었다. 아시안 체어샷이 6분대로 늘려버린 <그 누가 있었나봐>는 트립합을 더해 신중현의 사이키델릭을 훨씬 풍성하게 살찌웠다. 이 앨범을 대표한다고 할 만큼 화려하고 극적인 구성이 돋보이는 곡은 원창작자 신중현만큼 아시안 체어샷을 주목하게 한다. <긴긴 밤>은 사이키델릭한 곡들 사이에서 어쿠스틱하게 느껴질 만큼 간명하게 재해석한 블루스 스타일이 돋보인다. 오직 몰아치기만 했더라도 좋았겠지만 이렇게 다양한 질감의 곡들을 두루 포진시킴으로써 이 음반은 신중현의 무게에 짓눌리지 않는다. 과거의 거장과

현재의 음악인이 교감하고 대화하며 현재의 음악언어로 말하는 진짜배기 리메이크 음반이다.

싱어송라이터 이정아와 재즈 피아니스트 남메아리가 함께 만든 <나는 너를 사랑해>도 노랫말의 단순함을 다채로운 연주의 변화로 확장해 리메이크 음반다운 음반이 될 수 있게 일조했다. 깔끔한 편곡으로 원곡의 눅진함과 쓸쓸함을 세련되게 되살린 포헤르츠의 <저 여인> 역시 신중현 음악의 현재화라는 과제를 잘 수행했다. 일렉트로닉 음악으로 탈바꿈한 박소유의 <설레임>은 파격적인 재해석을 시도했다. 건조하고 몽롱한 일렉트로닉 사운드와 로큰롤 라디오 김진규의 일렉트릭 기타 연주를 교차시킨 곡은 신중현의 음악을 가장 가까운 오늘로 끌어왔다. 경쾌하면서도 풍부하게 재해석해 사이키델릭한 스타일을 놓치지 않은 <할 말도 없지만>에서는 후추스와 아홉 번째의 감각이 튄다. 신중현의 사이키델릭 록을 폭발시킨 두 곡 <나는 몰라>와 <떠오르는 태양>의 연타는 호쾌하고 자신만만하며 자유롭다.

특히 <떠오르는 태양>을 맡은 블루터틀랜드의 농염한 연주는 과거와 현재를 단번에 잇는다. 강이채, 박윤식, 임헌일, 장기하, 신대철 등 많은 뮤지션들이 참여한 인트로와 아웃트로 격의 <미인>과 <아름다운 강산> 역시 제 역할을 톡톡히 했다.

이렇게 잘 만든 음반에 대한 호평의 한편에 뮤지션과 적절한 곡을 연결하고 조율한 사람, 각자의 스타일과 만나 새롭게 태어날 수 있게 만든 프로듀서 이이언의 수고와 능력 역시 언급해야 마땅하다. 이 음반의 성공, 절반 이상은 그의 몫이다.

금송아지 같은 음악들 찾아보기

이 음반이 반증하는 것은 신중현 음악의 풍성함만이 아니다. 신중현 그 후 풍성해진 한국대중음악의 실체이다. 누군가는 신중현과 동세대 음악인들이 만들어놓은 세계를 충실히 이어받고, 누군가는 새로운 음악으로 나아

≪신중현 The Origin≫ ⓒCJ문화재단

가 오늘의 신중현이 되었다.

이제 100여 년에 이르는 한국대중음악사는 이식을 넘어 혼종과 자기화의 역사에서 산개 중이다. 과거가 현재를 통해 확장하고, 현재 역시 과거를 통해 단단해지는 모습이야말로 가장 이상적이다. 자신의 역사를 스스로 다지는 과정이다. 이 음반은 바로 그 일을 해내면서 이제 다른 역사를 기록하자고 손짓한다. 아직 오늘로 데려오지 못한 신중현 음악의 보물창고를 가리킨다. 여전히 묻혀 있는 한국대중음악의 금맥들을 계속 발굴해 현재로 옮겨오기를. 우리에게는 금송아지가 아직 많으니까.

우리의 주소는 모두 다르다

한 사람의 이야기책
가을방학 ≪마음집≫

〈첫사랑〉
https://www.youtube.com/watch?v=xGHpnOr5isU

음반에는 사람이 있다. 한 장의 음반에는 최소한 한 사람이 있다. 참여한 뮤지션의 수를 이야기하는 것이 아니다. 음반을 만든 이들은 당연히 더 많다. 다만 한 장의 음반은 한 사람의 이야기를 펼친다. 설레고 슬퍼하고 분노하는 한 사람. 오직 하나뿐인 사람. 음반은 그 한 사람의 이야기책이다. 다른 예술 장르와 달리 수많은 인간을 한꺼번에 담기 어려운 음악에서는 늘 한 사람에 집중하는 편이다. 음악 속 주인공은 대개 특정 세대, 젠더, 계급, 세계관, 취향을 담지한다. 그래서 한 음반을 좋아하는 것은 음반 속 인물에 호감을 느끼거나 그 사람이 자신과 별반 다르지 않다는 동의의 표시이다. 특정 음반에 대한 좋아요 숫자로 당대의 멘탈리티와 욕망을 확인할 수 있다.

모든 음반 속 주인공들이 개성 있는 목소리로 특별한 이야기를 들려주지는 않는다. 일부 음반 속 주인공만 자신만의 이야기를 털어놓는다. 어떤 음반 속 주인공은 다른 음반 속 등장인물과 다르지 않다. 그럼에도 사람들은 음반 속 한 사람에 감응한다. 나도 그렇게 산다고, 이건 내 이야기라고, 이 노

가을방학 ≪마음집≫ ⓒ안예지

래는 내 마음 같다고 박수친다. 보컬의 톤, 사운드의 질감, 멜로디, 리듬 등이 이야기를 음악으로 바꿀 때, 가장 큰 역할을 담당하는 건 노랫말이다. 솔직하고 감각적인 노랫말은 한 사람의 감정과 생각을 효과적으로 드러내 한 장의 음반을 한 사람의 자화상으로 색칠한다. 대중음악은 그 많은 자화상이 모인 전시장이며 인문학이다.

남성의 이야기로도 읽을 수 있는 이야기

그렇다면 듀오 가을방학의 음반에는 어떤 사람이 살고 있을까. 2010년 첫 정규 음반을 내놓았던 가을방학은 머뭇거리면서도 자신의 이야기를 다하고, 욕망을 숨기지 않는 사람 이야기를 계속한다. 돈, 사랑, 결혼, 직장 같은 세속의 가치에서 자유롭지 못하다 해도, 그 가치를 위해 마음의 이끌림과 불편함을 억누르거나 감추지 않는 사람은 쿨하고 까칠하며 솔직하고 섬세하다. 보컬리스트 계피의 목소리를 빌어 여성의 목소리로 구현했으나 정바비라는 남성의 이야기로도 읽을 수 있었던 이 예민한 주인공에게 매료된 이들은 가을방학의 팬을 자처했다. 이전 세대에 없었다고 할 수 없으나, 아무래도 지금 청춘을 통과하는 이들의 이야기로 읽을 수밖에 없는 가을방학의 음악은 요즘 젊음의 이야기를 이어갔다.

함부로 가시를 세우지 않는 사람

가을방학의 비정규 음반 역시 마찬가지이다. 정규 3집 이후 발표한 싱글을 모으고 새 노래를 더해 내놓은 비정규 음반 ≪마음집≫에서도 제일 선명하게 다가오는 날갯짓은 음빈의 이야기이다. 이야기 속 한 사람이다. 그/그녀는 '이름이 맘에 든다는 이유만으로 / 같은 계절을 좋아한단 것만으로 / 이렇게 누군갈 좋아하게 되는 / 내가 이상한 걸까요'라고 반문하고, '그댄 절대 변하거나 하지 마요 / 내가 흔들릴 때는 꼭 안아줘요'라고 고슴도치 같은 자신의 가시를 삐죽 세워본다. 조금 이상하다 싶을 수도 있지만 찌를 생각은 없다. 그저 자신에게 충실할 뿐이다.

그/그녀는 잠이 오지 않는 여름밤, 맥주를 들고 늘 듣던 노래를 틀어둔 채 생각에 잠기기도 하는 사람이다. '어떤 삶을 갖고 어떻게 살든 가끔씩 완벽한 순간이' 온다는 것을 아는 사람이고, '여름밤은 많이 남아 있'다는 것도 아는 사람. 삶을 좀 아는 성인이다.

가을방학에 빠져드는 이유

언젠가 자신의 모습이 '꼭 쓰레기 더미에 앉은 곰인형 같단 걸' 모르지 않고, '혼자가 된 자신에 감탄하며 / 조금은 웃었다고' 말할 수 있는 사람은 늘 행복하지는 않더라도 크게 흔들리지 않을 것이다. 자신을 완전히 컨트롤할 수는 없다 해도 자신의 상처와 약점이 무엇인지 알고 있어 '비 오는 날엔 모르는 노랜 듣고 싶지 않은' 사람은 어떤 일에도 처음처럼 어쩔 줄 몰라 허둥대며 정처 없지 않을 것이다.

그/그녀는 모르지 않는다. '모두가 떠난 그 자리 / 나만 홀로 남'는 것 같

가을방학 ⓒ정은

은 기분을. 즐기지도 놓지도 못하고 서성대던 자신을. 지금의 자신이 그때의 자신과 많이 다르지 않을 수 있다는 것을. 그러나 그/그녀는 자신을 자책하거나 미워하지 않는다. 오래된 상처들이 자신의 일부가 될 만큼 적지 않은 시간을 살아온 덕분이다. 마음이 덧나고 아물고 다시 덧나기를 반복하며 단단해진 덕분이다.

그리고 '같은 공간 같은 시간을 함께하여도 / 우린 모두 조금씩 다른 주기를 돌'고 있다는 것을 알기 때문이다. 다른 나를 담담하게 받아들이고, 다른 이의 차이에 대해 인정할 줄 아는 그/그녀는 함께 무언가 해내고, 공동의 가치와 이익을 위해 살아가지 않더라도 다른 이들을 차분하게 바라볼 줄 아는 개인주의자 같다. 가시가 있어도 함부로 세우지 않는, 진솔하고 성숙한 개인을 만들어내는 능력이 가을방학의 매력이자 가을방학에 빠져드는 이유이다.

어쿠스틱 팝의 아기자기함을 극대화하다

그렇지만 가을방학의 매력이 이야기와 인간형만은 아니다. 편안한 어쿠스틱 팝 사운드에 담백하고 부드러워 은은한 계피의 보컬, 그리고 노래 속 이야기를 보컬로 연결하는 자연스러운 멜로디는 가을방학의 이야기를 음악으로 완성한다. 한 곡의 음악 속 이야기를 효과적으로 표현하기 위해 연출한 다양한 음악적 변주는 곡과 곡을 명확하게 구별한다.

경쾌하고 발랄한 리듬의 곡들이 많은데, 가을방학은 어쿠스틱 기타 스트로크 연주와 드러밍뿐만 아니라 건반과 일렉트릭 기타, 현악기 등을 적절하게 결합시켰다. 보컬에도 조명을 효과적으로 떨어뜨리면서 어쿠스틱 팝의 아기자기함을 극대화했다. 이 아기자기함은 가을방학의 능력을 증명하며, 이토록 다채로운 마음으로 채워진 한 사람의 내면을 샅샅이 해부한다. 그리하여 이 음반은 음반의 제목처럼 한 사람의 마음을 모은 모음집으로, 혹은 마음이라는 집 자체를 드러내는 음반으로 완공되었다. 오래전부터 살고 있던 집을 멀찍이 떨어져 다시 본다. 그리고 그 집으로 돌아간다. 우리의 주소는 모두 다르다.

가을방학 ⓒ정은

드물어 귀하고 흥겨운 전통과 뿌리 옹호

오래된 생태주의
노선택과 소울소스 ≪Back When Tigers Smoked≫

〈Sing a Song and Dance〉
https://www.youtube.com/watch?v=wxyJftJF-uQ

대부분의 음반은 커버, 표지를 보면 대충 안다. 음반 커버는 이 음반이 무엇을 말하려 하고, 어떤 사운드와 메시지를 담았는지 가장 먼저 드러낸다.

가령 예전 트로트 음반 표지에는 항상 정장을 단정하게 입은 가수들이 등장했다. 성인 음악이라는 의미다. 재즈 레이블 ECM이 음반 이미지를 일관되게 통일해 디자인한 이유도 동일하다.

노선택과 소울소스의 정규 1집 ≪Back When Tigers Smoked≫의 커버는 어떤가. 민화작가 김혜경이 그린 민화에서 소나무 아래 호랑이는 토끼가 물려주는 곰방대를 물려 한다. 다른 민화에는 호랑이 한 마리 복사꽃 사이에 앉았다. 현대의 유화가 아니고 추상화도 아니다. 사진도 그래픽 디자인도 아니다. 옛 그림 스타일 민화이다. 한국적이고 전통적인 정서와 무관하지 않다는 이야기이다. 고급스럽기보다 민중적이고 대중적이라는 의미일 수 있다. 실제로 그림 속 호랑이는 전혀 무섭지 않다. 이를 드러내도 큰 눈을 반짝여 귀여울 지경이다. 대부분의 민화에 배어 있는 해학이 똑같이 느껴진

노선택과 소울소스 ≪Back When Tigers Smoked≫ ⓒ동양표준음향사

다. 음악에서도 흥과 해학이 예상된다.

민화와 닮은 노선택과 소울소스의 레게

노선택과 소울소스의 레게 음악은 민화와 다르지 않다. 레게 음악은 자메이카에서 싹터 성장하는 동안 특유의 리듬감으로 듣는 이들을 춤추게 하고, 여유롭게 했다. 훗날 펑크와 만나고 덥(Dub)사운드로 나아가면서 조금 다른 사운드를 갖게 되었지만, 민화에 질박한 해학과 삶의 의지를 담듯 레게 음악은 친근하고 여유로울 때가 많다.

민화와 레게를 연결하는 정서는 토속이라거나 민속이라는 단어로 표현할 수 있는 전통적이고 자연적인 삶이다. 이제 토속, 민속, 전통, 자연 같은 단어와 이미지 모두 자본주의 상품 구조 안에 포획되었지만, 말들에 쌓인 시간은 자본주의의 시간을 뛰어넘는다. 우리는 오래도록 땅에 뿌리내린 채 살아왔고, 크게 달라진 적 없는 근대 이전의 삶은 자본주의의 시간보다 길었다. 땅과 강과 바다에 기대어 마을에서 함께 일하고 사랑하며 살아온 시간은 전통 안에 무수한 유무형의 유산을 낳았다. 봉건적이고 가부장적이었으나 모든 전통이 낡고 쓸모없는 유산만은 아니다.

노선택과 소울소스가 상 차린 한국 레게

노선택과 소울소스가 음반에 담고자 하는 메시지는 바로 전통과 뿌리에 대한 옹호와 재현이다. 노선택과 소울소스가 한국 전통음악을 하지 않는다는 사실이 문제가 되지는 않는다. 노선택과 소울소스는 레게 음악을 하지만 자메이카의 레게 사운드와 얼마나 똑같은지 연연하지 않는다. 레게 음악의 다양한 방법론을 능숙하게 체현한 이들은 일렉트릭 기타, 베이스 기타, 건반, 드럼, 바이올린, 퍼커션, 색소폰, 플루겔혼 등의 악기로 레게의 사운드를 쌓으며, 사운드 안에 잠재한 질박함과 흥겨움을 한국의 질감과 정신으로 연결한다. 노선택과 소울소스가 연결하려는 한국적 질감은 한국 전통악기와의 협연이기도 하고, 전통 소리와의 협연이기도 하다. 전통 가치에 대한 옹호이자, 오늘 한국이 지향해야 할 오래된 정신의 복기이다.

음반의 첫 곡 <The Beginning of The End>에서부터 사운드는 농염하고 메시지는 철학적이다. 이어지는 <The Night of Mt. Naeba>는 펑키한 리듬감 위에 타령 같기도 하고 트로트 같기도 한 멜로디를 펼쳐놓는다. 멜로디를 반복하고, 서로 다른 악기로 변주하며 더욱 혼곤해진다. 첩첩산중 당나귀를 타고 취해 들어가는 듯 꿈 같은 사운드의 세계는 재즈를 비롯한 여러 장르를 한솥에 끓였다. 레게의 문법에 충실한 <Singing a Song and Dance>에서는 '삶에 힘겨울 때', '우리 모두 덩실덩실 춤을' 추자며 레게를 삶으로 끌어들인다. <Blooming Mind>는 바이올린과 건반 중심의 서정적이고 몽환적인 흥겨움을 창출하고, <Sound Man>은 레게의 리듬감에 '널리 인간을 이롭게 하는' 홍익인간의 정신을 실어 노래함으로써 한국의 레게를 상 차린다.

노선택과 소울소스 ⓒ이준헌

전통에 대한 순박한 자긍심

좀 더 한국적인 접근을 보여주는 곡들은 중반부부터 걸쭉하게 이어진다. <Red Tiger>는 소리꾼 김율희의 질박한 소리를 전면에 배치하고 덥으로 연결함으로써 두 음악이 지닌 끈끈하고 농염한 기운을 성공적으로 결합시킨다. 그리고 <조랑말을 타고>는 이 땅에서 출발해 세계를 연결하는 여행의 서사를 풀어 한국적인 삶에 대한 애정과 자신감을 드러낸다. 노랫말로 슬쩍 된장찌개와 모내기와 백두산을 이야기할 때, 한국의 전통에 대한 순박한 자긍심이 드러난다. 가장 드라마틱한 구성으로 화려한 연주력을 뽐내는 곡은 최근 한국대중음악에서 좀처럼 만날 수 없었던 전통성과 현장성을 노랫말과 연주 안에 담아낸다. 그리고 투박한 뿌리음악의 힘과 정서까지 복원해냄으로써 흙냄새 가득한 기쁨을 안겨준다.

지금 이곳의 이야기는 <이 시간>으로 이어진다. <닭의 목을 비틀어도>는 사설조의 노래로 '불의의 만행들'을 고발하면서 지금 이곳의 노래를 이어간다. <향농가> 역시 마찬가지이다. 농사의 중요함과 기쁨을 역설하고, 온 자연이 연결되어 있다는 이야기, 농촌과 우리 모두가 함께 살아야 한다는 이야기는 소박하고 숭고하고 오래된 전통적 생태주의 바로 그것이다. 요즘 '농촌이 살아야 / 도시가 살고'라고 노래하는 음악이 얼마나 되는가. 노선택과 소울소스는 1990년대 중반 '신토불이' 이후 거의 소멸해버린 메시지를 부활시킨다.

전통의 본질과 정신을 재현하다

노선택과 소울소스 음반의 메시지는 좋은 게 좋다는 이야기가 아니다. '멈춤 없는 경제성장 / 과거에도 없고 미래도 없다'는 노랫말로 자본주의 세계화와 성장 제일주의를 비판하고 생태적 삶을 옹호함으로써 노선택과 소울소스의 음악은 전통에 대한 일방적 찬미와 계승을 벗어난다. 전통과 토속적 삶의 형식에 갇히지 않고, 정신의 본질을 오늘에 대한 비판으로 확장하면서 튼실한 음악언어로 쌓는 노선택과 소울소스의 음악은 농부의 그을린 팔다리처럼 굳건하면서도 여유롭고 다정하다. 전통을 지키고 되살려야 한다고 외치는 이들은 많아도 전통의 본질과 정신을 오늘의 언어와 현실로 재현하는 이들은 많지 않은 오늘, 노선택과 소울소스의 음악은 드물고 귀하다. 스스로 드물고 귀하다 말하지 않고 그저 흥겨운 노래가 됨으로써 더욱 드물고 귀하다.

노선택과 소울소스 ©이준헌

두 음악가가 보여주는 진실 그리고 실제

인간의 마음을 사로잡는 음악
텐거 ≪Spiritual≫

〈Spiritual〉
https://www.youtube.com/watch?v=MSuX2GIDjPk

숨은 명곡이라거나 숨어 있는 예술가 같은 말을 그다지 좋아하지 않는다. 곡이 스스로 숨으려 할 리 없고, 예술가 역시 마찬가지이기 때문이다. 물론 예술가들 중에서는 자신을 드러내고 싶어 하지 않는 성정을 가진 이들이 있다. 하지만 예술가들이 죄다 골방에 숨어 혼자 작업하길 좋아한다는 이미지는 환상에 가깝다. 예술가라고 모두 숨어 있기 좋은 방에 머무르고 싶어 하지는 않는다. 어떻게든 자신을 드러내지 않으면 예술가로 살아남을 수 없는 시대 아닌가. 소셜 미디어를 하고, 언론에 소개되지 않으면 생존할 수 없는 시대에 은둔과 미발견의 이미지를 강조하는 일은 고전적인 예술가상에 기대 예술가를 팔아보려는 마케팅 전략에 가깝다.

그래서 알려지지 않은 좋은 음악이 있다 해도 음악과 예술가를 신비화하고 경배할 일은 아니다. 클릭 한두 번만 하면 세상의 거의 모든 음악을 들을 수 있는 시대에 왜 이 음악을 발견하지 못했을지 되짚어봐야 한다. 일단 유행을 무시할 수 없다. 많은 이들은 지금 유행하는 음악만으로 만족한다. 트

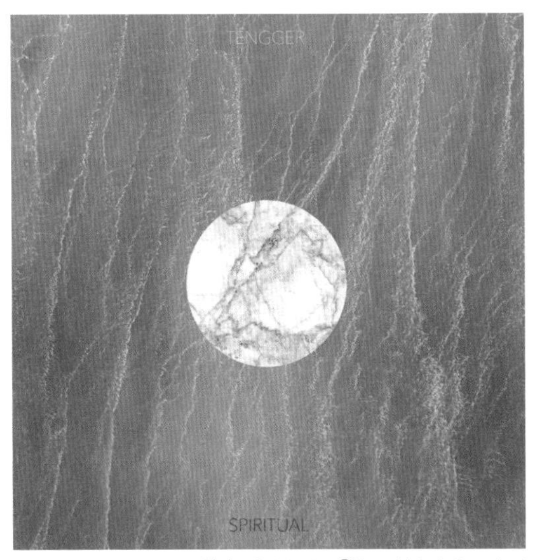

텐거 ≪Spiritual≫ ©Extra Noir & Seendosi

렌드에서 벗어난 음악을 좋아하려면 징검다리가 필요하고 연습이 필요하다. 무엇보다 다른 음악을 찾아 들을 수 있는 여유가 있어야 한다. 다양한 음악을 찾아 듣겠다는 욕구를 지키고 키울 수 있는 환경이어야 한다. 그래야 숨은 명곡, 숨어 있는 예술가 같은 말이 사라진다.

있다와 마르키도의 팀 텐거

서론이 길었다. 일렉트로닉 뮤지션 텐거와 그들의 음악을 신비화하고 싶지 않기 때문이다. 1997년부터 본격적인 공연을 시작한 일렉트로닉 뮤지션 있다와 마르키도가 텐 이후 결성한 듀엣 텐거. 아는 이들보다 모를 이들이 더 많을 텐거의 음악은 일렉트로닉 음악이다. 하지만 유행하는 일렉트로닉 댄스 음악은 아니다. 텐거의 음악은 있나가 연주하는 인디언 하모니움과 마르키도가 연주하는 신시사이저 음악으로 채워진다.

≪Spiritual≫ 음반 역시 마찬가지이다. 음반의 수록곡은 총 8곡. 노래가 주

도하지 않는 음악은 끝나지 않고 하염없이 이어질 듯 흘러간다. 신시사이저가 만드는 투박한 리듬감과 단순한 멜로디 위에 인디언 하모니움이 몽롱하고 서정적인 사운드를 빚어 덮는 방식이다. 매우 단순한 구조처럼 여겨지는 음악인데, 이 단순한 결합이 창조하는 친숙함과 전복의 쾌감이 강렬하다.

삶을 음악으로 재현하다

음반의 첫 곡인 <spiritual>의 단순한 반복은 하루하루 별다를 것 없이 이어지는 우리네 삶을 음악으로 재현한 것 같다. 그러나 텐거는 인디언 하모니움과 신시사이저뿐만 아니라 있다의 보컬까지 꿈결처럼 입힘으로써 일상과 음악의 모든 순간을 무의식과 영혼이 함께하는 신비로운 순간으로 탈바꿈시킨다.

인간은 이성만으로 존재할 수 없다. 이성의 기저에 이성보다 거대한 무의식이 있고, 영혼이 있다. 현대의 예술은 이성으로 담을 수 없는 무의식과 영혼에 대한 탐구와 재현인 경우가 많다. 그러나 이 같은 탐구와 재현은 의미와 깊이에도 불구하고 인기를 끌지 못하는 경우가 대부분이다. 특히 객관적 사실을 기록하기보다 감정과 인상을 드러내거나 본질을 소리로 재현하는 음악은 음악가의 의도가 듣는 이들 앞에서 번번이 미끄러질 수밖에 없다. 노랫말을 빌어 음악의 서사를 구체적으로 드러내거나 쉽게 잘 들리는 멜로디와 리듬을 결합하지 않는 음악은 어렵다는 오해를 피하기 어렵다.

그러나 인간 자체가 결코 다 알 수 없는 존재이다. 아무리 과학이 발전한다 해도 인간의 마음은 끝내 모를 것이며, 끝내 모를 것이어서 신비롭고 아름답다. 비밀이 인간을 인간답게 한다. 음악은 끝내 알 수 없는 자신이라는 존재를 향해 결국 실패할 걸음을 옮기는 시시포스처럼 멜로디를 쏘아올리고 리듬을 흘려보내는지 모른다. 이것이 인간의 전부는 아닐지라도 자신이

텐거 ⓒ텐거

본 인간은 이렇게밖에 표현할 수 없다고 노래하고 연주하는 것 아닐는지. 그리고 그 작품들이 거울이 되어 스스로를 비추는 것 아닐는지.

탈주와 침잠과 충돌과 감응

텐거의 음반 ≪Spiritual≫을 들으면 인간에 대해 혹은 자신에 대해 생각하게 된다. 영혼에 대해, 지구인에 대해, 바라봄에 대해, 종소리에 대해, 춤에 대해, 음악에 대해 생각하면서, 보이지 않지만 이 세계에 가득 찬 어떤 기운과 그 기운에 이르러 음악으로 옮기려는 마음까지 생각하게 된다. 이성으로 움직인다고 생각하는 생활의 순간순간, 그 속되고 보잘것없는 삶 사이에 흐르는 무수한 무의식과 욕망과 의지와 가치. 그것이 모두 모인 존재가 인간이다.

텐거의 음악은 그 남루함과 모호함과 은밀함을 모두 껴안으며 인간을 보여준다. 분리할 수 없는 인간. 분리될 수 없는 인간. 분리할 필요가 없는 인간. 부끄럽고 지겹지만 알 수 없고 신비롭다고 말하지 않을 수 없는 인간이 텐거의 음악에 모두 붙잡혔다. 반복되는 리듬과 유영하듯 흘러가는 신시사이저, 그리고 무드와 서사를 강화하는 보컬의 조합은 지금도 아니고 이곳도 아니지만 지금 이곳과 멀지 않은 시공간으로 인도한다. 그 탈주와 침잠과 충돌과 감응이 텐거의 음악적 본질이며 가치이다. 숨어 있지 않은, 그저 자신의 음악으로 살아갈 뿐인 두 음악가가 들려주고 알려주는 세계. 어쩌면 우리가 외면했을지 모를 음악이 보여주는, 이미 존재하고 있으나 자주 만나지 않았을 뿐인 진실 그리고 실제.

텐거 ©텐거

세상 모든 사악함을 베어버리다

격렬한 쟁투
팎 ≪살풀이≫

〈곤〉
https://www.youtube.com/watch?v=GmwXxnFuMBE

한국대중음악시장에서 다양성은 충분하다. 록, 알앤비, 일렉트로닉, 재즈, 팝, 포크, 힙합을 비롯한 대부분의 장르에서 완성도 높은 음악을 계속 만들고 있다. 해외 대중음악과 비교해도 손색이 없다. 다만 모를 뿐이다. 음악 마니아가 아니라면, 열심히 찾아 듣는 사람이 아니라면 있어도 있는지 모른다. 테크놀로지가 발전해 스마트폰 몇 번만 클릭하면 되는데도 모른다. 아이돌 그룹들 말고, 노래 잘하는 팝 뮤지션들 말고, 오래된 스타들 말고 여러 장르의 뮤지션들이 두루 넘친다는 사실을 모른다. 오래 활동한 뮤지션들을 신화와 전설로 떠받들 줄은 알아도, 훗날 신화가 되고 전설이 될 뮤지션은 모른다. 차트에 눈과 귀가 집중되는 동안 음악의 다양성을 지키고, 서로 다른 음악언어의 아름다움이 사라지지 않게 하는 소금 같은 뮤지션들이 있다는 걸 모른 채 산다.

이제 음악은 정보와 데이터의 홍수 속에서 단숨에 매혹해야 하지만, 금세 잊어버리는 콘텐츠 중 하나일 뿐이다. 뮤직비디오와 입담과 캐릭터로

팍 ≪살풀이≫ ⓒ팍

눈길을 끌고 재미를 주면 좋으련만, 세상 모든 뮤지션이 그렇게 다재다능할 수 있을까. 사실 음악은 그저 음악일 뿐 다른 무엇이 될 수 없을 때가 훨씬 많다. 그러나 음악은 그저 음악일 뿐이어도 충분하지 않을까. 밴드 팍(Pakk)이 내놓은 음반 ≪살풀이≫처럼.

비분강개와 분노가 빚은 음반

해파리소년과 아폴로18에서 활동한 뮤지션 김대인이 박현석, 김태호와 2014년 5월에 결성한 밴드 팍은 2016년 카세트 테이프로 ≪곡소리≫ 음반을 발표한 바 있다. 3인조 밴드의 체제로도 사이키델릭한 사운드를 터트렸던 팍은 ≪살풀이≫ 음반에서도 폭발적인 사운드를 자유롭고 농염하고 장엄하게 펼쳐놓았다.

밴드의 리더인 김대인은 음반 소개글에 이렇게 적었다. '곡소리가 가득했던 시간들이 무색하게도 세상은 여전히 불공평하고 부조리가 판을 치며 추악한 모리배들로 가득하다'고. '상처 입은 자들은 비루한 술잔을 기울이며 보이지 않는 내일을 안주 삼아 자위하지만, 슬픔은 분노를 넘어 살기를 품고 비수가 되어 서로에게 꽂힌다. 이 앨범은 현세에 가득 차 있는 악한 기운들에 대한 살풀이다'라고.

그렇다. 이 음반은 비분강개와 분노가 빚어낸 음반이다. 전작의 제목이기도 했던 '곡소리'의 시간이 지나고도 불공평과 부조리와 모리배가 넘실대는 세상에 대한 분노가 이 음반을 만들었다. 밴드 팎은 그렇다고 민중가요처럼 구체적으로 문제점을 비판하지 않는다. 대신 팎은 살풀이를 빌려온다. 무속 신앙에 기반을 둔 살풀이는 '살'이라고 표현하는 사악한 기운을 모조리 풀어 없애기 위한 대응방식이다. 무속 음악과 노래, 춤을 결합해 기도하고 춤추고 노래하면서 살을 소멸시킨다. 살을 푼다는 무속신앙의 대응이 얼마나 효과가 있는지 묻는 일은 의미가 없다. 사악함에 대한 종교적 대응이 예술의 형태로 재편되고, 독자적인 예술 장르로 이어진다는 사실이 중요하다.

살이라는 사악함에 맞서 싸우는 의식은 당연히 격렬한 쟁투일 수밖에 없다. 눈에 보이지 않으나 존재한다고 믿는 실체에 다가가 말을 걸고 싸우고 물리치는 살풀이 의식은 살이 죽거나 내가 죽는 삶과 죽음의 한판 갈림길이다. 살이 죽어야 내가 살고 우리가 산다. 목숨을 건 싸움과 살의 소멸로만 삶이 지켜진다. 그 싸움은 혼령의 세계에서 벌어지기 때문에 사이키델릭한 사운드로 표현할 수밖에 없다.

록으로 수행하는 한판의 제의

밴드 팎은 그 격렬하고 사이키델릭한 싸움을 록의 언어로 재현한다. <연적>, <곤>, <살>, <협>, <해>, <악>, <겁>, <유>, <파>, <재>, <여적>으로 이어지는 11곡의 음악은 록으로 수행하는 한판의 제의이다. 팎은 살풀이라는 방식을 제목으로 쓰면서도, 전통음악의 어법을 빌어오거나 계승하지 않는다.

팎 ©팎

대신 자신들이 해왔던 록 음악 어법으로도 대결과 신명이 가능하다는 것을 보여준다. 11곡의 음악은 노랫말조차 주문처럼 읊조린다. 그리고 일렉트릭 기타와 드럼, 베이스 기타의 즉흥성을 극대화하면서 어울리고 교전하는 순간의 뜨겁고 분방한 에너지를 고스란히 옮겨 담았다. 일렉트릭 기타의 리프가 반복적으로 돌출하면서 테마를 던져놓았다가 순식간에 도주하고, 드럼은 일렉트릭 기타가 재현한 쟁투에 뼈대와 속도감을 불어넣는다.

그러나 예상할 수 없는 살풀이의 쟁투가 그러하듯 이들의 음악 역시 예상할 수 있는 경로를 충실하게 따라가지 않는다. 여기서 튀어나오고 저기서 튀어나오는 살들, 여기로 숨고 저기로 숨는 살들을 쫓아가듯 리듬과 멜로디와 사운드 모두 변화무쌍하다. 밴드 팎은 살풀이에 깃든 간절함과 치열함을 자유분방한 기승전결의 서사로 표현해냄과 동시에 매 순간 다른 아름다움을 불어넣는다. 베이스 기타, 일렉트릭 기타, 드럼의 연주가 개별적으로 내달리거나 합쳐질 때 음악은 때로 호쾌하고 장엄하다. 동시에 맹렬하고 고독하다.

충만하고 전투적인 에너지

분노의 쟁투를 대신하는 연주는 그 순간 재현할 수 있는 아름다움을 잠시도 놓치지 않는다. 밴드 펀은 거칠고 생생한 분노를 아름다움으로 달구고, 간절한 기원이 되어 숭고해지는 서사 역시 아름답게 조인다. 헤비메탈과 하드코어, 포스트록을 넘나드는 음악에서 장르 언어를 내밀하게 구분하는 일은 의미가 없다. 밴드 펀 역시 개별 장르의 언어를 충실하게 재현하기보다 그 언어가 지닌 장점을 최대한 끌어내고 뒤섞음으로써 표현하려는 분노와 간절함을 적확하게 담고 증폭하는 데 열중한다. 질주하는 듯 내달리다가 순식간에 방향을 바꿔 몰아치면서도 흔들리지 않는 에너지는 충만하고 날섰다.

횃불처럼 타오르는 마음

이 음반은 펀이라는 밴드의 에너지와 기량을 보여주기에 전혀 부족하지 않은 음반이다. 2017년 한국 록의 역사와 깊이를 증명하는 역작이기도 하다. 또한 촛불이 꺼지고 새로운 대통령이 등장한 순간의 무의식에 담긴 열렬한 욕망을 드러내는 문제적 작품이기도 하다. 예의 바르고 단정한 언어로는 도저히 다 담아낼 수 없는 열망. 쉽게 꺾이고 잊고 용서할 수 없는 마음들이 횃불처럼 타오른다. 온갖 살들이 다 풀릴 때까지 가만히 있지 않겠다고. 다 쏟아내고 다 베어버리고 새로운 세상을 맞을 때까지 춤추고 노래하겠다고.

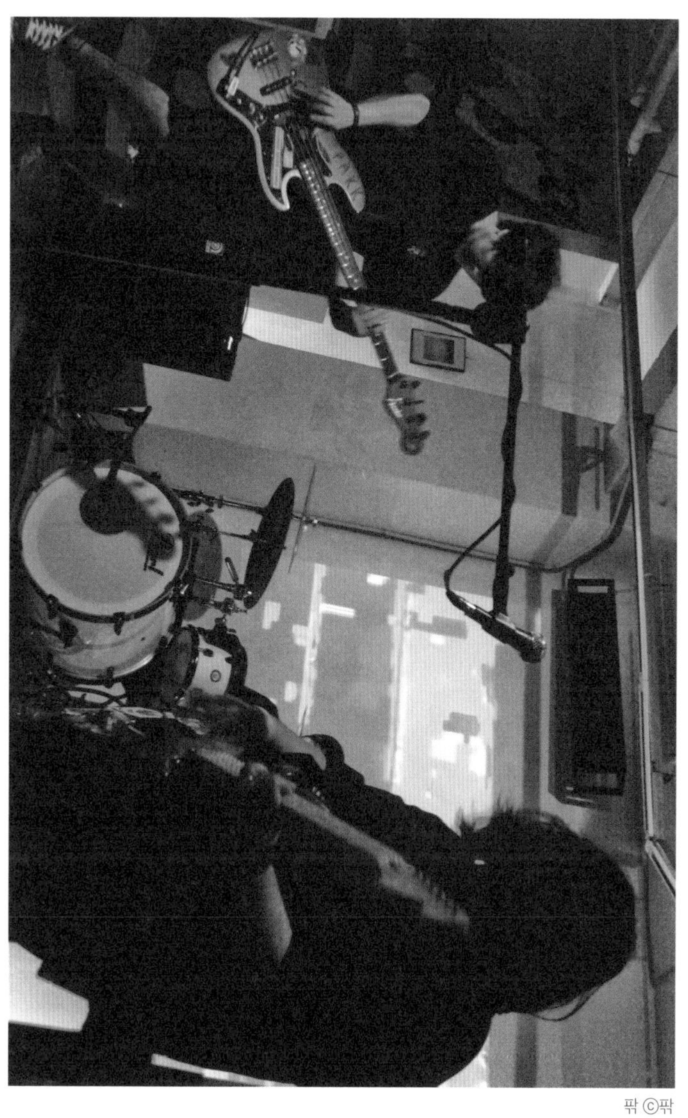

팎 ©팎

아이유 그 이상을 보여주다

아이유표 리메이크 음반
아이유 ≪꽃갈피 2≫

〈어젯밤 이야기〉
https://www.youtube.com/watch?v=cxcxskPKtil

이제 한국대중음악 시장에서 리메이크 작업은 흔하다. TV 오디션/서바이벌 음악 프로그램에서 리메이크 곡들이 쏟아진다. 하지만 2000년대 초반까지만 해도 리메이크 작업은 드물었다. 신중현 헌정 음반이나 김광석의 다시 부르기 음반이 있기는 했다. 윤도현 밴드, 조관우, 조성모의 리메이크 음반이 인기를 끌기도 했다. 그럼에도 리메이크 작업을 하는 뮤지션은 소수였다. 옛날 노래를 다시 부르느니 자신의 창작곡으로 승부해야 한다는 쪽이었다. 그래도 충분히 인기를 얻을 수 있다고 생각했다.

리메이크 작업이 활발해진 것은 2004년 이수영이 ≪광화문 연가≫ 음반을 발표한 후부터이다. 이후 「슈퍼스타 K」나 「나는 가수다」처럼 화제가 된 음악 서바이벌/오디션 프로그램에서 미션 곡으로 리메이크 곡을 선택하면서부터 리메이크 작업은 흔해졌다.

아이유 ≪꽃갈피 2≫ ⓒ카카오엠

리메이크 작업의 의도와 효과

대개 리메이크 작업은 뮤지션 자신이 좋아하고 존경하는 음악인에게 헌정하기 위해 만들거나, 자신의 능력을 펼쳐 보이기 위해 만든다. 전자의 경우 자신이 특정 장르와 뮤지션의 계보를 잇는 뮤지션이라는 사실을 공인하는 효과가 있다. 자신이 이러한 음악을 들어왔고 존경해왔으며, 이 뮤지션의 뒤를 잇겠다는 포부를 드러내려 할 때 리메이크 음반은 말보다 적절하다. 실제로 김광석과 윤도현 밴드의 리메이크 음반은 그들이 한국 포크와 록의 역사와 계보를 잇는 뮤지션이라는 의미를 부여하고 공증하는 데 크게 기여했다.

리메이크 작업은 기존 인기곡이나 명곡을 재해석하기 때문에 원곡의 완성도와 인기에 기대는 측면이 있다. 하지만 원곡의 완성도를 훼손하지 않으면서 독창적인 해석을 가미해야 한다는 부담이 있다. 리메이크 작업을 쉽게 하지 않는 이유이다. 그렇지만 잘 해내기만 한다면 자신의 능력을 보여주는 데 매우 효과적이다.

그런데 최근 방송에서 자주 시도하는 리메이크 작업은 의미가 조금 다르다. 최근의 리메이크 작업은 현재 유행하는 음악에 적응하지 못하는 기성세대를 위한 당의정에 가깝다. 트렌디한 음악들에 좀처럼 적응하지 못하는 기성세대들에게 아는 노래를 계속 수혈하는 역할을 하기 때문이다. 노래를 부르는 이가 누구인지는 잘 모르지만 분명 아는 노래이고 좋아하는 노래이다. 덕분에 모르는 뮤지션들이 나오는 서바이벌이나 오디션 프로그램도 얼마든지 좋아할 수 있다. TV 프로그램의 시청률을 보장하는 처방이다. 리메이크 곡을 찾아 들으면서 온라인 음악서비스도 좀 더 자주 이용하게 된다. 리메이크 곡을 잘 소화하면 젊은 세대들뿐만 아니라 기성세대들에게도 사랑받는 뮤지션이 될 수 있다. 더 많은 세대를 포괄하는 스타가 될 수 있게 돕고, 음악 시장이 유지/성장할 수 있게 하는 기제로 리메이크는 효과적이다. 아이돌 뮤지션들이 TV와 차트를 점령해버린 시대에 리메이크 곡들이 더 많이 나오는 현실은 상징적이다.

아이유가 활용하는 리메이크 작업

두 번째 리메이크 음반 ≪꽃갈피 2≫를 내놓은 뮤지션 아이유 역시 리메이크 음반을 효과적으로 활용했다. 2008년 데뷔한 아이유는 싱어송라이터보다 귀엽고 발랄한 국민여동생 콘셉트로 뒤늦게 주목받았다. 그러나 아이유는 성공을 동력으로 하고 싶은 이야기를 계속하면서, 자신이 욕망과 의지의 세계를 지닌 싱어송라이터라는 사실을 확정하는 중이다. 그 과정에서 내놓은 첫 번째 리메이크 음반 ≪꽃갈피≫는 1980년대와 1990년대 세대들을 정확하게 겨냥해 손짓했다. 자신도 옛 노래를 알고, 좋아하고, 존중한다고. 자신은 젊고 인기 있는 요즘 연예인이 아니라, 음악을 많이 듣고 옛 노래도 잘 소화할 수 있는 뮤지션이라고 알리는 데 리메이크 음반은 제격이었다.

아이유 ⓒ카카오엠

세대를 아우르는 뮤지션 아이유

2017년 9월 22일 아이유는 두 번째 리메이크 음반을 내놓았다. ≪꽃갈피 둘≫에는 <가을 아침>, <비밀의 화원>, <잠 못 드는 밤 비는 내리고>, <어젯밤 이야기>, <개여울>, <매일 그대와>까지 6곡의 노래를 담았다. 1970년대부터 2000년대까지의 한국대중음악의 명곡이나 인기곡을 아우른 음반의 선곡 역시 동년배의 팬들만 노리지 않는다. 이 음악들을 들으며 성장했던 윗세대까지 겨눈다. 아이유는 솔로 음반을 통해서는 자신의 세대에게 어필하고, 리메이크 음반을 통해서는 윗세대까지 아우르는 전략을 쓴다. 그렇게 함으로써 아이유는 동세대에게만 인기를 끄는 스타가 아니라 훨씬 많은 세대를 커버하는 뮤지션의 위상을 굳혔다. 2017년 상반기에 인기를 끌었던 에일리, 악동뮤지션, 트와이스, 볼빨간 사춘기, 크러쉬 같은 뮤지션 누구도 하지 않았고 쉽게 할 수 없는 일이다. 국민가수라는 광범위한 인기가 불가능해진 시대에 아이유만은 세대를 아우르는 뮤지션이라는 위치를 점유하는 데 리메이크 음반이 기여하는 바가 적지 않다.

「효리네 민박」에서 아이유가 보여준 성실하고 섬세한 모습이나, 선배 뮤지션 이상순, 이효리, 장필순 등과 소통하고 배우는 모습 역시 과거를 배우고 존중하는 아이유의 예의 바르고 깊은 이미지를 강화하는 데 기여했다. 하물며 아이유가 내내 들고 있던 책이 『카라마조프의 형제들』이었다는 사실도 허투루 넘길 수 없다.

아이유의 차이와 개성

음반의 선곡도 마찬가지이다. 단지 좋은 노래를 고른 것만이 아니다. 30여 년의 시간을 아울러 곡을 고른 폭넓은 시야는 팝 발라드, 포크, 댄스까지 포괄한다. 각 곡의 편곡과 연주는 참여 뮤지션의 면면만큼 훌륭하다. 그리고 아이유는 발랄하고, 담담하고, 쓸쓸하게 노래하는 모습을 다 잘 소화한다.

그뿐 아니다. '응석만 부렸던' 아들의 성숙을 담은 <가을 아침>과 '어제의 일들은 잊어 / 누구나 조금씩은 틀려 / 완벽한 사람은 없어 / 실수투성이고 외로운 나를 봐'라는 성찰을 담담하게 노래한 <비밀의 화원>은 아이유의 성숙을 대리한다. 농염하지만 절제한 <잠 못 드는 밤 비는 내리고>와 여성 주체의 쿨한 피로감을 부각시킨 <어젯밤 이야기>도 원곡의 무게에 기죽지 않는 아이유의 차이와 개성을 돌올하게 새긴다.

더 주의 깊게 살피고 들어야 할 아이유

그리고 정미조가 불렀던 명곡 <개여울>에 이르러 아이유는 젊거나 어리다고 치부할 수 없는 성인의 면모를 드러내면서 어덜트 컨템포러리 뮤지션으로서 아이유의 가능성을 무조건 긍정하게 만들고 만다. 정미조와는 다르지만 쓸쓸하고 처연한 분위기를 만들어내는 아이유의 모습은 이제 아이유가 자신이 태어나지도 않았던 시기에 만들어진 한국대중음악의 빛나는 유산까지 소화하고 재구성할 수 있는 품 넓은 뮤지션이라는 사실을 명명백백하게 보여준다. 아이유는 이제 우리가 알고 있는 아이유 그 이상으로 나아가며, 더 주의 깊게 살피고 들어야 하는 뮤지션이 되었다. 지대석부터 차곡차곡 쌓아올린 디스코그래피의 탑에 높이를 더한 리메이크 음반이 자랑스럽게 반짝인다.

아이유 ©카카오엠

지친 발걸음이 저절로 닿는 곳

가까스로 견디고 이겨낸 마음
유레루나 ≪Monument≫

〈달의 뒷면〉
https://www.youtube.com/watch?v=OLO9oMXUu48

유레루나의 첫 음반 ≪Monument≫를 들으며, 2017년 한국대중음악 신(Scene)을 생각한다. 방탄소년단이 빌보드 차트를 누빈 2017년. 윤종신의 <좋니>가 노래방 차트 1위를 고수했던 2017년. 워너원이 폭발적인 인기를 얻었던 2017년.

그러나 한국대중음악 신은 방탄소년단과 윤종신, 워너원만으로 완성되지 않는다. 신은 더 많은 공간과 장르와 음악과 뮤지션으로 채워지며 날마다 달라진다. 인기가 신의 전부는 아니기 때문이다. 신에는 수많은 취향과 지향이 공존하고 매 순간 변화한다. 기준을 바꾸면 시대를 대표하는 음악과 뮤지션도 얼마든지 바뀐다. 아니, 시대를 대표한다고 말하는 일조차 불가능하다. 누구도, 어떤 음악도 홀로 시대를 대표할 수 없다. 다만 공존할 따름이다.

유레루나의 음반은 공존의 지도, 2017년 음악 지도 어디쯤에 놓일까. 신으로 치면 인디, 장르로 치면 사이키델릭 포크와 록 사이에 걸쳐질 음악은

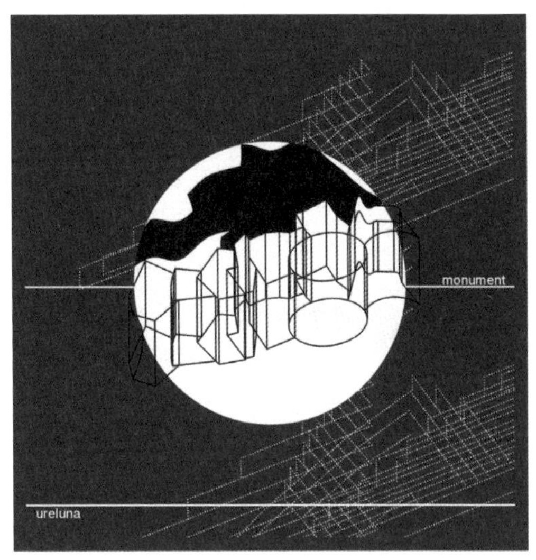

유레루나 ≪Monument≫ ©유레루나

싱어송라이터 유유(eueu)와 기타리스트 경인선이 함께 만들었다. 2016년 3월, 젠트리피케이션 컴필레이션 음반의 <별 따라 가누나>를 함께 작업하면서 호흡을 맞춘 유유와 경인선이 팀을 결성했다. 서로의 지향과 성향이 맞아떨어졌기 때문이다. 무슨 뜻인지 연상하기 어려운 팀 이름은 일본어로 '흔들린다'는 뜻의 유레루(ゆれる)와 영어로 '달'을 뜻하는 루나(Luna)를 섞었다.

흔들리며 퍼지는 노래

음반의 노래 6곡은 팀의 이름처럼 흔들리며 달빛처럼 퍼진다. 사실 음악은 감정을 건드리며 교감하기 때문에 모든 음악이 다 흔들린다 해도 틀린 말은 아니다. 그런데 유레루나의 음악이 흔들린다고 하는 이유는 불안과 슬픔과 두려움이 흘러나와 숨겨지지 않기 때문이다.

첫 곡 <별따라 가누나>부터 지금 이곳을 떠나 '별따라 가'고 있다. 무슨 이유 때문인지 알 수 없지만 떠나는 이가 흔들리지 않을 리 없다. 흔들리지 않는데 떠날 리 없다. 그 흔들림은 기타와 보컬과 건반으로 밀려온다. 슬로우 템포의 곡은 건반과 기타가 깔아둔 축축하고 어두운 정서를 바탕으로 흐릿하게 노래한다. 어떤 일이 있었는지, 무엇 때문인지 말하지 않는다. 그럼에도 느낄 수 있다. 꿈과 이상을 좇아가는 것이 아님을. 희망과 기쁨으로 가지 않음을 모를 수 없다. 멜랑콜리한 멜로디와 일렉트릭 기타의 아련하고 몽환적인 연주, 똑같이 조응하는 보컬의 나른한 톤은 짧은 노랫말이 생략한 이야기를 음악으로 채운다. 같은 멜로디를 반복하면서도 연주 방식을 바꾼 일렉트릭 기타 연주는 리버브와 딜레이를 확장함으로써 사이키델릭한 사운드를 부풀리고 힘을 불어넣는다. 나른함을 편안함으로 치환할 수 없게 만드는 곡은 하나의 서사로 기승전결 구조를 갖춘 음반의 첫 번째 트랙으로 손색이 없다.

완성도를 놓치지 않는 사이키델릭

음반은 두 번째 곡 <우리들>로 이어지며 사이키델릭한 톤과 아물지 않은 상처의 정서를 계승한다. 보컬의 톤과 일렉트릭 기타 연주 스타일은 거의 달라지지 않는다. '꿈을 꾸었'다 말하며 '우리들'을 호명하는 <우리들>은 더 이상 현재가 아닌 과거 '그 밤 속'의 시간을 호출하는 것처럼 보인다. 이제는 <우리들>이라고 부를 수 없기 때문이리라. '꿈보다 더 꿈같은 꿈'이 끝나고, <우리들>이라는 호칭을 더 이상 사용하지 않기 때문이리라. 그리고 세 번째 곡이자 음반의 타이틀곡인 <달의 뒷면>은 쉽게 볼 수 없으나 부정할 수 없는 달의 뒷면 같은 마음을 드러낸다. '체념하고 또 / 받아들이'는 마음, '잊어버리고 흘러가'는 마음. 그러나 '잠을 자'도 '꿈에서 보고', '한참을 깨서 울먹이'게 되는 마음. 이별이든 실패이든 피해이든 아프지 않다고 말할 수 없는 마음을 유레루나는 어쿠스틱 기타와 보컬, 그리고 건반과 플루트로 힘들게 건져 담는다. 몽롱한 보컬은 더욱 늘어지고 악기의 어울림은 한층 울울창창하다. 가사가 구체적인 심경을 표현한다면 악기 연주는

유레루나 ©유레루나

심경의 꼴과 표정을 거칠고 어지러운 사운드로 전환한다. '내 마음은 여전히 그 시간에' 있다고 할 만큼 잊어버리지 못하고 벗어나지 못했기 때문이다. 마음 역시 거칠고 어지럽기 때문이다. 그러나 유레루나는 마음의 거친 단면과 어지러움을 재현하면서 사이키델릭 사운드의 전범이 된 음악에 육박하는 완성도를 놓치지 않는다. 특히 적절하게 사용한 플루트 연주가 혼돈과 번민의 질감을 자아내면서 제 몫을 다했다.

위로를 대신하는 음악

유레루나 음악의 몽롱한 사운드는 <밤의 물결>에서도 똑같다. '아득히 사라져'버린 시간을 안타깝게 노래하는 곡에서 기타와 보컬의 공간감은 더욱 확장한다. 관악기 연주에 이은 일렉트릭 기타가 거친 연주로 변화를 주는 곡은, 흘러가는 시간을 견디는 마음을 포개 음반 전체를 잇는 서사를 풍부하게 채운다. 비슷한 공간감을 유지하면서 어쿠스틱 기타를 사용해 좀 더 밝은 느낌을 발산하는 <공명>은 '너'와 서로 '공명'하면서 비로소 위로받고 안식을 찾는 마음을 담은 곡처럼 보인다. 첼로 연주가 편안함을 더하면서 음반의 기승전결을 완성한다. 마지막 곡 <닮은 계절들>은 고통스러웠던 날들이 '이제는 희미하게 떠나'간다고, '흔들리며 떠돌던 지난날에 안녕을' 고한다. 그렇지만 '그날들이 여전히 내 안에서 머'문다고, 그럼에도 '흔들리며 살아갈 오는 날에 안녕을' 전한다고 말하며 음반의 서사를 종결한다. 음반 안에서 마음은 가까스로 견디고 이겨내며 꿋꿋이 선다.

유레루나의 음악은 아주 구체적이지 않아도 이해할 수 있고 교감할 수 있는 서사와 정서를 사이키델릭한 사운드와 공간감, 충만한 멜로디로 대체한다. 그 결과 은유와 비의가 넘실거리는 일기를 읽으며 동병상련을 느끼거나 응원하는 듯한 마음의 파동을 끌어낸다. 무엇보다 풍부한 정서의 설득력과 일관성은 음악과 음반이 지녀야 할 덕목에 충실하다. 그저 자신의 이야기를 했을 뿐일지라도 자신의 삶을 뒤져 맞춰보는 음악이 있다. 나만 이런 생각하는 것은 아니라고 마음을 쓸어내리게 하는 음악이 있다. 누구에게든 너만 그런 건 아니라는 이야기를 들어야 견딜 수 있는 삶에 위로를 대신하는 음악이 있다. 음악은 예술가의 고백임과 동시에 모두를 향한 응원이며, 조언이다. 탈출구이자 거울이다. 지친 발걸음이 저절로 가서 닿게 되는 곳, 유레루나의 음악이 그곳에 먼저 가 기다린다.

유레루나 ©유레루나

즉흥연주와 전통적 서사를 넘나드는 재즈

자유로움과 아름다움의 결합
최성호 특이점 ≪다르다와 틀리다는 다르다≫

최성호 특이점 리허설
https://www.youtube.com/watch?v=-79HM_1qr8w

음악의 완성도를 판가름하는 요소는 무엇일까. 각자의 취향과 안목과 철학에 따라 다르겠지만, 대개 얼마나 새로움과 아름다움에 이르렀는지가 음악의 완성도를 좌우하지 않을까. 대부분의 대중음악은 장르의 방법론을 토대로 만든다. 록, 재즈, 팝, 포크, 힙합을 비롯한 대중음악 장르는 오랫동안 축적한 장르의 미학을 익숙한 방식으로 재활용하곤 한다. 음악은 자유롭고 창조적이라지만 완전히 자유롭고 무한대로 창조적인 음악, 전례를 찾아볼 수 없을 만큼 새로운 음악은 없다. 어지간한 실험과 도전은 기존 뮤지션들이 다 했다. 소리의 경계와 기승전결 구조를 해체해버린 음악은 뮤지션 한 사람만의 작업으로 끝나버리기 쉽다. 지금 존재하고 만들어지는 음악은 모두 누군가의 영향을 받고, 일정한 합의를 기반으로 한 음악이다.

결국 아름다워야 한다

그럼에도 각각의 음악은 뮤지션 한 사람 한 사람의 숨결을 더하면서 숨

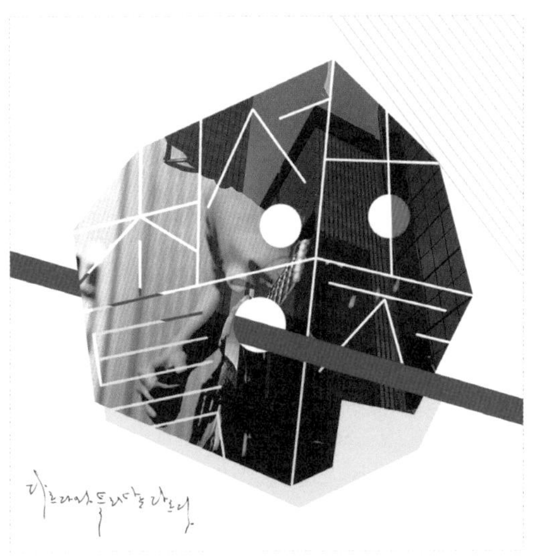

최성호 특이점 ≪다르다와 틀리다는 다르다≫ ⓒ이여름

길 수 없는 차이를 불어넣는다. 모든 음악은 기존의 방법론을 확장하면서 자기화하려는 안간힘이다. 그 안간힘이 얼마나 성공적이었는지에 따라 음악의 오리지널리티가 달라진다. 오리지널리티를 흔드는 강도가 뮤지션의 능력을 반증한다.

그러나 차이와 새로움만으로는 부족하다. 결국 아름다워야 한다. 아름다움 역시 주관적이고 다양하지만 아름다움은 모든 다양함을 관통하는 종착지이다. 고요하건, 맹렬하건, 경쾌하건, 끈끈하건, 하물며 기괴하건 아름답지 않으면 음악은 생존하지 못한다. 각각의 감성과 메시지로 아름다움에 이를 때에만 음악은 완성된다. 음악은 언어를 대신하기 위해서만 존재하지 않는다. 사람의 마음을 흔들기 위해 성립한다. 마음은 아름다움 앞에서만 흔들린다.

그렇지만 아름다움과 새로움을 함께 갖춘 음악은 많지 않다. 새로움에 이르지 못하고 상투적인 음악으로 멈추거나, 감정을 곡진하게 담지 못하고 밋밋해진 음악들 사이에서 어느 한편에라도 도착한 음악들만 귀에 오래 머문다. 새로움과 아름다움을 함께 담은 음악은 음악을 느끼고 사유하는 틀을 전복하면서 감동을 향해 나아간다. 재즈 기타리스트 최성호가 결성한 최성호 특이점의 음악은 그중 하나이다.

즉흥연주와 서정적인 연주의 결합

2016년 두 장의 음반을 연거푸 발표하고 한국대중음악상을 거머쥔 최성호 특이점은 2017년 10월 17일 다시 새 음반을 내놓았다. 여섯 곡을 실은 음반의 제목은 ≪다르다와 틀리다는 다르다≫. 쉽게 틀리곤 하는 한국어의 사실 관계를 명확하게 하는 음반 제목은 이성적 판단과 논리적 규명을 목적으로 하지 않는다. 다만 자신에게 '잊혀지지 않는 것들'을 음악으로 표현할 따름이다. 전작들에서 자신이 연주하는 기타를 중심으로 즉흥연주와 서정적인 연주를 결합시켰던 최성호 특이점은 이번 음반에서도 장점을 계승한다. 아련하고 소박한 멜로디로 일기를 써내려가듯 연주하는 연주 스타일과, 시작과 끝을 알 수 없는 의식의 흐름을 기록하듯 연주하는 즉흥연주 스타일은 달라지지 않았다.

그런데 이번 음반에서 최성호 특이점은 곡 안에 즉흥연주와 서정적이고 보편적인 연주를 결합시킴으로써 새로움과 익숙함을 아우른다. 음반의 첫 곡 <잊혀지지 않는 것들>에서 최성호 특이점은 민속음악 같은 질감을 가미한 합창과 로킹한 연주로 곡을 시작한다. 하지만 곧 피아노 연주를 부각시키며 숨을 죽이다가 금세 즉흥연주로 건너가고 다시 인트로의 멜로디로 귀환한다. 이 또한 잠시일 따름이다. 언제 그랬냐는 듯 사이키델릭한 즉흥연주를 펼치는 최성호 특이점은 즉흥연주를 통해 잊히지 않는 것들이 불러내는 또 다른 이야기들을 풀어놓는다. 완전히 잊혀진 것들은 없다. 잠시 멀어졌을 뿐이다. 기억 속에서 사라지지 않은 이야기들과 재회하는 음악은 남현주의 보컬을 빌어 인트로의 멜로디를 다시 한 번 불러내더니 급기야 페이드인과 페이드아웃처럼 즉흥연주를 겹쳐버린다. 이 곡은 이렇게 잊히지 않는 것들과 잊혔다 되살아나는 것들이 예고 없이 출몰하는 움직임, 그 역동이 의식과 무의식이 교차하는 인간의 실체일 수 있다고 진단한다.

재즈다움을 지키는 음악

두 번째 곡 <이른 겨울>도 남현주의 보컬로 곡을 시작하지만 보컬은 명확한 멜로디를 따라가기보다 즉시 시작하는 즉흥연주를 옮기듯 생경하다. 이른 겨울의 스산함과 스산함으로 더욱 부각되는 따스함을 즉흥연주로 재현하는 것처럼 보이는 곡은, 기타와 베이스를 대조하고 기타와 클라리넷의 편안함을 부각시켰다가 다시 즉흥연주를 교차시키면서 재즈다움을 고수한다. 그러나 이들의 즉흥연주는 이른 겨울의 시공간을 사운드로 구현하는 데 충실함으로써 원곡의 담장을 함부로 넘지 않는다. 봄이나 여름이 될 수 없고, 그렇게 느껴지지도 않는 즉흥연주는 자유롭게 걷는 것처럼 보이지만, 아름다운 멜로디를 잡아채 자신의 이야기를 담는 미덕을 잃지 않음으로써 자유로움과 아름다움을 결합한다. 제목이 구현하려는 심상과 서사를 충분히 형상화한다.

<도시비> 역시 빠른 리듬감으로 현대 도시의 분주함을 전이한 후 빗방울이 떨어지는 듯한 피아노 연주로 일순 바뀌는 도시의 풍경을 잡아챈다. 크로키하듯 신속하게 이어지는 즉흥연주는 리듬과 악기를 바꿔가면서 복잡한 현대 도시를 모사한다. 시각과 청각과 후각과 공감각으로 감지하는 도시와 비를 악기의 등퇴장을 활용한 소리의 높낮음, 빠르기, 멜로디의 변화로 충분히 재현한다. 끝까지 어떻게 진행될지 알 수 없는 즉흥연주의 변칙성은 도시의 변화무쌍을 표현하는 데 제격이다. 즉흥연주의 변화를 빌어 도시의 다면성을 표현하는 인터플레이는 최성호 특이점의 역량을 잘 보여줄 뿐 아니라 재즈의 미덕까지 드러낸다.

음악으로 오늘을 기록하다

자유로움과 아름다움의 직관적 결합은 <다르다와 틀리다는 다르다>,

<상관없는 사람들>, <근정전 앞마당에서> 등의 후반부 수록곡에서도 다르지 않다. <다르다와 틀리다는 다르다>는 시작부터 즉흥연주를 펼치며 다르다와 틀리다를 혼동하는 현실, 그러니까 틀리고도 틀린지 모르고, 틀림을 지적해도 외면당하는 현실을 보여주는 것 같다. 관념에 의미를 부여해 만드는 사유를 음악으로 표현할 때도 즉흥연주는 효과적이다. 긴 곡의 흐름 안에서 최성호 특이점은 몽롱하면서도 균형감 있는 연주로 곡의 중심을 지킨다.

즉흥연주에 이어 보컬의 노래를 결합함으로써 이해하기 쉬운 <상관없는 사람들>도 현대 도시의 풍경과 생각들을 음악으로 표현한다. 최성호 특이점은 이렇게 오늘을 기록하는 음악이 된다. 다른 곡들과 마찬가지로 즉흥연주를 빠트리지 않음으로써 서사는 확장하고 음악은 자유롭다.

최성호 특이점의 음악은 마음을 움직인다

11분 49초에 이르는 긴 곡 <근정전 앞마당에서>는 섬세하고 서정적인 멜로디를 위주로 한 연주의 내밀함과 즉흥연주를 연결해 연주자 최성호를 최대한 부각시킨다. 혼곤해질 만큼 아득한 연주는 보컬의 목소리가 더해지면서 다시 한 번 아름다워진다고밖에 말할 수 없는 순간에 안착한다. 곡의 창작자인 최성호가 근정전 앞마당에서 어떤 생각에 휩싸였는지 알 것만 같다. 아니, 그 생각을 정확히 맞추지 못했다 해도 좋을 만큼 설득력 있는 곡이다. 좋은 곡은 이렇게 듣는 이들의 감상과 이야기가 자연스럽게 녹아드는 곡이다.

최성호 특이점은 재즈의 핵심이자 자신들의 주종인 즉흥연주와 전통적인 서사를 넘나들면서 말하고 탈주한다. 그리하여 음악언어를 녹슬지 않게 만들고 마음을 움직인다. 불친절하지는 않지만 친절하게만 느껴지지는 않을 수 있는 음악이다. 음악 밖에서 캐릭터나 스토리를 구축하지 않은 음악에 주목하지 않는 트렌드에서는 많은 이들에게 닿기 어려운 음악이다. 하지만 자신이 할 수 있는 최선을 다하는 음악에도 충분한 주목이 이어지기

최성호 특이점 ©황세진

를 바란다. 트렌드를 사랑하는 만큼 트렌드 밖에서 제 몫을 다하는 이들에 주목할 때 우리는 더 많은 즐거움을 누릴 수 있고, 다양함은 말뿐인 수사가 되지 않을 수 있을 테니까. 자신을 구별짓기 위한 다양함 말고 있는 그대로 두루 사랑하는 다양함을.

최성호 특이점 ⓒ이병석

지금 새소년을 듣지 않는다면

걸크러쉬한 프론트우먼 밴드의 파괴력
새소년 ≪여름깃≫

〈긴 꿈〉
https://www.youtube.com/watch?v=pgm4VRxMcew

이제는 록 음악이 인기 없다 한다. 록 음악은 옛날 음악이 되었다고, 대세는 일렉트로닉과 힙합이라 거든다. 새로운 리듬앤블루스와 소울도 인기라고들 한다. 세상에 변하지 않는 것이 있던가. 눈부신 스타도 시대가 흘러가면 저물기 마련이다. 록에서 대중음악의 거장들이 앞다퉈 쏟아졌다 해도 인기와 권위가 영원할 수는 없다. 일렉트로닉과 힙합도 마찬가지이다. 그 인기도 언젠가 시든다.

하지만 인기가 꺾인다고 음악을 멈추지는 않는다. 대중음악의 역사는 끊임없는 진행형이다. 변화의 연속이며 축적이다. 그러므로 인기의 크기로 작품의 성취와 완성도를 재단하지 말 것. 작품의 성취와 완성도로 인기의 크기를 부정하지 말 것.

록 음악의 인기와 권위가 현저하게 떨어졌지만 2017년 음악팬들과 음악 관계자들에게 가장 주목받은 신인 뮤지션은 단연 밴드 새소년이다. 2015년 겨울에 결성한 밴드 새소년은 2016년 EBS Space 공감 헬로루키, 신한카드 펜

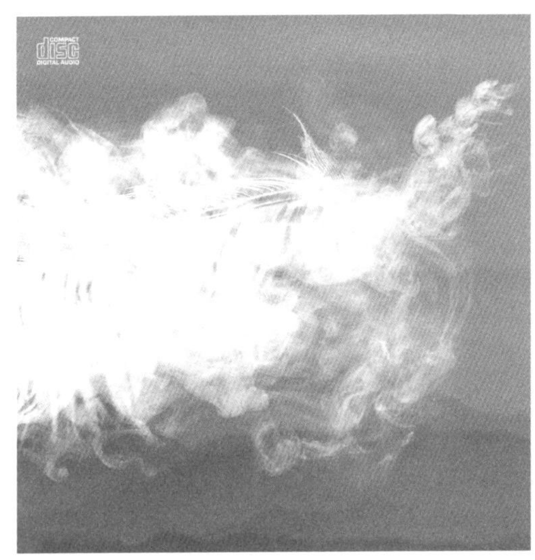

새소년 ≪여름깃≫ ⓒ매직스트로베리사운드

타루키즈 등에 등장해 관객들을 휘어잡았다. 신인이라고 서툴고 풋풋하기만 하라는 법은 없다. 새소년은 안정된 연주력과 팀워크에 새소년만의 개성까지 보여줌으로써 공연 때마다 새로운 팬들을 장악했다.

새소년의 매력 포인트

새소년의 매력은 보컬과 기타를 맡은 황소윤에게서 먼저 튀어나온다. 보컬이자 기타리스트인 황소윤은 진하고 짙은 저음의 보컬로 팀 음악의 중심을 자임한다. 황소윤은 자신이 부르는 노랫말의 정서와 이야기에 아우라와 무게감을 대입한다. 들뜨지 않고 성숙한 톤으로 노랫말을 발화하면서 노랫말의 정서를 정확하게 재현하는 냉정함은 새소년 음악에 남다른 매력을 수여한다. 록 음악이 열정의 음악이라는 사실을 아무도 부정하지 않겠지만, 황소윤의 보컬은 새소년의 음악을 차가운 열정과 세련됨 쪽으로 기울어지게 한다.

새소년의 또 다른 매력은 장르를 넘나드는 자유로움이다. 새소년은 모던 록과 블루스, 신스팝, 사이키델릭을 오가며 연주하고 노래한다. 밴드라고 특정장르에 한정된 음악을 할 필요는 없다. 장르의 전통성과 영역을 지키려는 뮤지션이 있는가 하면, 장르를 수시로 뛰어넘는 뮤지션들도 있다.

그런데 새소년은 첫 EP ≪여름깃≫에서부터 장르의 어법을 두루 구사할 만큼 풍부한 감각을 내재했다. 앞서 음악을 했던 이들이 만들어놓은 장르와 스타일을 흡입하고 숙지한 것처럼 연주하는 새소년은 장르에 충실하기 위해 음악을 하기보다 자신들이 말하려는 정서를 가장 생생하게 전달할 수 있는 장르의 어법을 그때그때 선택하는 것처럼 보인다. 이는 록 장르의 권위가 소멸하는 시기, 장르의 경계가 굳건하지 않고 굳이 그럴 필요가 없다고 생각하는 후기의 경향일지 모른다. 실제로 최근에 등장한 밴드들 중에는 새소년처럼 장르의 허들을 넘는 밴드들이 적지 않다.

분명한 자기 세계를 가진 뮤지션

그래서 새소년의 음악을 들으면 곡마다의 변화와, 변화를 수행하는 멤버들과 조력자의 기법, 그리고 곡이 표현하려는 정서와 그 정서를 사운드로 담지하고 재현하는 멤버들 간의 일치와 의도적인 어긋남으로 인한 파장까지 모조리 주목하게 된다. 그 결과 탄생하는 한국대중음악계의 현재와 변화를 조망하게 된다.

6곡을 담은 EP ≪여름깃≫의 정서는 만족과 불만, 설렘과 실망, 끊임없는 변화와 멈추지 않는 욕망 그 자체이다. 그 사이 끊이지 않는 충돌이다. 사는 일이 다 그렇다고 할 수 있겠으나, 20대의 보컬과 멤버들이 짊어진 노래와 연주는 노래를 청춘의 노래 쪽으로 잡아당긴다. 눈을 뜨고, 외로움을 보고, 눈감을 수 없고, 너를 마주치고, 나는 좀 달라지는 날들. 시간을 조금 더 잡아두고 싶고, 곧 지나갈 여름밤의 소리에 귀 기울이고, 젊음을 냉소했다가도 갈망하는 마음. 들뜨고 가라앉고 돌이키는 그 마음은 싱싱하고 싱그럽다. 아니 싱싱하고 싱그럽게밖에 들리지 않는다.

새소년 ©매직스트로베리사운드

새소년이 수록곡마다 어떤 장르의 어법을 사용하고 얼마나 능숙하게 연주하면서 근사한 사운드를 만들어내는지에 대해서도 충분히 이야기해야겠지만 그보다 높이 평가하고 싶은 부분은 다른 장르와 사운드의 방법론으로 만들어낸 곡들이 일관된 정서를 구현한다는 점이다. 정서적 일관성과 통일성이야말로 여러 곡에 이어진 변화에도 불구하고 새소년을 연주력을 뽐내는 밴드가 아닌 분명한 자기 세계를 가진 뮤지션으로 기억하게 만든다.

2017년 한국대중음악의 최절정

첫 곡 <나는 새롭게 떠오른 외로움을 봐야>에서부터 새소년은 충만한 정서를 세련된 멜로디로 번안한다. 팝에 가까운 곡에 은밀함을 불어넣는 편곡과 보컬의 섬세함은 보편적인 노래의 기준을 충족하기 충분하다. 여러 번의 공연과 싱글 선공개를 통해 주목받은 곡 <긴 꿈>은 복고적인 정서와 달콤한 고백을 연결하며 매혹시킨다. 황소윤 보컬의 다채로움을 부각시킨

<여름 깃>의 로킹한 사이키델릭함에 이르면 밴드의 나이와 경력을 뛰어넘는 능력치를 인정하지 않을 수 없다. 능수능란한 신스팝과 리듬감이 교차하는 곡 <구르미>도 음악을 다루고 연출하는 새소년의 최대치를 보여주는 멋진 곡이다. 하지만 이것이 새소년의 전부라고 단언할 수 없다.

새소년은 <파도>에서는 블루스의 묵직함을 환상적으로 끌어오고 드라마틱하게 연출함으로써 록 밴드의 정체성을 분출한다. 그리곤 모던 록 넘버 <새소년>으로 마무리하는 새소년은 아직 새소년의 전부를 다 듣지 못했다는 기대감에 휩싸이게 만든다. 그렇다. 아직 EP이다. 하지만 EP만으로 이렇게 만족하게 하고 기대하게 하는 밴드가 흔하던가. 새소년 하나로 록 음악이 다시 주목받을 리는 없다. 하지만 지금 새소년을 듣지 않는다면 걸크러쉬한 프론트우먼 밴드의 파괴력과 한국대중음악의 최절정 하나를 놓치는 것만은 분명하다.

새소년 ⓒ매직스트로베리사운드

정밀아의 노래를 들으면 힘이 난다

재즈와 블루스로 다른 포크
정밀아 ≪은하수≫

〈별〉
https://www.youtube.com/watch?v=dqJLxf7Llus

뮤지션과 음악은 서로 얼마나 닮을까. 신나는 음악을 하는 뮤지션은 실제로도 밝고 쾌활할까, 우울하고 쓸쓸한 음악을 하는 뮤지션은 실제로도 의기소침할까. 많은 이들은 뮤지션이 자신의 성격을 음악에 고스란히 드러낸다 믿는다.

하지만 작품이 예술가의 전부는 아니다. 예술가의 자아는 작품 안팎을 넘나든다. 예술은 그저 재능이거나 기술일 수 있다. 인간의 선한 모습을 표현하는 예술가가 똑같이 착하리라 믿는 것은 희망사항에 불과하다. 선한 의지를 표현하기 위해 필요한 것은 재능을 기술적으로 잘 연마하는 일이지, 실제로 선한 삶을 사는 일은 아니다. 삶은 그 자체로 예술이 되지 못한다.

그럼에도 어떤 예술은 삶과 매우 가까워 보인다. 특히 포크 음악이 그렇다. 민요에서 출발한 모던포크 음악은 음악으로 독립되어 있으면서도, 반드시 회귀하는 연어처럼 삶 자체와 일치하려는 열망을 포기한 적이 없어 보인다. 포크 음악에서 유독 '진정성'이라는 기준을 자주 사용하는 이유이

정밀아 ≪은하수≫ ⓒ정밀아

며, 현실을 비판하는 음악을 유독 많이 만든 이유이다. 포크 음악은 싱어송라이터 자신의 삶과 꿈과 욕망을 진솔하게 드러내야만 할 것 같다. 그래서 사람들은 포크 뮤지션의 노래로 창작자의 마음과 생각을 짐작하고 단정한다. 두 번째 정규 음반 ≪은하수≫를 발표한 정밀아는 어떨까.

누구나 경험했을 이야기

10곡의 노래를 담은 음반 가운데 마지막 곡 <꽃>을 제외한 아홉 곡의 가사는 모두 정밀아가 썼다. 정밀아가 쓴 노랫말들은 자신이 살아가고 경험하고 느끼는 삶을 그대로 옮겨 담은 것처럼 느껴진다. 모든 생활이 예술이 되지는 못하고, 예술가의 마음을 움직인 순간들만 예술이 될 수 있다는 것을 모르지 않지만, 정밀아는 자신을 움직였던 사건과 순간을 자세히 재현함으로써 직접체험에 가까운 간접체험으로 음악을 듣게 한다.

정밀아가 경험한 사건과 순간은 누구나 한번쯤 경험했음직한 일상이다.

'저녁 무렵 비가 내'리는데, '우산이 없'고, '지친 어깨를 지고서 버스에 몸을 신는' 경험이 어떻게 일상이 아닐 수 있겠는가. 저기 달이 가는 모습을 '한참을 바라'보는 경험, '내 맘 내가 몰라 우습다' 생각하는 경험을 비롯해 정밀아의 노래에는 특별하지 않은 순간들이 정밀아에게 붙잡혀 있을 때가 많다.

정밀아는 예술과 현실, 일상과 비일상을 나누고 싶지 않은 듯하다. 특별한 순간들도 호들갑스럽지 않게 표현하려는 듯하다. 세상에 화장실에 가지 않는 사람은 없듯, 삶은 누구나 비슷비슷한 일상으로 채워지는 것이라고, 정밀아는 예술은 평범한 일상을 기록하고 재현하면서도 얼마든지 가치와 감동을 만들어낼 수 있다고 믿는 것처럼 보인다. 일부러 드라마틱한 사건을 만들어내고 감정을 끓어올려 분출하지 않아도 할 수 있는 이야기가 많다고 말하고 싶은 듯하다.

일상 생활의 목소리

그래서인지 정밀아의 목소리는 고음으로 뻗어가지 않고, 저음으로 처지지 않는다. 많은 악기를 동원하지 않고, 숨막힐 듯 빠른 비트를 조이지 않는다. 그저 말하듯 담담하고 차분하다. 그루브를 넣거나 변형시키지 않은 사람의 목소리, 일상 생활의 목소리이다. 물론 포크 싱어송라이터의 보컬 스타일이 대부분 그렇다고 할 수 있으나, 정밀아는 자신이 말하듯 쓴 가사로 노래함으로써 노래와 뮤지션의 거리를 더욱 가깝게 만든다. 이렇게 뮤지션과 노래가 가까운 노래는 듣는 이들에게도 가깝다. 정밀아의 노래이자 누구나의 노래가 될 수 있는 노래들이다. 자신의 노래를 하면서 다른 이들의 노래로 듣게 만들어버리는 능력은 노래 한 곡 한 곡의 이야기에 각자의 삶이 겹쳐지게 한다. 보편성을 가진 노래로 사랑받았던 민요들처럼 정밀아의 노래 역시 보편적이다.

정밀아는 그 보편적인 삶을 더 깊이 들여다본다. '하늘 귀퉁이 볼 수도 없는 / 좁고 낮은 곳의 사람들'을 들여다보지 않는다면, 그들이 '벼락같은 구

정밀아 ⓒ정밀아

원' 대신 '찬 공기 뚫고 스며들 봄빛'을 꿈꾸고 있음을 알 수 없다. 삶의 보편성을 존중하는 마음은 흔한 삶의 통속성을 쉽게 비판하거나 바꾸려 하지 않아서 '우리 모두 별이 될 거'라 응원한다. 작은 돌멩이와 들국화와 산딸기, 패랭이꽃, 낮은 폭포와 나이가 많은 소나무도 어여쁘다 말하는 마음은 참 다정하다. <미안하오>를 비롯한 수록곡들에 내재한 정서는 선하고 다정한 마음이다. 타자에게 다정한 만큼 자신에게 진실한 정밀아는 '숨 쉬는 게 부끄러운 하루'였던 순간을 숨기지 않는다.

재즈와 블루스를 가미하다

그러나 태도로서의 다정함과 진실함이 음반의 전부일 리 없다. 마음을 음악으로 이동시키는 정밀아는 마음을 음악으로 만들기 위해 어쿠스틱 악기 이외의 악기는 거의 사용하지 않는다. 그리고 그 악기들과 보컬을 모두 소박하게 풀어놓음으로써 어떠한 과장도 더하지 않는다. 미니멀하지만 밀도 높은 긴장감을 보여주는 포크 음악과 달리 정밀아의 포크 음악은 자신을 자제하면서도 수더분하고 수수하다. 이 소탈함이 정밀아 2집의 가장 큰 매력이다.

문턱이 낮은 음악이지만 비기가 없지 않다. 정밀아는 <달 가는 밤>, <말의 이해>, <별>, <미안하오> 등의 곡에서 재즈와 블루스의 질감을 어쿠스틱하게 가미함으로써 곡과 곡을 다르게 편집한다. 곡의 이야기에 리듬과 무게감을 부과하며 정갈함을 배가한다. 첼로와 베이스 연주로 시작하는 <그런 날> 역시 편곡이 돋보인다. 반면 곡 자체의 밀도가 높은 <별>과 <심술꽃잎>은 정밀아의 목소리와 최소한의 연주만으로도 충분한 흡인력을 만들어낸다. 편안하고 자연스러우며 웅숭깊은 음악이다. 삶도 똑같기를 응원하는 예쁜 음악이다. 정밀아의 노래를 들으면 힘이 난다.

정밀아 ©정밀아

음악으로 평화로워지는 시간

정직한 사람의 고투
루시드 폴 ≪모든 삶은, 작고 크다≫

〈안녕〉
https://www.youtube.com/watch?v=gZw1tl7PM5Y

예술가의 삶과 작품이 일치한다고 생각하는 이들이 많다. 그래서 루시드 폴의 음반 ≪모든 삶은, 작고 크다≫에는 제주로 가 귤 농사짓는 루시드 폴의 일상이 담겨 있다고 말하기 쉽다.

하지만 모든 음악에 음악가의 삶이 고스란히 드러나지는 않는다. 그러니 루시드 폴의 음반에 제주도 생활을 곧바로 연결하는 건 게으르고 안일하다. 만약 루시드 폴이 스웩 넘치는 힙합을 하다가 제주도에 가 갑자기 고요하고 평화로운 음악을 한다면 모를까. 루시드 폴의 음악은 애틋하고 위태로웠던 실연의 그림자가 드리워진 초기 한두 장을 제외하면 늘 다정하고 따뜻했다. 세상의 불의와 안타까움을 토로하는 음악조차 어찌나 다정한지 사랑 노래처럼 느껴질 정도였다.

그렇다고 그간 루시드 폴의 음악이 전혀 달라지지 않은 것은 아니다. 밴드에서 솔로 활동으로 포맷을 바꾸고 여러 장의 음반을 내놓는 동안, 루시드 폴의 음악은 늘 어쿠스틱한 사운드를 기반으로 했다. 하지만 루시드 폴

루시드 폴 ≪모든 삶은, 작고 크다≫ ⓒ안테나

은 어쿠스틱 기타의 자리에 피아노를 놓기도 하고, 남미 음악의 어법을 연결하면서 변화를 꾀했다. 모던 록이나 포크에 머물러 있다고 생각한 루시드 폴의 음악은 팝으로 넓어졌고, 서늘함 대신 우아함에 이르기도 했다.

바다 건너에서 보낸 이야기

그리고 루시드 폴은 2017년 10월 30일, 2년 만에 공식 8집 ≪모든 삶은, 작고 크다≫를 내놓았다. 9곡의 음반의 메시지와 정서는 이전 음반들과 다르지 않다. 루시드 폴은 여전히 자신의 이야기를 나지막하게 들려주며, 소중한 사람들과 세상으로 눈길을 돌린다.

타이틀곡이자 첫 곡인 <안녕>에서 루시드 폴은 구체적으로 자신의 이야기를 털어놓는다. '잘 지내고 있'다고, '얼굴이 조금 더 탔'다고, '나무들과도 벌레들과도 더 친해진 것 같'다고, '그렇게 살아온 2년의 시간에 / 키우고 가꾼 노래를 거두'었다고.

음반 속 9곡의 노래는 그런 노래들이다. 큰 변화를 시도하지 않았고, 어찌 보면 늘 듣던 노래라고 생각할 수 있지만, 여전히 루시드 폴의 노래다. 루시드 폴이 바다 건너 그 섬에서 여전히 노래하고 있으며, 그의 삶에 노래가 깃들고 있음을 보여주는 노래들이다.

루시드 폴은 손을 흔들어 담담하게 인사를 전한다. '은하수를 건너온 열차'를 타고 떠나는 이야기, '온통 비바람 몰아'치는 날 '작은 오두막 속'에 숨은 이야기, '가을 숲에서' '눈 감은 새 한 마리 날려 보내고 돌아오는 길'을 이야기한다. 이야기는 계속 이어진다. '어릴 적 내 모습'과 '갯바람 부는 여기 마을에 살고 있'는 이야기가 꽃피었다. '바다처럼 그렇게 사랑'하는 이야기, '내 손을 놓지는 말'라는 이야기가 내려앉았다. '비를 맞고 싶'고, '끝없이 춤을 추고 싶'다는 이야기, '우리가 그렇게 기다린 아침'을 맞는 이야기까지 그의 이야기는 진솔하고 따뜻하다.

기도처럼 노래하는 루시드 폴

그는 자신의 삶에 스며들어온 이야기들 가운데, 달라진 삶과 자신을 가장 깊게 움직이는 사랑과 평화에 대해 노래한다. 지키고 싶은 사랑과 평화를 노래하고, 자연이 들려주는 이야기를 옮기면서 세월호를 노래하는 루시드 폴의 목소리는 늘 그렇듯 편안하다. 하지만 루시드 폴의 편안함이 나른하고 상투적으로 들리지는 않는다. 루시드 폴은 그곳에서도 자신에게 주어진 삶을 부지런히 살아가면서, 소중해 지키고 싶은 삶을 값지고 가치 있게 대하기 때문이다. 누구나 원하고 누구나 지키고 싶지만 쉽게 얻을 수 없고 쉽게 지킬 수 없는 삶의 가치 앞에서 루시드 폴은 기도하듯 노래한다. 그의 기도는 오직 주어지기를 바라는 희구의 기도가 아니다. 가치를 위해 나아가겠다는 다짐의 기도이며, 항상 진실하고 성실하게 살아가겠다는 약속의 기도이다.

통곡에 귀 막지 않고, 두려움과 쓸쓸함에 잡아먹히지 않고, 죽어가는 생명들을 기꺼이 보내주는 일까지 감당하겠다는 견인주의자의 내면은 성숙

루시드 폴 ⓒ안테나

한 인간이라는 말로만 표현하기에는 부족하다. 루시드 폴의 음악에는 언제 어디서건 제 몫의 삶을 감당하면서 삶으로부터 배우고, 인간으로 완성되려는 이의 정직한 고투가 있다. 그가 머물고 있는 지역과 하고 있는 일보다 더 본질적인 메시지는 바로 여기에 있다. 루시드 폴 자신이 음악에 담겨 있다고 해석한다면 바로 이 지점 때문이다.

멈추게 하고, 돌아보게 하고, 숨 쉬게 하는 음악

스스로 노랫말을 쓰고, 곡을 붙이고, 편곡을 했을 뿐 아니라, 작업 공간까지 직접 만든 루시드 폴은 그곳에서 글을 쓰고, 노래를 만들고, 녹음과 믹싱을 했다 한다. 자신이 원하는 소리를 가장 잘 만들어내기 위해 스스로 애쓴 노력한 결과물인 이번 음반은 그래서인지 정교하거나 화려하거나 섬세하다는 느낌보다 그저 편안하다는 느낌으로 다가온다. 어떤 이야기를 하고, 어떤 정서를 표현하든 연주와 노래가 섞여 노래가 된 곡들이 이어지는 동안 자연스럽지 않은 순간은 한순간도 없다. 어쿠스틱 악기를 쓰고 조곤조곤 노래했기 때문일 수도 있겠지만, 루시드 폴이 그 편안함을 전해주기 위해 최선을 다했기 때문일 것이다. 아무리 진지하고 간절한 노래일지라도 한결같이 편안하게 다가오는 노래들은 이 편안한 에너지야말로 루시드 폴이 노래보다 더 만들고 싶고 전해주고 싶은 것임을 가늠케 한다. 너무 많은 정보, 너무 풀리지 않는 문제, 너무 다른 사람들 속에서 살아가야 하는 이들에게 루시드 폴은 누구도 내치지 않고, 누구도 다치게 하고 싶지 않은 마음을 자신의 사운드 메이킹으로 공들여 담았다.

그리하여 루시드 폴의 음악을 듣는 순간은 루시드 폴의 이야기와 정서와 사운드에 젖어드는 시간인 동시에 음악으로 평화로워지는 시간이다. 세상의 어떤 음악은 설레게 하고, 어떤 음악은 들뜨게 하며, 어떤 음악은 뜨겁게 한다. 그 가운데 루시드 폴의 음악은 멈추게 하고, 돌아보게 하고, 숨 쉬게 한다. 이 음반이 명반이 아니면 어떤가. 모든 삶이 작고 크듯, 음악 역시 작고 크다. 작지만 비좁지 않고, 여유로워 편안하게 거닐게 하는 음악이면 족하다. 루시드 폴이 어디에서 머물건 계속 이런 음반을 거두면 좋겠다. 간간이 그 음악을 받으며 늙어가면 좋겠다.

루시드 폴 ⓒ안테나

서로가 서로를 지키는 노래

뭉클한 진심
디어 클라우드 ≪My Dear, My Lover≫

〈네 곁에 있어〉
https://www.youtube.com/watch?v=OslZoR6qHBM

신인 아닌 뮤지션이 새 음반을 내놓으면 들어보지 않아도 대강 알 것 같다. 해오던 장르와 스타일에서 완전히 벗어나는 경우는 드물기 때문이다. 장르는 음악언어와 어법, 서사의 대부분을 결정한다. 장르를 결정하는 순간 어법과 태도가 확정되므로, 데뷔작 이후의 음악은 끊임없는 동어반복일 수 있다. 특정 뮤지션을 좋아하는 이유는 바로 장르와 반복하는 질감을 선호하기 때문인 경우가 많다.

그렇다고 뮤지션들이 동어반복만 하지는 않는다. 음반을 내고 공연을 하면서 다른 뮤지션들에게 영향을 받고, 관심 있는 다른 사운드에 도전하기도 한다. 삶이 달라지면 자신의 변화가 음악에 담길 때도 많다. 늘 해왔던 방식에서 벗어나려고 일부러 다른 방식을 시도해보는 이들도 있다. 그러므로 한 장의 음반을 들을 때는 무엇이 같고, 무엇이 다른지 헤아려 들어야 한다. 오늘은 변하지 않는 것들과 달라진 것들이 섞인 결과이다. 동일함과 변화, 모두 본질이다.

디어 클라우드 ≪My Dear, My Lover≫ ⓒ엠와이뮤직

독보적인 나인의 보컬

모던 록 밴드 디어 클라우드가 6년 만에 내놓은 네 번째 정규 음반 ≪My Dear, My Lover≫를 들을 때에도 변하지 않은 것들과 달라진 것들을 헤아리며 들어야 한다. 건반연주자를 제외한 네 멤버, 그리고 밴드 음악이라는 사실은 달라지지 않았다. 보컬 나인의 목소리는 여전히 깊고 매혹적이다. 오랫동안 호흡을 맞춰온 멤버들의 연주 역시 조화롭다.

사실 보컬 나인의 매력을 말할 때 이렇게 짧게 말하는 것만으로는 충분하지 않다. 보컬 나인의 목소리는 현재 국내의 수많은 밴드 보컬, 혹은 보컬 전반을 아우른다 해도 독보적이다. 슬픔에서 채 헤어나오지 못한 듯 젖은 목소리는 평이할 수 없는 노래 속 감정을 항상 머금고 있는 것처럼 느껴진다. 감정으로부터 벗어나 거리를 두고 말하는 이들의 냉정함과 단호함을 찾을 수 없는 목소리는 어떤 감정에 빠져 있는 이의 막막함과 아득함을 그야말로 막막하고 아득하게 복원한다. 디어 클라우드 노래 속 주인공이 보컬 나인이거나 혹은 다른 누군가인지는 전혀 중요하지 않다. 한 곡의 노래가 담고 전달하려는 것이 느낌이나 마음의 흔들림을 비롯한 인간의 내면이라고 할 때, 나인의 보컬은 그 흔들림의 강도와 섬세함만큼을 보컬로 재현할 뿐만 아니라 더욱 매혹적으로 탈바꿈시킨다. 우수 어린 나인의 보컬은 숙련된 작가의 문체처럼 스타일을 완성하며 디어 클라우드의 음악을 끌고 간다. 여기에 용린의 서정적인 기타 연주를 비롯한 밴드의 합이 더해지면서 디어 클라우드의 섬세하고 가슴 시린 음악이 완성되곤 했다.

사뭇 달라진 디어 클라우드

≪My Dear, My Lover≫에서도 디어 클라우드 특유의 사운드와 정서는 달라지지 않은 것처럼 보인다. 하지만 음반에 수록된 곡의 가사를 살펴보면 디어 클라우드의 세계가 사뭇 달라졌다는 사실을 확인할 수 있다. 일렉트로닉 사운드를 활용한 서시격의 노래 <Closer>의 노랫말, '아직 죽지 않은 여린 불빛', '내 어머니의 고향', '아무 걱정 없는 노래 한 줄기'에서부터 희망과 낙관을 감지할 수 있다. '헤어지지 않아 / 불안하지 않아 / 더는 울지 않아 / 울지 않아'로 이어지는 나머지 노랫말에서도 마찬가지이다. 자신 안의 불안과 두려움을 어찌할 수 없어 고통스러워하던 자아는 어느새 불안을 털어내고 '더는 울지 않'는다 말하면서 스스로 다짐한다.

자신을 이해하고 화해한 이의 시선이 밖으로 향하는 것은 당연한 귀결이다. 단정한 건반과 몽롱한 기타의 이중주를 떠받치는 스트링 연주로 더욱 감동적인 타이틀곡 <내 곁에 있어>는 '네가 아파하지 않길 기도'한다 말한다. '너를 괴롭히지 마'라고, '이 세상에 혼자이려 하지 마'라 한다. '난 네 곁에 있'다고 구체적인 위로와 응원을 보낸다. 스스로 같은 고통의 시간을 감당하지 않았더라면 건넬 수 없을 위로는 진심이 가득해 뭉클하다.

위로에서 스스로 속이지 않는 이는 건반 연주와 보컬로 노래하다 드라마틱하게 연주를 확장하는 <Runaway>에서 '그저 외로움이란 걸 피하고 싶'은 마음을 숨기지 않는다. 그래서 그/그녀는 '돈도 실력'이라 말하는 세상의 목

디어 클라우드 ⓒ엠와이뮤직

소리를 못 들은 척 외면하지 않는다. '떳떳한 꿈이 바랜 하루'를 보내면서도 '노력이 부족하다 하지' 말라고, '힘내란 말도 내겐 소용없'다고 항변한다. 피할 수도 없고, 맞서기도 힘든 세상 앞에서 매끈한 일렉트로닉 사운드로 '집에 가고 싶'고, '엄마 보고 싶'다는 고백은 애잔하고 진실하다.

지금 오늘을 함께 살아가는 이들의 노래

건반과 스트링 연주에 일렉트로닉 사운드를 적절히 더해 변화를 뒷받침한 이번 음반에는 이렇게 지금 오늘을 함께 살아가는 이들의 모습이 가감없이 담겨 있다. 그리고 디어 클라우드는 이들에게 '하염없이 초라해져 자신 없어도 / 네 모습 그대로 그냥 즐기면 돼'라고 경쾌한 일렉트로닉 사운드를 겹쳐 리드미컬하게 두둔한다. 가슴 시린 사랑과 이별의 후일담이 많았던 전작들에 비하면 분명한 변화이다.

그러나 이러한 변화를 두고 시선이 넓어졌다거나 깊어졌다고 말하는 것은 상투적이다. 이미 생각하고 있었으며 느끼고 있었음에도 말하지 않았던 이야기를 지금 꺼내놓은 것은 이들에게도 똑같이 쌓인 삶이 그렇게 만들어 주었거나, 조금은 희망을 품어보아도 좋을 것 같은 세상 때문일 가능성이 높다. 시간은 '두근대던 내 몸 안에 가득했던 용기'가 '하나 둘 사라져가'는 엄마의 이야기에 귀 기울이게 만든다. 엄마의 두려움에 남몰래 눈물을 찍어내지 않으면 만들 수 없는 공감과 울림을 단출한 팝으로 표현할 수 있게 한다.

진심을 진심답게 전달하다

'너의 얘기를 끝내 들어주지 못했'다고 슬로우 템포의 곡으로 사과하고, 사운드를 중첩시켜 극적으로 '안녕'을 고할 때, 그리고 '너를 위해 여기 서 있을게'라고 화려하게 고백하고, '그대만이 나의 구원'이라 느리게 말할 때 디어 클라우드의 노래는 자신에게 정직하다. 자신을 속이지 않는 노래는 타인에게도 예의를 지킬 뿐 아니라 그들의 고통 곁에서 함께 견디면서 자신의 몫을 감당한다. 디어 클라우드는 그만큼 공들인 사운드의 섬세하고 다양한 연주 조합으로 진심을 진심답게 전달한다.

디어 클라우드는 음반의 끝에 이르러 <My Dear>와 <My Lover>에게 고마움을 표현하는데, 노래 속의 이야기는 그 자신도 충분히 고맙고 따뜻한 사람이라는 사실을 보여준다. 그러므로 음반의 제목인 ≪My Dear, My Lover≫는 고마움을 느끼는 한 사람만의 이야기는 아니다. 고마움을 느끼고 이야기해주는 한 사람 역시 누군가에게 고맙고 소중한 사람이 되었다는 것, 그로 인해 다른 누군가 역시 고마움을 느끼고 행복해질 것이라는 사실을 이 음반은 넌지시 말한다. 그렇게 서로를 애틋하게 치유하며 관계는 소중해진다. 그 소중한 관계로 인해 삶은 채워져 버틸 수 있다. 우리는 서로가 서로를 지켜야 한다. 서로가 삶의 이유여야 한다. 디어 클라우드의 음반이 하는 이야기는 바로 이 이야기가 아닐는지. 우리가 지지난 겨울을 거리에서 보낸 이유도 다르지 않을 것이다. 겨울 길목, 촛불처럼 따뜻한 노래가 도착했다.

디어 클라우드 ©엠와이뮤직

산책자 콜라보 씨의 도시 기록 프로젝트

김목인이 엿본 도시와 사람
김목인 《콜라보 씨의 일일》

〈걷다보니〉
https://www.youtube.com/watch?v=f9XsVZv99qc

포크 음악을 이야기할 때 떠올리는 뮤지션은 다를 것이다. 한국 뮤지션으로 한정한다면 김민기, 김세환, 송창식, 양희은, 한대수를 떠올리는 사람이 있고, 정태춘과 조동진을 호명하는 사람이 있을 것이다. 시인과 촌장이나 장필순, 해바라기를 이야기하기도 할 것이다. 당연히 김광석, 노래를 찾는 사람들, 안치환을 꼽는 이들도 있을 텐데 그다음에는 어떤 이름을 부를까.

한국 포크 음악의 역사가 50년이 되어가는 지금, 많은 이들은 포크 음악이 김민기에서 시작해 김광석에서 멈춰버린 줄 안다. 포크 히트곡이 더 이상 없고, 포크 음악은 7080 세대의 전유물처럼 느껴지기 때문이다.

아니라고, 새로운 포크 음악이 많다는 이야기를 길게 늘어놓을 생각은 없다. 서울특별시 마포구 홍익대학교 앞을 근거지로 한 인디 신에서 활동중인 포크 뮤지션들의 이름과 음반을 일일이 언급하면서 원고 분량을 늘리고 싶지는 않다. 지금 젊음을 대변하는 음악은 아이돌팝과 일렉트로닉과

김목인 ≪콜라보 씨의 일일≫ ⓒ일렉트릭뮤즈

힙합이라 할지라도 여전히 많은 포크 뮤지션이 있다고만 쓰자. 누군가에게 그들의 노래는 대체할 수 없는 최고의 노래이다.

한국 포크의 중요한 싱어송라이터 김목인

그중 김목인이 있다. 2000년대 중반 캐비닛 싱얼롱즈에서 활동을 시작해, 2011년과 2013년 정규 음반 두 장을 내놓은 김목인은 어느새 한국 포크에서 빼놓을 수 없는 싱어송라이터로 자리 잡았다. 맑은 소리로 감정을 고백하거나 비판적인 메시지를 노래하는 포크 음악의 전통적 어법과는 달리, 김목인은 차분하고 담담한 시선으로 사소하지만 사소하지 않고, 쉽게 말할 수 없는 순간과 깨달음을 포착하면서 삶의 매듭을 노래해왔다. 특히 이야기로 완결성 높은 노랫말을 써내면서 김목인은 우디 거스리라든가 김민기, 정태춘이 그러했듯 떠돌이 이야기꾼의 노래, 이야기로서의 노래라는 포크의 전통성을 계승하고 이었다.

그는 늘 무겁지 않은 톤으로 관찰하듯 노래하면서 상황을 제시하고, 상황이 메시지를 대신하는 방식을 취한다. 그래서 그의 노래는 진지한 주제임에도 부담이 없다. 감정이 요동치지 않지만 계속 곱씹어 생각하게 되는 힘과 유머가 있다. 또한 음반을 더할 때마다 편곡과 사운드 메이킹도 유려해지면서 개성과 품격을 높여왔다.

산책자 콜라보 씨의 시선과 자의식 훔쳐보기

싱어송라이터 김목인이 2017년 11월 28일에 발표한 세 번째 정규 음반 ≪콜라보 씨의 일일≫은 김목인의 특질을 더욱 흥미롭게 발현한 음반이다. 박태원의 소설 『소설가 구보씨의 일일』을 패러디한 것 같은 제목답게 음반의 수록곡들은 콜라보 씨의 하루를 연작처럼 담았다. 길을 나선 그의 발걸음을 차근차근 따라가는 노래는 그가 본 도시의 풍경과 그 속에서 살아가는 자신과 사람들의 모습을 콜라보하듯 담는다.

김목인 자신일 수도 있을 콜라보 씨는 출근시간에 똑같이 출근하지 않고, 아침 겸 점심을 먹고 움직일 수 있는 사람이다. '새 작업의 방향'에 대해 <인터뷰>하기도 하는 인물이다. 글을 쓰거나 다듬는 쪽에서 일할 가능성이 높은 그는 보들레르나 벤야민이 그러했듯 외출을 시작해 산책자로 도시를 배회하고 횡단하면서 자신을 지켜보고, 타인을 지켜본다. 그는 자신이 자신을 전시하고 있음을 안다. 관찰하는 행위의 의미를 모르지 않는다. 우리는 도시의 산책자 콜라보 씨를 기록하는 김목인의 노래를 들으며 산책자 콜라보의 시점과 자의식, 그리고 그의 프레임에 찍힌 도시를 동시에 훔쳐본다.

콜라보 씨가 외출을 시작해서 밤을 맞기까지 놀랍거나 특별한 일은 일어나지 않는다. 콜라보 씨는 '교통카드 겸 카드를 가지러 다시 집으로' 향하기도 하지만, 우체국에서 계약서를 보내고, 인터뷰를 하고, 패스트푸드점 2층 창가에 있는 일은 흔하다. 캔맥주가 놓여 있는 파라솔 아래 앉아 있고, 밤의 마트를 돌아다니는 정도는 누구나 경험한다. 은근한 유머가 있는 <계약

김목인 ⓒ일렉트릭뮤즈

서> 내용은 평이하다. '술 취한 사내 위를 넘어오는 등산객들'은 씁쓸하며, <SNS> 안팎에서 일어난 죽음은 우스꽝스럽지만 드물지 않다.

사소한 차이가 쌓이는 도시의 삶

콜라보 씨는 걸으면서 생각에 잠긴다. 밀린 일이 있지만 걷다가 떠오른 누군가를 만나야겠다고 결심한다. 파시스트 테스트를 해보기도 한다. 그는 패스트푸드점의 풍경을 꼼꼼하게 관찰한다. 결국 누군가를 만나고, 마트에서 쇼핑을 하면서 하루를 마감한다. 그는 때로는 자신이 가진 것을 '어디 둘지 모르'겠고, '돈이 그렇게 많지도 않으면서 / 필요 없는 것들도 조금 담아놨'다는 것을 안다. 자신이 마트 에고의 명령을 받는다는 사실도 모르지 않는다. 오늘은 그냥 햇볕도 쬘 겸 걷기로 하는 생각이나, '가련하고도 찬란한 이 세상'에 대해 떠올리는 생각, 그 밖의 수많은 '별 생각'이 도시의 풍경과 시간 속에서 의식적으로 혹은 무의식적으로 펼쳐져 노래가 될 때 우리는 날마다 흘려보낸 풍경과 생각들을 비로소 붙잡는다.

김목인은 콜라보 씨가 대행한 산책자가 체험하는 도시의 하루 속 파편 같은 삶을 최대한 노래한다. 그는 사람들이 바쁘게 지나치느라 자세히 들여다보는 법을 잊어버리고 기록하지 못하는 도시의 순간순간을 걸음의 속도로 포커싱하듯 들여다본다. 누군가 놓쳐버린 사건을 기록하고, 사건의 여운을 부기한다. 수많은 사건과 삶이 얽히면서 이어지는 사건들을 연결하면서 관찰자이자 기록자이며 주체인 산책자의 정체성을 분명히 한다.

큰 기대가 없고, 큰 기쁨이 없으며, 큰 슬픔 역시 없는 도시에서 중요한 것은 사건이 아니라 사소함이다. 다른 이들에게는 사소하지만 본인에게는 사소하지 않은 일들, 그렇게 다른 사람들의 차이이다. 다르지 않은 듯 다른 삶이다. 그 수많은 차이를 사소하게 만드는 도시의 크기이며, 사소함이 모이고 쌓이며 굴러가는 자본주의 도시의 거대하고 복잡한 시스템이다. 김목인은 벤야민처럼 그 총체성을 슬쩍 엿본다.

도시인의 마음에 근접하다

박태원의 소설에서만큼 콜라보 씨는 중요한 결심이나 성찰에 이르지는 않는다. 그렇지만 김목인은 자본주의 사회의 거점을 스치는 콜라보 씨의 일상을 독백이 있는 다큐멘터리처럼 찍었다. 그동안 노래가 되지 않았던 시공간과 일상을 노래로 되새길 수 있게 했다. 또한 어리석고, 무심하고, 무기력하고, 불편하고, 나른하고, 당혹스러운 마음을 숨기지 않음으로써 변화무쌍한 도시인의 마음에 근접한다. 이 음반에는 주의 깊은 시선이 없다면 발견할 수 없는 관찰이 있다. 정직한 고백이 없다면 들을 수 없는 이야기를 엿듣는 즐거움이 있다. 음악으로 인문학과 사회학을 연결하는 김목인의 도시 기록 프로젝트는 김목인의 차이와 개성을 오롯이 하며 한국 포크를 살찌운다. 이 작업에 대한 감상과 판단은 다른 도시인들의 몫이다.

감각적인 연주와 연출

이 즐거움에 윤기를 더해주는 것은 김목인이 만들어낸 음악이다. 포크 음악의 사운드가 어쿠스틱 기타와 보컬 중심의 사운드라고만 생각하는 이들도 있겠지만, 김목인은 친근감 있는 리듬과 소박한 악기들을 효과적으로 사용한다. 특히 재즈를 비롯한 다른 장르의 어법을 재치 있게 차용하면서 어쿠스틱 사운드를 보충한다. 11곡의 노래를 들어보면 거의 모든 곡에서 피아노, 베이스, 플루겔혼, 키보드, 퍼커션 등의 감각적인 연주와 연출을 확인할 수 있을 만큼 음반의 사운드는 발랄하고 풍요롭다. 그중에서도 아름다운 <댄디>, <인터뷰>, <깨어있는 음악>, <만남> 같은 노래들은 김목인의 매력을 잘 드러낸다. 가사에 귀 기울여 들어도 좋고, 흘려들어도 아기자기한 음반이다. 이렇게 김목인의 음반이 한 장 더해졌고, 한국 포크의 성취가 이어진다. 계속 듣게 될 음반이 늘어간다.

세상은 달라지지 않았는데 여전히 아름다운 음악

2017년 최고의 음반
강태구 ≪Bleu≫

〈그랑블루〉
https://www.youtube.com/watch?v=hqCzEZDzqnk

강태구의 정규 음반은 좋을 거라 생각했다. 오랜만에 내놓은 음반이라는 사실이 중요하지 않았다. 2013년 뮤지션 아틀과 자체 제작한 스플릿 앨범 ≪들≫을 내놓았을 때, 강태구는 몇 곡의 노래만으로 마음을 사로잡았다. 그로부터 4년 뒤 활동이 뜸했던 강태구가 바이올린 연주자 강혜인과 함께 인천평화창작가요제에 참여했을 때에도 마찬가지였다. 그들의 노래 <들>은 단연 돋보였다. 강태구와 강혜인은 결국 최고상을 거머쥐었다.

강태구가 하는 음악은 포크. 포크 음악은 많은 악기와 연출을 동원하지 않는다. 어쿠스틱 기타와 보컬에 몇 악기가 돕는 정도이다. 멜로디가 있고, 노랫말이 있고, 노래하는 목소리가 만들어내는 톤과 분위기가 있을 뿐이다. 그런데도 강태구의 노래를 들으면 컴컴한 어둠의 숲처럼 빠져든다. 노래의 정서에서 길 잃어 아무리 허우적대도 헤어나올 수 없다.

강태구의 노래는 경쾌하거나 유쾌한 정서와 멀찍하다. 신나지 않고, 듣는 이들을 몰아붙이며 불타게 만들지 않는다. 강태구의 노래는 조용히 고

강태구 ≪Bleu≫ ⓒ민송

백하는 노래이고, 응시하는 노래이다. 그가 고백하고 응시하는 대상은 누구나 경험하는 갈라섬과 교감, 그리움과 좌절 같은 보편적이고 특별한 순간의 감정이다. 이 모든 대상을 한두 단어로 압축할 수 있다 해도, 각각의 단어에 담긴 이야기와 감정의 파장은 넓고 깊다. 단어는 이야기와 감정을 요약할 수 있을 뿐, '다른 무엇도 대신할 수 없'고, 누군가에게는 '평생처럼' 남을 울림만큼 후려치지 못한다.

마음의 파랑을 재현하는 노래

강태구가 음악으로 해내는 일이 바로 그것이다. 강태구는 자신의 정규 음반 ≪Bleu≫ 수록곡 일곱 곡으로 어떤 순간과, 그 순간 흔들린 마음을 부활시킨다. 할퀴어진 마음, 다짐하는 마음을 중계한다. 그 순간의 공기와, 그 공기를 흡입하며 버티는 사람과, 그 마음에 이는 파랑波浪을 직면하듯 재현한다.

간절함에 합리적인 이유나 논리적인 근거는 없다. 예술은 합리적인 이유와 근거를 따지고 증명하기 위해 존재하지 않는다. 다만 그렇게 되어버린 상황과 마음을 재현함으로써 그 안에 제대로 갇히기 위해 존재한다. 갇혀야만 되새길 수 있기 때문이다. 인간은 알 수 없는 존재이고, 마음은 더더욱 그렇다. 그나마 예술을 통해 사로잡히지 않으면 도무지 알 수 없다.

예술은 마음의 감옥에 먼저 갇힌 누군가의 진술서이다. 그 진술서가 나와 다르지 않음을 확인시켜 줄 때, 우리는 인간에 대해 자신에 대해 손톱만큼 알 수 있는 찰나의 기회를 얻는다. 예술가는 간수처럼 죄수처럼 그 일을 하는 사람이다.

중요한 것은 작가와 작품이 얼마나 상황과 감정에 가깝게 몰아넣는가이다. 창작자 자신의 상황과 감정이든, 창작자가 대신하는 인물의 상황과 감정이든 마찬가지이다. 음과 리듬과 악기의 울림과 보컬의 울림, 그리고 가사로 핍진하게 상황과 감정을 담아낼 때 듣는 이들이 비로소 구속된다. 창작자의 이야기가 듣는 이에게 겨우 전이된다. 그래서 좋은 멜로디가 필요하고 멜로디를 제대로 살려주는 리듬이 필요하다. 악기와 보컬의 톤과 색이 노래 속 상황과 감정과 조응해야 함은 물론이다.

강태구 보컬의 한숨소리

강태구의 강점들이 빛을 발하는 순간도 그때다. 강태구의 보컬부터 이야기해야겠다.

강태구의 보컬은 부드럽고 따뜻하지만 매끈하지 않다. 그의 보컬에는 오래 방황하고 떠돈 이의 쓸쓸함과 헛헛함이 묻어 있다. 단지 발성 때문일 수 있지만, 한 음 한 음 뱉을 때마다 강태구의 목소리에는 한숨소리 같은 바람소리가 묻어난다. 비어 퍼지는 소리의 질감은 강태구의 노래를 확신과 단정보다 상실과 갈증과 희구 쪽에서 서성이게 만든다. 강태구 노래에 깃든 애틋함을 만들어내는 데 강태구 보컬의 호흡과 톤은 중요한 역할을 한다. 어떤 노래를 부르더라도 애잔함을 잃지 않는 목소리는 반짝이거나 힘 넘치

강태구 ⓒ김유미

지 않고 압도하지 않는 정서와 태도를 유지한다.

강태구는 자신의 목소리로 음반의 첫 곡 <Passenger>에서부터 이 세계에서 생의 승객으로 실려가는 이의 막막함과 바다 같은 위로를 함께 쓰다듬는다. 강태구의 음악은 보컬과 어쿠스틱 기타의 단순한 편곡에만 기대지 않는다. 공간감을 불어넣은 보컬 코러스로 곡에 변화를 주고, 가사가 표현하는 서사를 향해 헤엄친다. 자연스럽고 아름다운 멜로디로 노 젓는다.

두 번째 곡 <그랑블루>에서는 어쿠스틱 기타와 보컬에 강혜인의 바이올린을 결합함으로써 '다시 오지 않을 오늘'과 '사라지고 없을 마음'의 덧없음과 안타까움을 배가한다. 첫 곡과 유사한 공간감은 포크 곡에서 느낄 수 있는 단조로움을 넘어 곡의 깊이를 더욱 하강시킨다. 노래는 소리가 만드는 아름다움에 서서히 정박한다. 덕분에 서로의 눈을 들여다보면서 발견한 깊고 푸른 바다는 소리로 온전히 일렁거린다. 소리로 순간과 감정을 되살리기 위해 강태구는 소리를 넣고 빼고, 낮추고 높이고, 키우고 넓히면서 조율한다. 특별했던 순간과 감정을 파도처럼 복원해, 결국 듣는 이의 마음은 완전히 잠기고 아득해진다. 강태구의 노래는 이 아찔함과 아득함에 도달하기 위한 여행이다.

탐미적인 싱어송라이터 강태구

강태구의 보컬은 <바람에 흔들리는 나무소리>에서도 매혹적이다. 그 자신이 바람 같은 목소리로 노래하는 까닭에 노래는 듣는 이들을 바람처럼 뒤흔든다. 자신에게 흘러나온 바람이 흔들림만큼 노래가 된다. 내가 흔들렸다고 짧게 요약할 수 있는 문장이 강태구의 노래로는 형언할 수 없는 무게와 파장으로 휩쓸고 지나간다.

강태구의 다른 노래들도 핍진하다. 사랑한다고, 사랑하기 때문에 너는 나의 전부라고 말하는 것보다 '너는 나의 전부는 아니지만 / 니가 없는 세상은 상상할 수 없어'라고 말하는 마음은 더 애타게 밀려온다. 담담하게 노래하는 보컬과 바이올린의 이중주만으로도 일상을 함께하는 두 사람의 평범함과 평범해서 더 소중한 마음은 큰 울림을 안긴다. 강태구는 자신의 노래와 강혜인의 연주로 노랫말에서 구현한 간절함을 묵묵히 쓸어내린다. 꿈처럼 자신만 알고, 돌아갈 수 없으며, 한없이 그리운 순간마저 적확한 멜로디와 보컬, 연주로 포착한다.

음반의 마지막 곡 <내 방 가을>에서도 강태구는 아름다운 가을과 완전히 전하기 어려운 가을의 멘탈리티를 건반과 보컬만으로 들을 수 있게 한다. 아름다운 곡들이 이어지는 음반은 강태구가 탐미적인 싱어송라이터이며, 탁월한 보컬이라는 사실을 확인하는 데 그치지 않는다. 좋은 작품은 보이지 않은 것을 보이게 하고, 들리지 않는 것을 들리게 한다. 그리고 하나 더, 이 모두가 나에게 이미 있었던 것임을 일깨운다.

한마디만 더 덧붙이자. 2017년이 저물 무렵 비로소 도착한 이 음반은 그 해 발표된 국내 음반에 대한 마음속 순위를 뒤흔들어 놓았다. 어떤 분석이나 비평보다 마음이 먼저 움직였고, 움직인 마음을 속절없이 바라보기만 해도 충분했다. 세상은 그다지 달라지지 않았는데 어떤 음악은 왜 여전히 아름다운지. 이런 음악을 구원이나 축복이라고 부르지 않을 도리가 있는지.

강태구 ⓒ차세환

질문을 만나게 하는 노래

분출하는 고민과 상처
빌리카터 ≪The Orange≫

〈연옥〉
https://www.youtube.com/watch?v=GEup-BQhoMc

12월에 발표하는 음악은 왠지 손해 보는 느낌이다. 연말 분위기에 휩싸이고, 크리스마스 캐럴에 밀려 덜 주목받는 것 같달까. 일찍 발표했다면 그해의 음반으로 호명될 수도 있을 텐데, 연말 결산에 끼기에도 엉거주춤한 느낌. 그럼에도 12월에 내놓은 음반 중에는 늘 함박눈 같은 축복이 있다. 한 해가 다 끝나지 않았음을, 아직 12월이 있음을 기억하게 하는 음반이 있다.

2017년 12월에는 밴드 빌리카터(Billy Carter)의 음반이 그 역할을 짊어졌다. 빌리카터는 12월 14일 EP ≪The Green≫을 발표한 후, 일주일 후 또 한 장의 EP ≪The Orange≫를 연달아 내놓았다. 3인조 밴드로 2015년부터 EP 1장과 2장의 정규 음반을 발표하고, 1년 만에 다시 정규 음반 규모의 음반을 내놓은 셈이니 무척 부지런하다.

부지런한 밴드 빌리카터

두 장의 음반에 수록한 곡은 각각 4곡씩 총 8곡. 밴드 자신의 소개를 빌리

빌리카터 ≪The Orange≫ ⓒ일렉트릭뮤즈

자면 '세상을 향한 강하고 직설적인 외침을 무겁고 과감하고 직접적인 사운드에 담은' 곡은 ≪The Orange≫에 실었고, '우리 내면으로 깊은 울림을 만드는 아름답고 신비로운 사운드'에 담은 곡은 ≪The Green≫에 채웠다.

2장의 음반을 들으면 밴드의 변화를 느낄 수 있다. 블루스에서 출발한 고전적인 사운드를 뚝심 있게 밀어붙이던 밴드는 이제 사이키델릭, 아트록, 애시드 포크 같은, 다른 장르의 방법론을 활용한다. 두 장의 음반은 유기적 관계를 맺은 연작의 형태를 띠는데, ≪The Orange≫가 좀 더 강렬한 인상을 준다. ≪The Orange≫가 세상을 향해 외치기 때문만은 아니다. 이 음반에서 빌리카터는 빌리카터의 사이키델릭을 화려하고 장엄하게 분출하면서, 가사로 표현하는 메시지를 사운드와 일치시켰다. 음악은 메시지이며 발언인 동시에 태도이다. 자신에 대한 태도이건 타자에 대한 태도이건 세상에 대한 태도이건, 음악은 자신이 선택한 태도를 정서적으로 공감하게 만들기 위해 사운드를 부린다.

분노와 고발, 연민과 미안함의 노래

≪The Orange≫에서 빌리카터가 취한 태도는 분노와 고발, 연민과 미안함이다. 세상에 여전한 폭력을 고발하고, 폭력이 남긴 상처와 좌절을 드러내며 분노를 토하는 빌리카터의 태도는 대체로 직설적이다. 응축시킨 분노를 장엄하게 혹은 거침없이 토해내는 빌리카터는 분노의 표출이라는 태도를 아트록에 가까운 방법론을 활용해 구현한다. 악기들의 사운드를 드라마틱하게 연출해 분노와 상처마저 아름답게 재현하는 빌리카터는 감정의 미학화라는 예술의 본질에 거뜬히 도달한다.

첫 곡 <화장>은 가스라이팅을 표현한 곡이다. 시작부터 장례식 분위기를 풍기는 벨 연주와 묵직한 드러밍에 사이키델릭한 일렉트릭 기타 연주를 교차시킨 곡은 장엄한 스케일을 예고한다. 묵시록의 분위기를 내는 보컬은 '사랑이라는 이름으로 행하는 가혹행위'라는 노랫말로 가스라이팅을 비판한다. 은유적으로 표현한 관계의 종말과 피해자의 무너진 내면을 적확한 멜로디에 실은 노래는 생동감 있는 속도로 달려온다. 초반부터 장엄함과 사이키델릭함을 교차시킨 연주는 곡의 제목처럼 제의를 거행하는 듯한 긴장감을 만들어 곡에 몰입하게 한다. 그리고 이 긴장감은 일렉트릭 기타가 주도하는 노이지하고 강렬한 사운드를 통해 폭발한다. 보컬이 빠진 채 연주만으로 재현하는 관계의 화장은 소리를 분출하고 충돌시킴으로써 가스라이팅 피해자의 내면이 처참하게 무너지고 관계가 파탄났음을 드러낸다. 스스로 관계의 종말을 선택할 수밖에 없었음을 다면적으로 웅변한다. 곡에 얹은 건반 연주와 후반부 보컬의 허밍은 관계를 화장시킴으로써 스스로를 지키고 다시 살아가는 이의 치유까지 표현해 드라마를 완성한다. 장엄한 서사를 음악으로 옮긴 곡은 치열한 주제의식과 공들인 구성, 적확한 사운드 연출로 곡의 의미를 온전히 실현했다.

신자유주의 시대의 인간형을 고발한 노래

반면 <연옥>은 '찰나의 기쁨을 하나 던져주고는 개처럼 부리'는 세상에

빌리카터 ©김유미

서 '떨어지는 꿀 한 모금 혀 끝에 달콤함에 사로잡혀' 살아가는 사람들을 냉소적으로 기록한 곡이다. 왕왕거리는 일렉트릭 기타 톤과 왈츠풍의 리듬으로 냉소와 희화화한 태도를 노랫말보다 먼저 재현한다. 2분 35초의 짧은 곡임에도 노래의 메시지는 가볍지 않다. 세상이 불공평하고 불합리하다는 사실을 알고 있음에도 익숙해진 '두려움과 불안함'을 과감하게 떨치지 못하고, '행복하다는 자기암시에서 헤어나오지 못하'는 신자유주의 시대의 인간형을 고발한 곡이다. 싸구려 느낌을 강조한 건반 연주는 '연옥' 같은 세상을 만드는 이는 우리 자신임을 자조적으로 현시한다.

체제는 권력의 강압적 통치만으로 유지하지 못한다. 체제는 인민의 자발적 복종이 없이는 유지할 수 없다. <연옥>은 우리 자신이 피해자이며 동조자라는 사실, 그렇게 체제가 유지되고 완성된다는 사실을 짐짓 유쾌한 냉소의 태도로 전시했다.

누구도 피할 수 없는 질문

<너의 꽃>은 부당한 세상과 비겁한 태도로 인해 세상을 떠날 수밖에 없는 영혼들을 위로하는 곡이다. 세월호 참사의 희생자들을 비롯한 국가 폭력과 사회적 타살의 희생자들을 떠올릴 수밖에 없는 곡이다. <너의 꽃>은 강렬한 일렉트릭 기타 연주와 묵직한 드러밍에 미디엄 템포의 서술로 살아남은 이들의 죄책감을 표현했다. 지난 10년, 혹은 그 이전과 그 후까지 이어지는 죽음에 대한 공명과 인식을 드러낸 곡은 이 시대를 살아 견디는 이들의 고통을 대변한다.

그리고 음반의 마지막 곡 <사창가에 핀 꽃>은 창녀라는 성매매여성을 불러낸다. 구조적 폭력과, 구조적 폭력으로 굴절되면서 구조적 폭력을 강화하는 편견과 일상의 폭력을 동시에 드러내기 위해서다. 농염하고 자조적인 보컬은 지치고 상처받은 이의 내면을 힘 있게 대변한다. 클라리넷 연주처럼 들리는 건반 연주를 가미한 연주는 사이키델릭한 분위기를 창출하면서 곡의 개성을 만들어낸다. 일렉트릭 기타 연주와 건반 연주에 보컬 코러스까지 가미함으로써 곡의 사운드 스케이프를 확장하고, 발언은 더욱 압박한다. 곡의 후반부에서 변화를 준 일렉트릭 기타 연주는 곡의 서사를 다층적으로 완성하려는 빌리카터의 의지를 충분히 보여준다.

빌리카터는 의미 있는 메시지를 음악으로 구현하면서 듣는 즐거움을 완성했다. 순간순간 듣는 즐거움을 만끽하는 동안 우리는 우리가 살고 있는 세상에 대해, 그 속에서 살아가는 우리 자신에 대해 더 명징하게 인식한다. 몰랐던 이야기는 아닐지라도 충분히 곱씹어야 하는 현실. 여기서부터 우리는 계속 살아가야 한다. 누구도 피할 수 없다. 그렇다면 어떻게 해야 할까. 좋은 노래는 결국 질문을 만나게 한다.

빌리카터 ©김유미

민중의 목소리를 돌려준 노래

삶을 따라 움직이는 출장작곡가
김동산 ≪서울 · 수원 이야기≫

〈아현포차 30년사〉
https://www.youtube.com/watch?v=Inzmofv_bDc

싱어송라이터 김동산이 노래를 만드는 방식은 독특하다. 출장작곡가를 표방하는 그는 이야기가 있는 곳에 직접 가서 이야기를 듣고, 그 이야기를 노래로 만든다. 그가 주목하는 이야기는 사랑 이야기가 아니다. 자기 땅에서 쫓겨나고, 직장에서 쫓겨난 사람들의 이야기이다. 철거민이거나 노동자이거나 서민이라고 부르는 사람들. 혹은 민중이라고 부르는 사람들의 이야기가 그를 통해 노래가 된다.

사실 한국의 민중가요에는 철거민이나 노동자의 이야기가 많았다. 그런데 김동산의 노래는 지금껏 나왔던 민중가요들과는 조금 다르다. 김동산은 노래 속 이야기에 개입하지 않는다. 그는 자신에게 이야기를 들려주는 사람들의 사연을 고스란히 옮기는 데 주력한다. 그들은 투철한 사회의식을 가진 이들이 아니다. 진보적인 생각을 가진 이들이 아니다. 시민사회 운동단체의 도움을 받기는 하지만 사건을 겪기 전까지는 운동단체의 성원이 아니었다. 그러다 보니 보수적인 관점이 드러날 때도 있다.

김동산 ≪서울 · 수원 이야기≫ ⓒ김동산

그럼에도 김동산은 그들의 목소리를 최대한 살려 노래한다. 그 목소리를 가감 없이 노래로 만들다 보니 김동산의 노래는 민중의 노래이면서도 이전까지 민중가요에서 흔히 형상해왔던 민중상, 그러니까 계급적/혁명적으로 각성해 투쟁을 호소하는 급진적 주체의 목소리를 담지 않는다.

서발턴에게 귀 기울이는 김동산

기실 민중가요의 민중상은 민중 자신의 모습이라기보다 민중을 통해 혁명을 꿈꾸었던 운동권들의 이상에 가까웠다. 그렇다고 민중가요가 이상적인 민중의 모습만 담았던 것은 아니다. 1980년대 초중반 혹은 그 후 여러 민중가요 창작자들은 노동자, 농민, 서민 곁에서 그들의 목소리를 직접 듣고 그들이 쓴 말과 생활글로 노래를 만들곤 했다. 그 노래에 거창한 목표나 치밀한 사회과학적 인식은 없었다. 하지만 생생한 삶의 목소리와 통찰이 있었다. 민중이라는 이름조차 변변히 갖지 못한 이들은 우리 사회의 서발턴

(Subaltern)에 가까웠다. 김동산에게 이야기를 들려주고, 김동산이 노래로 담는 이들 역시 서발턴이다. 성장의 뒤안길에서 짓밟힌 사람들, 트렌드와 힙한 소비에 묻혀 보이지 않고 애써 보려 하지도 않는 사람들. 대변해줄 조직이 없어 목소리조차 갖지 못한 사람들. 그러나 여전히 살아 있는 사람들 곁으로 김동산은 다가가 이야기를 청한다. 그 이야기를 다듬어 노래를 만든다. 노래는 그들에게 목소리를 돌려주었다.

김동산은 본인이 민중가수를 표방하건 하지 않건 그동안 민중가요 진영이 진행해왔으나 꾸준히 이어지지 못한 방식, 그러니까 민중 자신이 말하게 하고 창작자가 대신 노래하는 방식을 계승한다. 일방적으로 가르치기보다 서로 배우려는 자세, 서발턴에 귀 기울이는 낮은 자세를 이으며 복원한다.

이 같은 자세와 방식은 미국에서 포크 음악에 민중적 의미를 부여했던 이들이 잇고자 했던 떠돌이 이야기꾼 혹은 민중 자신의 노래 기록자 역할과 다르지 않다. 전문 창작자가 근사하고 화려한 테크닉을 동원해 멋진 창작물을 내놓고, 청자는 듣기만 하는 방식이 아니다. 듣던 이가 노래의 발화자가 되고, 주인공이 되기 때문이다.

예술 자체에 대한 김동산의 질문

이 같은 방식은 정치적으로 올바를 뿐만 아니라 예술 자체에 대한 의미 있는 질문을 던진다. 예술이 누구를 위해 존재해야 하고, 누구의 목소리를 어떻게 대변해야 하는지. 그리고 예술의 주체가 누구인지, 누구여야 하는지 되묻는다. 예술 창작 훈련을 거치지 않은 이가 예술에 참여하는 방식, 예술 자체의 민주화 혹은 주체화 사례로서도 김동산의 시도는 매우 소중하다.

게다가 김동산의 노래 속 사연들은 구구절절하다. 김동산이 정규 음반 ≪서울 · 수원 이야기≫에 담은 곡은 총 9곡이다. 첫 곡 <수원아이파크시립미술관송>이 시립미술관에 아이파크라는 재벌의 브랜드를 붙인 자본 권력의 승리를 노래한다면, <4인 가족>은 서울특별시 강남구 신사동에서 곱

김동산 ⓒ황경하

창가게 우장창창을 운영하다 강제로 쫓겨날 뻔했던 서윤수 사장의 이야기이다. '나도 모르는 걸 사람들에게 강요'하고 싶지 않아 가게를 열었지만, '제일 좋은 재료 구해서 정성껏 대접하면 4인 가족이 먹고살 수 있는 그런 단순한 삶'은 쉽지 않았다. 이 노래는 그의 고단한 목소리를 그대로 옮겼다. 슬로우 템포의 곡은 김정근의 트럼펫을 더하며 노래의 완성도를 지켰다.

민중 자서전 같은 노래들

그리고 <아현포차 30년사>는 아현동에서 쫓겨나야 했던 노년 여성 포장마차 주인의 삶을 기록하면서 서발턴으로 살아온 이의 이력을 풍부하게 담는다. 민중 자서전이 되는 노래는 '이승만 박사 때가 더 가난했는데 지금 이 세상이 더욱 각박'하다는 날카로운 통찰을 놓치지 않는다.

<노래하는 이유>는 당시 투쟁 4,000일을 넘긴 콜트콜텍 기타 노동자들의 이야기이다. '값싼 노동력을 이용해 돈을 벌고 미국은 그렇게 만든 기타를 가져가 우리에게 다시' 판다고, '사람들은 그걸 브랜드라고 말한다'는 진술에는 투쟁 속에 깨달은 자본주의의 진실이 통렬하게 담겼다. 당시 11년에 이른 싸움의 분노와 끈질김은 박희진의 건반이 거들면서 더욱 눅진해졌다.

<통영생선구이 블루스>는 서울특별시 서촌의 식당 통영생선구이에서 벌어진 투쟁을 블루스에 담아 질박하게 노래한다. 이 곡에서도 김동산은 당사자의 목소리를 빌어 노래한다. 블루스는 그 옛날 흑인들이 그러했듯 우리 사회의 흑인 같은 이들을 대변하는 데 적절하다. 음악의 방법론과 메시지가 노래 안에서 성공적으로 만났다.

<골든 타임>은 서울특별시 종로구 옥바라지 골목의 생존권 투쟁을 기록하고, <도면 없는 예술가>는 경기도 수원 화성이 유네스코 문화유산으로 지정되면서 그곳을 떠나야 하는 지동 세인상사 김기만 씨의 이야기를 채록한다. 어디에나 있는 사람, 그러나 그런 사람이 없다면 동네가 돌아가지 않을 사람들의 이야기를 김동산은 놓치지 않았다. 사람들이 떠나야 하는 문화재 지정과 철거의 그늘을 외면하지 않았다.

김동산이 아니라면 노래가 되지 못했을 삶

<90세 무명노인의 이야기>도 별반 다르지 않다. 예술은 빛나지 않는 삶도 기록하는 일이고, 답이 없는 질문도 멈추지 않는 일이다. 그렇게 함으로써 모든 삶에 의미를 부여하고, 더 많은 가능성을 꿈꾸게 하는 것이 예술의 역할이다. 김동산이 이번 음반으로 해낸 일이다.

보너스 트랙 <뭘 하고 있을까>까지 김동산이 아니라면 미처 노래가 되지 못했을 삶들이 노래가 되었다. 노래는 노래가 감당해야 할 역할 하나를 다행히 놓치지 않았다. 다만 모든 노래들이 노래에 담은 이야기를 잘 전달할 수 있는 멜로디와 사운드를 만나지는 못했다. 앞으로 김동산이 해야 할 일이라면 바로 노래의 밀도를 더 높이는 일, 그래서 이 노래들이 노래의 힘으로 스스로 더 힘차게 날아갈 수 있게 만드는 일이다.

지금 김동산에 의해, 그리고 김동산의 벗들에 의해 민중가요의 역사가 새롭게 이어지는 중이다. 이제 30년 전, 1987년의 영광과 상처만 기억하지 말고 현재의 상처와 대응에도 주목하자. 노래는 잠시도 멈추지 않으니 오늘은 오늘의 노래를 들어야 옳다.

김동산 ⓒ김동산

지금 어느 곳에서 현실을 보고 있는가

낮은 이들의 이야기를 담은 노래
Various Artists ≪새 민중음악 선곡집 Vol. 3 - 쫓겨나는 사람들≫

오재환, 람 〈오랜 시간 동안〉
https://www.youtube.com/watch?v=V5wvKnuar3g

2017년 5월 대통령이 바뀌었다. 그러나 대통령이 바뀌었다고 세상 모든 문제가 순식간에 해결될 리는 만무하다. 당연히 시간이 필요하다. 아니, 시간이 걸린다 해도 쉽지 않을 일들도 많다. 문제는 시간이 걸려야 해결할 수 있다는 사실이 아니다. 대통령이 바뀌고 세상이 조금 나아질 것 같아지니 어느새 관심이 덜한 우리 사회의 온도이다. 기다린다고 산적한 문제들이 다 해결될 리 없고, 대통령이 항상 다 잘하라는 법도 없는데, 어떤 이들은 대통령만 바라본다. 지금 아프고 힘든 이들을 외면한다. 덕분에 아프고 힘든 이들은 더 아프고 더 힘들다. 그럼에도 어떤 고통의 현장에는 노래가 함께 있다. 노래가 함께 희망을 만들고 있다. 그 자체로 희망이 되고 있다.

2017년 8월 24일부터 퇴거반대 투쟁 중인 서울특별시 종로구 체부동의 본가궁중족발이 그중 한 곳이다.

본가궁중족발은 2009년 4월부터 영업을 시작해 당시 8년째 체부동 시장 혹은 세종마을음식문화거리라고 불리는 동네에서 족발을 삶아왔다. 그런

≪새 민중음악 선곡집 Vol. 3 - 쫓겨나는 사람들≫ ⓒ황경하

데 2016년 새 건물주가 된 이모 씨는 그해 1월 갑자기 보증금 3,000만 원에 월 300만 원이었던 임대료를 보증금 1억에 월 임대료 1,200만 원으로 올려버렸다. 상식적으로 받아들이기 힘든 임대료를 요구한 건물주 이모 씨는 궁중족발의 사장 부부가 반발하며 가게를 비워주지 않자, 가게를 비워달라는 명소소송을 진행해서 승소한 뒤 강제집행을 시작했다. 그는 용역을 동원해 수차례 강제집행에 나섰다. 맘상모를 비롯한 자영업자들과 시민사회단체 회원, 뮤지션 등이 강제집행에 반대해 맨몸으로 막아섰다. 이 과정에서 함께 궁중족발을 지켜려 한 이의 이가 부러지고, 족발집 사장 김우식 씨의 손가락 4개가 부분 절단되기까지 했다.

그러나 건물주 이 씨는 전혀 개의치 않았다. 업무방해 등 금지가처분 소송까지 걸어 승소하는 바람에 김우식 사장과 맘상모는 하루에 50만 원씩의 간접강제금을 내야 했다. 그뿐 아니라 건물주 이모 씨는 소셜 미디어 등에서 궁중족발을 지키려는 이들을 끊임없이 조롱했다. 가게에도 수시로 찾아와 자극하거나 행패에 가까운 움직임을 보였다 한다. 그는 업무방해 및 금지 가처분 소송, 건물인도단행가처분 소송, 강제집행효용침해, 특수공무집행방해, 감금, 폭행, 모욕 형사사건도 진행할 정도였다.

본가궁중족발에서 만든 음반

다행히 궁중족발에서는 이렇게 일방적이고 부당한 건물주의 횡포와 법의 허점에 맞서 뜻있는 이들과 예술인들이 계속 연대했다. 이 과정에서 한 장의 음반이 만들어졌다. 2017년 10월 4일부터 뮤지션들이 공연으로 연대하기 시작해 꾸준히 공연을 펼치면서 그곳에서 음반을 만든 것이다. 2017년 10월부터 ≪새 민중음악 선곡집≫이라는 이름으로 창작곡 음반을 연달아 발표하는 뮤지션/기획자 황경하를 비롯한 10여 명의 뮤지션들은 2018년 1월 16일 ≪새 민중음악 선곡집 Vol. 3 - 쫓겨나는 사람들≫을 발표했다.

김이슬기, 노승혁, 람, 쓰다, 예람, 오재환, 이다, 이소연, 이형주, 장명선, 황경하 등이 참여한 음반에는 총 13곡의 노래와 시 낭송이 수북하다. 이 음반은 사드 배치를 반대하는 성주를 노래한 ≪새 민중음악 선곡집≫ 1, 2와 달리 본가궁중족발 이야기에 집중했다. 김이슬기를 비롯한 뮤지션들은 본가궁중족발에서 벌어진 일을 알게 되고, 그곳에서 함께하면서 느낀 생각과 감정을 진솔하게 표현했다.

본가궁중족발이 성주만큼 중요한 현장은 아니라고 생각하는 이가 있을지 모르지만, 건물주의 탐욕과 법의 허점, 대중의 전도된 의식으로 인해 한 가족의 평범하지만 소중한 삶이 벼랑 끝으로 내몰리는 현실을 외면할 수 없기 때문이다. 누구의 삶도 함부로 짓밟혀서는 안 되는데, 벌어지면 안 될 일이 벌어지는 현실을 참사가 아니라고 말할 수 없기 때문이다. 우리 사회 곳곳에서 비슷한 참사가 이어지기 때문이다.

이 음반의 뮤지션들을 기억해야 할 이유

자립음악생산조합의 일원으로 활동하며 두리반 철거 반대 투쟁 등에 적

≪새 민중음악 선곡집 Vol. 3 - 쫓겨나는 사람들≫ 작업에 참여한 뮤지션들 ©황경하

극 참여했던 뮤지션 황경하는 '슬픔과 분노 속에서 이 노래를 쓴다'고 고백하면서 묻는다. '쫓겨나고 빼앗겨 온 사람들'에게 '마지막 한 톨까지 앗아가 버렸'다고, '가족과 오순도순 살고 싶었는데 건물주 탐욕에 손가락을 잘렸'다고, '너는 이제 어느 편에 서겠'냐고 물으며 황경하는 간청한다. '당신의 슬픔도 우리와 같다면' '이곳으로 달려와' 달라고.

≪새 민중음악 선곡집≫ 시리즈에 계속 참여하는 뮤지션 오재환과 람은 삶의 터전을 잃어버릴 위기에 처한 본가궁중족발의 임대인이자 사장의 마음을 <오랜 시간 동안>에 담았다. 일렉트로닉 음악 스타일 사운드에 담은 노래는 성실하게 삶을 꾸리고 지켜온 이의 단단한 심지를 포착했다. 퇴거 위기에 놓인 자영업자를 일방적인 피해자로 담는 전형성을 피해, 생활인이자 민중인 주체의 건강함을 드러내는 동시에 자신이 무엇을 모르는지 모를 건물주에 대비하는 데 성공했다.

지난 시리즈 음반에 계속 참여해온 블루스 뮤지션 이형주 역시 <땀>을 빌어 노동과 삶의 소중한 가치를 옹호한다. 건물조차 땀과 눈물로 만들어신 것이라는 그의 인식은 자본주의 혹은 신자유주의 체제의 진실과 허상을 날카롭게 드러낸다. 계속 눈물을 흘리다가 눈물이 불타는 눈알의 파편이라면 불똥이라고 불러도 좋지 않을까 생각하며 만든 쓰다의 곡 <불똥>은 궁중족발에 감도는 슬픔을 곡진하고 사이키델릭하게 표현했다. 쓰다가 노래한 '튀어오른 불똥'은 사실 궁중족발에만 있지 않고, 우리 사회 곳곳에서 흐르고 있을 것이다. 농염하고 처절한 슬픔을 잘 담아낸 곡은 이제 우리가 민중음악이라는 장르에서 지난 1980년대와 90년대의 뮤지션들만 기억해서는 안 될 이유를 알려준다.

기존 민중가요와 다른 노래들

꽃다지나 노래를 찾는 사람들, 안치환처럼 민중가요를 널리 알린 이들만이 민중가요의 전부가 아니다. 민주노총의 집회에서 울려 퍼지는 민중가요 역시 민중가요의 전부가 아니다. 1980년대 우리 사회 곳곳의 낮은 이들 곁에는 그들의 이야기를 듣고 그들의 이야기로 노래를 만들려는 이들이 있었다. 텔레비전에 안 나오고, 라디오에도 안 나오는 이야기. 그러나 가난하고 비참할지언정 소중한 삶의 이야기를 노래로 담아냄으로써 삶을 지키고 옹호하려고 했던 이들은 일군의 민중음악인들뿐이었다 해도 과언이 아니다.

음악을 전공하기도 했지만 전공하지 않더라도 음악으로 삶을 지키고, 삶을 지키기 위해 세상을 뒤집어버리려 했던 이들은 어쿠스틱 기타와 북 정도의 악기와 카세트 플레이어 정도의 녹음으로 불법음반을 만들곤 했다. 음악성을 테크닉만으로 한정한다면 부족한 것 투성이였지만, 그 음반에는 투박한 목소리와 흐린 음질을 뛰어넘는 삶의 진실이 살아 펄떡였다. 그리고 그중 어떤 노래들은 삶만큼 진실한 멜로디를 만나 감동적인 노래가 되곤 했다.

≪새 민중음악 선곡집 Vol. 3≫ 음반은 민중가요가 조직운동 집단의 논리를 대변하면서 다소 멀어진 현장과 예전 민중가요의 생생함을 잇는다는 데 중요한 의미가 있다. 진보 혹은 운동은 진보적인 가치를 옹호함으로써

완성되는 것이 아니다. 진보나 운동은 더 많이 보는 것이다. 지금 아프고 힘든 사람들을 외면하지 않고 더 많이 눈을 맞추는 일이다. 그들과 함께 비틀거리고 머뭇거리면서 조심조심 걸음을 떼는 일이다.

민중가요라고 말하지만 이제 기존 민중가요 진영에서는 일 년에 새 음반이 채 10장도 나오지 않는 상황이다. 그런데 기존의 민중가요 진영과는 거의 연계가 없고 경험도 다른 뮤지션들이 이렇게 민중음악이라는 이름으로 유사한 정서와 태도, 방식을 잇고 있다는 사실은 이채롭다. 조직 운동집단의 논리를 체현하지 않는 노래는 선언하지 않고 낙관하지 않으면서 차이를 드러내는데, 이러한 태도는 1990년대 이후 민중가요에서 어렵지 않게 볼 수 있는 태도이기도 하다.

감상을 넘어 윤리를 묻는 노래

이들의 노래 중에는 아직 <솔아 푸르른 솔아>나 <광야에서> 같은 명곡이 없다고 저평가할 수도 있다. 그러나 ≪새 민중음악 선곡집 Vol. 3≫에는 정형화된 표현이 없고, 지나치게 아름다워 들으면 좋지만 자칫하면 고통스러운 현실을 잊게 해버리는 과도한 미학이 없다. 그래서 이 음반을 들으면 궁중족발이라는 현실의 처절함에 대해, 그 현실의 악랄함에 대해 절절하게 공감하게 된다. 지금 그곳에 있지 않은 자신의 위치와 입장에 대해 부정할 수 없게 된다.

이 한 장의 음반은 훌륭한 예술작품들이 그러했듯 몰랐던 현실을 알게 해줄 뿐만 아니라, 지금 자신이 어느 곳에서 어떤 자세로 현실을 바라보고 있는지 거울처럼 드러낸다. 이 음반에 참여한 뮤지션들이 궁중족발이라는 로두스에 선 자신을 속이지 않고 드러내기 때문이다. 음악이 음악으로 존재하기 위한 방법론을 모르지 않기 때문이다. 노승혁이 부른 <어떤 평화>를 비롯한 수록곡들은 '가족의 아픔에 눈물 흘리고 이웃의 눈물을 외면하는 어떤 평화'를 드러내고, 우는 자들의 존재를 외면하지 못하게 만든다. 그리하여 결국 '잠 못 들게' 되는 마음에 전염되게 만든다.

어떤 예술은 감상을 넘어 윤리에 대한 질문으로 나아간다. 좋은 예술작품은 확신보다 질문에 가깝고, 그 질문은 자신에게 향한다. 이 음반에 참여한 이들은 거대담론을 동원하거나 강력한 선전선동의 언어를 쏟아내는 대신 정직하게 고백한다. 현장의 공기를 충분히 전달하고 재현함으로써 우리가 지금 무엇을 놓치거나 외면하고 있는지 스스로 깨닫게 만든다. 민중가요는 아니어도 현실을 노래하는 곡들이 꾸준히 늘어나는 상황에서 ≪새 민중음악 선곡집 Vol. 3≫ 음반은 음악과 삶을 가장 가깝게 연결하고 기록한 음반이자 다큐멘터리로서 제 역할을 충분히 다했다. 이제는 우리가 제 역할을 해야 할 순서다.

≪새 민중음악 선곡집 Vol. 3 - 쫓겨나는 사람들≫ 작업에 참여한 뮤지션들 ⓒ황경하

지금 한국대중음악계에서 가장 뛰어난 싱어송라이터

공동체와 희망의 어슴푸레한 가능성
송재경 ≪고고학자≫

〈방공호〉
https://www.youtube.com/watch?v=RR21qk08pnY

소셜 미디어를 횡단하면 사람들의 마음을 보게 된다. 기뻐하고 슬퍼하고 즐거워하고 화내는 마음. 그리고 체념하고 상처받고 그리워하고 후회하는 마음까지 심심치 않게 보게 된다. 거리를 지날 때 사람들의 표정은 대체로 무표정하다. 하지만 속마음은 소셜 미디어에 전시한 마음과 다르지 않을 것이다. 무례하고 무심한 사람이 아니라면 사람들 대부분은 연약하다. 가진 것 없고 권력도 없는 이들은 세상 앞에 자주 무력하다. 촛불을 들어 대통령을 내쫓았어도, 생활 속 부당한 권력과 폭력과 불평등까지 쫓아내지는 못했다. 그리하여 대부분은 오늘도 꾸역꾸역 산다. 시간이 흐른다고 삶이 크게 좋아지리라 기대하지 않고, 오늘 해야 할 일을 습관처럼 해가면서. 그렇다고 대충 살지는 않으려고 애쓰고 버티면서.

보통 사람들의 마음을 발굴한 음반

밴드 9와 숫자들의 리더 송재경(9)이 발표한 솔로 음반 ≪고고학자≫를

송재경 ≪고고학자≫ ⓒ오름엔터

들으면 이렇게 사는 보통 사람들의 마음이 저절로 떠오른다. 그들의 삶이 그려진다. 송재경이 자신의 마음과 이 시대를 살아가는 많은 이들의 마음을 고고학자처럼 발굴해 노래했기 때문이다. 좋은 창작자는 자신의 이야기를 꺼내면서 세계관과 취향, 젠더, 지역, 세대를 껴안는다. 시대를 말하지 않고도 시대를 보여준다. 세상에 홀로 유일한 사람은 없고, 우리는 함께 살아가며 닮기 마련이다.

그러므로 송재경의 노래를 들으며 들여다보아야 하는 것은 노래 속 서사와 서사의 주체만이 아니다. 그 서사와 주체에 공명하는 자신이다. 노래 속 이야기와 태도, 감정 가운데 자신이 어떤 부분에 공명하는지가 자신을 말해준다. 자신은 공명하는 자신이며, 반응하는 자신이다. 그리고 함께 반응하는 이들은 더 많은 나들을 드러내며 지금 우리에 대해 말해준다.

개인의 자존을 기록한 노래

솔로 활동과 밴드 활동을 거쳐온 송재경은 이번 음반에서 팝과 포크, 록을 조율해 팝의 언어로 담았다. 전작들에서도 자신의 시선과 속내를 담아온 탓에 이번 음반은 완전히 독립한 송재경의 솔로 음반으로 느껴지지 않는다. 송재경이 참여한 음반의 연장선으로 읽히는 측면을 부정할 수 없다.

10곡의 수록곡에서 송재경은 다시 자신의 고민과 열망을 드러내는데, 역시 자신에 대해 확신하고 자신하기 때문은 아니다. 자신의 고민과 열망이 소중하기 때문이다. 다른 이들과 비교할 필요가 없기 때문이다. 행여 비교해 보잘것없더라도 감추거나 말하지 말아야 할 이유가 되지 않기 때문이다. 송재경은 다시 개인의 자존을 기록한다.

송재경은 말한다. '좀 더 또렷한 목소리로 / 저를 불러 줄 수 있는지' 솔직하게 이야기 해달라고. '내가 만든 작은 세상으로' '어서 들어'오라고. '나는 깨어있을 거'라고. '손 한 번 더 잡아보고 싶어서 / 수작 부리는 게 아니'라고. 그는 자신이 무엇을 원하는지 안다. 그 욕망을 숨기지 않는다. 그는 욕망 앞에 진실하다. 자신이 소중하고, 자신이 소중한 만큼 자신이 응시하는 누군가도 소중하다. 그 마음을 솔직하게 말할 수 있는 이유는 언젠가 '몇 해를 난 후회로 보내야 했'기 때문이다. 누군가가 '미지의 세계로 떠났'던 것을 지켜보아야 했기 때문이다. 적지 않은 시간을 살아내며 알게 된 것이다. '소중한 건 오직 단 한 번의 밝은 너의 미소'라는 사실. 그리고 그것이 기쁨인 자신을.

우리는 작고 미약한 존재

그러므로 송재경이 '오직 나는 그대 손에 달려 있어요'라고 말하는 이유 또한 단지 상대의 마음을 얻기 위해서만이 아니다. 자신이 실제로 '수수깡으로 되어 있'는 뼈를 가진 사람임을 알기 때문이다. 자신이 너무 속이 좁고, 너무 마음이 여리다는 것을 알기 때문에 말할 수 있다. '내가 차지한 자리'는 '손바닥만큼'밖에 되지 않는다는 것을 아는 이는 자신이 누릴 수 있고 가질 수 있는 작은 행복이 더없이 소중하다. 이를 일컬어 소확행(小確幸)이라 부를 수 있을까.

우리는 세상에서 너무 작고 미약한 존재이다. 하지만 세상에 나는 나 혼자뿐이다. 그러므로 누구도 '나'를 함부로 해서는 안 된다. 나는 최선을 다해 나를 살피고 존중해야 한다. 그런데 송재경은 이번 음반에서 일관되게 자신을 드러내는 동시에, 누군가를 진심으로 호명하는 마음까지 함께 담아냄으로써 사람과 사람 사이의 관계를 향한다. 그것이 둘만의 <방공호>일지라도 홀로 행복하고자 하지 않는 마음은 간절하고 따뜻하다. 세상의 각박함과 개인의 무력감에도 채 포기하지 않는 간절함은 '고고하게, 도도하게, 담담하게, 우아하게.' '작은 것들을 지키고 / 낡은 것들을 되살'리려 한다. 어쩌면 이 마음이 우리 사회를 더 이상 퇴행하지 않게 만드는 마지노선 같은 마음일지 모른다. 지지난 겨울 내내 촛불을 들었던 마음, 아파트 경비원 해고를 막은 마음, 지금 여기저기서 터져 나오는 안간힘 같은 폭로를 외면하지 않는 마음이 송재경의 노래 속에 반짝인다.

희망을 뒤척이게 하는 노래

이렇게 송재경의 노래는 다시 지금의 어떤 마음과 그 마음이 흐르는 시간을 함께 포착한다. 송재경의 음반은 창작자 자신의 성찰과 고백을 통해 시대의 공기까지 포착하면서 오늘 우리의 내면을 담아냈다. 특히 이 음반은 장르의 방법론이나 사운드의 완성도에 매몰되지 않고 창작자 자신의 발언으로 한 장의 작품집을 만들어내면서, 자신과 타자를 연결하는 작품들을 모아 그동안 쉽게 말할 수 없었던 어떤 공동체와 희망의 어슴푸레한 가능성으로 나아가기 때문에 특별하다.

노래가 희망을 담아내는 방식은 불의에 대한 고발이나 법과 정부의 교체 요구만이 아니다. 자신을 속이지 않으며 타자를 외면하지 않을 때, 그리하여 존중 어린 관심과 애정을 피워 올릴 때 비로소 희망이 뒤척인다. 희망은 바로 따뜻한 마음 그 자체이다. 송재경은 어느 때보다 진실하고 따스한 마음을 늘 그래왔듯 빼어난 멜로디로 소박하게 담아냈다.

담백한 사운드와 매력적인 멜로디

밴드 편성으로 내놓은 전작들에 비해 편성은 단출한 편이다. 어쿠스틱 기타와 건반을 기본으로 관악과 현악을 필요에 따라 추가하고, 이따금 밴드 편성으로 노래하는 곡들은 담백한 리듬 아래 펼쳐진다. 덕분에 보컬이 부각되고 송재경의 노래라는 사실은 선명해진다. 평이하게 들릴 수 있는 곡임에도 송재경이 만들어낸 멜로디는 노랫말에 담긴 서사의 기승전결과 그 안에 담긴 감정을 잘 전달한다. 소박한 편성은 오히려 노래의 진실함을 부각시킨다.

여기에 효과적으로 사용한 건반과 관악/현악기 연주는 노래에 우아한 깊이를 만들어준다. <손금>에서 관악기 연주가 아스라하게 흐르고, <문학소년>에서 어쿠스틱 기타 연주로 시작한 곡이 건반으로 연결되면서 영롱하고 향수 어린 공기를 만들어낼 때, 송재경의 노래는 노래 이상의 음악적 매력을 획득한다. 애수 어린 <메트로폴리스>의 도입부는 송재경의 창작력을 선명하게 드러내고, 중간 간주에서 펼쳐지는 복고적이고 아름다운 앙상블은 이번 음반에서 가장 깊은 사운드의 쾌감을 안겨준다. <작은 마음>에서 효과적으로 사용한 현악 연주와 <고고학자>에서 아련하게 울려 퍼지는 건반 연주도 곡의 감동을 배가시킨다. 덕분에 송재경의 음반은 편안하게 들으면서 위로받고 공감할 수 있는 음반이 되었다. 자연스럽게 따라 부르며 생활의 순간순간 곱씹을 수 있는 음반이 되었다.

설득하기보다 부탁하고 고백하는 음반의 태도에 맞물리는 담백한 사운드와 매력적인 멜로디는 송재경이 지금 한국대중음악계에서 가장 뛰어난 싱어송라이터 가운데 하나라는 사실을 부인할 수 없게 한다. 2010년대 한국대중음악계의 빛나는 성취 중 하나는 송재경이 해냈다. 아무리 시간이 흘러도 이 사실은 바뀌지 않을 것이며, 먼 훗날 오늘을 발굴해도 마찬가지이다. ≪고고학자≫가 연이은 증거다.

송재경 ©오름엔터

음악으로 감사하다

자신에 대한 기록
강아솔 ≪사랑의 시절≫

〈아름다웠지, 우리〉
https://www.youtube.com/watch?v=GV1FPSPUyHs

아주 가끔 무슨 일이 있었나 싶은 뮤지션이 있다.

다른 이유 때문이 아니다. 음악이 확 좋아지거나 안 좋아지면 무슨 일이 있었는지 궁금해질밖에. 음악도 사람의 일이다. 사람의 일이라 마음이 따라온다. 마음 같은 건 테크닉으로 감출 수 있고, 만들 수 있다고 믿으시는지. 물론 아주 어려운 일은 아니다. 그러나 마음은 음색과 노랫말과 정조와 톤으로 삐져나온다. 막고 감추고 속이려 해도 완전히 숨기기는 불가능하다.

마음이 삐져나오는 음악

싱어송라이터 강아솔이 5년 만에 발표한 음반 ≪사랑의 시절≫도 마찬가지이다. 이 음반은 사랑의 시절만은 아니었던 강아솔의 시간을 드러내 강아솔의 변화를 보여준다. 음반에서 큰 변화가 있는 것은 아니다. 강아솔은 2012년 정규 1집을 발표하면서 데뷔한 후 계속 소박하고 수수한 포크 음악을 들려주면서 한국 포크 음악에 풍요로움을 더해왔다.

강아솔 ≪사랑의 시절≫ ©일렉트릭뮤즈

꾸준히 좋은 음악을 듣게 해준 강아솔은 이 음반에서 더 깊고 아름다운 세계의 베일을 걷어 올린다. 자신의 목소리와 피아노, 현악기, 어쿠스틱 기타라는 악기는 대동소이하다. 강아솔은 최근 포크 뮤지션들이 그러하듯 어쿠스틱 기타만으로 음악을 채우지 않는다. 강아솔은 피아니스트 임보라 등과 작업하면서 클래식 악기의 단정함으로 음악에 격조를 불어넣었다. 이 음반에서도 거의 유사한 악기를 사용하는데 전작들과 다른 깊이를 느낄 수 있다.

더 밀도 높은 소리의 집

음반을 여는 연주곡 <겨울비행> 이후 첫 보컬 곡 <섬>에서부터 더 낮아진 목소리로 더 밀도 높은 소리의 집을 짓기 때문이다. <섬>은 인트로 연주를 생략하고 피아노 연주의 틈 사이에서 낮은 목소리로 노래를 시작한다. 숨을 죽이거나 발걸음을 멈춘 듯한 속도감에 어쿠스틱 기타와 가벼운 드러밍만 더한 곡은 강아솔의 목소리로 들려주는 이야기에 귀 기울이게 만든다. 노랫말에서 드러낸 정서는 '모든 게 다 내 탓' 같은 죄책감과 절망감이다. 해답도 변화도 없는 죄책감과 절망감을 드러내는 강아솔은 사랑을 고백하는 듯한 연주로 불편한 정서를 가시화한다. 그리고 곡의 말미에서는 현악 연주를 가미해 자책감을 더욱 간절할 뿐만 아니라 아름답게 표현한다. 진중해진 목소리로 쉽게 이야기할 수 없는 속 이야기를 꺼내놓으면서 감정을 미학적으로 전유하는데 성공한 곡의 완성도는 강아솔이 보낸 지난 5년의 시간을 상상하게 만든다. 그 상상은 자연스럽게 '모든 게 다 내 탓' 같았던 각자의 시간으로 향한다.

예술작품의 완성도는 창작자가 만든 작품의 세계에 얼마나 공감할 수 있는지에서 끝나지 않는다. 작품에 대한 공감은 작품을 향유하는 감상자의 삶, 그 시간으로 스며들어와 그/그녀의 삶을 되짚기 마련이다. 작품은 삶으로 향해야 하고, 그 과정에서 사용한 언어에 대한 미적 감응을 병행해야 한다. 어느 쪽으로든 마음이 움직이게 만드는 작품이 좋은 작품이다. 특히 아름다움에 대한 찬탄에서 끝나지 않고 삶으로 공감하고 되새기게 될 때, 예술은 인간과 인간 사이를 겨우 좁히며 특별해진다. 예술은 찰나만큼이라도 자신과 타자를 더 깊이 인식하게 함으로써 나를 나답게 하고, 나 아닌 나를 바라볼 수 있게 협조한다.

당신이 있었기 때문이다

강아솔이 ≪사랑의 시절≫에서 하는 일도 그것이다. 강아솔은 <아름다웠지, 우리>에서는 '아름다웠지'라는 과거형의 표현으로 사랑했던 관계, 결국 '저무는 노을빛의 석양'이 되어버린 관계를 들여다본다. 뜻대로 되지 않았으나 아름답지 않았던 것은 아니다.

그러나 과거형으로 옛사랑을 되새기고, 그럼에도 좋았다고 말할 수 있기까지 얼마나 많은 자책과 원망이 있었을까. 강아솔은 입 열기 어려웠던 날들을 감당한 후 어쿠스틱 기타, 피아노, 현악기를 섬세하게 연결해 지나간

강아솔 ©일렉트릭뮤즈

시간의 낭만성과 뜻대로 되지 않은 안타까움까지 음악으로 담아냈다. 좋은 멜로디와 사운드에 감동하든, 자신의 옛 추억을 꺼내보든 모두 가능하다.

다정한 우정에 감사하는 곡 <다 고마워지는 밤>에서도 노랫말에 담긴 마음은 실제의 감정에 근접한다. 요란스럽게 말하지 않아도 충만한 마음은 고운 강아솔의 보컬과 담백한 피아노 연주, 슬로우 템포의 드러밍으로 옮겨진다. 좋았던, 그래서 잊히지 않고 아릿한 화양연화 같은 순간을 담은 <연홍>에서도 현과 피아노, 클라리넷의 내밀한 조응은 강아솔의 보컬 너머 추억의 시공간을 피워 올린다. 악기들과 보컬이 너울너울 오가며 한들한들 만들어내는 공기는 봄날의 고요와 나른함을 음악으로 생생하게 재현한다. 그러나 그 봄이 특별했던 것은 당신이 있었기 때문이다. 강아솔의 노래는 그 가슴 뭉클한 사실을 잊지 않게 해준다. <야간열차> 역시 피아노와 보컬만으로 채워짐에도 노래 속 한없는 간절함을 아련하게 복원한다. 실패한 사랑을 떠나보내지 못하는 마음을 노래하는 <당신의 파도> 역시 감정은 농밀하고 아픈데 노래는 정갈하고 연주는 서정적이다. 강아솔은 최소의 연주와 목소리를 엮어 자신을 드러내지 않으면 만들어낼 수 없는 울림을 이어간다. 그 순간 강아솔은 음악의 평정과 깊이를 잃지 않는다. 아프고 생생한 감정의 속살이 드러나는데 절제해 더 힘센 음악이다. 오랜만에 찾은 '고향의 밤바다'에서 위로와 안식을 느끼는 <탑동의 밤>이나, 무심하고 무례한 사람들로부터 받은 상처를 고백하는 <그래도 우리>도 마찬가지이다.

느리게 그러나 끝내 피어나는 꽃

감각과 기술이 좋기 때문만은 아니다. 지나온 시간과 겪은 감정을 감당해 담담하게 마주할 수 있기 때문이다. 그 가운데 선의와 진심을 존중하고 감사하기 때문이다. 결국 강아솔의 음반 ≪사랑의 시절≫은 지나온 시절과 현재를 '사랑의 시절'이라고 말할 수 있게 살아온 자신에 대한 기록이다. 그렇게 지나온 시간과, 그 시간을 감당하며 살고 있는 자신에 걸맞은 감사의 음악적 헌사이다. 돌아보면 도처에 꽃이 있고, 나 역시 그중 하나다. 느리게 그러나 끝내 피어나는 꽃.

강아솔 ©일렉트릭뮤즈

시대를 거슬러 올라가는 청춘의 노래

다채로운 사운드의 향연
키스누 ≪Last of Everything We Were≫

〈Noise In My Head〉
https://www.youtube.com/watch?v=a5bCg4OpSSQ

어떤 음악 장르도 사라지지 않는다. 트렌드가 바뀌고, 유행 장르의 인기가 치솟는다고 모든 음악이 다 유행을 좇아가지 않는다. 누군가는 해오던 음악을 계속하고, 어떤 이들은 그 음악을 계속 좋아한다. 이따금 유행은 거꾸로 돌아와 지나간 시대의 스타일을 다시 불러낸다. 오랜만에 옛 장르를 접하는 이들은 반가움과 추억으로 복고의 매력을 향유한다.

반면 처음 옛 스타일을 접하는 이들은 경험하지 못한 시간을 놀이처럼 흡수한다. 새 장르의 생경함이 나이 들어가는 세대까지 포섭하지 못하고 어긋날 때 복고의 귀환은 대체제로 유용하다. 새로운 세대에게 경험하지 못한 과거를 체험할 기회를 제공하면서 상품화하는 전략은 자주 성공한다.

그렇다고 2000년대 이후 한국대중음악계에서 어떤 뮤지션이 어떤 옛 장르를 어떻게 재활용했는지 언급할 필요는 없다. 다만 그중 하나인 키스누의 음악은 타임머신처럼 올라타라 유혹한다. 일순 걸음이 멈추고 출렁이며 아찔해진다.

키스누 ≪Last of Everything We Were≫ ⓒ묘함(myoham)

신스팝과 뉴웨이브 기반의 음악

주로 1970~80년대의 신스팝과 뉴웨이브에 기반한 베이퍼웨이브의 어법을 재현하는 일렉트로닉 팝 듀오 키스누는 송은석과 최상일의 팀이다. 2017년부터 싱글을 발표하면서 활동을 시작했고, 그해 내놓은 EP ≪Overpaint≫로 주목받았다. 키스누는 2018년 1월 10일 첫 정규 음반 ≪Last of Everything We Were≫를 발표했다. 총 11곡의 음반에서 키스누는 복고적인 신스팝뿐만 아니라 록의 어법까지 활용해 다채로운 사운드를 들려준다.

이 음반의 매력은 고르게 포진한 인상적인 멜로디와 적절한 사운드 메이킹의 조화에서 나온다. 인트로 격인 <Guns>를 지나 흘러나오는 두 번째 곡 <Different>의 도입부를 장악하는 영롱한 신시사이저 사운드는 이들의 음악이 어디에 기반하는지 확인시켜주기에 족하다. 레퍼런스가 될 만한 뮤지션들의 이름이 금세 따라오지만, 레퍼런스가 명확하다는 사실과 창작물의 완성도는 무관하다. 키스누는 신스팝의 리드미컬하고 영롱한 사운드를 재현하면서 신시사이저의 리프와 호응하는 근사한 테마로 곡의 흡인력을 담보한다.

역시 레퍼런스들을 떠올리게 하는 곡 <Cool Kids>도 깔끔하게 절제한 편곡과 적절한 변화로 속도감을 유지하면서 매료한다. 가사를 모른다 해도 직관적으로 느낄 수 있는 리듬과 멜로디, 사운드의 매력은 듣는 이들이 춤추게 만들고 만다. 러브엑스테레오와 함께 만든 곡 <Love Gets In The Way>는 신스팝의 사운드를 로킹하게 확장하면서 만드는 질감이 일품이다. 신시사이저 연주가 이어지다가 강렬한 일렉트릭 기타 연주로 연결해 마무리하는 순간의 변화는 키스누의 음악 역량을 가장 압축적으로 보여준다. <Noise In My Head> 역시 신스팝의 공간감과 낭만적인 속도감을 간주 부분의 색소폰 연주로 농염하게 연결하는 솜씨가 훌륭하다.

탐미적인 멜로디

모든 곡에서 발견할 수 있는 장점은 특유의 사운드 위에 버티고 선 탐미적인 멜로디이다. 견딜 수 없는 상황을 노래한 곡 <Dead>에서도 멜로디의 아름다움은 시들지 않고, 다른 타이틀곡 <No Fiction>으로 이어진다. 퓨처 알앤비 스타일로 변화를 주는 곡은 꿈꾸는 듯한 사운드 안에서 절망에 가까운 감정을 펼친다. 비교적 완만한 템포의 곡인 <Name>에서도 관계는 어긋난다.

우리가 우리였던 모든 관계의 마지막은 이렇게 우울한 편이다. 이 같은 정서는 음반의 타이틀과 같은 제목의 곡 <Last of Everything We Were>로 건너간다. 키스누가 품은 음악의 정서는 <Neon Light>에서 비로소 조금 더 밝아지고 단단해진다. 포스트록의 어법을 빌린 곡은 그만큼의 변화를 곡의 서사로 충분히 드러낸다. 음반에 담긴 사운드는 복고적이지만 음악에 담긴 메시지는 향수와 추억을 호출하는 데서 끝나지 않는다. 의도했건 의도하지 않았건 '너와 나 우리는 다르다'는 것을 깨닫고, '그냥 하고 싶은 말을 해'라고 외칠 때 젊음은 젊음으로 완결된다.

키스누 ©혼미(HONMI)

음악의 힘, 키스누의 힘

사실 이러한 사운드가 인기를 끌 때 성장하지 않았을 키스누의 멤버들이 이 같은 사운드를 전유해서 자신의 이야기를 드러내며 젊음을 고백한다는 사실은 흥미롭다. 그러나 젊음은 열정과 기쁨만으로 가득 차는 법이 없다. 사랑도 마음대로 되지 않는다. 키스누는 막막하고 답답한 마음을 오래된 스타일에 담아 노래함으로써 예전에도 다르지 않았을 젊음의 그늘까지 노래했다. 키스누는 청춘이 지나간 이들의 기억까지 껴안음으로써 자신들의 노래를 시대를 거슬러 올라가는 청춘의 노래로 만들었다. 누군가는 그리움으로, 누군가는 후회로, 누군가는 고통과 열망으로 가득 찼던 시간이 이렇게 매력적인 노래가 되었다. 음악의 힘, 키스누의 힘.

자화상처럼 깊어진 노래들

유려한 품격
나원주 ≪I Am≫

〈마중〉
https://www.youtube.com/watch?v=Bm2LWZsgkxc

싱어송라이터 나원주의 음반이 나왔다. 나원주는 1997년 정지찬과 듀엣 자화상을 결성해 2장의 정규 음반을 내놓았다. 그 후 2003년 첫 솔로 음반을 발표한 나원주는 2010년까지 3장의 솔로 음반을 더 발표했다. 다른 뮤지션들과도 꾸준히 협업했다.

나원주는 팝에 특화한 싱어송라이터이다. 그는 자신의 피아노 연주를 기반으로 어쿠스틱하고 서정적인 팝 음악을 들려주었다. 그는 김동률, 더 클래식, 정재형, 조규찬처럼 클래시컬한 어법을 활용한 팝의 세계를 정초했다. 팝은 창작자가 느끼는 감정을 사색하거나 비판적으로 검토하기보다 감정에 깃든 무드를 증폭해 감정에서 헤어나오지 못하게 하는 경우가 많다. 그 감정이 현실과 얼마나 같고 진실한지가 중요하지는 않다. 감정은 어차피 주관적인 것. 일시적일지라도 격랑처럼 몰아치는 감정의 파고를 극적으로 부추기는 역할이 팝의 숙명이다. 그리고 이 과정에서 섬세하고 고급스러운 어법을 동원해 듣는 이가 푹 빠진 감정이 헛되거나 부질없지 않다고,

나원주 ≪I Am≫ ⓒGEM Cultures

진실하고 소중하다고 느끼게 한다. 개인의 감정에 무게와 깊이를 불어넣어 주는 메이크업 아티스트인 셈이다.

보편적이지만 다른 노래

새 음반 ≪I Am≫에서도 나원주는 음악 속 감정에 무게와 깊이를 불어넣는다. 음반 제목처럼 자신의 이야기를 하는 수록곡들은 나원주만의 이야기를 고백하지 않는다. 팝 음악답게 그는 자신의 이야기일지라도 누구에게나 있을 수 있는 이야기를 노래한다. 그런데 나원주는 자신이 아니더라도 할 수 있는 이야기를 하면서, 자신의 생각을 더하고 좋은 멜로디를 결합함으로써 노래를 차별화한다.

타이틀곡 <마중>에서 나원주는 끝나버린 사랑을 돌아본다. 성급하게 끝난 이별은 미련과 아쉬움을 남긴 채 남아 있다. 그래서 그는 '아직 나의 날 속에서 살고 있'는 너를 다시 마주한다. 그러나 섣불리 과거의 아쉬움을 채우려 하지 않는다. 그는 고여 있는 사랑과 멈춰버린 시간을 응시한다. 아쉬움과 안타까움은 손상되지 않고 그대로 남는다. 나원주는 이렇게 감정을 터트리지만 자신을 제어하는 담담하고 성숙한 마음을 클래시컬한 연주와 고른 호흡에 깃든 노래로 들려준다. 힘을 다해 폭발시키지 않고, 한 소절씩 끊어서 부르듯 주춤거리는 보컬은 애틋함을 증폭하며 노래의 여운을 뿌린다. 좋은 멜로디와 남다른 보컬은 대동소이할 수 있는 팝 음악들 사이에서 깊이와 품격을 마주잡는다.

이어지는 곡 <오늘 같아선>에서도 나원주는 피아노 연주와 현악기 연주를 섞어 지나간 사랑의 그리움을 꺼낸 후, 결국 '다시 그때로 난 갈 수 없었'음을 인정한다. 평화롭다는 느낌이 들 정도로 담담한 노래의 톤은 그리운 마음을 수도 없이 꺼내보고 단념하고 인정한 목소리이다. 여전히 아련하지만 '너를 사랑했던 맘도 하지 못한 말도 이 길 이 눈처럼 쌓여가고 있음을' 아는 이는 추억을 추억으로 둘 줄 안다.

나원주의 이름을 쓰는 노래

담담하지만 애절한 사랑 노래처럼 들리는 <엄마>도 어른의 노래다. 그 어른은 엄마가 죽지 않기를 바라는 어린아이의 마음과 멀지 않다. 나원주는 시간이 흘렀어도 '그때 그 어린아이'로 살아가는 마음을 숨기지 못한다. 악기는 소박하고, 멜로디는 선명해 슬픔은 곡진하다. 음반의 타이틀 쪽으로 가장 가까이 다가간 곡은 이 음반에 나원주 자신의 이름을 또박또박 쓴다.

반면 봄 숲의 환상적이고 마술 같은 순간을 포착한 <봄숲>은 보사노바 리듬과 어쿠스틱한 악기의 확장과 결합으로 맑은 경쾌함에 이른다. 과하지 않게 조율한 악기들이 효과적으로 개입해 적절하게 화려한 연주는 세련되고 우아하다. 리듬과 정서는 다르지만 음반의 톤에서 일탈하지 않는 곡은 일순 활기를 불어넣고 사라진다.

다시 만남과 헤어짐의 이야기로 돌아온 <그때도 그대라면>은 헤어지는

나원주 ©GEM Cultures

순간의 안타까움을 현악기의 매끄러움으로 녹였다. 다른 곡들과 마찬가지로 정서를 분출하지만, 현악기와 피아노를 주로 사용하는 곡은 극한을 넘어서지 않는다. 멜로디도 자연스럽다. 한편 사랑하는 남녀의 서로 다른 꿈을 노래한 <異夢>은 꿈을 매개로 엇갈리는 마음을 노래한다. 슬로우 템포의 곡은 나원주와 뽐므의 보컬이 잘 어울린다. 나원주는 간결한 편곡과 좋은 멜로디로 곡의 서사를 완결해 일관된 분위기를 지킨다. 헤어졌지만 여전한 마음을 노래하는 <봄 같은 겨울>은 피아노 반주와 보컬만으로 생생한 질감을 살려 간절한 감정을 전달한다.

우리는 모두 소중하다

처음부터 끝까지 멜로디는 유려하고, 노래와 편곡은 섬세하다. 자신의 감정을 오래 되새긴 나원주의 시간은 흔하지 않은 표현으로 진심과 성찰에 가까워졌다. 이 음반은 자신 앞에 주어진 시간을 허투루 보내지 않은 이가 만들어낼 수 있는 음반이다. 20년 전부터 그의 노래를 들으며 살아왔을 1970

넌대생들에게 보내는 동년배 뮤지션의 깊어진 노래들. 어떤 노래는 세월 속에서 함께 자라고 천천히 도착해 자화상처럼 말한다. 삶은 헛되지 않고, 우리는 애쓰고 있으니 모두 소중하다고.

나원주 ©GEM Cultures

화염병 같은 음악

여성의 다짐과 의지를 대변하다
에고펑션에러 ≪Ego Fun Show≫

〈Lazy Cat〉
https://www.youtube.com/watch?v=0iHJ7iKqcok

사운드가 더 세게 들리는 음악이 있다. 멜로디, 비트, 노랫말에 귀 기울이지 않더라도 어떤 이야기를 하는지 알 것 같은 음악이 있다. 음악은 멜로디, 비트, 노랫말로 말하면서 사운드로도 말하니 사운드만으로도 어떤 감정과 생각을 드러내려는지 알아차리기 어렵지 않다. 사운드는 음악의 예고편이며, 본편이다.

밴드 에고펑션에러가 2015년 데뷔 후 3년 만에 내놓은 정규 2집 ≪Ego Fun Show≫는 쇼 같은 난장의 사운드로 할 말을 대신한다. 시끌벅적한 사운드를 듣고 있으면 멋대로 자유롭고 싶은 마음이 솟구친다. 에고펑션에러가 펑크 록 밴드이니 에너지를 거칠게 분출하는 것이 당연하다고 생각해버리지 말자. 에고펑션에러는 앞으로도 요란한 사운드를 창출하겠지만 2집 음반에 담은 이야기들은 지금의 시대와 맞물려 넘치는 에너지에 명확한 이유를 부여한다.

에고펑션에러 ≪Ego Fun Show≫ ⓒ곽원지

여성이자 뮤지션의 이야기

에고펑션에러가 2집에 담은 11곡은 이 시대를 살아가는 여성이자 뮤지션 이야기이다. 젊음의 이야기이다. 이들은 음반을 여는 첫 곡 <에고펑쇼>에서 초기 로큰롤 같은 리듬의 리프로 '아침 해가 떠오르니 즐겨봅시다 또'라는 노랫말을 불러 젖히면서 쇼를 시작한다. 그런데 이들이 유쾌하거나 신난 것은 아니다. 쇼처럼 요란한 세상, 쇼처럼 요동치고 싶을 뿐이다. 이 사운드는 세상의 요란함을 담는 기획이다. 세상 때문에 요동칠 수밖에 없는 마음을 표현하는 장치이다. 헛되고 부질없는 세상에 호락호락 당하지 않겠다는 기백처럼도 느껴진다. 마음 안 드는 일투성이이고, 마음대로 되는 일도 별로 없지만, 쇼를 즐기듯 살아가겠다는 패기.

음반의 타이틀곡 <Lazy Cat>은 뜻대로 되지 않는 자신을 탓하는 고양이와 인간의 목소리를 엇갈리게 담는다. 결국 '필요 없는 조바심 / 멀미 나는 일들은 / 이젠 날려 버릴래 / 바보 같은 일들은 안녕'이라는 노랫말은 자신감 넘친다. 시시비비를 가리고 대책을 고민하기보다 과감하게 갈라서고 돌아서는 모습은 늠연하다. 간주의 베이스 연주는 질주하는 리듬감으로 밴드 음악의 매력을 배가한다.

많은 밴드들의 근거지인 서울 홍익대학교 앞 풍경을 발칙하게 노래하는 <잔다리보행기> 역시 질주의 리듬감으로 긍정적인 마음을 드러낸다. 펑키하면서 사이키델릭한 연주의 어울림은 홍대 앞에 깃든 낭만을 흥건하게 담아 즐겁게 살겠다는 의지를 분출한다. 3분 30여 초의 짧은 곡이지만 곡의 틈마다 적절하게 출몰하는 연주는 충만한 에너지를 폭발시켜 듣는 즐거움을 극대화한다.

여성 밴드의 응답

여성으로 살아가며 경험하는 부당함을 고발하는 곡 <단속사회>에서도 에고펑션에러는 기죽을 리 없다. 불필요하게 조심하지도 않는다. 대신 여성들을 억압하면서 이중삼중 고통을 가하는 사회를 경쾌하게 조롱한다. 우리는 당당하게 걸어가겠다고 선언한다. 여성의 삶을 가로막는 어떤 것에도 굴하지 않고 거침없이 달려가겠다는 목소리는 씩씩하다. 수동적인 자세를 강요하는 상대에게 한 방 먹이듯 노래하는 곡 <기분>도 <단속사회>와 한 패다. 대화체의 가사 맛을 정확하게 살리는 멜로디, 로킹하고 사이키델릭한 사운드는 발언의 강도를 옴팡지게 전달할 뿐만 아니라 다 드러내지 않은 에너지까지 몽땅 쏟아낸다. <말괄량이 가시나>도 펑크의 발랄함으로 여성의 자기 발언을 이어간다. 그렇다. 에고펑션에러는 이제 예전같이 살지 않으려는, 이 엉터리 세상 무너뜨리려는 세상 모든 여성의 다짐과 의지를 대변한다. 그만큼 맵고 다부지다. 지금 온 세상 여성들의 반란에 대한 여성 밴드의 응답이다.

에고펑션에러 ©곽원지

음반의 낙관과 당당함

그리고 <난 모른다오>라고 말하는 곡은 모르겠고 하기 싫은 마음조차 발칙하게 선언하는 자신감이 넘친다. 이 곡은 리듬까지 바꿔가며 연대와 경고의 메시지로 나아간다. 이 음반을 관통하는 에너지를 가장 명쾌하게 담아, 지금 시대와 가장 잘 어울리는 곡이다. 엉뚱하게 <참다랑어>를 끌어온 노래도 긍정과 응원의 연속이다. 아무 말 대잔치 같은 가사가 몰아치는 <Psychedelic Love> 역시 신난다. 반면 <비로소, 별>은 서정적인 멜로디로 에고펑션에러의 다른 매력을 보여준다. 음반의 마지막 곡 <바보들의 왕>은 묵직한 사운드로 스마트폰에 중독된 세상을 비판한다.

음악의 당당함이 현실의 당당함으로 곧장 이어지지 못할 수도 있다. 하지만 음반의 일관된 낙관과 당당함은 지금을 살아가는 모든 이들, 특히 여성이나 젊음에게 보내는 연대와 응원으로 타오른다. 세상의 열망은 음악으로 스미고, 프로메테우스 같은 밴드는 음악으로 불을 지른다. 현실을 바꾸는 것은 논리와 설득만이 아니다. 때로는 논리와 설득을 초월한 에너지가 더 활활 불을 지핀다. 음악이 할 수 있는 일, 아니 음악이 가장 잘하는 일이다. 지금 에고펑션에러가 화염병 같은 음악을 던졌다.

김해원이 정박한 안식과 평화

싱어송라이터 김해원의 명패
김해원 ≪바다와 나의 변화≫

〈바다와 나의 변화〉
https://www.youtube.com/watch?v=BZYcopjJbG4

싱어송라이터 김해원이 첫 솔로 음반을 내놓았다. 2014년 싱어송라이터 김사월과 함께 발표한 음반 ≪비밀≫로 주목받은 지 3년 반 만의 결과물이다.

그동안 그는 김사월X김해원 활동을 하면서, 「피의 연대기」를 비롯한 영화 음악 작업을 했다. 다른 뮤지션들의 음반도 프로듀싱했다. 그래서인지 오래전부터 활동을 시작한 뮤지션임에도 솔로 음반이 늦은 편이다.

낮고 사이키델릭한 노래들

지난 10여 년의 활동을 담은 첫 솔로 음반의 타이틀은 ≪바다와 나의 변화≫. 11곡의 노래를 담은 음반에는 김해원이 불러온 낮고 사이키델릭한 노래들이 승선했다. 김해원은 어쿠스틱한 사운드로 투명하게 노래하는 포크 음악과 다른 어법을 사용했는데, 이번 음반에는 간간히 선보여온 자신의 어법을 더 꾹꾹 눌러 담았다. 최소한으로 사용한 악기와 소리는 음악의

김해원 ≪바다와 나의 변화≫ ⓒ김성구

내밀함을 강화할 뿐만 아니라, 김해원이 표현하려는 정서와 상황을 선명한 음영과 충만한 울림으로 건져 올린다.

지적 성찰과 통찰을 담기도 하는 포크 음악과 달리 김해원의 노래에는 밑줄 그을 만한 인식이 빛나지는 않는다. 대신 김해원은 경험과 내면의 이야기를 그려 이 음반을 자신의 자화상처럼 붓질했다. 음반의 첫 곡 <Hungry Boy>에서부터 김해원은 영혼과 육체 모두 비어버린 내면을 스케치한다. 두 번째 곡 <헝클어진 머리>에서도 '영원할 것 같은 사랑은 끝나가고' 있다고, '헝클어진 머리와 헝클어진 기억이 넘치고 있'다고 털어놓는다. <내 사랑>에서는 사랑하는 이에게 '고개를 들어요 / 손을 흔들어요 / 그래야 보여요'라고 욕망을 숨기지 않는다. 젠트리피케이션 음반에 수록하기도 했던 <불길>은 전부를 잃어버린 이의 노래이고, <Television>은 말줄임표 같은 이야기를 침묵 속에 생략했다. 새벽에 더 강하게 밀려드는 쓸쓸함을 담은 <새벽녘>과 '내 깃털은 너무 빠져버려서 너와 함께 멀리 갈 수 없구나'라고 노래하는 <종달새>를 비롯한 수록곡 대부분의 정서는 지쳐 기진맥진한 상태이다.

혼돈과 갈등, 패배와 좌절의 이야기

김해원이 쓴 노랫말은 혼돈과 갈등, 패배와 좌절의 이야기다. 그래서 김해원이 자신의 고뇌를 드러냈고, 이 음반은 김해원의 속내를 담은 음반이라고 생각하기 쉽다. 그러나 김해원이 써낸 노랫말이 실제 김해원 본인과 얼마나 가까운지는 중요하지 않다. 그보다 김해원이 노랫말을 소리로 구현하면서 짜낸 사운드의 풍경이 그가 보여주려는 상황과 감정의 실체에 근접할 뿐 아니라, 듣는 이들의 우울과 절망까지 복귀시킬 만큼 강렬하다는 점이 중요하다.

김해원은 많은 악기를 동원하지 않고, 복잡한 편곡을 감행하지 않았다. 목소리와 기타에 일렉트로닉 비트 정도만 사용할 뿐이다. 노래하는 목소리도 혼잣말하듯 낮게 읊조리는 경우가 대부분이다. 귀를 기울여야 들리는 노래에서 소리쳐 외치는 경우는 꼽을 만큼 드물다. 보컬의 빈틈은 낮게 읊조리는 목소리가 퍼지는 울림으로 채워진다. 그 울림의 공간감은 마음속 낙담과 겨우 자신을 지키는 의지 사이의 흔들림을 정확하게 반영한다. 여기에 더한 일렉트로닉 사운드 메이킹은 흔들리는 마음이 예고 없이 이어가는 무수한 파장처럼 들린다.

김해원의 탐미적인 세계

<헝클어진 머리>의 앙상한 기타 스트로크에 더해지는 사운드, <오 내 사랑>에 가득한 공간감과 일렉트로닉 비트는 멜로디와 리듬과 노랫말로 다 옮기지 못한 마음의 풍경을 덧붙여 음악의 개성을 강화한다. 음악만 사용할 수 있는 소리언어로 김해원의 탐미적인 세계를 보여주는 순간이다. 짧은 노래 이후 긴 연주를 더하는 <Television>도 막막한 마음을 충실하게 부둥켜안는다. 황량하거나 부유하는 노래는 목소리의 울림과 공간감, 그리고

김해원 ©황예지

노래의 지층에서 몽롱함을 더하는 연주와 소리들로 사이키델릭하다. 누구에게나 있었을 잠 못 드는 시간을 꿈결같이 담은 <새벽녘>을 비롯한 다른 노래들에서도 사이키델릭한 사운드가 돋보인다. 김해원은 이렇게 체념과 낙담에 가까운 정서를 계속 사이키델릭한 사운드로 연결한다.

나른하고 쓸쓸한 노래의 위로

그런데 고통 어린 고백을 털어놓는 나른하고 쓸쓸한 노래는 묘하게 위로가 된다. 내 이야기 같은 실패담과 음악의 아름다움 때문일까. 이 음반을 듣는 이들은 김해원이라는 뮤지션의 고백만 듣지 않는다. 고백의 은근한 톤과 사이키델릭한 사운드가 인도한 자신의 낙담과 좌절 안에서 쉴 수 있게 된다. 그래서 마지막 곡 <오늘>에서 담담하게 자신의 삶을 살아가겠다 말할 때, 김해원의 노래는 어떤 노래보다 평화롭게 밀려온다. 김해원이 정박한 안식과 평화의 위로. 이렇게 김해원은 자신의 사이키델릭 포크 음악을 완성하면서 포크의 마을에 김해원의 명패를 붙인다. 2018년 한국 포크에 조용히 자리 잡은 한 음악가의 집.

김해원 ⓒ황예지

금세 어디든 갈 수 있는 시대의 팝

유랑으로 이끄는 음악
강이채 ≪Hitch≫

〈Hitch〉
https://www.youtube.com/watch?v=alRtwbeHKLI

강이채는 경계를 넘나든다. 베이시스트 권오경과 이채언 루트로 활동을 시작한 2015년부터 그녀의 음악은 머물지 않았다. 클래식과 대중음악을 뛰어넘고, 대중음악 장르를 넘나드는 그녀의 음악은 자신의 역할에서도 자유로웠다. 2016년 솔로로 독립해 활동할 때도 바이올린 연주자와 보컬리스트의 굴레에 매이지 않았다. 2017년 여우락 페스티벌에서는 마더바이브, 선우정아와 한국 전통음악을 변주했을 만큼 강이채의 탈주는 멈춘 적 없다.

자유로운 뮤지션 강이채

2018년 3월 27일 내놓은 강이채의 EP ≪Hitch≫ 역시 자유의 기록이다. 히치하이킹의 줄임말을 타이틀로 삼은 강이채의 음악은 유랑으로 이끈다. 음반의 타이틀이 ≪Hitch≫이고, 동명의 곡 <Hitch>가 첫 곡이기 때문만은 아니다. 물론 '지금 어디로 가고 있나요 / 그곳까지만 날 태워줄래요 / 거꾸로 달려오는 도로 위 / 춤추는 바람에 입을 맞추고 / 잠시 머무는 꽃향기에 라

강이채 ≪Hitch≫ ⓒ프라이빗 커브(Photo by 김린용)

디오를 크게 틀고'라고 노래하는 노랫말이 떠나지 못하는 이들에게 히치하이킹 여행을 대리체험하는 듯한 설렘을 준다는 사실을 부정할 수는 없다.

그런데 강이채는 이 곡을 소리로 빚으면서 지금까지 추구해온 크로스오버의 어법을 능숙하게 활용해, 현실을 박차고 미지의 세계로 뛰어드는 이의 자유로움과 기대감, 환상을 부풀린다. 이국적인 보컬 솔로로 시작해 환상적인 분위기를 자아내는 곡은 일렉트릭 드럼 비트와 바이올린 연주에 피아노 연주를 교차시켜 속도감과 낭만을 동시에 표출한다. 신스팝에 가까운 곡이지만 바이올린과 보컬 솔로를 활용한 곡은 한 장르의 문법에 갇히지 않는다. 크로스오버한 질감을 증폭시켜 유랑에 동참시킨다. 그만큼 어제로 돌아가고 싶지 않은 마음, 오늘을 그리워하고 싶지 않은 무한자유의 열망을 적확하게 터트린다. 팝의 친숙함과 크로스오버의 다채로움을 조합해 남다른 아우라를 부여하는 방식이다. 강이채는 자신의 음악 어법을 확장해 다른 소리를 만들고, 다른 소리로 자신이 표현하려는 정서를 더 또렷하게 띄워 날린다.

변화무쌍한 시도, 꿈틀거리는 음악

경쾌한 어쿠스틱 팝 스타일의 곡 <Foolish>도 기타 아르페지오와 보컬에 공간감을 불어넣으며 나아가다가 바이올린과 까혼 연주로 가속 페달을 밟는다. 일순 간절한 열망으로 뛰어오른다. 어리석은 자신을 직시하고 벗어나려는 마음은 어쿠스틱 팝에 매이지 않는 일렉트릭 기타의 사이키델릭한 연주와 보컬의 앙상블로 강렬해진다. 변화의 열망을 음악의 변화로 해소하는 곡은 강이채 음악이 변화무쌍한 시도로 꿈틀댄다는 사실을 드러낸다.

어쿠스틱 팝 스타일의 타이틀곡 <안녕>도 현재와 과거가 넘나들며 대화를 나눈다. 유려한 바이올린 연주를 겹친 곡은 변화를 절제해 듣는 이들에게 자연스럽게 다가가려는 넘나듦의 의지가 엿보인다. 보컬을 중심으로 최소한의 연주만 동반한 <Morning Morning Sun>은 바이올린 연주와 보컬에 특화한 강이채의 장점을 도드라지게 한다. 가사로 다 말할 수 없는 감정을 소리의 울림으로 확장하는 구성과 연출이 돋보이는 곡이다.

도주하고 기웃거리게 사주하는 음악

한국적 정서에 머무르지 않는 강이채의 사운드는 음악의 국경을 허물어 무국적 코즈모폴리턴의 정서에 이른다. 하루 이틀이면 어디든 갈 수 있는 시대의 팝이다. 완전히 새롭지 않고, 더 전복적인 시공간으로 나아가지는 않지만 마지막 곡 <둘>에서 선보이는 사운드는 과거와 현재 사이로 흩어져버린 추억과 상념의 무한함을 넘나들며 표현하는데 매우 효과적이다.

어쩌면 삶 자체가 경계에서 서성이고 탈주하는 과정의 연속이다. 과거에서 벗어나고 싶고, 현재에서 자유로워지고 싶은 마음은 간절하지만 상상만큼 과감하기는 어렵다. 그래서 가끔 게으름 피우거나 상상할 때, 혹은 여행할 때 겨우 벗어날 수 있는 현실에서 강이채는 음악으로 도주하고, 경계를 기웃거리게 사주한다. 지금이거나 지금이 아니거나 이곳이거나 이곳이 아

강이채 ⓒ프라이빗 커브(Photo by 김린용)

니어도 좋을 음악 어법으로 만든 소리의 공간은 음악만큼의 자유를 선사한다. 그 짧은 흔들림의 시간은 듣는 이들을 자신의 섬으로 데려간다. 섬 같은 사람들을 이끌어 머물게 하는 각자의 섬. 그곳에서 무엇을 느끼고 생각하는지는 자신만 안다. 강이채는 그 섬으로 음악 초대장을 띄울 뿐이다.

재즈로 표현한 신자유주의와 사회주의 이야기

개성과 정당성을 부여하는 아름다움
정수민 ≪Neoliberalism≫

〈강남 478〉
https://www.youtube.com/watch?v=pS7NZTMtuy8

창작자의 의도를 감상자가 다 알아차리지는 못한다. 제대로 표현하지 못해서일 수도 있고, 온전히 이해하지 못해서일 수도 있다. 창작자는 달을 가리키는데, 손가락에 낀 반지만 바라볼 수 있다. 달을 가리킨다고 했는데 허공만 짚었을 수도 있다. 그래서 어떤 창작자는 부러 쉽게 만든다. 오해의 여지를 줄이고, 최대한 많은 이들이 이해할 수 있도록. 가능한 많은 이들이 사랑할 수 있도록. 음악에서 노랫말을 사용하는 이유도 표현의 정확성을 높이고 대중성을 강화하기 위해서일 거다. 반대로 해석의 가능성을 열어놓는 경우도 적지 않다. 사람은 어디에 서 있는지에 따라 태도와 생각이 다르니, 다양한 측면에서 해석해 작품의 가능성을 확장하는 것이 작품의 의도일 수 있다.

사실 작품은 발표하는 순간 창작자의 손을 떠난다. 작품을 감상하는 일은 항상 개별 감상자들의 이해와 곡해를 동반한다. 작품을 감상하는 일은 이해와 곡해 사이에서 서성이고 헤매다 주저앉는 일이다. 그 순간 삶이 끼

정수민 ≪Neoliberalism≫ ⓒ하유준

어들고, 취향이 드러난다. 젠더와 세대와 계급과 지역과 이데올로기가 눈을 가렸다가 틔우기를 서슴지 않는다. 그래서 항상 감상자는 자신만큼만 본다. 아는 만큼 보는 게 아니라 딱 자신만큼 본다.

신자유주의와 사회주의라는 제목

그 이유로 예술에서는 거대담론이나 철학을 곧장 예술의 소재로 삼지 않는 편이다. 대신 객관적 상관물을 빌어 말한다. 계급을 말하기 위해 부르주아와 민중을 등장시키고, 젠더를 말하기 위해 남성과 여성과 간성의 삶을 형상화하는 방식이다. 그런데 재즈 베이시스트 정수민은 다르다. 그가 2018년 3월 28일 발표한 첫 리더작 음반 제목은 ≪Neoliberalism≫. 바로 신자유주의다.

신자유주의. 자본권력의 복권을 위해 1970년대에 우파 경제학자들이 내놓은 이론체계. 현재까지 세계를 장악한 후기 자본주의 작동방식. 좌파들에게는 분노의 근원이고, 우파들에게는 맹신의 대상인 신자유주의는 경제학자들뿐 아니라 인문사회과학과 예술, 정치 영역에서 여전히 펄떡이는 연구와 창작, 정책의 주제이다. 하지만 신자유주의 자체를 예술 창작의 대상으로 삼는 경우는 드물다. 예술언어는 인문사회과학 언어와 다르기 때문이다.

그럼에도 정수민은 신자유주의를 음반의 타이틀로 정하고, 'Neoliberalism'을 주제로 삼은 곡을 두 곡이나 담았다. 게다가 또 다른 수록곡은 <Socialism>, 사회주의이다. 이쯤 되면 그가 신자유주의를 비판하고, 사회주의를 찬양하는 좌파라고 짐작하기 마련이다. 그렇지만 창작자와 창작물은 별개일 수 있다. 그리고 그가 내놓은 곡들은 모두 재즈 연주곡이다. 피아노, 드럼, 베이스가 연주한 피아노 트리오 곡은 노랫말이 없다. 들을 수 있는 소리는 멜로디와 리듬, 앙상블과 즉흥연주가 구현한 사운드뿐이다. 물론 그가 최근 젠트리피케이션 현장에 연대한다는 사실과, 어떤 현장을 보고 곡을 썼는지 설명을 들으면 좀 더 정확하게 음악을 이해할 수 있다. 하지만 이는 모두 작품 바깥의 일이다. 지금은 작품이 직접 말하는 이야기에만 귀 기울여야 한다.

대개 쓸쓸한 음악

정수민이 다섯 곡의 음악에서 구현한 정서는 대개 쓸쓸함이다. 이 곡들에 신자유주의의 작동 원리와 형성 과정, 사회주의의 철학적 기반이나 역사적 정당성 같은 이론은 없다. 사회과학적 인식을 노랫말도 없는 연주만으로 어떻게 표현할 수 있겠는가. 어떤 작품은 그 역할을 기꺼이 담당하기도 하지만 정수민의 발끝은 다른 쪽을 향해 걷는다. 그가 걸음을 옮기는 방향은 신자유주의가 휩쓸어버린 세계의 잔해와 공허 쪽이다. 시간을 거슬러 올라가면 만나는 사회주의의 정서적 원형, 무너진 열망의 패배감과 상실감이다. 그렇게 추론하는 이유는 수록곡들이 대체로 느리고 비어 있으며 쓸쓸한 연주를 이어가기 때문이다.

음반의 첫 곡인 <Neoliberalism 1>에서 이선지의 피아노와 정수민의 베

정수민 ⓒ하유준

이스, 박정환의 드럼은 숨죽인 즉흥 인터플레이로 어둠 속에서 더듬거리듯 조심조심 나아간다. 이것이 신자유주의가 파괴한 세계의 초상이며, 그 세계를 살아가는 이들의 암울한 내면이라고 해석할 수 있을 곡임에도 정답은 없다. 듣는 이들이 경험하고 느끼고 생각하는 신자유주의에 대한 생각으로 곡에 대한 감상과 판단을 반향처럼 새길 수 있을 뿐이다. 어떤 이들은 왜 이렇게 음울한 정서를 드러냈는지 의아해할 수 있고, 어떤 이들은 신자유주의에 대한 저항과 해방 의지를 명쾌하게 느낄 수 없다고 비판할 수도 있다.

아름다움, 그리고 아름다움

그러나 <Neoliberalism 2>에서 들려주는 베이스 연주와 피아노 멜로디의 비감한 서정성은 신자유주의에 대한 다른 평가와 곡 해석의 모호함을 뛰어넘을 만큼 아름답다. 정수민이 이 쓸쓸한 서정으로 하려는 이야기가 최소한 신자유주의 옹호가 아니라는 사실을 모를 수 없다. 정수민은 자신의 작곡과 연주로 신자유주의가 초래한 비극을 섬세하게 써내려가며, 곡의 밀도와 완성도만큼은 부정할 수 없게 완성했다. 행여 곡에 다른 이야기와 이름을 붙인다 해도 공감할 수 있을 만큼 곡은 완성도 높다. 정수민은 곡의 아름다움으로 거대담론을 말하는 자신의 방식에 설득력과 차이를 불어넣었다. 그 순간 정수민은 세계와 인간을 기록하고 질문하는 예술의 역할 가운데 좀처럼 채워지지 않은 틈을 부드럽게 메꾸었다.

음반의 표지인 강남 구룡마을을 노래한 것으로 보이는 곡 <강남 478>에서도 아름다움은 이어진다. 이 곡에서 도시 빈민의 삶, 그 처절함과 궁핍함을 느끼기는 어렵다. 그들을 내쫓는 자본과 국가권력의 악랄함을 감지하기도 어렵다. 대신 제목을 모른 채 들어도 느낄 수 있는 따뜻한 아름다움은 좋은 피아노 트리오 곡 앞에서 웃음 짓게 한다.

그는 가난하지만 소중했던 삶, 그곳에 쌓였던 추억과 우정과 환대를 표현했음이 분명하다. 그런데 구룡마을이 사라지면서 보잘것없어 보여도 유일무이했던 삶들은 쫓겨났다. 그는 분노와 안타까움 대신 그곳에 깃들었던 사람의 마음을 연주함으로써 현실의 비정함을 묵묵히 고발한다. 신자유주의가 짓밟은 현실이다. 지금도 곳곳에서 벌어지는 일이다.

새로운 가능성을 연 음악

그럼에도 정수민이 사회주의에서 해법과 대안을 찾고 있는지는 모호하다. <Socialism 1>과 <Socialism 2>로 이어지는 곡들 역시 연주곡으로 가사가 없는 데다 쓸쓸한 정서를 이어가기 때문이다. <Socialism 2>에서는 드럼을 훨씬 역동적으로 연주하지만 피아노와 베이스는 서늘한 차분함을 유지한다. 이 곡들이 실패한 것처럼 보이는 사회주의에 대한 그리움과 안타까움을 노래한 것인지, 사회주의가 지향하는 이상적 휴머니즘을 표현하려고 했는지는 정확하지 않다. 각자의 판단과 성향에 따라 다른 해석이 가능한 곡은 이번에도 어느 쪽이든 설득력을 발휘할 만큼 아름답다. 그 아름다움은 사회주의라는 이념에 대한 신념과 비판, 회의 어느 쪽에도 서지 않고 자신만의 이야기를 하는 것처럼 느껴지는 정수민의 태도에 개성과 정당성을 부여한다. 정수민이 그렇게 함으로써 비로소 급진적 이념에 대한 표현의 천편일률적 전형성에서 벗어나 새로운 가능성 하나가 늘었다. 여기까지 오는데 한참 걸렸다.

이 가능성이 재즈에서 나왔다는 사실은 의미심장하다. 한국의 재즈가 현실참여적이었다거나 혹은 그 반대였다는 사실을 지적하려는 의도가 아니다. 가늘고 긴 역사 속에서 풍부해지는 한국 재즈계에 갑자기 툭 튀어나온 것처럼 보이는 정수민의 음악은 어떤 이야기든 음악으로 말할 수 있고, 더 새롭게 말할 수 있음을 보여주어 눈을 번쩍 뜨게 한다. 오늘 로두스에서 뛰고 있는 음악들에 정수민의 재즈가 더해졌다. 이 아름다운 음악을 당장 듣지 않을 이유가 없다. 음악이 세상을 바꾸는 일도 귀 기울일 때 비로소 시작한다.

세월호 참사 그 후 4년

다시 마주하는 2014년 4월
이선지 ≪Song Of April≫

〈Song of April〉
https://www.youtube.com/watch?v=GY-YMzRMKX8

2014년 이후 4년간 무슨 일이 있었던가. 그해 4월 세월호가 침몰한 후 처참하게 드러난 정부의 민낯. 어디에도 국가는 없었고, 국민은 구조되지 못했다. 정부는 편을 가르고 진실을 감추며 책임을 외면할 때만 유능했다. 덕분에 아직도 진실을 다 밝히지 못했다. 그러나 대통령이 바뀌었고, 두 전직 대통령은 결국 구속되었다. 세상은 변한다. 세상이 이만큼이라도 변할 수 있는 이유는 어느 한 사람 덕분이 아니다. 가만히 있지 않고 광장으로 나와 촛불을 들었던 이들이 없었다면 절망은 계속되었으리라.

현실을 담는 음악의 어려움

재즈 피아니스트 이선지의 정규 5집 ≪Song Of April≫은 바로 그 절망의 시간을 마주하게 한다. 음반의 타이틀인 4월이 어느 해에나 있는 4월이 아니기 때문이다. 시인 도종환의 시구처럼 세월호 참사 이후 '이제 4월은 그 옛날의 4월이 아니'게 되어버렸다. 하지만 이 땅 모든 이들이 똑같은 생각을

이선지 ≪Song Of April≫ ⓒ옥영현

하지는 않는다. 이선지는 2014년 4월 이후의 삶을 예전처럼 살아갈 수 없다 생각하는 한 사람의 예술가로 남은 이들의 마음을 음반으로 옮겼다.

이선지가 진보적이거나 현실참여적인 뮤지션이기 때문은 아니다. 친미 보수반공체제가 지배한 한국사회에서는 현실의 문제점을 기록한 예술작품을 발표하면 곧바로 비판적인 예술가, 진보적인 예술가라는 가시 면류관을 써야 했다. 누구나 현실에 대해 이런저런 불만을 토로할 수 있고, 예술가라면 그 불만을 작품에 담을 수 있는데, 지배체제는 금지곡을 정하고 활동을 정지시켜 푸념 같은 현실비판조차 가로막았다. 그러다 보니 현실을 비판하기 위해서는 처벌과 불편을 각오해야 했다. 더 큰 자유를 위해 선을 긋고 특정한 태도와 편에 서야 했다. 그 결과 사소한 불만도 드러낼 수 없을 만큼 예술가들은 위축되었다. 반면 기꺼이 탄압을 감당한 예술가들은 고난을 견디며 예술적 성취를 이루었으나 쉽게 다가갈 수 없는 과격파로 낙인찍혔다. 누구나 현실을 살고, 현실이 어떤 식으로든 작품에 영향을 미칠 수밖에 없는데, 현실의 문제는 예술로 표현하면 안 되는 금기로 멀어졌다. 현실에 대한 예술의 대응은 강력한 비판 아니면 침묵으로 양분되었다. 예술가들의 수만큼 다양한 현실에 대한 의견과 감정을 예술작품으로 만나기 어려운 시간이 길었다.

예술이 해야 할 일

다행히 민주화 이후 예술은 자유로워졌다. 세월호 참사 이후에는 어떤 사건 이후보다 많은 음악이 세월호 참사를 노래했다. 그러나 오래도록 표현에 족쇄를 달았던 한국의 풍토는 세월호 이후의 작품조차 추모와 분노 이상으로 나아가지 못하게 발목을 잡았다. 실제로 세월호를 노래한 작품들은 속보처럼 슬픔을 토한 작품이 대부분이다. 예술은 세상과 사람에 대해 묻고 답하는 작업이기 때문에 세월호 참사처럼 우리 사회를 완전히 뒤바꿔버린 사건에 대해서는 더 깊고 통렬한 예술 발언들이 이어져야 한다. 그런데 슬픔을 딛고 세월호 참사를 천착한 작품은 드물다. 이는 예술 혹은 예술가가 얼마나 현실비판적이거나 참여적인지와 무관하다.

예술은 모두가 느끼는 감정 이상을 느껴야 한다. 비판과 긍정의 이분법을 뛰어넘어야 한다. 예술은 우리 삶의 크고 작은 문제에 대해 응답하고 대응하는 예술가의 태도이자 발언이고 실천이어야 한다. 세월호 참사의 경우 언론과 정부, 학계가 과학적으로 어떤 문제가 있었고, 정부 대응에 어떤 문제가 있었는지 밝히는 역할을 한다면, 예술은 눈물을 흘리면서도 왜 이런 일이 생겼고, 우리의 마음은 어떻게 무너졌으며, 그 폐허에 무엇이 남았는지, 앞으로 이러한 일이 생기지 않기 위해서는 무엇을 질문해야 하는지 물어야 한다. 시간이 흘러 다들 웃고 있는 얼굴에 마르지 않은 눈물자국을 기록해야 한다.

모든 예술가가 세월호에 대해 쓰고 노래하고 그리지 않더라도 누군가는 세월호를 쓰고 노래하고 그려야 한다. 예술가는 먼저 기록하고, 오래 지켜보는 사람이기 때문이다. 깊게 껴안는 사람이기 때문이다. 그러나 현실을

이선지 ©나승열

표현하는 데 주저하도록 길들여진 예술가들은 슬픔을 슬프다고 말하곤 멈춰버렸다. 슬픔의 이유와 의미를 말하지 못했다. 지금도 우는 이들을 잊어버렸다.

재즈 언어로 옮긴 시간

그래서 4년이 지난 2018년, 이선지가 세월호 참사가 있었던 4월과 다른 4월에 대해, 우리 사는 세상과 우리 자신에 대해, 우리가 함께 살아온 4년에 대해 말한 작품은 그 자체로 각별하다. 물론 이 작품의 성취는 시선의 방향과 발언 자체 때문은 아니다. 이선지가 ≪Song of April≫에 담은 곡들로 말하는 이야기는 참사의 원인이나 대응방안이 아니다. 그것은 음악의 역할이 아니고, 노래가 없는 연주음악으로는 더더욱 말하기 어렵다. 이선지는 책임을 다하지 않은 전직 대통령 박근혜를 비판하지 않는다. 오직 제주로 향하는 배가 가라앉을 때, 이미 가라앉아 있던 한국의 실체가 송두리째 드러났던 시간을 기록한다. 처참하고 잔인했으며 죄스러웠던 시간, 분노와 슬픔과 절망이 교차했던 시간, 체념과 모욕을 견뎌야 했던 시간, 끝내 버리지 않은 희망이 되살아났던 시간을 재즈로 옮겼다.

음반에 수록한 곡은 10곡. 이선지는 갑작스럽게 마주해야 했던 참사로 돌아가는 곡 <Silent Affair>로 음반을 시작한다. 슬픔과 변화와 긴장을 변화무쌍하게 연결한 곡은 음악으로 현실을 핍진하게 재현하려는 이선지의 결기가 돋보인다. 살아도 사는 것 같지 않았고, 기적이 일어나기만 바랐으나 결국 무너져버린 당시의 참담한 절망을 이선지는 더하지도 빼지도 않았다. 현실의 기록으로 거울 같은 곡은 시간이 흘러도 생동감을 잃지 않을 만큼 개성 있는 표현이 돋보인다. 음반의 다른 곡들과 함께 이 곡은 예술이 현실을 담을 때 견지해야 할 냉정함과 끈질김에 개성과 완성도까지 겸비해 세월호 사건을 담은 음악 가운데 단연 돋보인다.

이어지는 곡 <Song of April 1>은 그 뒤 우리가 함께 써내려간 4월의 기록처럼 생생하다. 그때 뻔뻔하게 나 몰라라 했던 이들이 있었고, 숨죽여 울었던 이들이 있었다. 이선지는 자신의 피아노 연주에 현악 앙상블 연주를 더해 우리 사회에 떠돌았던 다른 공기를 세밀하게 담는다. 정의의 편에 서기보다 현실의 관찰자와 기록자 역할에 더 충실한 이선지의 엄격한 태도는 외면하고 싶었던 현실까지 드러낸다. <Dear Winter>에서 이선지는 아무리 비판하고 부정하더라도 흔들리지 않았던 악과, 그 앞에서 무너진 마음을 데려와 외면할 수 없게 되살린다. 고통과 슬픔을 재현하는 이선지의 피아노 연주는 연주의 아름다움으로 절망에 육박한다. 그 치밀한 아름다움 덕분에 시간이 흐르며 잊혀 무더질 뻔했던 감정은 시간을 거슬러 살아남을 뿐 아니라 오늘 다시 치 떨리게 한다. 절망의 현재화.

그리고 <Blues For Spring>은 그날 이후 달라진, 아니 달라질 수밖에 없었던 마음을 담은 것처럼 보인다. 죄스럽고 미안하고 안타깝고 화가 나 가만히 있을 수 없었던 마음은 자신도 모르는 사이에 움직였다. 피할 수 없었던 반성과 질문이 만든 변화였다. 세월호 참사에 대한 남은 이들의 뒤늦은 대답이었다. 이 응답과 변화의 역동을 담아냄으로써 이선지는 현실의 관찰자이자 기록자인 예술가의 자리를 지켰다.

작가의식이 만든 성취

이선지는 음반의 중반부 <Song of Bird 1, 2, 3> 연작에서 <새야 새야>를 빌어 연주함으로써 이 땅의 시간과 삶을 더 넓고 깊게 파고들어간다. 안타깝고 슬프고 분노 치미는 일들이 어디 4년뿐이었을까. 진도 앞바다에서뿐이었을까. 연작곡을 자유롭게 연주하면서 이선지는 더 많은 시간과 이야기를 끌어안을 뿐 아니라, 자기 재즈의 매력을 펼친다. 시선의 깊이에 조응하는 음악의 방법론은 신문기사처럼 사실 관계를 옮기는 논리적 언어와 예술언어가 어떻게 다른지 보여준다. 확장할 수 없는 논리언어가 아닌 재즈의 언어는 필연 같은 즉흥으로 확장하고 풍성해진다. 2014년의 4월이 더 많은 4월, 더 많은 이야기로 날아오르는 순간이다. 이선지의 작가의식이 만든 깊이이다.

한편 <Song Of Light>의 역동과 맑은 질감은 곡의 제목과 함께 우리가 함께 만들어낸 빛의 시간들, 그 희망의 가능성을 가리킨다. 광장의 불빛과 구호만으로 담을 수 없는 마음과 마음이 만들어낸 변화를 소리의 화려한 어울림으로 담았다. 이 곡은 희망에 안착했다고 안심할 수 없지만 끝내 만들어낸 변화로 새로운 가능성을 꿈꾸게 한다.

이선지는 한국대중음악의 변방처럼 보이는 재즈에서 이렇게 단단하고 튼실한 작품으로 다른 장르, 다른 예술가들이 아직 하지 못한 4년의 기록과 발언을 열매 맺었다. 좋은 작품은 지나간 시간을 잊지 않게 한다. 그 시간을 살아 있게 하고, 비로소 생각할 수 있도록 이끈다. 그리고 예술의 아름다움에 감동하게 만든다. 사실 이 많은 역할을 다 해내는 작품은 드물다. 드물고 값진 성취가 이선지의 손끝에서 번진다.

청춘을 복기하는 달콤쌉싸름한 음악

팝과 록의 공존
세이수미 ≪Where We Were Together≫

〈Old Town〉
https://www.youtube.com/watch?v=UB0sRc7gqKg

음악은 보이지 않는 것들을 들을 수 있게 한다. 드러내지 않으면 전달할 수 없는 대상을 옮기기 위해 음악/예술언어가 존재한다. 가령 낭만을 어떻게 전달할 수 있을까. 봄날의 꽃, 해사한 빛, 눈부신 청춘, 들뜬 마음 같은 실체를 음악/예술언어로 묘사해 옮겨 담아야 한다. 설레고 두근거리는 분위기를 전달해야 한다.

인디 팝, 슈게이징, 서프 록을 섞은 음악

2018년 4월 13일 두 번째 정규 음반 ≪Where We Were Together≫를 내놓은 부산의 서프록 밴드 세이수미의 음악에는 일렁이는 파도 같은 낭만의 싱그러움이 가득하다. 세이수미의 2집에 담은 곡은 11곡. 이 음반을 들으면 한국 인디 신, 혹은 밴드 신에서 꾸준히 이어진 모던 록과 인디 팝의 계보가 새록새록 떠오른다. 화려한 연주와 강렬한 사운드보다 달콤한 멜로디와 경쾌함으로 소년소녀들을 사로잡았던 밴드들과 그들을 만날 수 있었던 공간들이

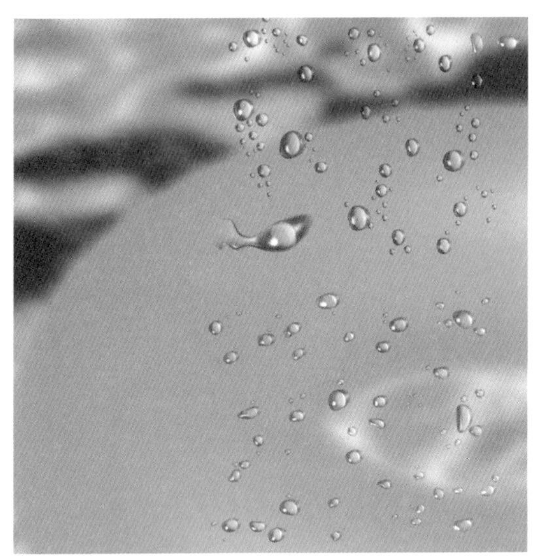

세이수미 ≪Where We Were Together≫ ⓒ일렉트릭뮤즈

스쳐간다. 한국 인디 음악 중 가장 향긋했던 인디 팝의 향기를 마시며 많은 이들이 청춘과 입 맞추었다. 그러나 멋지게만 보였던 뮤지션들은 더 이상 새로운 음악을 내놓지 않는다. 그럼에도 청춘은 끝나지 않는다. 추억으로 청춘은 살아 있고, 누군가는 지금 청춘이다. 그리고 일렉트로닉과 힙합만으로 청춘을 노래할 이유는 없다.

세이수미는 인디 팝과 슈게이징, 서프록을 뒤섞어 청춘을 복기한다. 낭만과 치기와 혼란이 뒤섞였던 시간을 되살린다. 오래된 스타일을 구사하기 때문에 이들의 음악에는 저절로 시간의 무게가 쌓이고, 현재보다 과거 쪽으로 기운다. 그렇지만 멜로디는 달콤하고 리듬은 경쾌하다. 보컬은 부드럽고 일렉트릭 기타의 징글쟁글한 울림은 다정하다.

아련한 그리움과 번뇌

이들의 선율에는 감출 수 없는 그리움이 아련하다. 음반의 첫 번째 곡

<Let It Begin>에서부터 세이수미는 언젠가 시끄러운 바에 머물며 술에 취한 채 춤을 추고, 속삭이며 이야기를 나누던, 우리가 함께였던 순간을 불러온다. 그 순간 어둡고 들뜨고 요동쳤던 마음, 돌이켜 생각하면 낭만적이었던, 이제는 낭만적이라고 생각할 수밖에 없어진 시공간을 기억 속에서 끌어낸다. 단순한 리듬의 노래임에도 기타를 앞세운 연주와 보컬에 깃든 공간감은 단지 술 때문에 취하지 않았던 마음으로 돌아가게 한다. 특히 음악의 뒷면에 흐르는 강렬한 일렉트릭 기타 연주는 이들이 슈게이징 사운드에 기대고 있음을 보여주면서 가볍게 흘려보낼 뻔한 음악에 쌉싸름한 무게를 더한다.

음반 전반부 곡들은 대부분 경쾌한 리듬으로 명료한 멜로디를 노래하면서 낭만의 세계를 배회한다. 좋아하는 마음을 드러내는 <But I Like You>에서도 멜로디는 예쁘고, 곡의 구조는 예상 가능한 흐름을 따라간다. 친근한 멜로디와 리듬을 반복하고, 화사한 기타 스트로크에 아기자기한 기타 아르페지오를 넣어 섬세함을 만드는 음악은 포근하다. 그러나 세이수미의 이야기는 이것만이 아니다. 비트와 톤을 바꿔 변화를 주고 강약을 조절함으로써 세이수미는 마음의 번뇌까지 담아낸다. 좀 더 빠른 백비트를 타는 타이틀곡 <Old Town>은 오래된 동네에 머물고 싶은 마음과 떠나고 싶은 마음, 무감해진 마음, 공허한 마음까지 놓치지 않는다.

돌이켜보면 청춘의 낭만 뒷면에는 항상 불안과 두려움, 무지와 체념이 있었다. 항상 활기 넘치고 신나 보인다 해도 세상은 미처 알 수 없었다. 할 수 있는 일도 별로 없었다. 넘치도록 남아도는 것은 시간뿐. 그래서 애써 태연한 척, 잘해낼 수 있는 척했지만 잠시도 막막함을 멈출 수 없었다. 야속하게도 시간은 봄꽃처럼 금세 지고, 숱하게 많았던 오늘은 순식간에 어제가 되어버렸다. <Old Town>은 음악의 속도감과 경쾌함으로 혼란을 감추는 청춘의 불안을 낚아챘다. 예의 일렉트릭 기타 연주가 무게감을 더하는 방식도 동일하다. <너와 나의 것>도 보사노바의 리듬감과 영롱한 사운드를 결합해 '밝고 맑은 것들이 우릴 감싸'고 있다고 생각했던 시간의 추억이 흘러내

세이수미 ⓒ일렉트릭뮤즈

리게 한다.

해외에서 좋은 반응을 얻는 이유

이미 많은 이들이 해냈던 스타일이라 해도 다른 리듬, 멜로디, 사운드로 유사한 정서를 구축하기는 쉽지 않다. 동일한 스타일을 구사하더라도 다른 주체, 다른 언어, 다른 지역, 다른 시간 속에서 만든 음악은 결국 새로운 이야기를 만들기 마련이다. 세이수미의 2집이 돋보이는 이유는 바로 재현의 충실성과 밀도, 차이 때문이다. 이 음반은 여러 차이에도 동일한 정서를 느끼게 하고 그 이유까지 생각하게 한다. 무엇보다 세이수미는 청춘과 낭만의 보편성을 음악으로 표현해 파도 타듯 출렁이게 한다. 이 음반에서 가장 매끄러운 곡인 <Funny And Cake>를 비롯한 어떤 곡이든 듣는 동안 달큰한 혼돈에 빠져든다. 음악은 기실 그 공명과 공감이 전부 아닌가.

음반은 펑크와 개러지의 역동성이 느껴지는 <I Just Wanna Dance>와 <B Lover>에서는 훨씬 로킹한 사운드로 변화한다. 전반부의 팝 스타일과 대비되는 곡들은 세이수미의 넓은 감수성과 능숙한 창작력, 개성을 드러낸다. 드림팝의 몽롱한 아름다움을 일군 <어떤 꿈>은 다른 스타일에도 전반부와 다르지 않은 정서를 유지하면서 음반을 풍성하게 한다. 팝의 달콤함과 록의 강렬함이 동시에 존재하는 <누군가의 과거가 될 용기에 대하여>와 사운드를 폭발시키는 <Come To The End>도 마찬가지이다. 세이수미의 음악이 해외에서 좋은 반응을 얻고 있는 이유이다.

음악만으로 충분하지 않다

이제 한국 대중음악은 어떤 장르든 국가와 민족의 경계를 뛰어넘을 수 있을 만큼 고른 완성도를 내면화했다. 인터넷 플랫폼을 통해 쉽게 교감하고 확장할 수 있는 가능성이 만들어졌고, 다양한 국내외 네트워크도 쌓이고 있다. 그렇지만 세이수미의 음악이 국내에서 얼마나 연결되고 폭을 넓힐 수 있을지는 알 수 없다. 록 음악의 인기가 예전 같지 않기 때문이 아니다. 다양한 장르의 토대가 고르게 굳건하지 않은 한국에서, 이 오래되었으나 여전히 발랄하고 때로 과감한 음악이 현재의 청춘과 낭만으로 어떻게 침투할 수 있을지가 관건이다. 여전히 좋은 음악만으로 충분하지 않은 시대.

세이수미 ©일렉트릭뮤즈

음악은 자주 신비롭고 그래서 위대하다

편안한 일렉트로닉 포크 11곡
1972 ≪따듯한 바람≫

〈따듯한 바람〉
https://www.youtube.com/watch?v=iPu6UxDJ4qo

레퍼런스(Reference)라는 단어가 있다. 참고라는 뜻인데, 대중음악계 사람들이 자주 쓴다. 음악을 만들 때 어떤 음악을 참고했는지, 어떤 사운드를 모델로 삼았는지 이야기할 때 레퍼런스라는 단어를 쓰곤 한다. 세상 모든 음악은 누군가의 영향을 받아 태어난다. 어렸을 때 좋아했던 음악, 자신이 추구하는 장르의 거장이 만든 음악, 두루 사랑하는 음악은 모두 레퍼런스다. 세상 어떤 음악도 유아독존할 수 없다. 음악에는 누군가의 흔적 같은 레퍼런스가 묻어 있기 마련이다. 그래서 음악을 조금이라도 알게 되면 음악에 묻은 흔적을 발견해 아는 체하기도 한다. 다른 이의 흔적이 묻어 있다는 이유로 폄하하는 경우도 드물지 않다. 그러나 누군가의 흔적이 묻어 있다는 사실이 흠결이 될 수는 없다. 흔적을 입힌다고 좋은 작품이 되지는 못하기 때문이다.

1972 ≪따듯한 바람≫ ⓒ애프터눈레코드

어떤날, 윤상, 재주소년을 떠올리게 하는 음악

싱어송라이터 1972의 음악에서도 레퍼런스를 느낄 수 있다. 포크이면서 일렉트로닉을 적극적으로 가미하고, 재즈의 어법을 활용하기 때문만은 아니다. 소곤대는 보컬, 내밀하고 미니멀한 사운드. 곡마다 배어 있는 매끈한 공간감. 노랫말을 통해 구현하는 평화로움, 들어본 듯한 어법은 어떤날, 윤상, 재주소년을 비롯한 몇몇 뮤지션을 호출한다.

그런데 그들의 음악을 좋아해 레퍼런스 삼고 싶다 해도, 스타일의 정점을 옮기는 일은 쉬운 일이 아니다. 스타일은 베껴도 곡을 옮길 수는 없기 때문이다. 자신의 언어로 노랫말과 곡을 잘 써야 스타일이 살아 움직인다. 스타일만 있는 음악은 마네킹처럼 생동감이 없다.

일렉트로닉 사운드와 포크 사운드의 조화로운 결합

싱어송라이터 1972는 첫 음반 ≪따듯한 바람≫의 일렉트로닉 포크 11곡에 편안한 정서를 충만하게 담았다. 곡마다 다른 이야기를 하지만, 음반이 끝날 때까지 잔잔한 안식에서 헤어나올 수 없다. 인공적인 사운드와 자연스러운 사운드라는 질감의 차이에도 옅은 안개가 깔린 듯 몽롱한 무드를 만드는 일렉트로닉 사운드와 투명한 포크 사운드가 서로를 손상하지 않고 녹아들면서 음악의 매력을 배가한다. 1972의 창작력을 보여주는 지점이며, 이 음반이 이룬 아름다움의 핵심이다.

물론 포크는 어쿠스틱 악기만 사용해야 한다고 생각할 수 있다. 그런데 1972는 포크의 투명한 질감에 일렉트로닉 사운드의 파장을 더해 기존 포크와 차별화했을 뿐만 아니라 더 깊은 울림을 끌어냈다. 그가 사용하는 사운드는 대개의 포크처럼 낮고 여리다. 그는 일렉트로닉 사운드를 더할 때 포크의 사운드를 훼손하지 않는다. 사운드의 배면에서 은근하게 퍼지게 하는 방식으로 포크의 자연스러움을 유지한다. 신시사이저 연주와 일렉트로닉 비트로 무드를 더해 포크의 고운 질감을 연장한다.

의도적인 비움마저 자연스럽다

첫 곡 <Cloud of Bliss>에서 사용한 일렉트로닉 사운드는 기타의 담백한 울림에 미묘하고 촉촉한 공간감을 더함으로써 포크의 서정성을 일렉트로닉 음악으로 잇고 확장한다. 1972는 곡에 따라 일렉트로닉 사운드와 포크 음악의 무게 중심을 적절하게 바꿔 담는다. <마음>과 <따듯한 바람>은 포크에 더 가까운 곡이지만, 두 곡의 배면에 흐르는 건반 연주와 반짝이는 뿅뿅거림, 멀티 트랙의 공간감은 일렉트로닉 포크가 아니라면 불가능하다. 낮은 보컬의 데시벨을 뛰어넘지 않는 일렉트로닉 사운드는 포근하다.

그리고 <벽>에서는 일렉트로닉 어법에 무게를 실어 표현하고자 하는 정서의 파장을 더 생생하게 복원한다. 길이가 길지 않고, 구조가 복잡하지 않은 곡의 한계는 일렉트로닉 사운드의 풍부한 파장으로 상쇄된다. 효과적인 사운드 메이킹은 <섬의 창문>, <Fallin My Star>처럼 소박한 포크 곡들에서도 이어진다. 보컬과 기타, 피아노, 드럼의 간결한 연주에 여운을 더하는 프

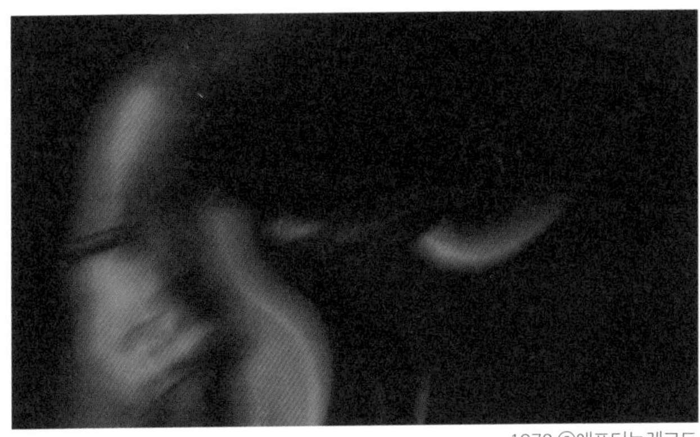

1972 ©애프터눈레코드

로그래밍 사운드는 최소한의 연주만으로 충분하다는 사실을 보여준다.

1972는 이처럼 의도적인 비움마저 자연스럽게 연출한다. 여백의 아름다움은 1972만의 것이 아니지만 1972는 이 또한 능숙하다. 트럼펫을 활용해 재즈의 여운이 느껴지게 하는 <날씨>와 <푸른 바다를 달리다>에서는 최소한의 재료를 효과적으로 사용하는 1972의 감각이 빛난다. 일렉트로닉 사운드를 전면 배치한 <달빛에 입술>에서도 음악의 톤과 사운드는 은근하다.

음악으로 평화와 안식을 만나다

음반을 살아 있게 만드는 힘은 멜로디의 완성도 때문이기도 하다. 1972는 가사로 표현한 그리움과 설렘과 평화로움을 여린 목소리의 멜로디로 아릿하게 그린다. 1972의 레퍼런스가 돋보이는 부분이다. 멜로디, 리듬, 사운드로 감정과 생각을 밀도 높게 재현해야 비로소 공감하게 되는 음악에서 1972의 음반에 담긴 곡들은 소박하고 영롱해 꿈결 같다.

삶은 기본적으로 고통에 가깝고, 세상은 늘 어지러운데 1972의 음악은 음악을 듣는 것만으로도 평화와 안식을 만날 수 있다는 사실을 알려준다. 덕분에 우리는 음악으로 도피할 수 있고, 음악 속에서 쉴 수 있고, 세상으로 돌아올 수 있다. 음악은 자주 신비롭고 그래서 위대하다.

음악편애

2019년 6월 25일 1판 1쇄 펴냄

지은이 서정민갑
펴낸이 김성규
책임편집 김은경
편집 김사이
디자인 김동선
펴낸곳 걷는사람
주소 서울시 마포구 월드컵로 16길 51 서교자이빌 304호
전화 02 323 2602
팩스 02 323 2603
등록 2016년 11월 18일 제25100-2016-000083호
ISBN 979-11-89128-42-5 [04800]
ISBN 979-11-89128-13-5 (세트) [04800]

* 이 책 내용의 전부 또는 일부를 재사용하려면 반드시 지은이와 출판사의 동의를 얻어야 합니다.
* 잘못된 책은 교환해 드립니다.
* 이 책의 국립중앙도서관 출판시도서목록(CIP)은 서지정보유통지원시스템 홈페이지(http://www.seoji.nl.go.kr)와 국가자료공동목록시스템 홈페이지(http://www.nl.go.kr/kolisnet)에서 이용할 수 있습니다. (CIP제어번호:2019023603))